POSSESSION

Pierre Bellemare est né en 1929. Dès l'âge de dix-huit ans, son beau-frère, Pierre Hiegel, lui ayant communiqué la passion de la radio, il travaille comme assistant à des programmes destinés à R.T.L. Désirant bien maîtriser la technique, il se consacre ensuite à l'enregistrement et à la prise de son, puis à la mise en ondes.

C'est Jacques Antoine qui lui donne sa chance en 1955 avec l'émission « Vous êtes formidables ». Parallèlement, André Gillois lui confie l'émission « Télé Match ». À partir de ce moment, les émissions vont se succéder, tant à la radio qu'à la télévision.

Au fil des années, Pierre Bellemare a signé plus de quarante recueils de récits extraordinaires.

Pierre Bellemare a rencontré Richard Morand sur les bancs de l'École Alsacienne et sur les terrains de sport où ils excellaient au basket. Richard Morand est devenu chanteur de jazz, saxophoniste et commissaire-priseur de renom.

Jean-Marc Épinoux est un des fidèles complices de Pierre Bellemare. Il prépare avec lui depuis plusieurs années des histoires extraordinaires en tous genres.

Paru dans Le Livre de Poche :

P. Bellemare

C'EST ARRIVÉ UN JOUR (2 vol.)
SUSPENS (4 vol.)
L'ANNÉE CRIMINELLE (4 vol.)

P. Bellemare et J. Antoine

LES DOSSIERS D'INTERPOL (2 vol.)
LES AVENTURIERS
HISTOIRES VRAIES (5 vol.)
LES ASSASSINS SONT PARMI NOUS (2 vol.)
LES DOSSIERS INCROYABLES
LES NOUVEAUX DOSSIERS INCROYABLES
QUAND LES FEMMES TUENT
DOSSIERS SECRETS (2 vol.)

P. Bellemare et M.-T. Cuny

MARQUÉS PAR LA GLOIRE

P. Bellemare et J.-F. Nahmias

LES GRANDS CRIMES DE L'HISTOIRE (2 vol.)
LES TUEURS DIABOLIQUES (2 vol.)

P. Bellemare, J.-M. Épinoux, J.-F. Nahmias

INSTINCT MORTEL (2 vol.)
LES GÉNIES DE L'ARNAQUE

P. Bellemare, M.-T. Cuny, J.-M. Épinoux, J.-F. Nahmias

INSTANT CRUCIAL
INSTINCT MORTEL (2 vol.)
ISSUE FATALE

PIERRE BELLEMARE
JEAN-MARC ÉPINOUX
RICHARD MORAND

Possession

L'étrange destin des choses

Documentation : Jacqueline Hiegel

ALBIN MICHEL

© Éditions Albin Michel S.A., Pierre Bellemare, 1996.

PRÉFACE

En quelque quarante années les objets ont envahi ma maison. Le processus machiavélique est extrêmement lent donc imperceptible. Je me souviens encore de ma première rencontre : il s'agissait d'un œil qui me contemplait derrière la vitrine d'un libraire du Boulevard Haussmann. Ce regard était peint avec une grande naïveté. En l'observant de plus près, je m'aperçus qu'il était le résultat d'un pliage complexe contenu, un peu comme un lampion, entre deux plaques de carton. J'entrai dans la librairie, le mécanisme de possession était enclenché.

Le libraire se saisit de l'objet en le tenant à l'horizontale et me demanda de placer mon regard au-dessus de la chose. Je m'exécutai. Il lâcha alors le fond de l'objet qui se déplia brusquement, laissant apparaître par l'œil ouvert un port hollandais du XVIIᵉ siècle encombré de navires. Un relief saisissant était obtenu par les différents plans disposés en profondeur.

Fasciné par cet univers, je voulus l'avoir à ma disposition pour en jouir quand je le désirerais. Je pris donc possession de l'œil en carton.

Où est-il aujourd'hui ?... Oublié dans une vitrine, caché dans un placard ? Posé au milieu d'autres bibelots sur une table basse ? Je ne sais plus exactement, mais le principal c'est de l'avoir à ma disposition, à moi seul, sans partage. Et si vous venez un jour chez moi et même si vous me le demandez, je ne suis pas sûr de vous le faire voir. Je suis jaloux et mes objets sont secrets.

Qu'en pensez-vous?... Je suis fou! Non, non... Je suis simplement un peu... un tout petit peu comme ces hommes et ces femmes au destin étrange, possédés par le démon des choses et dont ce livre raconte l'histoire.

Pierre BELLEMARE

LA PEAU DU DOS

Camille Flammarion (1842-1925), le frère du célèbre éditeur, avait une passion pour l'astronomie, dont il fut l'un des grands vulgarisateurs. Bien des astronomes d'aujourd'hui doivent leur vocation à la lecture de ses ouvrages, l'*Astronomie populaire* en particulier, dont les couvertures faisaient penser aux belles éditions de Jules Verne.

Toujours est-il qu'une des œuvres de Flammarion, si elle était passée en vente publique, aurait donné le frisson au commissaire-priseur, au crieur, aux commissionnaires — qui sont pourtant de rudes Savoyards —, et même à l'acquéreur.

Flammarion, qui était assez bel homme malgré sa petite taille, avait fait des ravages dans certains cœurs féminins. Il ne possédait aucun diplôme, et avait commencé à travailler dès l'âge de quatorze ans. À partir de vingt ans, il écrivait deux ouvrages de vulgarisation par an, faisait des tournées de conférences, posait pour des publicités de whisky américain. D'autre part, il employait une ribambelle d'astronomes au chômage, qui faisaient des observations à sa place. Il était extrêmement populaire et savait, avec sa barbe de prophète, soigner son image de marque, qu'il voulait être celle d'un « génie universel ».

Cela lui laissait du temps pour proposer une réforme du calendrier, ou s'intéresser à un projet de colonisation de la planète Mars. Il communiquait avec les morts, fréquentait la reine d'Espagne et celle de

Roumanie. Une de ses belles amoureuses était tuberculeuse et savait ses jours comptés. Elle lui écrivit en substance : « Mon cher ami, je sais que je n'ai plus longtemps à vivre. Bientôt je ne serai plus de ce monde et j'irai, je l'espère, rejoindre l'univers des étoiles qui vous fascine... »

Enfin la lettre disait : « J'ai donné des ordres pour qu'on vous fasse parvenir un legs de ma part. Quand je serai morte, je vous supplie de l'accepter en souvenir de moi et d'en faire ce que je vous demanderai, car des instructions seront jointes à l'envoi... »

Ce pauvre Flammarion dut se demander ce qu'elle voulait dire.

Mais la lettre ne précisait rien de plus. Les mois ont passé... la dame, encore jeune, est partie pour l'au-delà. Quelques mois plus tard Flammarion reçut, par la poste, le legs promis, accompagné d'une lettre d'un médecin, qui disait : « J'accomplis ici le vœu d'une morte qui vous a étrangement aimé. Elle m'a fait jurer de vous faire parvenir, après sa mort, la peau de ses belles épaules que vous avez si fort admirées... "le soir des adieux", a-t-elle précisé. Son désir est que vous fassiez relier, dans cette peau, le premier exemplaire du premier ouvrage de vous qui sera publié après sa mort. Je vous transmets cette relique, comme je l'ai juré. »

Pour respecter les dernières volontés de son amie, Flammarion fit ce qu'elle demandait. Il s'agissait d'une jeune comtesse, slave et phtisique, qui l'avait invité à séjourner chez elle, dans le Jura. Il fallut, paraît-il, trois mois à un tanneur pour transformer la peau en un parchemin superbe, qui servit à relier *Terres du ciel*. Camille Flammarion disait qu'en touchant cette reliure, il ressentait comme une sorte de « fluide électrique »...

Mais Camille Flammarion avait l'habitude des hommages extraordinaires : il reçut un jour d'un admirateur — bien vivant, celui-ci — le legs d'une vaste propriété dans la région parisienne. Cette propriété de Juvisy, dûment acceptée, appartient toujours à la famille. Et l'on raconte que la « reliure en peau de dame » se trouve toujours sur les rayons de la bibliothèque.

Dans le même ordre d'idées, il paraît qu'au début du XIXᵉ siècle, un étudiant en droit, Aimé Leroy, originaire de Valenciennes, entretenait une passion littéraire absolue pour un écrivain qui était son contemporain. Il s'était mis en tête de faire relier une des œuvres de cet écrivain... dans un morceau de la peau dudit auteur ! Cela fait réfléchir les auteurs à succès, n'est-ce pas ?

Le plus curieux, c'est qu'il y réussit ! L'auteur en question était l'abbé Delille, qui avait connu la gloire pour ses traductions en vers de Virgile et de Milton. Aimé Leroy parvint à soudoyer le praticien chargé de l'embaumement du corps de l'abbé, et il obtint deux morceaux de l'épiderme du regretté Delille. Avec ces deux morceaux, il fit relier un exemplaire des *Géorgiques* de Virgile, traduction de Delille comme il se doit, et cet ouvrage figurait encore en bonne place dans la bibliothèque municipale de Valenciennes avant la guerre de 14-18.

On peut rapprocher de ces anecdotes celle de la dernière culotte de Philippe-Égalité, le père du futur roi Louis-Philippe, le cousin de Louis XVI, qui avait embrassé avec enthousiasme la cause de la Révolution, et qui dut s'en mordre les doigts puisqu'il finit, lui aussi, comme tant d'autres, sur l'échafaud...

Pour en revenir à la culotte : eh bien, apparemment, à l'époque révolutionnaire, où l'on n'avait pas vraiment la même sensibilité que de nos jours, il existait des artisans qui n'hésitaient pas à prélever la peau des cadavres humains pour la tanner comme du vulgaire maroquin. Peut-être s'agissait-il de certaines victimes de la guillotine dont les corps n'avaient pas été réclamés.

En tout cas, il se dit que Philippe-Égalité, grand seigneur richissime, toujours à l'affût de nouveautés extraordinaires, aurait acquis un « coupon » de peau humaine, de peau de femme évidemment... Et on raconte qu'il s'en serait fait faire une culotte, à laquelle il tenait comme à la prunelle de ses yeux. Une culotte d'une douceur incomparable, dont il prenait le plus grand soin. Il semble même que ce soit revêtu de ce vêtement qu'il ait été guillotiné.

Apparemment, les personnes qui l'ont dépouillé après l'exécution n'ont pas songé à conserver ce vêtement hors du commun. C'est dommage !

TÊTES VOYAGEUSES

La tête du bon roi Henri IV, le « Vert Galant », aurait été vendue aux enchères à l'hôtel Drouot, mais sans garantie d'authenticité.

C'est une longue histoire qui remonte... non pas à 1610, date de la mort du bon roi, mais à 1793, en pleine tourmente révolutionnaire. C'est le moment où le « bon » peuple accuse de tous les maux les Bourbons, les Capétiens, les Valois qui ont fait la France. Le 13 juillet 1793, sous la présidence de Danton et sur une proposition de Barère, pour fêter le premier anniversaire de la journée du 10 août, la chute du trône, on décide de détruire les tombeaux des anciens rois.

Comment les punir *a posteriori*, en effet, sinon en allant démolir leurs tombes et en profanant leurs corps dans la basilique de Saint-Denis ? C'est ce qui est fait, les gisants sont mutilés, les tombeaux sont ouverts et les corps extraits des cercueils, pour pouvoir mieux les insulter.

Les premiers coups de pioche furent donnés le 6 août 1793, et le premier tombeau profané fut celui de Dagobert. Mais on n'ouvrit pas le cercueil. On attendit les journées d'octobre pour le faire. Après Dagobert, on passa à Clovis II, puis à Charles Martel. Les cercueils qui furent ouverts ne livrèrent rien d'intéressant, à part des ossements et des cendres. Seul celui de Constance de Castille permit de récupérer une bague d'argent, qui est aujourd'hui à la Bibliothèque nationale. Un témoin du temps raconte :

« On profana les tombeaux de vingt-cinq rois et ceux de dix-sept reines, ainsi que ceux de soixante et onze princes et princesses, sans oublier Suger, le conseiller de Louis VI, celui qui fit construire la basilique. Même Du Guesclin, le parfait chevalier, ne fut pas épargné. Il alla rejoindre en vrac toute la noblesse de France dans une fosse remplie de chaux vive... après qu'on lui eut, comme à Turenne, enlevé quelques dents qui furent vendues comme souvenirs aux portes mêmes de l'Abbaye. »

Heureusement, Alexandre Lenoir, qui allait bientôt créer son musée des Monuments français, parvint à sauver la majorité des statues de la destruction, à part le Charles VIII de bronze, qui fut fondu.

Au mois d'octobre, on décida de s'attaquer aux Bourbons.

En ouvrant la tombe d'Henri IV, on fut considérablement étonné parce que le corps du bon roi était dans un état de conservation remarquable malgré cent quatre-vingt-trois ans de sépulture. Du coup, on eut l'idée de le mettre debout le long d'un pilier afin que chacun puisse venir le contempler... Un soldat, d'un coup de sabre, lui coupa une partie de la barbe en s'écriant : « Je n'aurai désormais d'autre moustache. Maintenant je suis sûr de vaincre les ennemis de la France, et je marche à la victoire. » Un autre soldat, sculpteur dans le civil, exécuta un moulage de la fameuse tête. Des amateurs de souvenirs s'empressèrent alors de s'emparer de deux dents du « Vert Galant », de ses moustaches, et d'une manche de sa chemise.

Louis XIII était lui aussi très reconnaissable, grâce à sa moustache noire et fine. Louis XIV, lui, était tout noir. Le corps, au moment où on allait le sortir de son cercueil, eut comme un geste menaçant du bras, qui effraya les curieux. Le cercueil contenait une plaque commémorative avec les armes de France et de

Navarre. Cette plaque fut récupérée par un chaudronnier qui en fit... un fond de casserole! La casserole fut perdue, puis retrouvée, et la plaque finit par aboutir au musée de Cluny. Tous les Bourbons connurent le même sort, jusqu'à Louis XV qui répandit une odeur si infecte qu'on dut tirer des coups de fusil pour assainir l'atmosphère selon certains témoins. Alexandre Lenoir, au contraire, précise que le « Bien-Aimé » avait la peau blanche, le nez violet et les fesses rouges. Un vrai drapeau tricolore! Au même moment Marie-Antoinette montait à son tour sur l'échafaud...

Vingt-trois ans plus tard, Louis XVIII, arrivé sur le trône, estime qu'il est temps de remettre les rois de France « en ordre » et fait rouvrir les tombeaux pour y ranger les restes, qui sont un peu en vrac. Henri IV n'était pas resté debout le long du pilier pendant vingt-trois ans, il avait dû être remis en tas avec d'autres dépouilles royales. Toujours est-il qu'au moment de remettre le « Vert Galant » dans une sépulture décente, on s'aperçut qu'il manquait... sa tête. Il n'était d'ailleurs pas le seul, trois rois avaient perdu leur chef dans le désastre. On pense qu'en 1793 quelqu'un les avait prélevés pour en faire un moulage. D'autres estiment que certains royalistes auraient profité des événements pour soustraire certaines reliques à la vindicte publique.

Pendant cent ans, on n'y pensa plus. Jusqu'au jour où, le 31 octobre 1919 exactement, lors de la vente de la succession d'une certaine madame Nallet-Poussin, peintre et sculpteur, on propose une tête momifiée qui passe pour être celle du bon roi Henri. Elle est vendue à un amateur pour... 3 francs. Aussi incroyable que cela paraisse, elle n'a pas provoqué d'intérêt, de curiosité de la part des pouvoirs publics, ni de la part des royalistes... Il faut dire qu'on était en 1919, il s'était passé tant de choses dans les quatre années précédentes...

Et ensuite, qu'en fait l'acheteur? Il s'agit d'un certain Bourdais, antiquaire à Dinard. Complètement passionné par son achat, il passera le reste de sa vie à essayer d'accumuler des preuves de l'authenticité de sa tête. En 1930, il fait publier une petite brochure intitulée *Pourquoi et comment fut tué Henri IV*. Il reprend, si l'on peut dire, le problème à la base, mais à la manière d'un amateur plus passionné que méthodique. Il publie de nombreuses photos du chef royal. Personne ne semble intéressé. M. Bourdais décide alors de venir s'installer à Paris, et vers 1935, à Montmartre, place du Tertre, il ouvre une petite échoppe avec une enseigne en lettres gothiques, où il reçoit moyennant finances les curieux qui veulent contempler la tête momifiée. Mais cette relique ne fait pas courir les amateurs.

Pourtant le musée Grévin, de 1936 à 1939, emprunte la tête pour en faire des moulages qui serviront à créer le personnage en cire du « Vert Galant ». On expose alors la tête momifiée à côté de sa réplique en cire. M. Bourdais n'a accepté qu'à une seule condition : qu'on place à côté du Navarrais non pas une « poule au pot », mais, plus étonnant, une croix de la Légion d'honneur — créée, comme on le sait, par Napoléon Ier...

1939 : la guerre éclate et M. Bourdais reprend sa tête, pour l'offrir... au Louvre, qui la refuse, comme de bien entendu...

Et quand M. Bourdais meurt, en 1947, c'est sa sœur qui hérite de ses meubles, de ses antiquités... et de la tête. On racontait, quelques années plus tard, que la tête était roulée dans un linge au pied du lit de la sœur, et que celle-ci la sortait pour les grandes occasions.

Aujourd'hui, la question se pose différemment : depuis bientôt cinquante ans, sans doute la sœur a-t-elle rejoint son frère dans un monde meilleur. Mais a-t-elle eu, elle aussi, des héritiers ? Des Bourdais ? Et qu'est-ce qui rendait M. Bourdais si sûr de l'authenticité de sa relique ?

D'après Maurice Colinon, qui a étudié cette anecdote, les arguments étaient au nombre de sept :

1. Les anthropologues consultés auraient unanimement déclaré que cette tête était celle d'un homme d'environ cinquante-cinq ans, décédé de mort violente au début du XVIIe siècle.

15

2. La tête aurait été sectionnée longtemps après la mort, et sans aucune précaution : le cou était déchiqueté.

3. On y aurait décelé des traces de chaux vive. La chaux qui remplissait la fosse de 1793... On y aurait aussi décelé des traces de plâtre, déposé au cours des moulages faits à la même époque.

4. La tête portait à la lèvre supérieure une cicatrice, une sorte de bec-de-lièvre, balafre faite par le couteau de Jean Châtel lorsque celui-ci, le 28 décembre 1594, avait déjà essayé d'assassiner Henri IV. Il fut écartelé le surlendemain. On ne perdait pas de temps à cette époque...

5. Sur la tête, il ne restait qu'une oreille, la droite, trouée ; or, le roi portait parfois des pendants d'oreille, certains portraits l'attestent.

6. Sur le cou, au niveau de la carotide, on voyait une forte entaille : celle du coup de couteau de Ravaillac.

7. À la racine du cou, une tache bleue. La petite histoire dit qu'après la mort du roi, ses proches firent cette tache pour dissimuler certain tatouage « compromettant », une profession de foi protestante peut-être, ou bien « À Henriette pour la vie », qui sait ? Ce qui aurait déplu à la reine, Marie de Médicis. M. Bourdais ajoutait même dans sa brochure qu'un radiesthésiste aurait identifié le roi, en promenant son pendule sur la photo de la tête momifiée.

Il faut avouer que tout cela est troublant. Le vrai problème, c'est la personnalité de M. Bourdais, un imaginatif un peu brouillon. Dans son enquête, il a tout à fait négligé de chercher à savoir comment la précédente propriétaire, Mme Nallet-Poussin, était entrée en possession de la relique. Par contre, il s'est acharné à démontrer que ce n'était pas Ravaillac mais le duc d'Épernon, présent dans le carrosse au moment de la mort du roi, qui aurait porté le coup fatal. Il est vrai que des historiens sérieux ont prétendu qu'il aurait été sinon l'assassin, du moins l'instigateur du crime.

Toujours est-il que la tête du bon roi Henri n'a pas officiellement refait surface... Pas plus, d'ailleurs, que les dessins en couleurs des dépouilles royales qu'Alexandre Lenoir avait exécutés lors de la profanation des sépultures. Ils ont disparu, et ne sont connus que par des photos prises dans les années 1895. Avis aux amateurs !

Parlons maintenant du crâne de ce pauvre Descartes, mort en 1650, à Stockholm, pour avoir dû, dès l'aurore, se rendre au palais royal afin d'y disserter de philosophie avec la redoutable reine Christine. Ce crâne, lui aussi, avait disparu au moment du retour des restes du philosophe en France. Il ne réapparut sur le marché — si j'ose dire — qu'en 1821, lorsqu'un chimiste suédois l'offrit à Cuvier avec un petit mot précisant que ce crâne respectable avait été dérobé en 1666 par un certain Hanstrom au moment où le corps du philosophe devait regagner la France. Espérons que Cuvier a su apprécier comme il se doit ce petit cadeau qui renforce l'amitié !

Il ne faut pas oublier, parmi les têtes voyageuses, celle d'Oliver Cromwell, à qui nous devons la décapitation de Charles Ier d'Angleterre. Cette tête finit par échoir en héritage à un certain chanoine Horace Wilkinson, de Kettering, dans le Northamptonshire. Le chanoine, ne sachant qu'en faire, avait décidé de... la vendre.

Comment était-elle arrivée là, puisque c'est Charles Ier qui avait été « décollé », et non pas Cromwell ? Lors de la restauration des Stuart, la Chambre des communes décida, pour punir Cromwell, mort tranquillement dans son lit, de déterrer son corps et de le pendre. Pour le douzième anniversaire de la mort de Charles Ier, Cromwell, qui s'en fichait certainement un peu, fut pendu pendant toute une journée. Puis le lendemain, œil pour œil, dent pour dent, il fut à son tour décapité et à nouveau enterré près de Londres.

Mais la tête, elle, fut plantée sur un piquet et exposée à Westminster Hall, jusqu'à ce que la tempête se mêlât d'emporter ce pauvre reste au loin. Survient un soldat, qui trébuche sur la tête de celui qui avait fait trembler toute l'Angleterre. Le soldat, qui sait bien de qui il s'agit, ramasse la tête. Son fils puis sa petite-fille héritent de cette tête passablement parcheminée. Le mari de cette dame décide alors qu'il vaut mieux obtenir quelque argent de cette dépouille ; il trouve un amateur, un bijoutier, qui consent à l'acheter pour une somme équivalant à quelques milliers de nos francs actuels.

Le bijoutier ne perd pas le sens des affaires : il revend le crâne à une association qui expose la tête, et les amateurs payent pour la voir de près. C'est là que l'ancêtre du chanoine Wilkinson la rachète pour l'équivalent de 1 000 francs. De génération en génération, la tête figurera dans le mobilier des Wilkinson. Le chanoine, dans les derniers temps, la garde dans une sorte de niche au pied de son lit, niche qui est d'ailleurs partagée par le chat de la maison, pas du tout impressionné.

Aux dernières nouvelles, les experts pensaient qu'il s'agissait bien de l'illustre et malheureuse tête du « Lord-protecteur » qui avait obligé les Écossais à rejoindre la Grande-Bretagne.

Il serait dommage de ne pas parler des tribulations *post mortem* du grand François-Marie Arouet, dit Voltaire. Celui-ci s'était installé à Ferney, tout près de la Suisse, et c'est lors d'un séjour à Paris, où il venait faire jouer sa dernière pièce, *Irène*, que le célèbre philosophe et contestataire fut rattrapé par la camarde. Il avait quatre-vingt-quatre ans.

Ses proches, notamment son neveu l'abbé Mignot, furent bien embarrassés par ce décès. Que faire ? Tout le monde savait que Voltaire faisait profession d'irréligion. Mais on ne pouvait décemment lui faire des funérailles laïques. D'autant plus que le curé de la paroisse dont dépendait son domicile parisien, près de la rue de Beaune, pourrait avoir la malencontreuse idée de refuser l'inhumation de Voltaire l'athée. Quel scandale, si cela était! Et pire encore, s'il allait non seulement refuser l'inhumation, mais jeter l'illustre dépouille à la voirie!

« Il ne reste qu'une chose à faire. Emporter Voltaire et l'enterrer à l'abbaye de Seillières, près de Troyes. Je suis certain que les bons moines ne refuseront pas de l'ensevelir en terre chrétienne!

— Mais pour l'emporter si loin, il faut auparavant l'embaumer! »

Et c'est ce que l'on fit : le neveu avait des amis dans les corps de métiers nécessaires, et ils vinrent à domicile pour y procéder aux opérations indispensables. Un pharmacien, M. Mithouard, participait activement à l'opération lorsque le corps fut prêt à voyager, M. Mithouard demanda timidement à l'abbé Mignot : « Pourrais-je garder le cerveau du grand homme, pour ma peine? »

L'abbé consentit. Aussitôt, le pharmacien fait bouillir le cerveau de Voltaire dans l'alcool, l'enferme dans un bocal qu'il scelle soigneusement, et l'emporte à son domicile. Tout cela a lieu chez le logeur du défunt Voltaire, Monsieur de Villette. Celui-ci s'approche à son tour du neveu, et demande la permission de garder... le cœur du philosophe. Permission accordée. Le cœur est placé dans un coffret.

Il fallait ensuite redonner une expression « vivante » à Voltaire. On replace la calotte crânienne, qui avait été découpée. On lui pose un bonnet tuyauté sur le crâne. On descend Voltaire jusqu'à un carrosse, qui attend discrètement dans l'ombre de la nuit. Et en route pour la Bourgogne.

Le cœur de Voltaire, hérité par différents membres de la famille de Villette, finit par être déposé à la Bibliothèque nationale, qui le détient encore. Le cerveau, lui, passe aussi de génération en génération, jusqu'au dernier des descendants de Mithouard, qui meurt sans héritier. Le cerveau de Voltaire se retrouve alors... à l'hôtel Drouot, où il est vendu en 1875 à un anonyme. Qu'est-il devenu depuis? Mystère.

Et le corps de Voltaire? On sait que le philosophe

fut, sans le savoir, un des pères de la Révolution. En 1791, les autorités révolutionnaires se scandalisent du fait que Voltaire repose dans un couvent. On décide de l'exhumer pour lui donner asile au Panthéon. La cérémonie a dû être empreinte d'un certain désordre, car un inconnu s'est arrangé pour détacher l'un des pieds de Voltaire et l'emporter chez lui, sans laisser son nom. Un autre s'intéresse à ses dents et en subtilise deux. Pendant plusieurs années il en portera une, montée sur un sautoir suspendu à son cou.

Même au Panthéon, Voltaire ne trouve pas le repos : en 1814, des inconnus, poussés par une frénésie anti-voltairienne, pénètrent dans le monument, violent la tombe de François-Marie Arouet et s'emparent de sa momie. On ne saura rien de son destin pendant des années. Il faudra attendre le Second Empire, cinquante ans plus tard, pour savoir le fin mot de l'affaire : le fils de l'un des ravisseurs révèle que son père et d'autres violeurs de tombes avaient emporté la momie jusqu'à un terrain vague, du côté de Bercy. Un trou fut creusé, et pour détruire définitivement Voltaire on l'avait enfoui, couvert de chaux vive, et on avait recouvert le tout de détritus divers. Quand on apprit la nouvelle, la « tombe » de Voltaire avait disparu dans la construction de la toute nouvelle « Halle aux vins ».

L'IMPORTANCE DU DÉCOR

Mailfert est un célèbre faussaire. Il excellait dans l'imitation de meubles anciens. Il avait même réussi à créer de toutes pièces un ébéniste du XVIIIe siècle totalement imaginaire, dont les meubles étaient entièrement fabriqués par ses soins. Un jour, un antiquaire demande à notre artisan une commode en bois de rose, marquetée et ornée de bronzes dorés, qu'il paye 25 000 F (de l'immédiat après-guerre). Puis il demande à ce qu'on livre le meuble, de nuit, dans un château de la Loire, propriété privée réputée pour la beauté de son mobilier.

Il faut préciser que l'antiquaire est un ami personnel du propriétaire des lieux, et qu'il sait que celui-ci est absent pour un assez long voyage. D'autre part cet antiquaire est dans les meilleurs termes avec le régisseur et il a prévu, avec l'accord de ce dernier, de faire visiter le château à un Américain de passage.

Le jour de cette visite arrive et, comme par hasard, l'Américain tombe en arrêt devant la commode de Mailfert. Il faut dire qu'elle a été disposée dans un salon où elle est particulièrement mise en valeur. Un vase Médicis orné d'un somptueux bouquet de fleurs, un ou deux bronzes de la Renaissance sont posés dessus. L'Américain, qui a du goût, s'extasie :

« Quelle merveille ! Croyez-vous que votre ami consentirait à se défaire de ce meuble ?

— Mon Dieu, ça m'étonnerait.

— Pourtant ne m'avez-vous pas dit qu'il traversait une mauvaise passe en ce moment ?

— Ah oui, vous voulez parler de son banco malheureux au Casino de Deauville ? Effectivement, il y a laissé des plumes. Si vous voulez, je lui en parlerai. Après tout, s'il consent à vous céder sa commode, je suppose qu'on pourra la remplacer par une copie du faubourg Saint-Antoine, le principal étant que le décor du château reste inchangé. »

Dans les jours qui suivent la visite, l'antiquaire téléphone à l'Américain : « Mon ami est d'accord pour vous vendre sa commode, un meuble de famille auquel il tenait beaucoup mais, après tout... Il en voulait 800 000 F. Je crois que vous faites une bonne affaire. Cependant il y a une condition : vous ne devrez jamais mentionner à personne l'origine de votre achat. »

L'Américain, grisé par le fait d'acheter un meuble dans l'un des célèbres châteaux de la Loire, promet tout ce qu'on veut. La commode est expédiée par une compagnie de transport jusqu'aux États-Unis.

Un chèque est établi à l'ordre du propriétaire du château et remis entre les mains du régisseur. Comme celui-ci a une procuration générale pour tout ce qui concerne la propriété, il l'encaisse, puis retire la somme, sur laquelle il prélève 10 % pour ses bons et loyaux services. Le régisseur remet ensuite 720 000 F à l'antiquaire. Celui-ci n'a déboursé que 25 000 F pour l'achat du meuble : voilà une affaire qui lui rapporte 695 000 F net.

Heureusement, le châtelain ne surveillait pas de trop près les mouvements de son compte en banque. Heureusement, il n'a pas eu de contrôle fiscal. En tant que « propriétaire agricole », il ne risquait un contrôle qu'une fois tous les cent trente ans environ.

D'ailleurs, à propos de « décor », il paraît que dans l'immédiat après-guerre une veuve, qui avait connu des jours meilleurs mais qui vivait dans un bel appartement du faubourg Saint-Germain, arrondissait ses fins de mois en « prêtant » ses salons pour ce même genre d'opération de « décoration ». De temps en temps, un antiquaire apportait chez elle un meuble de fabrication très récente mais fort bien imité, y compris les trous de vers et la poussière. On disposait ce meuble dans un coin adéquat, on l'ornait de portraits de famille dans des cadres anciens et, dans les tiroirs, on laissait traîner quelques souvenirs de familles : vieilles lettres, éventail, etc.

Puis, quand la mise en scène était achevée, on prenait rendez-vous avec un client « pigeon », de préférence américain. Celui-ci ne manquait pas d'être impressionné par cette dame qui avait encore de beaux restes et qui, la mort dans l'âme, était contrainte de se séparer de ce meuble, « dans la famille depuis l'époque de sa fabrication ». Elle était irrésistible et, une fois le meuble exporté outre-Atlantique, elle recevait une jolie commission sur le bénéfice de la vente.

En matière de tableaux, un antiquaire racontait, avec une certaine amertume, qu'il avait acheté dans un château un tableau, qui était suspendu au-dessus du lit de la grand-mère. Mais toutes les lumières étaient tamisées *parce que la bonne vieille « souffrait des yeux ». Quand il put examiner à loisir son achat, il se rendit compte qu'il s'agissait d'un faux grossier. Mais il n'y avait plus rien à faire...*

LES DIAMANTS SONT ÉTERNELS

« Majesté, j'ai l'honneur de vous annoncer la visite de M. Jean-Joseph de Tavernier, votre fidèle sujet, qui revient de l'empire du Grand Moghol et désire soumettre à votre jugement une pierre merveilleuse qu'il rapporte de là-bas. »

C'est à peu près en ces termes que Louis XIV apprend l'arrivée d'un aventurier qui revient de l'autre extrémité du monde, les poches pleines de joyaux. Joyaux que Louis le Grand l'a chargé de rapporter, au hasard de ses découvertes. Il faut dire que le sieur Tavernier, véritablement obsédé par les pierres précieuses, est un expert mondialement reconnu dès qu'il s'agit de diamants, émeraudes et autres rubis.

« Sire, durant tout mon long voyage de retour vers le royaume de France, je n'ai cessé de penser que le diamant que voici se doit d'orner quelque bijou de Votre Majesté. Il est le plus beau. C'est le Grand Moghol, Aureng-Zeb lui-même, qui m'a révélé son existence. Ce diamant a été offert par des croyants à une effigie du dieu païen Rama-Sita, effigie de jade qu'on adore dans la ville de Pagan. Après avoir quitté le Grand Moghol, je n'ai pas hésité et, en 1642, je me suis rendu moi-même au temple de Rama-Sita, sous le prétexte de faire mes dévotions à l'idole. J'ai pu repérer le diamant extraordinaire, qu'on avait incrusté dans la statue, sur la poitrine du dieu. Il resplendissait. J'ai attendu la nuit, et mes serviteurs n'ont eu aucun mal à réduire au silence les quelques mendiants qui sont les seuls à garder le temple la nuit. J'ai fait sauter le diamant d'un coup de la lame de ma dague et le voici, puisque Votre Majesté me fait l'honneur de s'intéresser à cette pierre. »

Tavernier évite de préciser que, selon la légende, une malédiction éternelle doit s'attacher à l'audacieux qui aurait l'impudence de s'emparer du diamant. Il enjolive peut-être aussi la manière dont il s'est procuré le diamant. Tavernier savait, moyennant finances, corrompre les petites gens qui avaient accès aux gros diamants...

Le roi s'intéresse au « Diamant bleu ». Mais il voudrait l'obtenir pour un prix que Tavernier estime dérisoire. De longues tractations sont entamées. Pour l'instant, le roi et son explorateur ne tombent pas d'accord.

Tavernier se dit : « Personne ne résiste au roi. S'il veut le diamant de Rama-Sita, il l'aura, sauf... si quelqu'un d'autre l'achète avant. » Et il se met à réfléchir. Qui pourrait faire de la concurrence au Roi-Soleil lui-même ? Pas de doute, une seule personne : le surintendant Fouquet !

Aussitôt dit, aussitôt fait. Après le roi Louis XIV, le surintendant Nicolas Fouquet, fastueux lui aussi, se voit proposer l'achat de ce diamant à nul autre pareil. Fouquet, qui ignore ou feint d'ignorer la malédiction bouddhiste, achète pratiquement sans marchander le Diamant bleu. En définitive, il semble que la malédiction agisse puisque, après une fête un peu trop somptueuse au château de Vaux, Fouquet est arrêté à l'instigation de Colbert, jugé avec partialité, et enfermé à la forteresse de Pignerol pour de longues années.

Et Tavernier ? Lui aussi est poursuivi par la malédiction. Encouragé par ses rapines, et toujours désireux d'augmenter sa collection personnelle, il ne peut résister à l'envie de repartir pour les Indes. Il a plus de quatre-vingts ans quand il s'embarque pour ce pays enchanteur. Hélas pour lui, si l'Inde est riche en gemmes de toute beauté, on y rencontre aussi de superbes tigres ! L'un de ceux-ci attaque l'éléphant qui transporte le vieux voyageur français, et dévore le spécialiste en pierres magiques peu scrupuleux.

Cependant, Louis XIV, fastueux mais rusé, se retrouve propriétaire des biens de Fouquet, et donc du Diamant bleu. Nous sommes en 1668. En 1673, le roi fait retailler le Diamant bleu par le lapidaire Piteau. Il devient d'une pureté absolue, et sa couleur tourne pratiquement au violet. La légende viendra s'en mêler une fois de plus.

« Madame, permettez-moi de vous offrir ce joyau qui ne peut appartenir qu'à une beauté telle que vous. Je l'ai fait tailler en cabochon. »

Et c'est ainsi que Françoise Athénaïs de Rochechouart de Mortemart, marquise de Montespan, aurait reçu de son royal amant le plus beau diamant du monde. Lui parle-t-on de la malédiction ? On l'ignore. On dira même que le diamant ornait son corsage alors qu'elle assistait aux messes noires de la Voisin, fameuse empoisonneuse qui finira mal, avec ses comparses de l'affaire des Poisons. Mais les spécialistes s'inscrivent en faux contre ce détour du diamant dans l'histoire.

Quelques années plus tard, en 1679, compromise justement dans l'affaire des Poisons, la belle Athénaïs voit son étoile se ternir, malgré les huit enfants qu'elle a donnés au roi. Elle meurt en 1707. Les entrailles de la belle marquise seront, malédiction posthume, dévorées par un cochon sur le bord d'une route. Peut-être avait-elle trop « désiré » posséder le diamant...

En tout cas, le Diamant bleu, porté par Louis XIV, participe à toute la série de deuils qui attristent les dernières années du règne. Fils, petits-fils disparaissent comme par enchantement, laissant la route du trône au futur Louis XV. Louis XIV porte une dernière fois le diamant maudit sur un habit couvert d'autres diamants, lors de la réception des ambassadeurs persans. Le roi peut à peine se mouvoir tant il est couvert de pierreries. Quinze jours plus tard, il rend l'âme... avec ou sans malédiction.

Louis XV, ayant entendu parler de la richesse des « Toisons d'or » portées par les souverains étrangers, décide de s'en faire monter un exemplaire qui éblouisse le monde entier. La Pompadour, qui apprend à graver les pierres fines, lui suggère d'utiliser un des joyaux de la couronne : la Côte de Bretagne, rubis balais. Cette pierre magnifique ira rejoindre le Diamant bleu sur l'Ordre de la Toison d'or, par les soins du joaillier Jacquemin. La Côte de Bretagne est transformée en dragon. De sa bouche sortent des flammes de diamants qui viennent lécher le Diamant bleu.

Louis XVI hérite de bijoux fabuleux. Il possède une « parure blanche » uniquement composée de diamants blancs, ainsi qu'une « parure de couleur », mélange de diamants et d'autres pierres. Il y ajoute une épée de diamants et d'autres colifichets de même beauté. Le trésor royal comporte une multitude de pierres magnifiques, montées ou non. Louis XVI porte à son tour le Diamant bleu.

La légende veut même que Louis XVI et sa ravissante épouse autrichienne, Marie-Antoinette, aient eu une prédilection pour ce diamant maléfique. En fait, la reine ne l'a jamais porté. La légende raconte qu'elle l'aurait prêté à la princesse de Lamballe, dont la tête finit au bout d'une pique. Ce n'est qu'une légende, mais le destin tragique frappe en tout cas les souverains... et beaucoup d'autres.

Avant de périr sur l'échafaud, les souverains ont rendu leurs joyaux au gouvernement révolutionnaire. Le Diamant bleu est confié dès la Révolution au Garde-meuble national, et ce jusqu'à la nuit du 16 au 17 septembre 1792, nuit au cours de laquelle des cambrioleurs audacieux font main basse sur les quelques joyaux de la Couronne, ou plutôt de la Nation, déposés pratiquement sans surveillance au Garde-meuble. Un certain cadet Guillot, qui doit s'y connaître, s'empare de la Toison d'or ornée du Diamant bleu et de l'épée de diamants du roi. Il s'enfuit en Angleterre avec son butin, démonte les joyaux, les vend, et termine ses jours... dans son lit.

Il faudra attendre 1804 pour que Guillot fasse proposer au futur Louis XVIII, alors en exil à Gand, de lui vendre... le rubis Côte de Bretagne. Le futur souverain se fait remettre le rubis, et le garde, tout simplement. Il fait cependant donner une récompense à l'intermédiaire qui lui a apporté ce joyau dont il s'estime le légitime propriétaire. À voleur, voleur et demi. Le Diamant bleu disparaît pour quelque temps. On le retrouve chez Daniel Eliason, un diamantaire juif de Londres. Mais il a été retaillé pour devenir méconnaissable. Il aurait transité chez un diamantaire de Hollande, un certain Fals. Le Diamant bleu ne pèse plus que soixante-sept carats. Fals, étant propriétaire de cette merveille, l'aurait revendu. Mais le diamantaire est affligé d'un vice : il est joueur, et perd tout le produit de cette vente au jeu. Pour lui aussi la malédiction agit et Fals, parti sur une très mauvaise pente, finira par se suicider.

Les fragments issus de la nouvelle taille du joyau commencent alors à vivre leur propre vie. Et tout d'abord, que sont devenus les trois fragments qui restaient après la taille hollandaise ? Un joli morceau, celui de taille moyenne, est revendu au duc de Brunswick : cette pièce sera désormais connue sous le nom de Goutte bleue de Brunswick.

C'est un émigré, le comte de Beaulicu, qui s'est rendu acquéreur du Diamant bleu — ou du moins ce qu'il en reste. Lui aussi, pour des raisons mystérieuses, meurt dans les quelques semaines qui suivent son achat. Le Diamant bleu poursuit sa route et, quelques années plus tard, c'est un bijoutier londonien d'origine hollandaise qui s'en retrouve légitime propriétaire. Il le paie 18 000 livres. Mais, poussé par une intuition salvatrice, il revend le joyau au banquier Thomas Henri Hope.

Désormais, le Diamant bleu suit son destin sous le nom de Hope. La malédiction va-t-elle cesser ? *Hope*, en anglais, signifie espoir : cela devrait annuler la malédiction bouddhiste. On dirait en effet que, pendant la centaine d'années qui va suivre, rien de fâcheux ne soit à déplorer dans la famille du banquier. Trois générations vivent tranquilles.

Puis, à nouveau, les rumeurs les plus folles se répandent.

1894 : la comédienne May Yahne épouse l'arrière-petit-fils du banquier Hope, et l'heureux fiancé fait figurer la pierre fabuleuse dans la corbeille de mariage de son épouse. Cela semble réveiller la vieille malédiction. Cette union s'avère catastrophique et se termine par un divorce. May Yahne garde le Hope et, assez vite, se remarie. Puis elle divorce à nouveau, se remarie encore. Son quatrième et dernier époux finit mal, mystérieusement assassiné à Boston. May, qui semble, elle aussi, porter malheur à ses conjoints, vend le diamant pour subsister. Cela ne l'empêchera pas de mourir dans la misère...

C'est un bijoutier de New York, un nommé Luce, qui devient le nouveau propriétaire de la pierre maudite et splendide. Avant la fin de l'année, accablé de dettes, il fait faillite. Un autre bijoutier est intéressé par le diamant Hope. Celui-ci est français et se nomme Colot.

« Vous savez la nouvelle ? Ce pauvre Colot est devenu complètement fou. Il vient de se suicider hier soir ! » Ceux qui répandent ce triste fait divers ne font peut-être pas le rapprochement entre ce suicide et la malédiction des bouddhistes...

« Chère amie, voulez-vous me permettre de vous offrir ce petit témoignage de reconnaissance et d'admiration pour votre beauté ? »

Cette fois-ci, ce n'est plus Louis XIV qui parle à la Montespan. Les temps ont changé. Le généreux donateur est le prince Kanisowski, qui vient d'hériter cette merveille. Et celle à qui il l'offre, dans un joli mouvement de galanterie, est célèbre. En tout cas à l'époque : c'est une danseuse des Folies-Bergère, Loréna Ladué. Elle est folle de joie : « Grand fou ! Vous me surprendrez toujours ! Dites donc, votre diamant, ce n'est pas de la roupie de sansonnet ! »

Le prince explique complaisamment le pedigree de son cadeau. En omettant, par ignorance ou par délicatesse, de parler de la malédiction... Mais personne n'échappe au destin, et trois semaines après lui avoir offert le bijou merveilleux, le prince poignarde la pauvre Loréna. Affaire qui fait scandale. Il reprend le diamant et, en 1910, subit à son tour la malédiction, comme en font foi les gros titres des journaux :

« Attentat terroriste : Son Altesse le Prince Kanisowski assassiné en pleine rue par des opposants au régime. »

Mais les diamants sont éternels, c'est bien connu, et pratiquement indestructibles. C'est pourquoi le Hope échoit à un certain M. Montharidès, un Brésilien, comme son nom ne l'indique pas. Hélas! ce nouveau propriétaire se tue dans un accident d'automobile en compagnie de son épouse.

Un prince Poniatowski en est un moment propriétaire : il s'en défait avant de s'en mordre les doigts.

Puis on retrouve le Hope entre les mains du cruel sultan turc Abdu-Hamid. Quelques semaines plus tard, celui-ci est déposé par le mouvement contestataire des « Jeunes Turcs », mené par Kemal Ataturk.

C'est un commerçant de Trébizonde qui en devient le nouveau propriétaire, avant de périr noyé.

Mais ne nous égarons pas dans la légende, aussi croustillante soit-elle. Nous sommes en 1911 : le diamant repart vers le nouveau continent et c'est le directeur du *Washington Post*, Mr. MacLean, qui entre en possession de la pierre qu'on peut, avouons-le, appeler « maudite ». La preuve en est que le fils unique de MacLean, qui en hérite, est tué par une voiture. Nous ne sommes encore qu'en 1919, c'est dire le nombre de catastrophes et de tragédies qui se sont succédé depuis 1894, année de la nouvelle série de « malédictions ». Mais après tout, quoi de plus normal que, de temps en temps, dans les familles de milliardaires, un accident de voiture ne vienne endeuiller la société? Diamant bleu ou pas... Mrs. MacLean garde pourtant le bijou, mais désormais elle évite de le porter. À sa mort, en 1949, le diamant est vendu au joaillier Henry Winston qui, presque dix ans plus tard, fera don au Smithsonian Institution de Washington du diamant Hope, aussi appelé « Pierre du destin ».

En 1962, le conservateur en chef du Louvre organise l'exposition intitulée *Dix siècles de joaillerie française.* On espère y voir le diamant Hope, ex-« Diamant bleu », mais le Smithsonian Institution renâcle. Il faut, pour débloquer la situation, obtenir l'appui du Président Kennedy en personne. L'année suivante, celui-ci est assassiné à Dallas. On se sent des frissons dans le dos, quand on y pense. Voilà une belle suite de malheurs. *Si non è vero...*

MAINS DE FEU

Si vous vous promenez à Rome, non loin du château Saint-Ange, vous y découvrirez peut-être une petite église de style gothique, au bord du Tibre : il s'agit du Sacré-Cœur du Suffrage. Demandez à visiter la collection que renferme le presbytère, et apprêtez-vous à des visions étonnantes. Au début du xxᵉ siècle un ecclésiastique, le père Victor Jouet, a fondé à Rome ce musée bien particulier : il est exclusivement consacré à des objets qui gardent des traces. Traces impressionnantes, puisqu'il s'agit de brûlures. Et ces brûlures sont, sans aucun doute, des manifestations laissées par des âmes de l'au-delà. Bien sûr, ces âmes ne reposent pas en paix puisqu'elles se manifestent, ou se sont manifestées, de cette manière très spectaculaire et sinistre. Sont-elles en train de brûler dans les flammes de l'enfer ? Mystère...

Parmi ces reliques hallucinantes on peut contempler, sinon admirer, un livre de prières en allemand. Son propriétaire était un certain Georges Schmidt, et l'empreinte d'une main, dont on distingue nettement les cinq doigts, aurait été laissée par le défunt frère de Georges, Joseph. Cela se passait en 1838.

Marie Zaganti, quant à elle, a légué au musée un livre de prières sur lequel son amie Palmira Rastelli, décédée peu de temps auparavant, a jugé bon de laisser la marque en forme de brûlure de trois de ses doigts. On était en 1871. Que voulait-elle dire par là ? Mystère...

La marquise Degli Astalli était la nièce du pape Innocent XI. Elle mourut plutôt jeune, en 1683. On l'enterra, mais quelques jours après la cérémonie la marquise apparaît à l'une de ses servantes, qui n'en demande pas tant : « Dis à mon époux que je demande deux cents messes pour le repos de mon âme », lui dit-elle.

Le mari, informé, se montre un peu vexé : « Et pourquoi ma défunte épouse ne m'apparaît-elle pas directement, au lieu de s'adresser à une domestique ? »

La marquise, qui a entendu la question, se manifeste encore pour expliquer que « Dieu ne permet pas cette communication directe ». Pour convaincre son veuf, elle laisse, elle aussi, une marque carbonisée de sa main sur... la couverture du lit conjugal. Un père jésuite, ordre où l'on a peu tendance aux extases désordonnées, est témoin des faits et les consigne immédiatement pour la postérité. Et la reine Christine de Suède, qui ressemble plus à une mécréante sans foi ni loi qu'à une chrétienne pur sucre, a, dans les semaines qui suivent, l'occasion d'examiner elle-même la marque laissée par la marquise. Le pape Innocent XI, l'oncle de la défunte, est lui aussi amené à se pencher sur la marque. Non seulement il reconnaît la taille de la main de sa nièce, mais encore il distingue dans la brûlure une déformation du pouce dont celle-ci avait été affectée durant toute sa vie.

Comment tout cela a-t-il commencé ? Nous sommes en 1897, et le père Victor Jouet, un Français, est en train de dire sa messe dans une chapelle consacrée à Notre-Dame du Rosaire. Soudain le feu se déclare, sur l'autel même où il officie. Aussi inexplicable qu'il soit, le feu se déchaîne en véritable incendie et, à travers les flammes, le prêtre et les fidèles qui assistent à la messe voient apparaître une forme humaine : un visage, qui exprime la douleur la plus extrême.

Quand le feu se calme, on constate que ce visage humain est resté marqué sur un des panneaux de bois de l'autel. Une foule considérable accourt bientôt pour voir cette marque d'une « âme en peine ». Personne ne doute qu'il s'agisse d'un défunt du purgatoire.

Les autorités ecclésiastiques notent les faits, sans vouloir rien en conclure. Le père Jouet consulte le pape Pie X, puis son successeur Benoît XV et, avec leur accord, il met en chantier la construction d'un nouveau sanctuaire, à l'emplacement même du phénomène : c'est l'église du Sacré-Cœur du Suffrage. Désormais, le père Jouet parcourt l'Europe, à la recherche de nouveaux témoignages et de nouvelles reliques laissées par les âmes torturées par le feu. Il en recueille en Allemagne, en Pologne, en France aussi.

De Pologne, il rapporte l'empreinte d'une main déposée au sanctuaire de Jasna Gora, près de Czestochowa, haut lieu de pèlerinage du peuple polonais. La main brûlante s'est posée sur un corporal, linge d'église qu'on dépose, plié en plusieurs épaisseurs, sous le calice, durant la messe. Là, on voit que les plis supérieurs du corporal ont été entièrement carbonisés par « la main de l'au-delà ». Les plis situés plus bas ont moins souffert de la brûlure. Et quand on parvient aux plis inférieurs, on peut nettement voir des nuances, selon que la marque est celle des muscles de la main ou des articulations osseuses.

En France, on conserve le livre pieux de Marguerite Demmerlé, une jeune femme d'Éligen, près de Metz. En 1915, à plusieurs reprises, elle a l'occasion de voir le fantôme d'une femme qui descend un escalier. Cette femme a une expression très triste. Marguerite se confie à son confesseur qui conseille de poser franchement la question :

« Que voulez-vous ? »

L'âme en peine répond :

« Je suis ta belle-mère. Tu ne me connais pas, car je suis morte en couches il y a trente ans. Je voudrais que tu ailles au pèlerinage de Marienthal, et que tu fasses dire deux messes pour le repos de mon âme. » C'est ce que fit Marguerite, et la défunte se présenta une dernière fois pour remercier sa bru. En témoignage de sa satisfaction, elle posa un doigt, un seul, sur l'*Imitation de Jésus-Christ* de Marguerite, et disparut définitivement dans un halo lumineux qui exprimait sa paix éternelle retrouvée.

Le musée possède aussi une relique qui vient de Bastia. En 1894, au couvent, une petite sœur, Maria de Gonzague, est bien mal en point. Elle souffre de la poitrine et éprouve les plus grandes difficultés à respirer. Un jour, découragée, elle demande à Dieu d'abréger ses souffrances et de la rappeler à lui. Elle sera exaucée...

Quelques heures après sa mort, une autre petite sœur a la surprise de la voir réapparaître. Elle explique qu'elle s'est retrouvée au purgatoire pour expier son manque de patience. Elle laisse sa marque de feu sur son propre oreiller.

Quoi d'autre encore ? Le tablier d'une sœur bénédictine de Vinnenberg, en Westphalie. On y voit la marque du doigt d'une autre nonne, morte de la peste en 1637.

Joseph Leleux, de Mons, vit à l'époque de la Révolution. Il a un sommeil agité, car onze nuits consécutives il est réveillé par des bruits étranges. Il est si impressionné qu'il en tombe malade. Finalement, dans la nuit du 21 juin 1789, il voit apparaître sa propre mère, morte vingt-sept ans plus tôt. Elle lui reproche sa vie dissipée et l'incite à s'amender, à prier pour l'Église. Pour confirmer ses demandes, elle pose sa main de feu sur la manche de la chemise du jeune homme. Fils obéissant, Joseph Leleux fonde une congrégation laïque, et meurt en odeur de sainteté trente-six ans plus tard.

Provenant de Mantoue, une marque sur bois est celle d'une main gauche. Tout à côté, une croix qui semble tracée par un doigt de feu. L'auteur en est un abbé bénédictin, et elle date de 1831. Cet abbé devait avoir bien des messages à faire passer, car il se manifeste la même année à Isabella Fornari, abbesse des clarisses de la ville. Sa main de feu brûle la robe de laine de la mère abbesse, sa chemise de toile, et même son bras, qui se met à saigner. Les traces de sang sont encore visibles sur le tissu.

Voici à présent le bonnet de coton typiquement normand d'un certain Louis Le Sénéchal, de Ducey. Son épouse, morte en 1873, revient de l'au-delà pour lui demander des messes, et signe sa demande de la marque d'un doigt sur son bonnet de coton. Mystères, mystères...

Le Sacré-Cœur du Suffrage est, en tout cas, un musée pour ceux qui se posent des questions sur la vie après la mort.

L'HONNEUR D'UN MARCHAND

Il était une fois un marchand très spécialisé. Je ne dirai pas quel était vraiment son domaine, car on pourrait l'identifier trop facilement. Disons, pour l'histoire, qu'il s'occupait d'un domaine très étroit, par exemple les bijoux antiques. Il était particulièrement dur en affaires, et ses méthodes peu plaisantes ne lui avaient pas fait que des amis.

Un jour, un monsieur très bourgeois se présente chez lui et lui propose une pièce rarissime. Notre spécialiste l'examine, et la trouve intéressante. Une broche princière de fabrication scythe. Comme le monsieur avoue qu'il est un peu gêné — financièrement parlant —, notre spécialiste lui fait une offre qui, disons-le, manque de générosité. L'autre accepte.

Une fois en possession de sa pièce rare, notre marchand l'examine encore et constate qu'elle nécessite quelques restaurations et réparations, qu'il fait effectuer par son spécialiste habituel, dans les proportions autorisées par la loi, c'est-à-dire en ne dépassant pas 20 % de la surface de l'objet. Puis il expose son tout nouveau trésor, et attend un client capable de l'acquérir.

Quelque temps plus tard, notre marchand vend sa broche et réalise, compte tenu du prix d'achat et des frais de restauration, un bénéfice très confortable. Mais une mauvaise surprise l'attend quelques mois plus tard. Il reçoit un courrier recommandé du nouveau propriétaire de la broche antique. Celui-ci, furieux, lui dit en substance : « Monsieur, je vous ai acheté il y a quelques mois, pour la somme de X francs, une broche antique que vous m'avez garantie comme authentiquement scythe. Or cette broche est un faux, que certains experts considèrent même comme grossier, et je vais m'empresser de vous attaquer en justice pour escroquerie. »

Notre marchand, bouleversé et surpris, se précipite chez son client et, devant les preuves avancées par l'amateur tout à fait furieux, il fait la seule chose possible : il propose de rembourser intégralement le prix de vente et de récupérer sa broche. Mais il proteste qu'il a agi en toute bonne foi et qu'il croyait sincèrement à l'authenticité de l'objet.

L'autre, curieusement, se drape dans sa dignité outragée et refuse absolument d'annuler la vente : il veut porter l'affaire devant les tribunaux, et il ne cache pas qu'il compte lui donner toute la publicité nécessaire. Il menace même, à mots à peine voilés, de « démasquer un soi-disant spécialiste et expert, qui n'est en fait qu'un margoulin ».

Notre marchand se retire, désespéré de voir bientôt une réputation qu'il a mis des années à établir totalement ruinée par une erreur. Comme dit un auteur anglais : « On pardonne plus facilement une erreur de diagnostic à son médecin qu'à son expert ! »

En fait, il s'agissait d'un coup monté — et même somptueusement monté — par les ennemis et concurrents de notre marchand, afin de lui faire ravaler une bonne fois pour toutes un peu de sa morgue et de sa prétention.

Ce qu'ils n'avaient pas prévu, c'est que dans cette affaire l'homme, déjà en fin de carrière et sans doute miné par d'autres problèmes personnels, n'aurait pas le courage d'affronter la situation. Il est rentré chez lui, et s'est suicidé.

TRÉSOR PARISIEN

En 1938, on découvre, au 53 de la rue Mouffetard, à l'occasion de travaux d'assainissement, quinze kilos d'or empaquetés dans des boudins de toile très semblables à des fourreaux de parapluie. Les ouvriers, croyant qu'il s'agit de pièces de cuivre, se les partagent afin de les offrir comme jouets à leurs enfants.

Cependant l'un d'entre eux montra ses pièces à un ami, qui lui conseilla d'aller consulter un bijoutier. Dès qu'on connut la vérité, le commissariat du Ve arrondissement fit garder l'immeuble. Puis on reprit les fouilles, sous le contrôle d'un huissier.

Le 28 mai, on trouve d'autres pièces et un testament, placé près du magot. On parvient à identifier l'enfouisseur de ce trésor. On récupère quelques pièces qui s'étaient égarées dans les bistrots du quartier, on en retrouve même dans le distributeur de friandises qui trônait sur le quai de la station de métro Robespierre !

Celui qui avait enfoui ce trésor était un certain Louis Nivelle, écuyer du roi Louis XVI. Il avait fait fortune dans le papier. Son père, un avocat fameux surnommé Langue d'or, avait plaidé, en vain, pour arracher la Brinvilliers au supplice qui vint couronner sa carrière d'empoisonneuse. Dans ce cas précis, Louis Nivelle avait, dans son testament découvert par les ouvriers, désigné comme héritière universelle une de ses filles, Anne-Louise. On fit des recherches pour retrouver les héritiers de cette dernière, morte depuis plus de cent cinquante ans. Celle-ci, mariée, était morte sans héritier direct en 1801, et ce furent ses descendants collatéraux, quatre-vingt-trois héritiers issus de quatre cousins germains d'Anne-Louise, qui, juste avant la guerre de 39-45, se partagèrent ce don du ciel : 3 210 louis, 258 double-louis et 87 demi-louis, presque tous fabriqués à Paris. La vente à l'hôtel Drouot rapporta en 1939 la somme de 210 000 francs. Somme qui sera mise en dépôt à la Banque de France de Montpellier. Il fallut attendre la paix retrouvée, dix ans plus tard, pour voir les héritiers chanceux toucher leur pactole.

Les généalogistes apprendront d'ailleurs que Anne-Louise-Claude Nivelle, l'héritière, avait de son vivant doublement manqué de chance. Mariée à Jean-Louis Jariel de Forges, écuyer et secrétaire de Louis XV, elle s'apercevra bientôt que son époux est du genre « bizarre ». Il prend un jour, comme son beau-père, la décision d'enfouir sa fortune dans un endroit secret et... meurt sans avoir eu le temps de le révéler. Anne-Louise saura simplement qu'il y a quelque part... 29 barres d'or et 150 000 livres.

En ce qui concerne le trésor de la rue Mouffetard, les pièces, mises en sac, furent considérées comme un « trésor »; les ouvriers en touchèrent une moitié, la Ville de Paris toucha l'autre.

Mais quelqu'un dut soupirer en apprenant tous ces détails : une certaine Mme Texier. Elle avait passé plus de vingt ans dans l'appartement du trésor. Dans un état proche de la misère. Un jour, son mari avait abattu une cloison, mais hélas ! ce n'était pas la bonne, et ces gens, qui étaient très pauvres, avaient dormi pendant toutes ces années sans le savoir avec la tête posée sur un fabuleux magot...

PORTRAIT DÉTESTABLE

Marie Marcoz n'a rien, sauf sa beauté.

Son père est un drapier lyonnais. Pendant toute sa petite enfance, la ville de Lyon est agitée par les troubles et les haines engendrés par la Révolution. Joseph Fouché parle rien moins que de raser la ville.

En 1802, Marie Geneviève Marguerite Marcoz devient l'épouse d'un camarade d'enfance, Jean Talandier, marchand de chapeaux. Il est plus jeune qu'elle, et chacun apporte 20 000 francs de dot dans le ménage. Leur union est bénie du ciel, puisque Marie donne bientôt le jour à une petite fille : Geneviève-Amélina. Le train-train s'installe, jusqu'au moment où Jean annonce une grande nouvelle : « Nous devons partir pour Rome. C'est là que l'on trouve les ouvriers les plus habiles et les moins onéreux. Si je veux développer notre commerce, je dois aller ouvrir un bureau là-bas. Bien sûr, vous m'accompagnez toutes les deux. »

Et c'est la raison pour laquelle Marie vit aujourd'hui, en 1814, à Rome. Une ville remplie d'artistes, où l'amour peut fleurir au détour de chaque colonne antique, sortir de chaque pavé. Rome qui, à l'époque, est française tout autant qu'italienne.

La ville est bourdonnante d'activités, tant commerciales qu'esthétiques. Les artistes étrangers amoureux de l'Antiquité viennent chercher l'inspiration de ce style que le peintre David a rendu presque obligatoire. En haut du Pincio, la Villa Médicis accueille pour plusieurs années les peintres, sculpteurs et musiciens à qui l'on a décerné le Prix de Rome.

Jean-Dominique Ingres fait partie de ces heureux élus. Malheureusement, le séjour offert par la France ne peut durer plus de quatre ans. Au bout de ces quatre années, Ingres doit quitter la Villa. Il veut rester à Rome et, pour y parvenir, doit trouver à se loger. Il lui faut aussi trouver assez d'argent pour subsister.

Il se met alors à dessiner, pour des sommes modiques, des petits portraits, d'ailleurs admirables.

Le préfet de Rome est le baron de Tournon. Représentant de l'Empereur, il se doit de soutenir le prestige de son maître en donnant de nombreuses fêtes où se côtoient nobles et artistes, arrivistes et jolies femmes. Marie Talandier, qui est invitée, est bientôt grisée par tous ces hommes charmants qui lui font les yeux doux. Sans doute cède-t-elle à quelques avances; mais elle n'entend pas faire de Jean un cocu. Alors, elle demande le divorce, et garde sa fille. Comme elle a quelques biens propres, elle se loge dans le quartier du Trastevere. Elle y reçoit avec grâce ceux qui veulent lui faire des compliments et jouir... de son esprit. On la surnomme « la belle Trastévérine ».

Parmi ceux qui fréquentent sa maison figure Alexandre de Sénonnes. Il est riche, il est beau, il est amoureux, il a échappé à la tourmente révolutionnaire. Il est noble et il adore la peinture. Il se montre sensible à la beauté de Marie et n'hésite pas à lui proposer sa tendresse. Elle accepte, il est libre, elle aussi. Ils se marient.

La toute nouvelle Madame de Sénonnes, toujours très élégante, d'une suprême beauté, est la reine de ces fêtes romaines, et on la voit souvent en conversation avec le général Miollis, gouverneur militaire, ou M. Norvins, directeur des Eaux et Forêts. Dans la foule qui se presse sous les lambris dorés, les adorateurs de la belle Marie sont nombreux. Mais nombreuses aussi les langues de venimeuses qui colportent des propos déplaisants : « C'est une aventurière ! Une parvenue ! »

C'est à cette époque que le pauvre Ingres rencontre les Sénonnes et qu'il se voit passer commande d'un portrait de la belle Marie. Il la représente dans une robe de couleur pourpre, qui met bien en valeur son teint de lys et ses yeux noirs, ses cheveux sombres comme l'ébène. Son modèle l'inspire, car Marie est belle, d'une beauté qui ne se livre pas au premier regard. Mélancolique et rêveuse, fière et séduisante.

Sans doute Ingres est-il, lui aussi, séduit par son modèle.

Rome, en découvrant le portrait, exprime son admiration.

Soudain, c'est la fin de Napoléon I⁵ᵗ. Les Bourbons reviennent au pouvoir. Louis XVIII fait dire à Alexandre de Sénonnes qu'il doit rentrer à Paris, où de hautes fonctions l'attendent. Marie, la mort dans l'âme, doit quitter Rome dont elle était la reine, pour se retrouver à Paris. Alexandre, Marie et... le portrait rentrent en France.

Marie y devient à nouveau la reine des fêtes légitimistes. Mais en venant à Paris, elle s'est rapprochée de... la famille de Sénonnes qui, mise au courant de cette « mésalliance », ne décolère pas. « Comment cette Marie Marcoz a-t-elle eu l'outrecuidance d'entrer dans notre famille ? Ignore-t-elle qu'elle ne fera jamais partie des La Motte-Baracé de Sénonnes ? Comment Alexandre a-t-il pu être assez dément pour la faire entrer dans une lignée de croisés ? Une famille qui a servi François Iᵉʳ, Louis XIV, Louis XV... ? » Ces cris de fureur se répercutent sur les murailles épaisses de leur château de Bretagne, non loin de Châteaubriant. Une noble demeure qui remonte au XVᵉ siècle.

« Comment ose-t-il nous imposer une drapière quand, il y a vingt ans à peine, les têtes de nos parents martyrs roulaient sur l'échafaud ? » En effet, le 16 mars 1794, François-Pierre de La Motte-Baracé et son épouse, Suzanne Drouillard de La Marne, dénoncés par un domestique, incarcérés à la Conciergerie, jugés pour « intelligence avec les ennemis extérieurs et intérieurs de la République », ont été condamnés à mort. Ils furent exécutés ensemble le 7 avril suivant... Paix à leurs âmes. Ils laissaient trois orphelins : Pierre, Marie et Alexandre, l'époux de notre Marie.

Ces orphelins furent recueillis par un avocat, mais la petite sœur devait mourir avant d'avoir quinze ans. Pierre, l'aîné, se lança dans la chouannerie, puis, prudent, se consacra à la mise en valeur de ses terres et à la chasse. Alexandre, lui, s'adonna à la peinture. Le défunt François-Pierre avait déjà cette passion, qu'on retrouve aussi chez un ancêtre, par ailleurs lieutenant général d'artillerie sous Louis XIV. Pierre prit épouse, et quitta le château familial. Alexandre s'ennuyait et partit pour le soleil de l'Italie : c'est ainsi qu'il a rencontré Marie.

Dès qu'ils ont eu connaissance de la liaison d'Alexandre et de Marie la drapière, les Sénonnes ont pris leur plus belle plume pour mettre leur artiste romain en garde. Pierre a écrit à son frère, et Auguste, frère du martyr de la Révolution, s'en est mêlé aussi. On dit que les Bretons sont têtus. En tout cas, Alexandre a répondu aux mises en demeure de ses parents par l'annonce... que Marie était devenue vicomtesse de Sénonnes. D'ailleurs, à Rome, Alexandre a fait de son épouse un agent actif qui travaille pour le retour de Louis XVIII.

La distance entre Rome et la Bretagne apaisait un peu la colère des Sénonnes. Mais quand Alexandre et son épouse arrivent à Paris, la colère de la famille remonte à la surface.

« Le Roi a nommé Alexandre secrétaire de la Chambre !

— Avec 12 000 francs d'appointements !

— Il l'a fait chevalier de la Légion d'honneur !

— Membre de l'Académie des beaux-arts !

— Attendez, vous ne savez pas tout : Alexandre vient d'être nommé secrétaire général des Musées royaux. À 15 000 francs d'appointements ! Et il est logé au Louvre même, avec sa... avec la... Trastévérine ! »

Les Sénonnes s'étranglent, et les mots leur manquent. Trastévérine n'est pas un compliment. Le Trastevere n'est pas un quartier élégant de Rome, même à l'époque. Les Sénonnes se plaisent à inventer une toute nouvelle « biographie » pour la belle Marie. Pas du tout à son avantage.

En 1818, Alexandre fait un voyage officiel qui l'amène... à Sénonnes. Avec son épouse. Ce ne sont que fêtes, réceptions officielles. Une cérémonie se déroule dans l'église du village, devant le cénotaphe en marbre blanc où l'on peut voir les profils des deux martyrs de 1794.

Mais tous ceux qui assistent à cet émouvant retour de l'enfant du pays sont obligés de constater l'absence totale et unanime de tous les autres membres de la famille. Ni Pierre, le frère, ni Auguste, l'oncle, ni la tante, ni les cousines. Marie saura s'en souvenir.

Retour à Paris, où l'étoile d'Alexandre continue à monter au firmament. « Sa Majesté vous nomme secrétaire général du ministère de la Maison du Roi. » Ceci amène Alexandre à faire fonction de ministre pendant la courte guerre d'Espagne.

Charles X succède à Louis XVIII. Alexandre devient maître des requêtes au Conseil d'État, intendant de la Liste civile, commandeur de la Légion d'honneur. Désormais, il est l'un des favoris du roi. Il se lance dans les affaires, spécule dans l'immobilier. Marie Cardoz est au sommet de l'échelle sociale. Quel destin superbe ! Jusqu'où montera-t-elle ?

En 1828, hélas, Alexandre voit mourir sa chère Marie. Elle a quarante-cinq ans, et elle est encore belle. Décidément, les malheurs vont accabler Alexandre. Après la mort de son épouse, ce sont ses spéculations immobilières qui s'avèrent malheureuses. Les huissiers apparaissent : les meubles précieux, les bibelots disparaissent...

« Le portrait de Marie, jamais je ne les laisserai l'emporter ! Il faut que je le mette en lieu sûr. Mais où ? »

Alexandre a-t-il si peu d'amis en qui avoir confiance ? Toujours est-il qu'il fait expédier le portrait par Ingres... chez ceux qui détestaient le plus Marie : son frère Pierre et sa famille.

Dans la pénombre complice, un soir, une main inconnue — mais sans doute féminine —, armée d'un couteau, lacère le portrait de la « Trastévérine » en pleine face. Pierre, quand il découvre le forfait anonyme, n'hésite pas. S'il n'aimait pas sa belle-sœur, il est en revanche amateur de belle peinture, et il donne des ordres pour qu'on restaure la toile. « Et quelle sottise de lacérer un tableau signé de monsieur Ingres ! Savez-vous ce que valent ses tableaux aujourd'hui ? »

Pendant plus de vingt ans, Marie, blessée et recousue, reste tranquillement derrière les murs du château. Pierre, le frère d'Alexandre, lègue ses biens mobiliers et immobiliers à son fils Armand. Celui-ci, quand il mourra à son tour, léguera ses biens et *Marie la Trastévérine* passera entre les mains de sa veuve, née Adélaïde de Bruce. Celle-ci connaît toute l'histoire, mais elle s'en moque bien : tout cela est si loin. Alors elle décide de vendre le tableau. À qui ? À un brocanteur d'Angers, qui en offre 120 francs. Elle marchande et obtient, en plus de l'argent, un petit guéridon qui lui semble charmant. *Marie la Trastévérine* se retrouve sur une carriole. Le brocanteur l'expose devant sa boutique, à même le trottoir.

Un vieux monsieur qui passe dit en la voyant, la reconnaissant : « Marie est retournée à son point de départ. » Les passants ricanent en répétant le mot. Mais l'un d'eux, Philibert Doré, a une tout autre réaction. Rentré chez lui après avoir vu le tableau, il saisit une plume et du papier pour écrire à Nantes. Sa lettre est adressée au conservateur du musée, M. Baudoux.

Quelques jours plus tard, Baudoux et Doré sont devant chez le brocanteur. La belle Marie est toujours là, en plein air. Ils s'informent mais, rien qu'à leurs tenues élégantes, le brocanteur a flairé des clients ayant des moyens. Il demande carrément 4 000 francs pour cette œuvre magnifique, qui ne lui a coûté que 120 francs et un guéridon.

Baudoux paye immédiatement, et repart aussitôt pour le musée de Nantes avec la belle Marie... Nous sommes en 1853.

Celui qui fut le plus étonné, quand il apprit les détails de cet achat, fut « Monsieur Ingres ». Il rentrait de Rome où il avait séjourné à nouveau, cette fois comme directeur de la Villa Médicis. *Marie la Trastévérine*, enfin restaurée correctement, reçoit tous les jours ouvrables au musée des Beaux-Arts de Nantes.

TABLEAU MAUDIT

Dans les années qui ont précédé la dernière guerre, un monsieur se présente chez un commissaire-priseur et lui dit : « J'ai un tableau de famille à vendre. Il s'agit d'un paysage de Corse datant des années 1840. »

Le commissaire-priseur fait l'estimation de l'œuvre, et le client précise : « En dessous de telle somme, je ne suis pas vendeur ! »

C'est ce qui s'appelle fixer le prix de réserve. Si l'œuvre n'atteint pas le prix minimum qu'il en a demandé, le vendeur doit verser au commissaire-priseur un petit pourcentage de la valeur effectivement atteinte.

Le tableau est présenté à l'exposition. Mais le jour de la vente, le prix atteint par les enchères est effectivement inférieur au prix de réserve. Le Paysage corse *est donc retiré de la vente. Le commissaire-priseur attend que le client vienne récupérer son tableau de famille. Ce monsieur, sans doute pris par d'autres affaires, tarde au moins trois semaines avant de venir récupérer son paysage. Enfin, il se présente. « Veuillez patienter un moment, on va chercher votre paysage », lui dit-on.*

Le monsieur prend patience, mais en vain. On ne retrouve pas le tableau dans l'étude. Pas plus que dans la remise, où les objets en attente sont parfois déposés. Rien !

« Nous allons chercher au magasin de l'hôtel Drouot. » Recherche tout aussi vaine. Le client commence à trouver le temps long. Le ton monte entre lui et le commissaire-priseur. On demande l'arbitrage du président de la Chambre, qui propose :

« Le commissaire-priseur va vous payer au prix minimum que vous aviez fixé avant la vente.

— Excellente idée. »

Le client touche donc le prix minimal qu'il espérait retirer de son Paysage corse.

La guerre arrive. Le client, qui passe parfois devant l'hôtel Drouot, s'y trouve justement au moment où l'on va démolir l'ancien bâtiment. Le secrétaire a organisé l'évacuation de tous les objets délaissés et restés dans les entrepôts. C'est au moment où l'on effectue ce déménagement que le client voit un commissionnaire dans la rue. Sous son bras, il porte... le Paysage corse, *que ce monsieur a vu pendant toute son enfance.*

« Mon paysage ! »

Il se précipite chez le président de la Chambre des commissaires-priseurs et explique que son paysage, disparu depuis longtemps, est réapparu miraculeusement :

« Quoi de plus simple ? Récupérez tout simplement votre bien !

— Mais j'aurais des scrupules à faire une telle chose. Après tout, un commissaire-priseur m'en a réglé le prix il y a quelques années. C'est lui qui aujourd'hui en est le légitime propriétaire !

— N'ayez aucun scrupule. Il est mort pendant la guerre. Remerciez le Seigneur, et repartez avec votre toile. »

Et c'est ce qui est fait. Le client reprend le tableau et le rapporte chez lui. Les années passent, et il meurt à son

44

tour. La succession est ouverte. On fait l'inventaire. La fille du défunt, quand on arrive au Paysage corse, dit : « Vendez ce tableau, je ne l'ai jamais aimé ! »

Mais le jour de l'exposition, le paysage n'est pas présenté. Puis, le jour de la vente, le tableau brille par son absence... Le commissaire-priseur lance tout son personnel à sa recherche : en vain. On ne le trouve ni à l'étude, ni à la remise, ni au magasin, ni aux entrepôts.

À nouveau, on fait appel au président de la Chambre (ce n'est plus le même). Et une fois encore, le commissaire-priseur (nouveau lui aussi) doit rembourser le prix de l'œuvre à la cliente. Les années passent...

Cette dame a maintenant un certain âge. Un jour, elle va dîner chez son fils, marié et père de famille. Et là, surprise : dans le salon, sur un chevalet, elle découvre le Paysage corse, qui trône sous un bel éclairage !

« Mais d'où vient ce tableau ? Notre tableau ! »

Le fils explique :

« Bah, l'autre jour, je passais à Drouot. Il y avait là une vente de divers objets trouvés; quand j'ai vu ce tableau, il m'a plu et je l'ai acheté pour une bouchée de pain.

— C'est miraculeux ! »

Mais il se fait tard, la dame doit regagner son propre domicile. Le temps est maussade. Elle glisse son parapluie sous son bras, se penche pour embrasser ses petits-enfants, et... transperce le Paysage corse du bout pointu de son « riflard ».

Tout le monde est désolé.

« Ce n'est rien, maman, nous allons le faire restaurer. C'est trop bête ! »

Quand le tableau revient de chez le restaurateur, le fils de la vieille dame trouve qu'il a payé fort cher. Du coup, le tableau ne lui plaît plus autant : « Vendons-le. Histoire de récupérer, si l'on peut, le prix de l'achat et de la restauration ! »

On se met en rapport avec un commissaire-priseur. On fixe un jour pour la vente, et un commissionnaire se rend chez le vendeur, dans un appartement en étage.

45

Hélas ! la série noire continue : en descendant l'escalier étroit, le commissionnaire accroche son talon au tapis de l'escalier, le voilà qui tombe le nez en avant et s'écroule dans le tableau, avant de descendre quelques marches en sa compagnie ! Au bout du compte, le Paysage corse *de 1840 était dans un si triste état que, malgré toutes ses merveilleuses aventures, on l'a flanqué à la poubelle !*

CŒURS DE ROIS

En 1793, les révolutionnaires enragés décident d'extirper les racines du despotisme et de la race honnie des Bourbons, en allant déloger dans la basilique de Saint-Denis les rois, les reines et les princes, qui y dormaient depuis des siècles. Non seulement ils violent les tombes, extirpent les squelettes ou les cadavres des meilleurs de nos rois, mais ils en jettent les viscères au vent, ils brisent autant que possible les monuments et anéantissent les superbes verrières qui dataient de l'époque de Saint Louis.

Alexandre Lenoir, qui sera plus tard le directeur d'un bric-à-bras archéologique appelé le musée des Monuments français, s'interpose comme il peut pour sauver des mains de ces nouveaux vandales un maximum de statues, de sculptures, et de restes royaux.

Des légendes commencent à circuler. On parle d'un citoyen britannique, un certain docteur Buckland, qui aurait dévoré les restes du cœur de Louis XIV. Mais les Anglais mangent de si étranges choses, après tout.

Sous le règne de Louis XVIII, propre frère du malheureux Louis XVI, un architecte vient à mourir. Nous sommes en 1818. L'année suivante, les héritiers liquident par vente publique les biens du regretté défunt. On appose des affiches qui préviennent les populations. Les biens de l'architecte, un certain Petit-Radel, comprennent des meubles et des collections d'objets d'art.

C'est M. Petit-Radel qui est mort, et c'est M. Petit-Guenot, commissaire-priseur, qui procède à la vente. Un amateur intéressé, Philippe-Henry Schunck, qui demeure au 26 de la rue d'Artois, assiste à la vacation.

« Voici à présent un lot de treize plaques de cuivre. D'après les inscriptions qu'elles portent, il semble que ces plaques aient été autrefois apposées sur les urnes qui contenaient les cœurs des anciens princes et princesses de la famille de France. »

En 1819, les Bourbons sont sur le trône de France. Les légitimistes n'hésitent pas à afficher leurs opinions, bien au contraire. C'est pourquoi, dès que les plaques respectables sont mises en vente, un inconnu fait monter les enchères. Plaque après plaque, il emporte douze des précieuses reliques. On ne sait trop pourquoi — négligence, inattention —, une seule arrive entre les mains de M. Schunck. Et pas des moindres : il s'agit de la plaque qui ornait l'urne dans laquelle reposait le propre cœur de Louis XIV, le Roi-Soleil. M. Schunck en devient le légitime propriétaire pour la modique somme de 9 francs.

M. Schunck est heureux de son achat, mais il voudrait en savoir davantage sur l'histoire de sa relique. Il se lie avec un ami du défunt Petit-Radel, qui pourrait en savoir plus. Celui-ci est peintre et se nomme Saint-Martin. M. Schunck lui fait savoir qu'il aimerait se rendre acquéreur de l'une de ses peintures.

Quand Schunck, sans en avoir l'air, aborde le problème des plaques de cuivre princières, Saint-Martin rechigne à en parler. Enfin, devant l'insistance de son visiteur, il consent à en dire plus :

« En 1793, comme vous le savez, la basilique de Saint-Denis a été profanée d'une manière imbécile. Mon ami Petit-Radel, qui était architecte à l'époque, a été chargé de surveiller les opérations. Non seulement à Saint-Denis, mais encore au Val-de-Grâce...

— C'est passionnant! Et que s'est-il passé ? »

M. Schunck, s'il avait été plus érudit en ce qui concerne l'histoire des restes royaux, aurait dû faire remarquer à Saint-Martin que la plaque dont il était propriétaire ne provenait ni de Saint-Denis ni du Val-de-Grâce. Elle ornait, on l'a dit, l'urne contenant le cœur du Roi-Soleil, Louis XIV. Et cette urne, de même que celle de son père, le roi Louis XIII, se trouvait dans l'église des Grands Jésuites, rue Saint-Antoine. Il s'agissait de deux monuments superbes, bien propres à exciter la hargne jacobine et la cupidité générale. Les urnes étaient supportées par des anges représentés pratiquement « grandeur nature » — si tant est qu'on puisse connaître la taille exacte de ces messagers divins! En tout cas, ces statues superbes, signées de Coustou et de Sarrasin, étaient en argent doré.

Mais revenons à notre amateur. Schunck accepte la version de Saint-Martin :

« Petit-Radel, au moment de procéder aux opérations dont nous parlons, avait convié deux de ses amis à l'accompagner. J'étais l'un de ces amis, et l'autre était un peintre, comme moi, nommé Martin Drolling. Nous avons été enchantés de l'accompagner, car nous espérions bien, dans cette affaire, nous procurer de la momie.

— De la momie?

— Oui, la momie est un mélange d'aromates qui sert à embaumer les corps, et plus particulièrement les viscères. C'est une sorte de pâte brun-rouge, qui sèche très lentement. Les peintres en sont très amateurs car, mélangée aux couleurs, elle permet d'obtenir des glacis d'une transparence merveilleuse.

— Mais ce doit être un produit rarissime!

— Hélas, oui. On en trouve qui provient du Moyen-Orient. Il s'agit de celle que fabriquent les embaumeurs juifs. Elle est faite d'aromates divers et de bitume de Judée. Inutile d'ajouter que celle qui parvient jusqu'à nos ateliers parisiens est fort rare, et fort chère. Alors, à la perspective d'en trouver une bonne quantité dont personne ne voudrait et qui serait gratuite, nous avons, toutes affaires cessantes, couru vers Saint-Denis... »

Petit-Radel, raconte alors Saint-Martin, est habilité

à ouvrir lui-même les urnes royales. Et, tel un marchand d'abats, il fait le grand seigneur avec ses amis : « Tiens, Saint-Martin, si tu veux, prends celui-ci : c'est le plus gros. Le propre cœur de Louis XIV ! »

« J'ai payé la somme qu'il me demandait. C'était une affaire. Petit-Radel a, quant à lui, empoché la plaque de l'urne de Louis XIV. Et puis, dans le mouvement, nous avons renouvelé l'opération. J'ai acheté aussi la momie de Louis XIII. »

Saint-Martin aurait dû se souvenir du lieu précis où avait eu lieu la transaction. Mais il préférait l'oublier. Il évitait ainsi que la police de Louis XVIII, vingt-six ans après les faits, ne vienne lui chercher des poux dans la tête, pour profanation de sépulture...

Drolling, quant à lui, s'était montré meilleur client encore que Saint-Martin. Il faut dire que sa spécialité était les scènes d'intérieur dans le style flamand, et particulièrement les clairs-obscurs « transparents ». Il avait donc un bien plus grand besoin de momie que Saint-Martin. Il se porta acquéreur de onze cœurs royaux : ceux d'Anne d'Autriche, de Marie-Thérèse, femme de Louis XIV, du duc et de la duchesse de Bourgogne, petits-enfants du grand roi. Il emporta encore le cœur de Madame Henriette, qui fit dire à Bossuet : « Madame se meurt, madame est morte ! » Le Régent, sa mère la Palatine, Gaston d'Orléans — le frère comploteur de Louis XIII —, la grande Mademoiselle, qui espérait tant épouser son cousin : tout le monde se retrouva, c'est le cas de le dire, dans le même panier.

Drolling en avait une telle provision qu'il lui fallut, une fois rentré chez lui, procéder à une conservation de sa momie. Il la broya, la malaxa, puis la mit en tubes.

Schunck demande où est à présent Drolling. Mais il est trop tard :

« Ce cher Drolling est mort récemment, en 1817. Forcément, il était parvenu à l'âge vénérable de soixante-cinq ans. C'est pourquoi je peux vous affirmer qu'en vingt-quatre ans, il avait eu largement le temps d'utiliser tous ses tubes de momie. Il n'en possédait plus... »

Saint-Martin, sans doute plus sensible que Drolling, avoue qu'il a utilisé une partie du cœur de Louis XIV pour obtenir les « merveilleuses transparences » qu'il recherchait. Mais il ajoute :

« J'en ai utilisé fort peu. Et quant au cœur de Louis XIII, je n'y ai pas touché. Il s'agit d'un paquet enveloppé de linges jaunâtres. Une petite médaille y est encore accrochée.

— J'aimerais beaucoup voir cette relique !

— Hélas ! mon pauvre monsieur, je l'ai gardée long-temps à portée de main. Et puis je l'ai rangée. Mais je ne sais plus où.

— Ne l'auriez-vous pas jetée ?

— Au grand jamais. Ni jetée, ni vendue, ni donnée. Elle est encore chez moi. Mais regardez autour de vous. Excusez le désordre. Je vais chercher un peu dans tout ce fouillis. Avec un peu de chance...

— Accepteriez-vous de me céder ce que vous n'avez pas utilisé du cœur de Louis XIV ?

— Eh bien... je l'ai payé relativement cher à Petit-Radel. Si je m'en sépare, j'aimerais rentrer dans mes frais.

— Puisque j'ai votre accord de principe, je vais voir ce que je peux faire. »

Schunck se met alors en rapport avec l'intendant de la Maison du roi, qui transmet la proposition à Louis XVIII. « Pour vous prouver que l'affaire mérite l'attention de Sa Majesté, je suis tout disposé à lui faire don de la plaque que j'ai acquise à la vente Petit-Radel. »

Quelque temps plus tard, la réponse royale arrive. Louis XVIII, qui a le culte de ses ancêtres, accepte de négocier le cœur de son aïeul. Il se montre bon prince, puisque M. Saint-Martin reçoit de Sa Majesté une ravissante tabatière en or. En échange, le peintre pro-met de remuer tout son fouillis pour y retrouver le cœur de Louis XIII.

C'est Schunck qui recevra, un an plus tard, le pré-cieux dépôt. Saint-Martin se sent près du tombeau et, dans un ultime effort, il restitue le cœur vénérable, tel qu'il l'avait décrit, avec bandelettes et médaille.

Schunck apporte lui-même la relique à la Maison du roi. Divers membres de la noblesse, qui l'ont connu avant la Révolution, signent le rapport qui conte l'histoire de la momie royale. Ils lui délivrent par là un certificat de loyalisme à la cause légitimiste.

La momie est replacée à la basilique de Saint-Denis. Mais pour ceux qui sont amenés à la contempler, il s'agit d'un objet dont l'aspect n'évoque en rien la forme d'un cœur.

Alors on se dit que les restes des autres cœurs, transformés par le pinceau de Drolling, sont bien quelque part. Mais où ? Drolling n'a pas laissé un tel nom qu'on ait suivi toutes ses œuvres à la trace. On connaît pourtant un de ses tableaux, conservé au Louvre. Le titre n'a rien de majestueux ni de royal : il s'agit d'un *Intérieur de cuisine*. À moins qu'on ne puisse déceler la trace de la momie dans d'autres œuvres du musée de Strasbourg. Mais si vous voulez contempler le vrai visage du peintre, il est exposé au musée des Beaux-Arts d'Orléans.

CEINTURE DE LA VIERGE

Vers l'année 980, un noble croisé, Geoffroi Grisegonelle, est à la tête d'un groupe de chevaliers francs. Il ne s'agit pas de n'importe qui, puisque c'est le duc d'Anjou en personne, le fils de Foulques le Bon.

Soudain la troupe des Francs se trouve face à face avec un groupe de cavaliers musulmans. Pas de doute, il s'agit de chefs importants, comme on peut le voir à leur équipement et à leur suite nombreuse. Leurs oriflammes sont ornées du croissant de Mahomet. Après s'être interpellés de loin, les deux groupes s'élancent, et la mêlée générale soulève bientôt un nuage de poussière dans le désert.

Mais bientôt, le chef des princes musulmans s'écroule dans la poussière. Geoffroi Grisegonelle vient de lui fendre le visage en deux d'un coup de sa belle épée de Tolède. Aussitôt, le groupe des Sarrasins prend la fuite. Inutile d'essayer de résister, à présent que leur chef gît dans le sable, sans vie.

Geoffroi Grisegonelle ordonne à son écuyer de dépouiller le musulman de tout ce qui présente une valeur quelconque : bijoux, armes, équipement, coiffure ornée de pierres précieuses.

« Seigneur, regardez ce que ce mécréant porte autour du corps ! »

L'écuyer brandit à bout de bras une ceinture, ou plutôt une bandelette étroite.

La pièce de tissu est recouverte d'une inscription en lettres grecques. Mais personne parmi les Francs n'est capable d'en déchiffrer la signification. Geoffroi Grisegonelle examine la bande de tissu. En mesures actuelles, elle fait 1, 68 m de long et à peine 2, 7 cm de large...

« De toute évidence, ce mécréant espérait que ce talisman le protégerait dans les batailles. Il a eu tort.

— Il s'agit sûrement d'une relique chrétienne. Comment aurait-elle pu protéger un misérable fils d'Allah ? »

Geoffroi réfléchit :

« Une relique ? Une ceinture ? Mais bien sûr ! Eh, vous, le moine : quelle est la ceinture dont on parle dans l'Évangile ?

— La ceinture de la Vierge Marie est mentionnée.

— Gloire à Dieu ! Vite ! Organisez une action de grâces, pour remercier le Seigneur : je viens de retrouver la ceinture de la Vierge Marie ! C'est Dieu lui-même qui a voulu qu'en tuant ce mécréant je rende à la chrétienté cette relique unique. Alléluia ! Hosanna ! »

Geoffroi Grisegonelle, pour célébrer ce miracle, se fait servir une rasade de vin de Syrie...

De retour en son domaine de Loches où, pour quelques années encore, Geoffroi va passer son existence en incessants combats avec ses voisins bretons, notre croisé confie la relique à des moines auxquels il fait confiance et, dès lors, traditions et pèlerinages s'instaurent. Logiquement, la Vierge Marie ayant donné naissance à Notre Seigneur, on considère que sa ceinture doit être particulièrement efficace pour toutes les croyantes qui espèrent un enfant. Ou pour celles qui désirent simplement que leurs couches se passent le mieux possible.

Et, comme de bien entendu en matière de reliques, on assiste très bientôt à une multiplication de « ceintures de la Vierge », qui font concurrence à celle de Geoffroi Grisegonelle.

C'est ainsi que Guillaume VI, duc d'Aquitaine, de retour des croisades, rapporte lui aussi une « ceinture de la Vierge ». L'a-t-il découverte sur le corps d'un Sarrasin ? En tout cas, sa ceinture se montre tout aussi efficace que celle des ducs d'Anjou. Elle se retrouve à Saumur, en l'église de Puy-Notre-Dame.

Bientôt, les archives viennent confirmer l'authenticité et l'efficacité de cette relique, et les rois de France vouent une vénération toute particulière à ce ruban blanc qui aurait été tissé par la Vierge Marie en personne.

Anne de Bretagne emprunte la ceinture. Plus tard, Anne d'Autriche elle-même se fait confier la ceinture et la porte à la taille, dans l'espoir de donner à son époux l'héritier tant attendu. La naissance de Louis XIV en 1638, après vingt-trois ans de stérilité, vient confirmer la valeur de la relique. La reine fait fabriquer deux loupes, pour permettre de mieux contempler la ceinture.

Plus de deux cents ans plus tard, l'impératrice Eugénie, espagnole et très croyante, vient toucher la ceinture, dans l'espoir d'être mère à son tour. La naissance du prince impérial, en 1856, récompensera cet acte de foi... À moins que Sa Majesté ne se soit adressée à la ceinture de Geoffroi Grisegonelle, qui a été depuis longtemps confiée à la collégiale de Saint-Ours, à Loches. Geoffroi Grisegonelle l'a, paraît-il, longtemps portée et il en espérait, dit-on, la naissance d'un fils digne de lui. Ce fils, Foulques Nerra, n'a pas déçu les ambitions paternelles : après avoir fait trois fois le voyage jusqu'en Palestine, il donna à la chrétienté le spectacle d'un homme capable de se faire traîner sur une claie autour de la Ville sainte, en expiation de ses péchés, de ses fautes et, disons-le, de ses crimes.

À Loches, d'ailleurs, même en plein xxᵉ siècle, les femmes en mal d'enfant vouent une grande dévotion à la sainte relique. Depuis des siècles, il est de tradition que les bonnes chrétiennes copient la relique et que l'on se transmette de mère en fille ces ceintures tout à fait conformes à l'original.

Avec les progrès de la science et les méthodes d'analyse modernes, les savants de Lyon et de Genève se sont récemment penchés sur la ceinture, pour essayer d'en analyser la date exacte. Peut-être ont-ils eu du mal à faire coïncider la date de tissage de la ceinture avec la chronologie de la Vierge Marie : on n'a rien su de leurs conclusions. Mais qu'importe ! Il faut croire que l'objet, chargé depuis mille ans de la vénération et de la foi profonde des foules chrétiennes, aura sans doute reçu la capacité d'exaucer les vœux des vraies croyantes.

Il est intéressant de noter qu'il existe une « ceinture de la Vierge à Arras, une à Chartres, une à Saint-Omer, une à Notre-Dame de Paris. Sans compter celles de Bruxelles, de Namur, d'Aix-la-Chapelle, de Maastricht, et celle de Rome.

UNE TANTE À HÉRITAGE

Il n'y a pas à dire, ces maisons où le temps s'est arrêté font rêver. Surtout quand elles sont remplies d'œuvres d'art de grande valeur qui semblent oubliées de tout le monde. On se demande combien de cavernes d'Ali-Baba insoupçonnées existent ainsi dans le monde... Mais il y a aussi des cavernes qui ne sont pas remplies de trésors. Certaines d'entre elles ont fait la une de la presse... Personnellement, j'ai en mémoire un inventaire que j'ai été amené à effectuer à la demande d'un vieux camarade. Un jour, il appelle l'étude et me dit : « Ma tante Palmyre est morte, on veut liquider le mobilier, pourrais-tu faire l'inventaire de la succession ? »

Enfin, à quelque chose près ; je ne suis pas certain qu'elle se nommait Palmyre, mais effectivement il s'agissait d'une de ses tantes. Mon camarade me précise qu'il ne voyait plus cette personne depuis de nombreuses années, qu'elle était « bizarre ». Enfin, bref, mon équipe et moi nous retrouvons devant un immeuble de 1880, sur le boulevard Henri-IV, à Paris...

On ouvre la porte de l'appartement et, surprise, au lieu de se trouver devant une entrée classique, nous aboutissons à une pièce entièrement encombrée de paquets enveloppés de papier journal. Cela montait jusqu'au plafond, et pour pénétrer dans le reste de l'appartement il fallait se glisser à travers d'étroits boyaux d'à peine 60 centimètres de large.

Avec mes épaules carrées, ce n'était pas facile... Mais quand il s'agit d'accomplir mon office, rien ne m'arrête !

Pour ne rien négliger, on ouvre un des paquets, puis un second, enfin un troisième. On finit par les ouvrir tous, il le fallait bien. Sans enthousiasme : les petits paquets de papier journal étaient entièrement remplis... d'excréments humains — desséchés, Dieu merci, sinon quelle infection cela eût été... N'empêche qu'il a fallu évacuer le tout dans des bennes de la Ville de Paris. Nous en avons rempli un certain nombre... Et quand on voit la dimension de ces bennes, on imagine le volume de cette collection vraiment hors du commun !

Sur le plan psychanalytique, certains prétendent que les collectionneurs en sont restés au « stade anal »...

Heureusement pour moi et pour mon ami, la tante n'avait pas laissé que les petits paquets en héritage. Sous cet amas très particulier, nous avons trouvé un mobilier de prix, et des objets d'art qui valaient le déplacement... L'héritier l'ignorait, car il n'était jamais allé voir cette tante depuis des années, et elle ne recevait strictement *personne. Qu'aurait-elle d'ailleurs pu offrir à l'heure du thé ? Si les objets pouvaient parler... ceux-là nous auraient certainement dit qu'ils avaient trouvé le temps long !*

Dans le même ordre d'idées, j'avais un cousin dont la famille demeurait à Versailles. Un jour, il s'installe à Paris, mais il rend des visites à sa mère, qui est veuve. À son grand étonnement il s'aperçoit, à chaque nouvelle visite, qu'elle le laisse pénétrer de moins en moins loin dans l'appartement.

Vient le jour où sa maman décède à l'hôpital et, perplexe, il se dit : « Il faut que j'aille voir un peu l'appartement. » Une fois sur place, il ouvre la porte. L'entrée est toujours impeccable mais, en pénétrant plus avant dans les lieux, il constate une chose surprenante : la chère femme n'avait jamais descendu la poubelle, comme on dit. L'appartement était entièrement envahi de sacs-poubelles bien remplis d'ordures de toutes sortes : vieilles boîtes de conserve, bouteilles, restes alimentaires. Elle devait souffrir d'un syndrome très spécial...

TRÉSOR MORTEL

Si vous êtes obsédé par l'idée de découvrir un trésor enfoui dans le sol depuis des siècles, vous auriez sans doute intérêt à diriger vos recherches, en admettant que vous ayez toutes les autorisations nécessaires, vers le Nord de la France.

Entre les départements du Nord, de la Somme et du Pas-de-Calais, vous allez, sans le savoir, fouler un sol peuplé depuis la nuit des temps ; une terre où l'occupation romaine s'est accompagnée d'une richesse exceptionnelle. Qui dit richesse dit monnaies, objets précieux et témoignages d'un luxe disparu.

Ces mêmes régions, malheureusement pour elles,

ont été depuis la plus haute Antiquité le lieu de passage privilégié des envahisseurs. Les barbares pillaient, incendiaient, massacraient. Les populations paisibles fuyaient. De riches propriétaires enfouissaient à la hâte leurs biens les plus précieux, et se juraient que, avec l'aide des dieux, ils viendraient les récupérer dès que possible. Mais les envahisseurs les rattrapaient parfois sur la route, les tuaient ou les vendaient comme esclaves.

Et le trésor restait enfoui dans sa cachette. Plus personne ne parvenait à se souvenir du lieu du dépôt. On oubliait jusqu'à son existence. Les maisons incendiées, écroulées sur la cache, finissaient par se transformer en ruines, les débris végétaux, accumulés au fil des siècles, par enfouir profondément le trésor. Parfois sous plusieurs mètres de terre nouvelle.

Mais ces mêmes pays du Nord, s'ils ont été bouleversés par les invasions des époques reculées, ont dû aussi subir les invasions modernes, les batailles. Spécialement les batailles des guerres de 14-18 et de 39-45.

Ces champs de bataille modernes sont farcis de souvenirs militaires. Armes personnelles, obus, bombes non explosées et débris mélancoliques ont été ensevelis avec les soldats morts : chaînes et plaques militaires, bijoux, casques, baïonnettes, pistolets, fusils, munitions, jusqu'aux simples gamelles individuelles.

Certains se sont fait une spécialité de la récupération de tous ces objets plus ou moins rouillés, cabossés, perforés. Ils ramassent ce qu'ils appellent des « militaria », pour les revendre à des collectionneurs fanatiques de tous ces souvenirs un peu morbides. Ils retrouvent aussi, plus ou moins volontairement, des obus, des bombes, qui sont encore très capables de vous expédier dans l'autre monde. Parfois, on tombe sur tout un dépôt de munitions dissimulé par l'un ou l'autre des belligérants, dans l'espoir de le récupérer lors d'une prochaine occupation du terrain. Celui qui les découvre pourra les revendre, au prix du métal brut, à des ferrailleurs qui les remettront dans le circuit industriel.

Ivan Apostolink faisait partie de ces récupérateurs de ferraille, et cela depuis de nombreuses années. Quand il avait commencé, il utilisait, pour repérer les objets enfouis, une méthode archaïque et un peu dangereuse. Lui et les hommes de son équipe commençaient par sonder le terrain à l'aide de longues tiges métalliques. Exactement comme le font aujourd'hui les sauveteurs qui tentent de retrouver les skieurs ensevelis par les avalanches...

Quand, après avoir appuyé de toutes ses forces sur la tige métallique, Apostolink percevait, plus bas dans la terre grasse, une résistance, il savait qu'il fallait y aller prudemment. Mais au fil des années son expérience et son instinct lui permirent de savoir, très vite, s'il venait de toucher un obus, une caisse de munitions ou une mine. Dangereuses, les mines. Elles peuvent exploser même après cinquante ans dans le sol.

Heureusement, depuis la Seconde Guerre mondiale, les récupérateurs ont à leur disposition des détecteurs de mines, des « poêles à frire » qui réagissent à la présence d'une masse métallique, et permettent de commencer à creuser avec plus de sécurité. Providentiels outils ! Le problème est que, dans certains champs, les masses métalliques insolites sont si nombreuses que le « radar » de la « poêle » n'arrête pas de lancer son signal sonore...

Le 21 janvier 1958, Ivan Apostolink est en « recherche », près de Graincourt-les-Havrincourt, dans un champ qu'il sait être particulièrement truffé de débris métalliques des deux dernières guerres. Apostolink a tout d'abord obtenu une autorisation en bonne et due forme du propriétaire du champ, ravi de voir nettoyer sa terre d'une multitude d'objets plus ou moins dangereux. Des objets qui ne peuvent qu'endommager le matériel agricole...

Soudain, la poêle à frire d'Apostolink indique la présence d'une masse métallique importante. Il se met à creuser avec une bêche, prudemment. Méfiance, on ne sait pas ce qu'on va trouver.

Apostolink et ses ouvriers parviennent jusqu'à 1,20 m de profondeur. Que vont-ils trouver là ? Des douilles de cuivre ? Des fusils, un canon ? Non, ils sont un peu déçus, car il ne s'agit que d'une plaque de métal terni... Un enjoliveur de bagnole. Bizarre !

Apostolink continue à creuser pour en savoir davantage. Une carcasse de voiture peut représenter de l'argent. Tout à coup, c'est la surprise : « Attention, on dirait qu'il y a des gobelets, des plats ! Dites donc, on dirait bien que c'est de l'argent ! »

Une fois tous les objets remontés à la surface, Apostolink et ses hommes discutent :

« On va les vendre au poids, comme d'habitude.

— Oui, mais si c'est de l'argent, il vaudrait mieux s'adresser à un bijoutier, qui pourra utiliser le métal. »

Apostolink, dès qu'il en a la possibilité, se rend chez un bijoutier qu'il connaît :

« Tenez, regardez ce que j'ai trouvé. Combien m'en donneriez-vous ?

— C'est curieux, on dirait un service de vaisselle. En argent. Mais il n'y a aucun poinçon. Ça pourrait bien être le butin d'un vol. Et puis, cette absence de poinçons est bien embêtante. On ne sait pas de quel pays proviennent ces objets. Pas de garantie sur leur teneur en argent. »

Le bijoutier continue à retourner les plats et les coupes :

« Ah bon, voilà, j'ai compris. Regardez au fond de cette jolie coupe : une croix gammée. Sûrement des objets qui datent de la dernière guerre. Un vol, peut-être. À mon avis, vous devriez passer à la gendarmerie pour leur montrer... On ne sait jamais. »

Les gendarmes considèrent eux aussi les objets d'argent d'un air perplexe : « Dites donc, ça pourrait être intéressant de demander l'avis du chanoine Lestoquoy. Il en connaît un rayon sur l'argenterie. »

Le chanoine donne volontiers son avis, qui est une surprise pour tout le monde :

« C'est sensationnel. Vous venez de mettre à jour un trésor d'argenterie romaine de toute beauté, et d'une grande rareté !

— Mais... la croix gammée ?

— La croix gammée est un symbole qui vient de l'Inde, et qui date de la plus haute Antiquité. Rien d'étonnant à ce que l'on découvre ce symbole gravé sur de l'argenterie romaine.

— C'est bon pour nous, à votre avis ?

— Excellent : en tant qu'"inventeurs" de ce trésor, vous avez droit à la moitié de sa valeur marchande. Pas de doute, vous avez décroché le gros lot. »

Ivan Apostolink est tout heureux de savoir qu'il va toucher le pactole... dans quelques mois, le temps de mettre la vaisselle en vente. Pour lui, pauvre immigré d'origine yougoslave, cette découverte va changer sa vie... Mais Apostolink se dit :

« Si les Romains ont enfoui leur vaisselle d'argent dans ce champ, il doit y avoir quelques autres objets du même acabit tout autour. »

Alors il décide de retourner sur le champ de la découverte, et de sonder tout autour de la cache au trésor... Il est armé de sa « poêle à frire ».

« Ça y est, ça réagit ! Encore une masse métallique ! » C'est sûr, il a dû repérer un second coffre romain. Vite, il faut creuser sans perdre de temps. Sortir ce qu'il y a là, sans doute à plus d'un mètre de profondeur. Apostolink, tout excité, creuse à la pioche. Erreur fatale : la seconde masse métallique n'a rien de romain. C'est un dépôt de mines de la Seconde Guerre mondiale. L'homme ne se voit pas mourir : l'explosion le tue net.

Après sa mort, le trésor de vaisselle romaine est exposé au musée Jacquemart-André, et attire la foule des amateurs. Puis, le tout est mis en vente à l'hôtel Drouot, sous le marteau de Mᶜ Maurice Rheims. Les plats et coupes, en dehors du décor à la croix gammée, sont délicatement ornés de frises d'oiseaux et de dauphins. Un plat représente des scènes de chasse. On y voit aussi Léda et son cygne. Nous sommes en 1958, et la vente rapporte l'équivalent de 700 000 nouveaux francs. C'est l'État qui, faisant valoir son droit de préemption, se porte acquéreur de ce trésor. Et ce sont la veuve d'Ivan et ses enfants qui recevront à sa place la part de l'inventeur...

Mais, au fond, Apostolink n'avait pas mal jugé la situation. Les fouilles qui sont, par la suite, entreprises par des spécialistes prudents autour de la cache de la vaisselle, permettent de découvrir les restes d'une construction romaine de grande dimension... Mais on n'y a pas, jusqu'à aujourd'hui, trouvé d'autre dépôt de vaisselle. Ce qui ne veut pas dire qu'il n'y en ait pas...

UN AMATEUR PASSIONNÉ

Le 11 juin 1939, il pleut sur Paris, il pleut sur le Louvre. C'est un dimanche, et de nombreux visiteurs se pressent dans les salles. Soudain, un remue-ménage agite les gardiens, spécialement ceux de la salle La Caze.

« L'*Indifférent* a disparu ! »

Quelle nouvelle ! La célèbre toile de Watteau était suspendue dans cette même salle depuis l'ouverture du musée, c'est-à-dire depuis 1869. Après soixante-dix ans d'indifférence, le personnage charmant s'est échappé. Il faut dire qu'il ne s'agit pas d'une œuvre gigantesque : l'*Indifférent* ne mesure en effet que 20 centimètres sur 25 !

C'est le docteur La Caze qui en avait fait don au musée, en même temps qu'une importante collection de peinture des XVIIe et XVIIIe siècles, dont la fameuse *Finette*, qui lui fait pendant. L'*Indifférent* avait appartenu à Mme de Pompadour...

Un guide découvre donc la disparition et prévient l'un des gardiens, qui se rue à la direction. On met le signal d'alarme en branle, et toutes les portes du musée sont fermées. On commence alors une fouille en règle de tous les visiteurs, qui doivent faire contre mauvaise fortune bon cœur. On ne retrouve rien...

Quelqu'un a une idée : « Mais ! Vous êtes certain que l'*Indifférent* n'est pas en cours de nettoyage ou de restauration ? »

Après tout, pourquoi pas. On vérifie. Un gardien raconte : « C'est curieux. Au moment approximatif du vol, il y avait beaucoup de monde dans la salle. Je dirais même beaucoup plus que d'habitude. Et le plus bizarre, c'est que tout un groupe de visiteurs m'a demandé des explications sur les œuvres qui se trouvaient... sur le mur faisant face à l'*Indifférent*. Quand j'ai eu terminé mes explications, un guide qui passait avec un nouveau groupe m'a fait remarquer l'emplacement de l'*Indifférent*, qui était vide. » Bizarre !

La presse s'empare fatalement de l'événement. Un détective célèbre avance que le vol n'était pas un grand exploit : « Les tableaux ne sont guère difficiles à subtiliser. Ils sont simplement accrochés au mur, et fixés par un fil de fer facile à couper. »

La direction du musée s'explique : « S'il n'y a aucune attache de sécurité, c'est à cause du risque d'incendie. S'il venait à survenir, on pourrait mettre les œuvres en lieu sûr sans avoir à perdre trop de temps pour les détacher. »

À partir de ce moment, il ne reste plus qu'à alerter tous ceux qui peuvent rencontrer l'*Indifférent* : douanes, gares, aéroports. On surveille particulièrement le port du Havre, car c'est par là que les Américains regagnent leur pays. Or, des Américains, il y en avait un gros contingent ce jour-là au Louvre. Avec ces gens-là...

Toujours rien ! Les gardiens fouillent dans leur mémoire, une seconde fois : « Quelques jours avant le vol, il y avait un peintre, anglais ou américain, qui a passé plusieurs jours à copier l'*Indifférent*, justement. Une femme l'accompagnait : elle portait son pliant ! Elle tenait une grande enveloppe. Lui avait une moustache. Il était vêtu d'un pantalon gris et d'une veste marron. Il devait avoir une trentaine d'années. En tout cas, il avait un très joli coup de crayon. »

Les Français, bien qu'ils soient désolés, se moquent... du gouvernement. Les journalistes révèlent alors que, dans la panique, ce sont eux qui ont alerté la police, et par téléphone encore...

En fait, le sous-directeur du musée avait prévenu

non pas les brigadiers du quartier, mais le directeur général des Beaux-Arts, au ministère de l'Éducation nationale. Puis, il y avait eu une sorte de confusion sur qui devait prévenir qui...

Histoire de rire, un journaliste de *Paris-Match* entre au Louvre, en pleine enquête, et s'amuse à décrocher un autre tableau, *La Vierge et l'Enfant* de La Hire. Il glisse la toile sous son bras et se dirige vers la sortie. En cours de route, le journaliste rencontre un ami, et les deux hommes s'attardent à bavarder. L'ami remarque la *Vierge* mais, par un réflexe naturel de logique, suppose qu'il s'agit d'une copie...

Le journaliste, après conversation et poignée de main, finit par gagner la sortie. Il s'attarde un peu, jusqu'au moment où il décide d'interpeller un gardien et de lui raconter qui il est et ce qu'il vient de faire...

La police, vexée, a alors une idée géniale : « Dorénavant, pour égarer les voleurs potentiels, il serait opportun de supprimer les plans du musée ! » Il suffisait d'y penser ! Les prochains voleurs, faute de trouver l'*Indifférent*, devront se contenter de la *Joconde* ou de la *Victoire de Samothrace* !

La direction du musée, estimant qu'elle accueille normalement plus d'amateurs d'art que de voleurs, refuse cette proposition pourtant frappée au coin du bon sens.

La presse, toujours décidée à exploiter ce fait divers particulièrement juteux, pense alors à autre chose : « Trouvez-moi une copie de l'*Indifférent* qui soit dans les mêmes dimensions. » On la trouve, et quelques jours plus tard, une jeune femme, journaliste de son état, se dirige vers le musée, avec la copie sous le bras :

« Pardon, monsieur l'agent, je cherche l'entrée du musée... » « Pardon, militaire, pourriez-vous m'indiquer l'entrée du musée du Louvre ? » « Pardon, monsieur l'inspecteur, sauriez-vous où se trouve l'entrée du Louvre ? »

À chaque fois, le policier, le militaire ou l'inspecteur de police répond avec amabilité. Sans doute regardent-ils les jambes de la jeune femme plus attentivement que ce qu'elle tient sous le bras.

Les journaux invitent alors chaque touriste à « venir au Louvre, à y prendre un chef-d'œuvre et à l'emporter en souvenir ».

On en vient à parler de démissions en série. On révèle qu'une demande d'augmentation de l'effectif des gardiens vient d'être refusée. Il faut dire qu'ils ne sont que 400 pour surveiller... 900 salles. Ce qui fait plus de deux salles par individu. Et encore, le gardien-chef ne garde rien, pas plus que son adjoint. Et les gardiens qui sont au fond de leur lit ne peuvent pas non plus être d'une grande efficacité.

« Et pourquoi n'a-t-on pas de système électrique de surveillance ? »

Mis à part les recherches et l'enquête, il faut bien se poser des questions sur les mobiles du voleur.

« Est-ce un voleur professionnel ? Est-ce un amateur d'art ? Un amoureux fou de Watteau ?

— De toute manière, c'est invendable.

— C'est invendable pour l'instant. Mais supposez que le voleur maquille l'*Indifférent* de telle manière qu'on puisse croire qu'il s'agit d'une belle copie. Il pourrait, dans quelque temps, le revendre en province ou à l'étranger.

— Mais sans pouvoir en tirer le quart de sa valeur ! De toute façon, je ne pense pas qu'il existe un receleur qui consentirait à prendre le risque d'avoir l'*Indifférent* en dépôt. »

Là-dessus, la police parisienne reçoit un appel téléphonique de Zurich. Les policiers suisses viennent d'interpeller un Italien qui transportait plusieurs tableaux. On espère que c'est la fin du cauchemar. Hélas ! un autre appel suit : « Désolé, les tableaux de l'Italien sont tous des copies. Et pas le moindre *Indifférent*. »

À partir de ce moment, le courrier de la police augmente considérablement de volume. Des dénonciations, des suggestions, mais rien de bien intéressant.

Et puis, la presse a de nouveaux sujets de plaisanterie à commenter : c'est le début de la guerre, qu'on croit fraîche, courte et joyeuse, mais qui va durer cinq ans...

Soudain, le 14 août, coup de théâtre : des appels téléphoniques anonymes convoquent les journalistes au Palais de Justice, pour y assister à quelque chose de « sensationnel ».

Tout le monde est là. À l'heure dite, un peintre famélique, si maigre qu'il n'a pas l'air vrai, arrive entouré de quatre avocats. Sous son bras, Serge-Claude Bogousslevsky, puisque tel est son nom, tient l'*Indifférent*. Le vrai, celui qui a été dérobé dans le musée.

« Si j'ai dérobé l'*Indifférent*, c'est parce que je suis scandalisé. Voilà un an que je viens le copier, et chaque jour j'enrage davantage devant les outrages que les restaurateurs ont infligés au chef-d'œuvre de Watteau. Il est réduit à l'état de caricature. Regardez la joue, regardez le bras, regardez la jambe. Tout est sale. Alors, devant un tel scandale j'ai décidé de m'atteler à une restauration correcte de ce chef-d'œuvre. Mais j'ai été contraint de le voler. Si j'avais simplement demandé au musée de me laisser restaurer le tableau, bien évidemment on m'aurait refusé l'autorisation. »

C'est évident, en effet.

Bogousslevsky, qui n'a que vingt-quatre ans, continue ses explications : « Je suis donc venu jour après jour et, profitant des absences du gardien, chaque fois je tordais un peu plus le fil de fer qui retenait l'*Indifférent* au mur. Un beau jour, le fil de fer s'est rompu. Je n'avais plus à attendre. J'ai mis le tableau dans un journal, et je suis sorti. »

Bogousslevsky devient lyrique pour raconter son bonheur ineffable au moment où il a accroché l'*Indifférent* à la tête de son lit, dans sa chambrette, qui est située tout près du quartier général de la police. Désormais, il va pouvoir réparer des restaurateurs l'irréparable ouvrage, sinon l'outrage. Comme il faut bien que ses restaurations prennent le temps de sécher, Bogousslevsky se met à écrire un livre : « Pourquoi j'ai emprunté l'*Indifférent* de Watteau au Louvre. »

Il écrit et il nettoie. Il efface un diabolo que l'*Indif-*

férent était en train d'envoyer en l'air, et qui lui semble superflu. Il enlève un passage goudronné sur le tableau, et met à jour un feuillage inconnu qu'il qualifie de « céleste ». Mais, tout en s'activant, il se pose des questions sur la manière dont son geste sera interprété quand il rendra le tableau au musée. Le pronostic est sombre. Plutôt que d'aller en prison, le peintre-restaurateur envisage de se pendre, ou bien de se jeter dans la Seine, ou dans quelque précipice fatal.

Un jour, il décide qu'il est temps de remettre l'*Indifférent* à sa place. Tout d'abord, explique le ravisseur, ce pauvre juge d'instruction « risquerait, si j'attendais plus longtemps, de ne pas pouvoir prendre ses vacances d'été en temps voulu »... La seconde raison est de soulager Scotland Yard, car les policiers britanniques se sont donné énormément de mal pour retrouver l'*Indifférent* en Grande-Bretagne ; autant les libérer eux aussi. La troisième raison est de permettre aux policiers français de se consacrer entièrement aux tout nouveaux problèmes de la Défense nationale.

Bogousslevsky raconte alors qu'il a confié son « forfait » à un acteur de ses amis, Richard Desprès, et que celui-ci lui a conseillé de consulter un avocat. Mais c'est la période estivale, et ils ont du mal à en trouver un. Une avocate consent cependant à s'occuper de l'affaire. Le juge d'instruction, lui, se repose dans une station balnéaire. Maintenant que le ravisseur a rendu l'*Indifférent*, tout le monde se demande... s'il s'agit bien de la peinture de Watteau ou s'il s'agit d'une habile copie.

Le sous-directeur du Louvre examine le tableau et annonce : « C'est bien le nôtre. » L'*Indifférent* rejoint le musée. Bogousslevsky rejoint la prison de la Santé.

Devant le juge d'instruction, le peintre ravisseur renouvelle l'exposé des raisons qui l'ont conduit à dérober le tableau. Il renouvelle ses déclarations indignées contre les restaurateurs abusifs. Il ajoute même un détail. Alors qu'il décrochait l'*Indifférent* du mur, un visiteur intrigué s'est approché et lui a demandé :

« Qu'est-ce que vous êtes en train de faire ?

— Vous le voyez bien. Je décroche ce tableau !

— Ah, vous travaillez même le dimanche ?

— Hélas ! », a répliqué Bogousslevsky dans un soupir.

L'inconnu, devant une réponse aussi implacablement logique, a pensé qu'il était en présence d'un des employés du musée et s'est éloigné. Il ne viendra pas se vanter de son manque d'à-propos...

Quelqu'un d'autre a été témoin du vol. Une amie de Bogousslevsky se promenait devant le Louvre au moment où le voleur en est sorti, l'*Indifférent* sous le bras :

« Oh ! Serge ! Quelle bonne surprise ! Qu'est-ce que tu fais là ? Qu'est-ce que tu as sous le bras ?

— Un tableau.

— As-tu un peu de temps ? On pourrait faire quelques pas ensemble, histoire de prendre l'air. »

Bogousslevsky accepte la balade, bien qu'il ait surtout envie de se réfugier chez lui, loin de tous les dangers.

On apprend à connaître Serge, fils d'un tailleur, orphelin de mère, dont le papa s'est remarié. Serge est un passionné de lecture, et ce sont les écrits de Baudelaire qui lui font découvrir Watteau. La peinture n'arrive qu'assez tard dans sa vie. Apprenti plombier, garçon de café, ouvreur de cinéma, il finit par être retoucheur en photographie. C'est alors que la passion de la peinture s'empare de lui. Il fréquente désormais le Louvre, étudie et copie les grands maîtres qu'il admire. Et Watteau l'emporte dans le tourbillon d'une passion ravageuse. Il sacrifie tout au maître de Valenciennes. Ses amis essayent, comme ils peuvent, de soulager sa misère.

Son ami Desprès avoue que, étant allé un soir lui rendre visite, il avait découvert que l'*Indifférent* était là.

À présent que le tableau est retrouvé, il faut examiner l'ampleur des dégâts. Certains experts admettent que l'*Indifférent* avait cruellement besoin d'être déverni et retouché... par un spécialiste diplômé, et non par n'importe quel fou furieux, badigeonneur du dimanche! Le verdict définitif tombera : « Le tableau a été gravement endommagé. »

Bogousslevsky passe devant ses juges le 10 octobre 1939. Le procureur le charge, et l'accuse d'avoir dérobé le tableau dans l'espoir d'en tirer un bon prix, puis de l'avoir restitué devant l'impossibilité de trouver un acheteur. Bogousslevsky s'excuse des erreurs qu'il a pu commettre en essayant de redonner à son *Indifférent* la fraîcheur du temps passé. Il est condamné à deux ans de prison, et à 300 francs d'amende. Il fait appel. Mauvaise idée : on le condamne à quatre ans...

Le plus curieux, si l'on peut dire, c'est qu'au moment du procès tous les tableaux du Louvre ont disparu, et personne ne peut en voir aucun. Ils sont mis à l'abri dans des cachettes secrètes, loin des bombes et des envahisseurs. Le seul qui soit encore visible c'est, au Palais de Justice,.. l'*Indifférent*.

UN « BULGOMME » EXORBITANT

En principe, tous les meubles vendus en salle sont soigneusement examinés, mais il arrive encore qu'on passe à côté d'un tiroir secret particulièrement bien dissimulé. Normalement, on ne met jamais en vente un meuble sans en avoir ouvert et méticuleusement exploré tous les tiroirs. Un jour, au début de ma carrière, la jeune femme d'un de mes amis me téléphone. Il s'agissait d'un couple que nous fréquentions régulièrement. Elle m'annonce : « Maman vient de mourir, pourrais-tu t'occuper de liquider ses meubles ? »

Après les condoléances d'usage, je donne mon accord et je me rends dans l'appartement de la défunte, appartement cossu, à Neuilly, pour effectuer l'inventaire de la succession. Le mobilier était bourgeois, comme l'était toute la famille, et en circulant dans l'appartement avec l'héritière j'aperçois sur la table de la salle à manger une nappe caoutchoutée, un « bulgomme », qui attire mon attention : « Tiens, vous avez là un beau bulgomme, mon épouse en cherche un depuis quelque temps. » L'héritière me lance négligemment : « Oh, si ça peut lui faire plaisir, prends-le, j'en ai déjà un. » Et donc, une fois l'inventaire fait, je repars tout content, avec mon bulgomme sous le bras.

Cependant, au cours de l'inventaire, j'étais tombé sur un petit secrétaire, dans la chambre de la défunte. En essayant de voir le contenu des tiroirs, je me heurtai à l'un d'eux, qui refusait obstinément de s'ouvrir.

« Il y a peut-être quelque chose d'intéressant à l'intérieur ?

— Absolument pas, me répondit l'héritière, maman a dû en perdre la clef, mais je suis certaine qu'il n'y a rien dedans. »

Mais une fois le secrétaire et le reste du mobilier parvenus à l'hôtel Drouot, j'eus comme un scrupule : ce tiroir clos me chiffonnait. Je demandai donc au serrurier de la maison de venir exercer ses talents sur le meuble. Ce qu'il fit immédiatement.

Dans ce petit tiroir qui ne devait rien contenir, une liasse de papiers était soigneusement roulée. Il s'agissait tout simplement de bons au porteur, des bons anonymes d'une valeur de 70 000 francs. Il suffit d'être en leur possession pour en toucher la valeur, puisqu'ils sont anonymes.

Amusant, mais le plus drôle reste à venir. Je prends donc cette liasse de bons au porteur sous le bras, j'appelle l'héritière et je prends rendez-vous chez elle. « Tiens, chère Gwendolyne, regarde ce que j'ai trouvé dans le fameux petit tiroir fermé du secrétaire de ta maman : 70 000 francs de bons au porteur. »

Elle aurait pu me sauter au cou ! Mais non, pas vraiment : elle a attrapé la liasse de bons, sans même les regarder, les a mis dans un tiroir et m'a simplement dit : « C'est gentil de ta part, merci !... Ah, dis donc, le bulgomme que tu as emporté l'autre jour, pourrais-tu me le rendre, j'en ai besoin. » Et je lui ai rapporté, lors d'une visite ultérieure, le bulgomme de sa mère.

LA MINE AUX TRÉSORS

Pendant toute la Seconde Guerre mondiale, Hitler et les forces nazies organisent le pillage systématique des œuvres d'art dans tous les pays de l'Europe occupée. Ils se saisissent des œuvres appartenant aux collections juives, mais n'hésitent pas non plus à s'emparer d'œuvres majeures, des trésors des musées nationaux.

Les vols sont si abondants que se pose très bientôt le problème du stockage. Munich, capitale de la Bavière et berceau du national-socialisme, semble être tout d'abord le lieu idéal pour regrouper les objets dérobés. On les accumule au Führerbau. Puis la place manque. On trouve un autre dépôt : le château de Thürntal, près de Kremsmünster. On remplit ensuite le monastère de Hohenfurth, et enfin on transforme en gigantesque entrepôt les différentes pièces du fameux château de Neuschwanstein, près de Füssen, le rêve de Louis II de Bavière.

Un peu partout, les tableaux sont enfermés dans des caisses et déposés sur des châssis de bois. L'arrivée des œuvres forme un flot continu pendant plus de deux ans. 1 732 tableaux, des ferronneries, des objets d'art. L'orfèvrerie admirable de la collection Rothschild, l'argenterie David-Weill... *Les Trois Grâces*, célèbre peinture de Rubens... Au mois d'octobre, les comptes du château signalent que 21 903 collections juives ont été mises en dépôt dans le palais baroque... La place manque.

Le monastère d'Hohenfurth, qui jusqu'alors ne recevait que des statues et des ouvrages de ferronnerie, commence lui aussi à accueillir des peintures admirables. Hitler, devant la recrudescence des bombardements alliés, prend conscience du danger qu'il y a à garder tant de merveilles à portée des bombes. Il a dans l'idée de créer en Autriche, à Linz — sa région natale —, un musée admirable, à sa propre gloire, dont les trésors seront ceux des collections dérobées un peu partout. Mais pour l'instant, il s'agit de mettre toutes ces splendeurs à l'abri des bombes.

Hitler fait donc transporter au fond de la mine de Merkeers, à cent kilomètres à l'ouest de Weimar, les premières œuvres, ainsi que cent tonnes d'or, qui représentent la réserve bancaire du parti nazi. Suivent aussi les trésors nationaux, qui viennent des collections allemandes de l'empereur Frédéric II le Grand.

Cependant, il existe en Autriche une ancienne mine de sel. Les mineurs, dans une ferveur naïve, ont sculpté au fond de la mine une chapelle en mémoire du chancelier Engelbert Dolfuss, chrétien social assassiné par les nazis en 1934.

Cette mine existe depuis plus de deux mille ans, et ce sont quelques familles qui s'occupent de son exploitation. Ces gens vivent en petite communauté, parlent un patois qui remonte au Moyen Âge et, à force de se marier entre eux, ont créé chez leurs descendants un type physique proche du nanisme. Ce sont les nains sans Blanche-Neige! Un des responsables du musée de Vienne, visitant la mine, est frappé par l'aspect de cette chapelle commémorative : les statuettes, les tissus de l'autel, les bouquets de fleurs des champs restent dans un état de conservation admirable. Cela est dû à l'hygrométrie constante et à la température, qui varie entre 4° l'hiver et 8° l'été. Aussitôt, il comprend que voilà le lieu de stockage idéal pour les œuvres d'art, et il y fait transporter, entre autres, des boiseries admirables et fragiles du château de Schoenbrunn.

On étaye les galeries. On installe des étagères superposées, on fabrique des planchers, des sols et des murs en bois, que l'on tapisse de papier imperméable et isolant.

Hitler, apprenant cela, décide de faire d'Alt Aussee le lieu privilégié pour entreposer « ses » trésors.

Aussitôt, des colonnes de camions empruntent les routes difficiles et sinueuses de cette région montagneuse, qui offre d'autre part l'intérêt... de n'avoir aucun intérêt sur le plan militaire et stratégique.

Ce sont des milliers d'œuvres d'art qui vont alors s'enfouir au fond de la mine autrichienne, sous la direction du Dr Rosenberg; celui-ci est tellement anxieux de sa mission qu'il accompagne chaque convoi à destination. Là, chaque pièce est répertoriée, identifiée, stockée. Mais, au bout de quelque temps, les envois d'œuvres pillées dans toute l'Europe sont si abondants que l'adjoint de Rosenberg, le Dr Reimer, perd pied; on n'a plus le temps de noter, on entasse là où il y a de la place, au hasard, les trésors surabondants.

Un homme pourtant considère toutes ces collections avec amour. C'est Karl Sieber, un passionné de la restauration d'art. Ancien restaurateur à Berlin, il suit un jour les conseils d'un de ses clients juifs qui lui suggère, bizarrement, d'entrer... au parti nazi. Ce qu'il fait. Et c'est lui, tout naturellement, qu'on charge de restaurer les œuvres qui, dans les périples qu'elles ont dû accomplir depuis le lieu d'où elles ont été arrachées, ont souvent subi des accidents ou des dommages. Il restaure, restaure, restaure... sans avoir même le temps de s'apercevoir de ce qui se passe dans le monde, devant sa porte.

C'est lui aussi qui, un jour, se trouve désigné pour s'occuper du stockage, à la mine d'Alt Aussee, de tous les trésors qui arrivent.

Karl Sieber est un petit homme tranquille, doux, et très apprécié par les anciens mineurs autrichiens. Ses manières affables et son amour de l'art contrastent avec l'arrogance et la vanité des autres SS qui fréquentent la région.

Sieber est très ému quand il reçoit, fendu du haut en bas, le retable de l'*Agneau mystique* de Van Eyck, un des trésors nationaux du peuple belge, arraché à la ville de Gand. Pendant des semaines, au fond de la mine, il travaille à réparer les dégâts... On le voit de loin s'affairer dans la demi-obscurité des galeries. Quand il termine son travail, il rentre dans une petite maison qu'il occupe avec son épouse et sa fille.

Vers la fin de l'année 1943, des allées et venues autour de la mine commencent à inquiéter les résistants autrichiens anti-hitlériens. On dit que le *Führer* a donné des ordres ambigus et contradictoires... Premièrement : en aucun cas les trésors ne doivent tomber entre les mains des Alliés. Deuxièmement : il faut veiller à ce que ces œuvres d'art ne subissent pas le moindre dégât.

Le *Gauleiter* Eigruber, responsable nazi, penche pourtant pour la destruction. Il expédie, sous le commandement d'un certain Glinz, des camions à la mine. Ils sont chargés de caisses sur lesquelles on peut lire « Marbre, manier avec précaution ». En fait de marbre, il s'agit de bombes de 50 kilos destinées à la destruction de la mine et de son contenu inestimable en cas d'avancée des Alliés. Les bombes, en explosant et en obstruant les galeries, doivent par ailleurs détruire le système de pompage et, la mine se retrouvant inondée, toutes les œuvres qui ne seront pas détruites par l'explosion seront alors irrémédiablement endommagées par l'eau.

Les résistants autrichiens pensent qu'il leur faut trouver un allié dans la mine même et décident, en croisant les doigts, de prendre contact avec Karl Sieber, à qui ils annoncent le danger que courent les œuvres confiées à sa garde... Sieber penchera-t-il de leur côté et s'abstiendra-t-il de prévenir ses supérieurs nazis ? Ils l'espèrent.

Sieber, quand on lui révèle ce qui se trame, est littéralement horrifié. Pour lui, il n'est pas question de toucher à toutes les beautés remises à sa garde. Il accepte sans réserve d'aider la résistance. Mais nous ne sommes encore qu'en 1943, et il lui reste bien du travail. Tout d'abord, établir, pour les résistants, un plan complet de la mine, de ses galeries, de ses chambres et de leur contenu : la « Kaiser Joseph », où se trouve la grande *Madone* en marbre de Michel-Ange, volée à Notre-Dame de Bruges ; le Mineral Kabinet, qui contient le retable de Gand ; le Springwerke et ses 2 000 œuvres d'art ; la Kapelle, et toutes les armures de l'archiduc Ferdinand ; la Kammergrafen, bourrée à craquer. De mai à octobre, ce sont 1 788 œuvres, dont 1 687 tableaux, qui sont arrivées au cœur de la mine. Ce n'est qu'un début. Goering y fait transporter, à la demande de Mussolini, les trésors du musée de Naples, qu'on avait songé à protéger en les enfouissant dans les caves du monastère du Mont-Cassin.

Les résistants et Sieber décident d'un commun accord qu'il faut, en cas de nécessité, obstruer les galeries afin de faire barrage aux nazis qui voudraient détruire les œuvres. Pour cela il faut installer, en des points stratégiques, des petites bombes juste assez efficaces pour fermer le passage sans faire trop de dégâts. C'est Sieber, la seule personne autorisée à circuler à sa guise dans la mine, qui, peu à peu, transporte la dynamite, les détonateurs, et les installe sans éveiller le moindre soupçon. La nuit, aidé de sa femme et d'un ancien mineur, Sieber déplace jusqu'au plus profond de la mine des œuvres qu'il estime trop exposées... Pendant des heures, sans répit, il effectue un travail de fourmi.

Pendant la débâcle finale des nazis, Kaltenbrunner, le chef de la Gestapo, décide de revoir une dernière fois sa région natale. On lui parle de la mine d'Alt Aussee et de la menace qui pèse sur tous ses trésors. Il la visite et reste subjugué par ce qu'il voit. Comment pourrait-on faire disparaître ces chefs-d'œuvre de l'humanité? L'avance alliée se précise. On décide de passer à l'action. Les petites bombes sautent, et les galeries se trouvent obstruées. Eigruber, apprenant cela, décide de faire fusiller tous les responsables... Kaltenbrunner révèle alors son opposition et, quand Eigruber menace de le faire pendre, il lui pose à son tour des questions cruelles : « Qui donne les ordres ici? Qui arrête qui? Qui va faire pendre qui? » Eigruber décide de mettre la pédale douce.

Mais le débarquement de Normandie change la face du monde. La France est libérée, et l'Allemagne se trouve prise entre les deux mâchoires d'une tenaille irrésistible : de l'ouest arrivent les Alliés — Américains, Anglais, Français, etc. Par l'est, les Soviétiques, eux aussi, pénètrent dans le territoire allemand. Déjà, Eisenhower et le commandement allié, conscients de tous les vols et spoliations, se posent la question de savoir où peuvent être cachées toutes ces merveilles. Pas de doute, il faut, pour des raisons de psychologie et d'équité, retrouver le plus vite possible les œuvres dérobées et les rendre à leurs propriétaires.

Un jour, en Bavière, deux GI's qui font une ronde de police, sont abordés par deux Allemandes : elles cherchent désespérément une sage-femme. Les deux Américains s'empressent de les aider et, grâce à eux, la sage-femme est trouvée. Pour les remercier de leur gentillesse, les deux femmes leur disent : « Il y a dans la mine de Merkeers quelque chose qui devrait vous intéresser. »

On envoie une patrouille explorer la mine à tout hasard, et on découvre... les lingots d'or de la réserve nazie !

« Mais c'est bien sûr ! Les mines ! C'est sans doute dans les mines que les nazis auront mis leur butin à l'abri. Oui, mais où ? »

Les Alliés mettent alors sur pied toute une organisation, constituée d'officiers compétents en matière d'art. L'œuvre sur laquelle se concentrent les recherches est le fameux retable de l'*Agneau mystique*, de Jan Van Eyck, trésor national belge et orgueil de la cathédrale Saint-Bavon, à Gand. On examine toutes les pistes, en partant des lieux où trésors et collections privées ont été dérobés à leurs propriétaires légitimes. Ce ne sont que des impasses. Jusqu'au jour où un antiquaire luxembourgeois révèle qu'il a entendu parler de stockage dans des mines de sel. La piste se précise.

L'un des responsables des opérations de recherche, le capitaine Posey, rencontre un Allemand : Hermann Bunjes, un homme jeune encore, marié et père d'un bébé. Il a accompli tout son temps militaire en France. Ce jeune homme, qui a l'air d'un adolescent, prétend qu'il a fait partie des conseillers de Goering et d'un certain nombre d'autres chefs nazis dans la constitution de leurs collections d'art. Il a l'air si jeune, si inexpérimenté, qu'on l'écoute d'une oreille distraite. Bunjes avoue que son rêve secret est de revenir en

France, pour y écrire un ouvrage définitif sur la sculpture de la Haute Époque. Pourtant, c'est lui qui, le premier, va citer la mine d'Alt Aussee. Après tout, pourquoi pas ?

On vérifie donc sur les cartes où se trouve cette mine. Dans une région difficile d'accès, pas très loin de Berchtesgaden. Seul problème, les troupes soviétiques se rapprochent dangereusement d'Alt Aussee. Si jamais ils y arrivent les premiers, la restitution des œuvres volées aux capitalistes risque de poser problème... Il faut les prendre de vitesse. Pour l'instant, on peut espérer qu'ils ignorent tout des trésors enfouis. Et comme Alt Aussee ne présente aucun intérêt stratégique, il y a des chances pour qu'ils négligent de s'y précipiter.

Alors les Américains mettent les bouchées doubles et se ruent sur la mine. Ils traversent Bad Ischl — et les soldats allemands qui, bras en l'air, se bousculent pour se rendre, les regardent, étonnés. Ces Américains, qui foncent Dieu sait où, ne daignent même pas ralentir pour les faire prisonniers. Mystère...

Pendant ce temps, à la mine, on voit débarquer un haut dignitaire nazi, le Dr Ruprecht, un antiquaire viennois, et un chauffeur. Ils font rechercher par Sieber une caisse, grâce à un ordre écrit, signé de Martin Bormann, l'homme de confiance et exécuteur testamentaire de Hitler. La caisse, une fois découverte, révèle 2 200 pièces d'or. Les trois hommes disparaissent avec elle, en direction de Berchtesgaden. On pense que ces pièces permettent, quelque temps plus tard, à Martin Bormann de s'évanouir à son tour en Amérique du Sud.

Quand les Américains parviennent à la route en lacet qui mène à Alt Aussee, les SS, qui devraient normalement tenter de les arrêter, préfèrent abandonner le terrain. Ouf, les Alliés arrivent, établissent un cordon autour de la mine et attendent les responsables du Comité des monuments, beaux-arts et archives.

Ceux-ci ne perdent pas de temps. GI's et mineurs autrichiens travaillent de conserve, tout d'abord pour dégager les galeries bouchées par les explosions de

Sieber et des résistants autrichiens. Et on commence à mettre à jour toutes ces merveilles étonnantes...

Une noria de camions se met presque immédiatement en route vers Munich. Trois convois par jour : dans chaque convoi, six camions. Dans chaque camion, cent cinquante tableaux, et quelques statues et bibelots. Dès que les œuvres arrivent à Munich, elles sont, grâce aux registres de la mine, identifiées et réexpédiées immédiatement à leurs légitimes propriétaires, quand il s'agit d'institutions publiques ou de personnes encore en vie...

Les chauffeurs, pour la plupart des Noirs américains, inconscients de la valeur de ce qu'ils transportent, foncent à toute allure sur les routes sinueuses et au bord des à-pics. Pourtant, on ne déplorera aucun incident ou accident, ni aucune attaque des bandes de SS qui infestent encore la région...

À la fin, derrière des statues, on découvre des cartons sans aucune indication. Dans ces cartons, qui sont d'une légèreté surprenante, on trouve une quarantaine d'écrins. Quand on les ouvre, apparaissent diamants, perles, rubis, émeraudes. Tous les bijoux de la collection Rothschild...

Hermann Bunjes n'écrira jamais l'ouvrage dont il rêvait. On apprend qu'il a tué son épouse et son bébé, avant de se suicider.

UN TRÈS BEAU RENOIR

*Je me souviens d'un collectionneur de peinture moderne et impressionniste. C'était à l'époque où j'étais petit clerc chez M*ᵉ *Philippe Couturier. Ce collectionneur, habitant de Neuilly, était très sympathique et j'étais allé plusieurs fois le voir chez lui, pour y faire des estimations.*

Dans sa salle à manger, au-dessus de la desserte, on pouvait voir le tableau dont il était le plus fier : un superbe Renoir. Un beau jour de septembre, le téléphone sonne à l'étude ; au bout du fil, notre client de Neuilly, effondré : il venait d'être victime d'un cambriolage total de sa collection de toiles de maîtres.

Nous arrivons chez lui, et le spectacle des murs dépouillés de toutes les œuvres qui les ornaient est absolument affligeant. Le monsieur nous dit : « Mais venez voir le pire... »

Nous entrons dans la salle à manger et, au-dessus de la desserte... le Renoir est toujours là ! Glissé entre la toile et le cadre, on voit un petit carton blanc sur lequel les cambrioleurs ont eu le toupet d'écrire : « Désolé, il est faux ! » Les experts, consultés ensuite, ont tous confirmé le jugement à l'emporte-pièce des malfrats. Pour notre ami collectionneur, c'était presque pire que la perte de toutes ses autres toiles...

TIMBRES DE QUALITÉ

À la fin du XIXᵉ siècle, à Pistoia, en Italie, un colonel est tout fier d'annoncer la naissance de son fils. Ce n'est pas le premier, il en a déjà un. Quelqu'un dit, pour être agréable : « Il ira loin, celui-ci ! »

Et c'est vrai, le petit Jean de Sperati ira loin.

Mais sa carrière unique sera celle d'un révolté, d'un original, qui passera toute son existence... à se venger. En effet, pendant de longues années il n'aura qu'une seule obsession : ridiculiser une catégorie professionnelle, la bafouer et réduire ses prétentions à néant. Le moins qu'on puisse dire, c'est qu'il va y réussir. Au-delà de tout ce que l'on peut imaginer. Au prix d'efforts surhumains, inhumains. Et Sperati finira, pour se venger, par devenir un artiste hors du commun.

Le père Sperati était colonel, le grand-père était

général. Mais papa Sperati se lance dans les affaires, ce qui n'est pas recommandé aux militaires. Les siennes tournent mal. Jean de Sperati, au lieu de vivre des rentes accumulées par sa famille, doit devenir comptable. Mais il cultive, pour se consoler des chiffres, une passion qui a presque, à cette époque, le bénéfice de la nouveauté : il est philatéliste. Il achète un jour, à Paris, au prix de toutes ses économies, un timbre rare. L'expert qui le lui vend lui fournit un certificat d'authenticité. Quelques années passent, et Sperati décide de revendre son timbre qui a, normalement, pris de la valeur depuis l'achat. Un autre expert à qui il le soumet lui déclare : « Ce timbre est un faux ! »

Qui a raison ? L'expert vendeur ou l'expert acheteur ? L'histoire ne le dit pas. Mais Sperati sort de la boutique au comble de la rage. L'un des deux experts est un jean-foutre, un malhonnête homme ; les deux, peut-être. Sperati vient de trouver sa vocation. Désormais, il va s'acharner contre les experts. Et consacrer toute son existence à accomplir cette mission « sacrée ».

Sperati est organisé : il a, en Italie, un frère aîné qui édite... des timbres, justement. Il se rend chez lui et apprend longuement tous les secrets de la gravure de ces miniatures. Puis il quitte son frère et rejoint un autre parent. Celui-ci a aussi un rôle à jouer dans son plan de vengeance. Il est fabricant de papier et Sperati, chez lui, apprend tout sur cette technique. Quand il rentre dans sa chambre, il se plonge dans l'étude d'ouvrages de chimie, qui lui seront utiles.

Lorsque Sperati atteint enfin sa majorité, il est déjà formé d'une manière exceptionnelle à la fabrication de timbres-poste. Il lui faut passer désormais à la phase suivante de son plan. Désormais, dès qu'il en a l'occasion, il achète de vieux manuscrits datant de 1830, 1845, 1875, mais rien avant 1830... Il se procure aussi une quantité importante de vieux timbres, dont la cote est nulle ou très faible. Une fois en possession de ces vignettes, il commence ses expériences : il en efface l'encre d'impression, il apprend à les décolorer,

79

grâce à ses connaissances en chimie. Il les blanchit, avec précaution, jusqu'à ce qu'il obtienne de précieux carrés dentelés et anciens, mais vierges.

Quand il estime que l'aspect du papier sur lequel il va travailler demande à être perfectionné, il n'hésite pas à les tremper dans des bains d'eau bouillante ou de térébenthine. Ils deviennent alors rugueux à souhait : de véritables timbres primitifs, des « incunables » de la philatélie.

Mais Sperati sait que les experts ont déjà, à l'époque, des instruments techniques perfectionnés : les lampes de Wood, qui donnent une fluorescence spéciale et trahissent les contrefaçons. Il s'en procure une. Puis, directement sous la lampe, Sperati entreprend la confection de faux. Les vieux timbres délavés sont traités avec du savon, de la résine, de la colophane, de l'albumine, de la gomme-laque. En fait, la fabrication de ses faux timbres est au moins aussi compliquée que la fabrication normale de timbres authentiques.

Sperati possède, à côté de lui, toute une pile de catalogues dont il reproduit les motifs qui l'intéressent. Comment s'y prend-il ? Tout simplement à la main. Avec l'aide de grandes loupes. À ce régime-là, sa vue se fatigue énormément et, au bout de quelques années, Sperati se rend compte qu'il devient peu à peu aveugle. Mais il a sa mission à accomplir : se venger. Il se lance alors dans des achats de lentilles, et fabrique lui-même d'énormes lunettes à double foyer, qu'il ne quittera plus.

Il a besoin d'une presse, car celle qu'il a pu acheter dans le commerce présente un grave défaut : en appuyant sur le papier, elle a tendance à déplacer celui-ci latéralement, ce qui décale l'impression. Ne reculant devant aucun effort, Sperati s'attaque alors à la fabrication d'une presse qui n'ait pas de décalage latéral. Il y parvient... après plusieurs mois de travail.

Un autre obstacle s'élève alors pour contrecarrer le projet de notre faussaire. Les encres qui servaient à oblitérer les timbres anciens étaient très spéciales, pratiquement impossibles à reconstituer. Sperati réfléchit et trouve la solution. Une solution qui en aurait découragé plus d'un : « Quand je vais décolorer mes timbres anciens, il faut que j'efface l'impression, mais que je garde l'encre de l'oblitération ! » Il suffisait d'y penser !

Puis il soulève un autre problème : « Mes timbres, si parfaits soient-ils, ont quand même un aspect trop neuf, qui n'est pas logique, puisqu'ils sont censés avoir dormi de longues années dans des albums poussié-reux. » Alors Sperati grimpe sur un escabeau et ramasse de la poussière. Pas n'importe laquelle : celle qu'on peut recueillir en haut des armoires. Le résultat le satisfait. Même après des examens rigoureux sous la lampe de Wood, sous le microscope, aux rayons ultra-violets. Il s'écrie alors : « À nous deux, messieurs les experts ! Nous allons voir un peu ce que vous valez ! »

Et très rapidement, Sperati a la joie de vendre trois cents de ses petits chefs-d'œuvre du faux à des profes-sionnels ayant pignon sur rue. Mais il ne vend pas qu'aux experts : il passe à la « diffusion » de ses œuvres, et on estime aujourd'hui que, pendant toute sa carrière de faussaire, il aurait jeté sur le marché pour un milliard et demi d'anciens francs de pièces truquées. Combien de collectionneurs, même célèbres, ont aujourd'hui des « Sperati » dans leurs albums ? De toute manière, ils n'ont pas fait une mau-vaise affaire, nous allons voir pourquoi...

Certains collectionneurs sont tout de même au cou-rant des activités d'un faussaire génial. Puisqu'ils sont au courant, la police elle aussi est prévenue. Comment se fait-il qu'elle n'intervienne pas ? Tout simplement parce que Sperati a choisi de travailler au grand jour. Il se donne le titre d'« imitateur en timbres ». Fait-il une contrefaçon presque parfaite ? Il la vend comme une « imitation ». La preuve ? Il ne la fait payer que dix pour cent de la valeur du timbre imité. Et pour prouver sa bonne foi, il signe son œuvre au dos et... au crayon. Inutile de dire que certains acheteurs très peu scrupuleux s'empressent d'effacer la signature crayon-née et revendent le timbre comme s'il s'agissait d'une pièce rare.

81

En fait, Sperati veut toujours obtenir sa vengeance : un scandale public qui lui permette de ridiculiser les experts. Nous arrivons en 1942. C'est la guerre, l'occupation. Les timbres rares deviennent particulièrement intéressants, car ils permettent de transférer des capitaux sous une forme presque invisible...

Sperati demeure alors à Aix-les-Bains. Un jour, il se rend à la poste et expédie une lettre recommandée au... Portugal. Ce pays, en cette période agitée, regorge de personnes « en transit » : espions, israélites qui fuient vers le Nouveau Monde, agents de toutes les puissances du monde. C'est donc une destination particulièrement surveillée par les services de la censure. Comme Sperati l'a prévu, on ouvre à Toulouse son enveloppe recommandée, et on y découvre... dix-huit timbres, pas un de plus. Le premier expert qui les examine annonce qu'il s'agit de pièces rarissimes, dont la valeur est égale à plusieurs millions de francs.

Les services des douanes sont alertés. Les experts toulousains confirment la valeur des dix-huit timbres. Sperati se voit réclamer 350 000 francs d'amende pour « exportation illicite de timbres de valeur ». Plus exactement, de « valeurs non déclarées ». Une fort jolie somme. Le prix d'une belle maison. Contrairement à ce qu'on pourrait croire, Sperati est ravi. Il refuse absolument de payer cette somme exorbitante et réclame... une contre-expertise. Un super-expert examine les « corps du délit » et affirme, péremptoire : « Ces timbres sont absolument authentiques. J'ai tout vérifié : la dentelure, la couleur, le filigrane. Aucune hésitation : il s'agit de pièces très rares. »

Mais l'Europe a d'autres chats à fouetter, d'autres timbres à lécher. Cela fait que la justice, qui suit son cours, n'aboutit à un jugement qu'après 1945. Sperati attend son heure. Le jour du procès, Sperati, aidé de son avocat, provoque un coup de théâtre : « Messieurs, veuillez examiner attentivement les dix-huit nouveaux timbres que je vous apporte. Dentelures, encres, oblitérations, filigranes. Ils sont exactement semblables à ceux qui ont été saisis dans le courrier que j'avais expédié vers le Portugal. Eux aussi sont l'œuvre de mes mains. D'ailleurs, si vous le désirez, et pour vous prouver qu'il s'agit d'imitations, je suis prêt à les brûler sous vos yeux... »

Émotion! Les spécialistes présents verdissent. Sperati est acquitté. Il vient de ridiculiser les experts en philatélie. Vengeance qu'il a préparée pendant plus de cinquante ans...

Mais il n'est pas encore satisfait, aussi incroyable que cela puisse paraître.

En 1948, quelques années après le jugement, il demande à sa belle-sœur de bien vouloir adresser deux très beaux timbres, exactement semblables, à deux experts marseillais. Quelque temps plus tard, la belle-sœur reçoit deux réponses très positives : « Madame, j'ai le plaisir de vous confirmer l'authenticité du timbre que vous m'avez adressé. J'en estime la valeur à X francs, et je suis tout à fait prêt à vous payer cette somme à votre convenance. »

L'affaire, ou plutôt « les affaires », sont faites.

Puis l'expert X, tout content, avertit l'expert Y de la belle proposition qu'on vient de lui faire par courrier. Ils découvrent alors qu'ils ont tous deux reçu un exemplaire du même timbre, pourtant rare.

« Il s'agit d'un escroc. Ça ne se passera pas comme ça. Il nous faut porter plainte !

— Et nous faire soutenir par une plainte de la Chambre syndicale des négociants en timbres ! »

Sperati, devant leur indignation, rachète les deux timbres. Les deux experts acceptent, en rentrant dans leurs fonds, de retirer leurs plaintes. Mais la Chambre syndicale, elle, maintient la sienne. Nouveau procès, où il est démontré, ce qui réjouit assez Sperati, qu'il utilise son talent, incontestable, dans le but de ridiculiser les experts. Sperati est condamné, lourdement : un an de prison, 10 000 francs d'amende, 300 000 francs de dommages et intérêts. Contrairement à ce que demande la Chambre syndicale, la Cour refuse la destruction des timbres. Après tout, ce sont les principales pièces du dossier. Mais l'affaire n'est pas terminée...

En 1952, nouveau jugement. Cette fois-ci, c'est Me Maurice Garçon, le célébrissime avocat, qui défend les intérêts de la Chambre syndicale. Il obtient que Sperati soit condamné à deux ans de prison, assortis du sursis il est vrai, l'amende passant à 120 000 francs, et les dommages et intérêts, à 500 000 francs. Il faut comprendre que l'affaire est grave car, indépendamment de l'intérêt artistique, historique ou esthétique des timbres, ceux-ci sont des valeurs comparables à des billets de banque. On peut faire d'énormes transferts de fonds avec les timbres, et ils sont plus faciles à réaliser que de la fausse monnaie. Sperati est donc traité comme un authentique faux-monnayeur...

Cette lourde condamnation a été prononcée dans le but avoué d'interrompre ses activités de fabricant. De toute manière, Sperati est satisfait : il a ridiculisé les experts, et par deux fois, avec éclat...

Mais son talent, disons même son génie, a besoin de continuer à s'employer. Une seule solution : éditer ses œuvres comme telles. C'est ce qu'il va faire désormais. Il crée une société, Sperati-philatélie d'art et... continue à éditer ses faux timbres. Il vend pour 7 500 anciens francs un timbre qui, s'il s'agissait du timbre authentique, vaudrait 750 000 francs. Pour 10 000 francs, chacun peut avoir le plaisir de contempler dans son album personnel la copie d'une rareté qui vaut 3 millions de francs...

Philosophiquement, l'attitude de Sperati est clairement expliquée : « Grâce à moi, des collectionneurs moyens peuvent s'offrir le bonheur et le privilège d'avoir dans leurs albums des pièces qui sont réservées aux grands collectionneurs, et qui dorment dans les coffres-forts. »

Les années passent et une nouvelle étonnante fait l'effet d'un coup de tonnerre... en Grande-Bretagne. On sait que les timbres les plus rares du monde, à l'effigie de la reine Victoria, sont anglais. Les collectionneurs d'outre-Manche sont passionnés, jaloux. Ils ont le soupçon facile et ne supportent pas qu'on vienne troubler leur « splendide isolement ». Or le *Daily Telegraph* leur apprend une nouvelle inquiétante :

« M. Sperati, le célèbre imitateur de timbres rares, qui demeure actuellement à Aix-les-Bains, en France, vient de se voir offrir, par la British Philatelic Association, la somme de 4 500 livres sterling. M. Sperati, qui est âgé de soixante-dix ans, songe à se retirer. Son état de santé ne lui permet plus de continuer la fabrication de ses merveilleuses imitations. La British Philatelic Association, qui compte 12 000 membres, lui fait cette proposition pour éviter que M. Sperati ne passe la main à un successeur plus jeune, auquel il envisagerait de transmettre son matériel et ses secrets techniques. »

Pour cette somme, la British Philatelic Association entend devenir propriétaire de l'imprimerie spéciale, outil essentiel et indispensable ; des clichés de timbres rares que, depuis tant d'années, Sperati a réussi à se procurer ; des secrets des encres, et des papiers patiemment reconstitués. Il faudra y joindre les loupes spéciales fabriquées par le génial faussaire, les lampes de Wood, etc., et aussi tous les timbres recopiés qui sont encore en sa possession...

La British Philatelic Association annonce que, dès la transaction effectuée, tout ce matériel fera l'objet d'une exposition qui permettra à tous les collectionneurs d'en savoir plus sur l'art du faussaire.

Sperati, fatigué et satisfait, accepte. L'exposition a lieu. Elle permet l'édition d'un catalogue passionnant qui est vendu au prix de 45 000 francs l'exemplaire. Tout l'outillage précieux est remis aux Anglais... qui s'empressent de détruire le matériel et les clichés élaborés avec tant de patience ! Certains membres du comité d'expertise de la British Philatelic Association sont en effet vexés. On leur avait fait examiner des « timbres Sperati », et ils les avaient unanimement trouvés excellents. Plus tard, ils seront quelques-uns à prétendre cependant que ces copies ne pouvaient tromper personne...

Sperati, triplement vengé de l'expert de sa jeunesse,

disparaît en 1957, « d'une longue et douloureuse maladie ». Les experts et les collectionneurs peuvent respirer : désormais plus personne, en ce bas monde agité et pressé, n'aura le temps, le talent, ni surtout la patience de faire d'une vengeance un tel chef-d'œuvre...

POIGNARD À POISON

On raconte qu'une sorte de malédiction est restée attachée aux objets personnels ayant appartenu à Goering, et il paraît que tous les possesseurs de ces souvenirs — son poignard, ses fanions, ses couverts d'argent — ont été l'objet de maléfices. Il y a une histoire que j'aime beaucoup. Elle est censée se passer à Florence.

Un touriste entre chez un antiquaire et s'intéresse aux armes de la Renaissance que ce dernier expose dans sa vitrine. Il déclare : « Je collectionne les armes. Qu'auriez-vous à me proposer ? »

L'autre suggère différentes armes, blanches ou à feu, mais rien ne semble déclencher le moindre intérêt chez le client.

« Tenez, voici une pièce exceptionnelle. Il s'agit d'un poignard de condottiere. *Mais faites très attention, car c'est un poignard empoisonné. N'allez surtout pas vous blesser avec, car ce poison était très puissant et l'on n'en connaît encore aucun antidote. »*

Le touriste est accroché, mais c'est surtout le côté « poison » qui semble l'exciter :

« Me garantissez-vous que ce poignard est réellement empoisonné ? Si c'est le cas, mentionnez cela sur le certificat de garantie. Je suis prêt à payer la somme que vous me demandez, mais s'il s'avère que ce poignard est inoffensif, je n'hésiterai pas à réclamer l'annulation de la vente, et des dommages et intérêts.

— Mais il n'y a aucun problème. »

À ces mots, le client, qui tripotait le poignard, le laisse tomber. L'arme est si lourde qu'elle perfore sa chaussure et pénètre dans le pied. Quelque temps plus tard, le poison du temps des Borgia n'ayant fait aucun effet et l'acheteur n'étant pas décédé, il mit sa promesse à exécution et fit annuler la vente...

UN AGNEAU DÉPECÉ

Les frères Van Eyck ont marqué l'histoire de la peinture. Jan surtout. Jan travaillait pour le duc de Bavière en 1422. C'est la première mention que l'on ait de lui. Il était originaire des environs de Liège. On suppose qu'il fut à ses débuts un miniaturiste dont les œuvres sont lumineuses. Puis Jan Van Eyck devient attaché au service du duc Philippe le Bon. Il réside à Lille, mais le duc le charge de missions secrètes. Des voyages dont il doit rapporter les portraits de princesses lointaines que le duc, vieillissant, songe à épouser. Quand son maître épouse, à Lisbonne, Isabelle de Portugal, Jan Van Eyck est du voyage. Puis il devient propriétaire foncier, à Bruges.

C'est en 1432, alors qu'il a entre trente et quarante ans, que Jan Van Eyck se voit commander un polyptyque appelé l'*Agneau mystique*. Les commanditaires — qu'il va portraiturer sur l'œuvre — sont Jodocus Vydt, l'un de plus riches bourgeois de Gand, et son épouse Élisabeth Borluut.

Jan Van Eyck semble avoir été un des premiers à utiliser une technique picturale révolutionnaire : celle de l'emploi de l'huile pour peindre. Cela lui permet de disposer, les unes par-dessus les autres, différentes couches pigmentées qui, par leur transparence, permettront de nouveaux effets délicats, des mélanges subtils de couleurs...

L'*Agneau mystique* est, depuis plusieurs siècles, l'orgueil de la cathédrale Saint-Bavon, à Gand. Il s'agit d'un retable qui, sur douze panneaux, représente l'Annonciation, saint Jean-Baptiste, saint Jean l'Évangéliste, le donateur et son épouse. L'œuvre peut se replier sur elle-même. L'intérieur représente l'adoration de l'Agneau mystique, Dieu le Père et la Vierge Marie, des anges, des apôtres, des ermites, des chevaliers, et le couple d'Adam et Ève.

Le célèbre retable a l'habitude des voleurs.

En 1566, une émeute déclenchée par les protestants met Gand à feu et à sang. Les catholiques, connaissant la haine des huguenots pour les images pieuses, forment une garde chargée de veiller, de jour comme de nuit, sur le chef-d'œuvre.

Le 21 août, une foule hostile envahit Saint-Bavon, dans l'intention de s'emparer de la merveilleuse peinture. Et repart bien déçue : l'*Agneau mystique* n'est plus là. En fait, les catholiques ont pris la précaution de le dissimuler, deux jours plus tôt, dans la tour de l'église. Après cette chaude alerte, on décide qu'il sera plus en sécurité dans l'hôtel de ville gantois.

Cependant, les huguenots finissent par emporter la victoire et la ville devient « parpaillote ». Quelqu'un a une idée : « Nous avons été aidés par Sa Majesté la reine Elizabeth d'Angleterre, qui a puisé dans sa cassette pour nous soutenir. En témoignage de reconnaissance, pourquoi ne pas lui offrir l'*Agneau mystique* ? »

Cela n'aurait pas été une si mauvaise idée, et il aurait sans doute été à l'abri de bien des mésaventures postérieures. Pourtant, une voix s'élève contre le projet, celle de messire Josse Triest, un descendant direct du commanditaire Jodocus Vydt :

« Messieurs, pourquoi livrer à une souveraine étrangère une des fiertés de notre ville ? Non ! Il faut que notre *Agneau mystique* reste chez nous ! »

En définitive, pourquoi pas ? Le chef-d'œuvre reste donc. D'ailleurs les événements vont vite et, bientôt, ce sont les catholiques qui reprennent le contrôle de la cité.

L'*Agneau mystique* reprend le chemin de la cathédrale Saint-Bavon.

Il va connaître presque deux cents ans de calme.

Jusqu'au jour où Joseph II, le frère de Marie-Antoinette, visite la ville, qui fait partie des régions sur lesquelles il a, momentanément, son mot à dire. Et ce mot, il le dit :

« Quelle horreur, ces nudités ! Même s'il s'agit d'Adam et Ève, nos parents à tous, même s'ils sont soudain conscients de leur nudité après le péché originel, ces organes n'ont pas leur place dans un lieu de culte. » Joseph II est catholique, comme toute la famille royale d'Autriche, et pas du tout du genre tolérant. On décroche les panneaux qui ont choqué le souverain et Adam se retrouve... rangé dans les archives, avec Ève.

En 1794, ce sont les Français qui, au nom des grands principes, envahissent les terres du Nord et arrivent à Gand. La France est révolutionnaire, ce qui n'empêche pas d'apprécier les arts. Les Français emportent les quatre panneaux centraux de l'*Agneau mystique* à Paris. Mais, bizarrement, ils laissent les panneaux latéraux et... Adam et Ève.

Voici donc les quatre panneaux qui arrivent à Paris, où ils sont exposés dans un musée. Mais le directeur se désole d'avoir à montrer une œuvre démantelée, qui a perdu sa signification profonde. Il écrit aux Gantois : « Puisque vous avez perdu l'essentiel de l'*Agneau mystique*, il serait judicieux de réunir tous les panneaux. Si vous consentez à nous les céder, nous vous donnerons en échange quelques peintures de Rubens, votre concitoyen. » Mais Gand répond : « Non. »

L'Empire connaît la gloire. Puis l'étoile de Napoléon Iᵉʳ décline. Louis XVIII, qui avait choisi l'exil et s'était réfugié à Gand pour ne pas connaître le sort tragique de son frère Louis XVI et de sa belle-sœur Marie-Antoinette, revient à Paris et retrouve le trône des Bourbons. Il a gardé au fond du cœur une certaine reconnaissance pour la ville qui l'a accueilli, lui et tous ses fidèles. Quelle meilleure occasion de les remercier que de leur rendre les morceaux manquants de leur retable ? C'est chose faite en 1815, après Waterloo.

Cependant, les Gantois ne vont pas profiter pleinement de leur chef-d'œuvre reconstitué. Pour l'instant, Adam et Ève sont toujours aux archives. L'évêque de Gand part pour un long voyage et le vicaire de Saint-Bavon, un Français, il faut bien l'avouer, en profite pour vendre les panneaux latéraux, qui étaient eux aussi aux archives. Il les cède à un marchand de Bruxelles. Adam et Ève, eux, sont toujours là où la pudibonderie de Joseph II les a exilés.

Le marchand de Bruxelles a certes acheté, mais il espère bien vendre. Et c'est ce qu'il fait. Le roi de Prusse, Frédéric-Guillaume III, sur les conseils de son fils, le futur Guillaume Ier, les acquiert. Guillaume Ier a son idée : « La gloire de la Prusse veut qu'elle possède un musée des beaux-arts digne d'elle, et que ce musée puisse concurrencer et même dépasser la splendeur du Louvre. »

L'*Agneau mystique*, même en morceaux, constitue un début. En attendant, les panneaux dépareillés sont logés au Kaiser Friedrich Museum de Berlin, où ils demeureront pendant des années. Les Belges, par générations successives depuis le forfait du vicaire félon, ne décolèrent pas. Les choses restent en l'état jusqu'en 1920.

Pendant ce temps, en Belgique, dès 1861, le gouvernement a pris la décision d'acheter au Conseil de l'Église les panneaux d'Adam et Ève. Moyennant un prix de 50 000 francs, ils sont devenus propriété de l'État. Et pour que les fidèles aient de quoi se consoler un peu, l'État belge a fait exécuter des copies des « parents » de l'humanité, qui sont allés prendre la place des originaux dans la cathédrale Saint-Bavon. Adam et Ève, les authentiques, figurent donc désormais au Musée des beaux-arts de... Bruxelles.

Cela fait qu'en 1914, année fatale, le polyptyque de Jan Van Eyck se trouve dispersé entre Bruxelles, Berlin et Gand...

Là-dessus, les Allemands envahissent la Belgique. Vont-ils s'emparer des panneaux qui leur manquent ?

Ce ne sont pas les scrupules artistiques qui semblent caractériser les nouveaux occupants. N'ont-ils pas détruit la bibliothèque de Louvain ? N'ont-ils pas pillé les trésors artistiques de Malines ?

À Gand, un chanoine nommé Van den Gheyn s'inquiète du sort qui attend les trésors de Saint-Bavon. Il court voir son évêque :

« Ne pourrait-on pas évacuer discrètement les panneaux qui nous restent du polyptyque ? Ne pourrait-on les cacher ? La guerre ne durera pas toujours...

— Hélas ! mon cher fils, si on fait cela, le remède risque d'être pire que le mal. Quand les Prussiens s'apercevront de la disparition des panneaux, Dieu sait ce qu'ils peuvent faire ! Incendier Saint-Bavon, peut-être, et tous les autres trésors qu'elle renferme. »

Le chanoine est déçu, mais il n'a pas dit son dernier mot. Il s'adresse à un ministre belge, qui se montre tout à fait de son avis.

« Entièrement d'accord avec vous, mon cher chanoine. Mais il faut faire les choses discrètement.

— Je me charge de tout, puisque j'ai votre accord... »

Et c'est le chanoine Van den Gheyn lui-même qui, aidé par quatre paroissiens patriotes et discrets, déménage les panneaux de Van Eyck. Il était temps : quatre jours plus tard, les Prussiens pénètrent dans Gand. En fait, le chanoine et ses aides ont attendu l'heure de midi, à la fermeture de la cathédrale, pour emporter les panneaux jusqu'à la maison de l'évêque. Personne n'est au courant. Et lorsque les Prussiens arrivent, les Gantois mettent quelques jours à s'apercevoir de la disparition. Le chanoine rassure le clergé, qui croit déjà à un vol crapuleux...

Les choses se sont d'ailleurs passées du mieux possible. Pendant la nuit, les panneaux ont été nettoyés avec soin, puis on les a enveloppés dans des couvertures épaisses, pour les protéger des chocs et de l'humidité. On fait alors entrer dans la cour de l'évêque une carriole, qui appartient à un marchand de ferraille. La carriole est pleine de débris et de tuyaux cassés. Quand elle ressort, les caisses de l'*Agneau mystique* sont invisibles sous la ferraille et les tapis usagés. Elle prend le chemin de deux maisons particulières, dans un autre quartier de la ville. Personne ne s'attarde à y jeter le moindre regard.

« Oui, mais les Prussiens risquent de poser des questions indiscrètes. Que répondrons-nous ?

— Il faut une explication logique et officielle. »

On obtient du ministre de la Science et des Beaux-Arts un ordre de mission, muni de tous les cachets. Cet ordre enjoint au clergé de Saint-Bavon de remettre l'*Agneau mystique* à un envoyé — aussi officiel qu'anonyme — qui est censé se charger de l'évacuation des panneaux vers... l'Angleterre.

Effectivement, quand les Allemands posent les questions qu'on attendait, on leur montre le bordereau d'expédition. La réaction des Allemands est étonnante ; ils se mettent à rire de bon cœur : « Comme vous êtes naïfs, pauvres Belges, d'avoir confié votre trésor aux fils de la perfide Albion. Jamais vous ne reverrez votre *Agneau mystique* ! »

Les Gantois prennent un air penaud, mais les Teutons se méfient : « Cela dit, vous allez bien nous indiquer qui a effectué ce transport ? Et la date exacte de ce transport, s'il vous plaît ! »

Le chanoine refuse de répondre.

En 1915, une demande arrive de Berlin. Les Allemands, qui savent qu'ils ont, de plus en plus, une réputation détestable, demandent aux Gantois... un certificat :

« Je soussigné, bourgmestre de la ville de Gand, certifie par la présente que les troupes allemandes ne sont en aucune manière responsables de la disparition du fameux polyptyque de l'*Agneau mystique*, du peintre Jan Van Eyck... »

Pourquoi cette demande tardive ? Tout simplement parce qu'un journal italien (l'Italie était encore neutre, avant de devenir l'ennemie de l'Allemagne dans ce conflit) prétendait que les Allemands avaient emporté l'œuvre vers Berlin... Un bobard de plus, mais qui avait bouleversé toute l'Europe des amateurs d'art.

Bientôt le certificat ne suffit plus à l'envahisseur

allemand. Deux experts germaniques arrivent à Gand et font le siège du chanoine : « Nous savons que les panneaux ne sont pas en Angleterre. Dites-nous simplement où ils se trouvent. S'ils sont encore à Gand, nous allons nous occuper personnellement de leur sauvegarde. »

Le chanoine ne dit rien. On passe à la vitesse supérieure. Un officier allemand l'interroge, sans beaucoup d'amabilité :

« On m'a parlé d'une carriole qui aurait quitté la maison de l'évêque, peu avant notre arrivée, chargée de tuyaux cassés et de vieux tapis. Bizarre... Que contenait-elle ? Où allait-elle ? » Comme quoi certains avaient quand même remarqué le mystérieux équipage...

« Il faudrait vous adresser au ministre de la Science et des Beaux-Arts. C'est lui qui a ordonné le transfert !

— Nous l'aurions fait depuis longtemps, mais il a fui. Il semble qu'il ait trouvé refuge en France... »

L'officier insiste, enquête, réfléchit, et reconvoque le chanoine :

« Bon, il n'y a que trois solutions possibles. Premièrement, l'*Agneau mystique* est encore à Gand. Deuxièmement, il est quelque part en Angleterre, attendant notre arrivée. Troisièmement, le ministre de la Science l'a emporté avec lui. Dans ce cas, nos services de renseignements estiment qu'il se trouve actuellement, tout comme le ministre, au Havre. Il serait en ce moment à bord d'un navire, un croiseur anglais ou français, prêt à traverser la Manche. »

Le chanoine ne répond pas. Il regarde par la fenêtre. En fait, il contemple, à peu de distance, la maison dans laquelle l'*Agneau mystique* est caché.

Les Allemands écrivent alors à l'évêque, sèchement, pour lui demander de révéler la cachette des panneaux. Celui-ci répond, honnêtement, qu'il n'en a pas la moindre idée. Puis ce sont des photographes allemands qui se présentent en demandant, poliment, la permission de photographier différentes œuvres qui se trouvent chez l'évêque :

« Et, bien sûr, l'*Agneau mystique* aussi.

— Pour celui-ci, il faudrait vous adresser au chanoine...

— Nous sommes certains qu'il est encore à Gand,
et même dans le quartier de la cathédrale...

— Adressez-vous au gouvernement belge. »

Suit une fouille en règle de la demeure de l'évêque...
Sans résultat.

Mais les Allemands passent petit à petit à une phase
hélas trop classique dans les occupations territoriales :
ils réquisitionnent de plus en plus de maisons particulières. Et ce sont, pour la plupart, des maisons
bourgeoises. Le danger se rapproche des deux
demeures où sont dissimulés les panneaux. Il faut
agir...

C'est par un froid après-midi de février 1918 que le
chanoine héroïque et ses quatre complices, prenant
les plus grands risques, sortent les panneaux de leur
cachette et les transportent vers un nouvel asile, une
maison plus modeste, qui risque moins d'être réquisi-
tionnée par l'occupant. Mais une fois leur mission
accomplie, les « patriotes déménageurs » ne sont pas
au bout de leurs angoisses :

« Les Allemands sont en mauvaise posture. Il paraît
qu'ils vont bientôt évacuer la ville...

— Oui, mais ils ont promis de la raser en partant. »

Heureusement, les Allemands quittent Gand sans
mettre leur projet à exécution. Puis c'est l'armistice de
novembre 1918.

Quinze jours plus tard, les panneaux dépareillés
mais intacts de l'*Agneau mystique* réintègrent solen-
nellement la cathédrale Saint-Bavon.

L'aventure ne s'arrête pas là. L'Allemagne vaincue
doit s'incliner et signe le traité de Versailles, qui lais-
sera dans la bouche des Prussiens un goût d'amertume et de revanche. Pour l'instant, les Alliés
imposent leurs conditions.

« L'Allemagne devra rendre à la Belgique les panneaux de l'*Agneau mystique* qui sont actuellement au
Kaiser Friedrich Museum de Berlin. »

On en profite pour récupérer aussi la *Dernière Cène*, triptyque de Dierick Bouts, qui était à Louvain, et s'était retrouvé à Berlin, puis à Munich.

Le retour des panneaux berlinois à Bruxelles est l'occasion d'un enthousiasme populaire délirant. Des milliers de Belges se déplacent pour contempler le trésor revenu. On décide alors d'y joindre Adam et Ève, qui sont à Gand, et de reconstituer l'œuvre dans son intégralité. Le retour, par le train, provoque un pavois général de drapeaux belges sur toutes les maisons. *La Brabançonne* éclate sur toutes les lèvres. À Gand, on trinque, on fait des discours, toutes les cloches se mettent joyeusement en branle...

Il faut attendre 1934 pour qu'un nouvel avatar vienne troubler le calme retrouvé de l'*Agneau mystique*. Dans la nuit du 10 avril, un voleur s'introduit dans la cathédrale. Il repart en emportant un des panneaux du polyptyque. Celui qui représente saint Jean-Baptiste... Le bedeau est le premier à se rendre compte du désastre. Quelqu'un s'est sans doute dissimulé dans la cathédrale, dans un confessionnal peut-être. Puis, en pleine nuit, il a forcé la porte de la chapelle et arraché le panneau qu'il convoitait en brisant le cadre...

Quelques jours plus tard, l'évêque de Gand reçoit une demande de rançon : « Un million de francs, sinon... »

Pour prouver qu'il détient le panneau, le voleur l'a scié en deux ! Il en a déposé une moitié dans une consigne, et l'évêque peut aller la récupérer, car la demande de rançon est accompagnée du ticket. La police s'affaire... Du coup, le voleur se tient coi. Plus de nouvelles, pendant quatre mois. Enfin, une nouvelle lettre arrive. Le ravisseur demande à nouveau un million. Puis il se terre.

On ne connaîtra la suite de l'histoire que plus tard. Elle surprend tout le monde...

Un commerçant flamand, fort respecté, est frappé d'une crise cardiaque. Ses proches se précipitent à son chevet et, à leur grand étonnement, ils l'entendent murmurer : « C'est moi qui ai volé l'*Agneau mystique*. Je sais où il est caché... Il est... »

Il n'en dit pas plus et emporte son secret dans l'autre monde.

On hésite encore. Lui, voler le fameux panneau ? Incroyable ! Ne s'agirait-il pas d'un délire ? Mais non, dans les papiers du défunt on découvre des documents qui prouvent que son aveu était sincère. Il avait de gros besoins d'argent. Mais s'il a bien volé le panneau, il n'a rien pu en tirer.

Pendant quelque temps, on fouille la maison du coupable. Rien ! On retourne entièrement son jardin. Rien ! On fouille ensuite les maisons de ses proches. Toujours rien ! Quelqu'un, pendant ce temps-là, voit les choses sous un autre angle :

« Et si quelqu'un d'autre venait voler les panneaux qui restent ? »

Eh oui, excellente question. Aussitôt, les esprits s'échauffent :

« Il faut transférer l'*Agneau mystique* dans un musée de Bruxelles, où il sera mieux gardé ! »

En fin de compte, devant l'opposition du ministère des Beaux-Arts, le panneau détérioré reste dans la cathédrale Saint-Bavon. Il n'y a plus qu'à exécuter une copie du panneau manquant et à le remettre en place.

En 1940, nouvelle alerte. La guerre est déclarée, et les Allemands envahissent à nouveau la Belgique. Des propositions sont avancées au sein du gouvernement : « Il faut expédier le retable au Vatican. Il y sera en sécurité ! »

Ce projet prudent est réduit à néant quand Mussolini décide de ranger l'Italie aux côtés de l'Allemagne hitlérienne. Les Français, qui organisent avec rapidité et efficacité la mise à l'abri des collections du Louvre, proposent :

« Confiez-nous l'*Agneau mystique*. Il ira rejoindre la *Joconde*, la *Vénus de Milo*, la *Victoire de Samothrace*... »

Il faut dix caisses pour emballer le chef-d'œuvre, qui se retrouve à Pau, avec d'autres trésors du Louvre. Quand la France est entièrement occupée, c'est M. Jacques Jaujard, directeur des Musées nationaux, qui obtient la promesse que les œuvres transférées au château de Pau ne seront pas touchés, sauf si...

Sauf si l'on obtenait un document portant tout à la fois la signature de Jacques Jaujard, celle du maire de Gand, et celle de l'Organisation allemande pour la protection des monuments historiques... On doute de la force d'un tel accord devant la « bonne » foi évidente des envahisseurs teutons.

En 1942, Jacques Jaujard, catastrophé, apprend que les Allemands, malgré les accords signés, ont transféré l'*Agneau mystique* à Paris. C'est Ernst Buchner, directeur des musées bavarois, qui, accompagné de trois officiers, l'a emporté du château de Pau. Un télégramme d'Abel Bonnard est arrivé pour donner l'ordre de leur livrer le chef-d'œuvre. Et Buchner emporte le polyptyque à Paris. Où exactement ? Tout le monde l'ignore...

Le vent de l'histoire tourne encore, et l'on commence à se dire que bientôt les Alliés vont libérer l'Europe de la botte nazie. Déjà, les Américains organisent les équipes qui auront pour mission de récupérer le plus vite possible les œuvres volées par les nazis, Goering et Hitler en tête. Œuvres cachées dans des lieux qu'on essaye en vain de préciser.

Un bunker souterrain près de Coblence ? Un bunker à Karinhal, splendide propriété de Goering, non loin de Berlin ? En Bavière, sous la juridiction de Buchner ?

Une fois arrivés sur le territoire germanique, les spécialistes américains désespèrent de découvrir un jour le lieu où les Allemands ont dissimulé les trésors dérobés en Europe. Parmi ces spécialistes, le capitaine Robert Posey et le première classe Lincoln Kirstein.

Il faudra une rage de dents de Kirstein pour que celui-ci, dans l'impossibilité de consulter un dentiste de l'armée américaine, se voie conduit par un gamin allemand chez un dentiste local. Est-ce le hasard, ce dentiste parle anglais. Quand il apprend que les Américains recherchent les dépôts secrets d'œuvres d'art, il marque la plus grande surprise : son gendre s'est occupé, pendant l'occupation de la France, de regrouper ces œuvres d'art. Le gendre, Hermann Bunjes, est un homme cultivé, ancien de l'université de Harvard, et, dès que son beau-père lui amène les deux Américains, il révèle tout ce qu'il sait...

Il le fait non par amour de l'art, mais simplement parce qu'il veut obtenir pour lui, sa femme et son bébé, un sauf-conduit. Que risque-t-il ? Tout simplement d'être « liquidé » par les résistants allemands : Hermann Bunjes a été, durant cinq ans, officier dans les SS... Pourtant, il est amoureux de la France, et son rêve est de revenir chez nous pour écrire un ouvrage sur la sculpture du xiie siècle en Île-de-France.

Posey et Kirstein ne sont pas en mesure d'assurer la protection de Bunjes, ni même de rien lui promettre. Mais celui-ci, découragé, leur confie tous les documents en sa possession concernant la razzia d'œuvres d'art. Il sort une carte d'état-major et dessine un trait au crayon rouge sur un point précis dans les environs de Salzbourg : « C'est là que tout est stocké ! »

C'est ici que l'aventure de l'*Agneau mystique* de Van Eyck rejoint celle qui est racontée dans *La mine aux trésors*.

Une fois le retable récupéré, derrière une porte en fer qui l'avait protégé des explosions destinées à empêcher les nazis de détruire tous ces chefs-d'œuvre, on le découvre, intact, tout comme l'*Autoportrait* de Vermeer, voisinant avec les infantes de Vélasquez, des scènes de genre de Brueghel, Fragonard, Watteau, ou la *Vierge à l'enfant*, sculpture de Michel-Ange dérobée à Notre-Dame de Bruges. Et comme les 6 570 autres tableaux, les 230 dessins et aquarelles, les 137 statues, les 122 tapisseries, les armes, les bibelots, les meubles précieux dérobés dans des collections publiques ou privées.

L'*Agneau mystique* est parmi les premières œuvres rendues à leurs légitimes propriétaires. Eisenhower tient à ce que ces restitutions se fassent le plus vite possible. On affrète un avion spécial, qui doit l'emmener jusqu'à Bruxelles. On attache les panneaux aux parties métalliques de la carlingue. Et le capitaine Posey est aussi du voyage. Mais l'avion est pris dans un orage d'une telle violence qu'il ne peut atterrir à Bruxelles. Le pilote demande :

« Si nous retournions nous poser à Francfort ?

— Pas question de remettre l'*Agneau* sur le territoire allemand ! » répond Posey.

On touche enfin le sol, avec plusieurs heures de retard, sur un petit aéroport militaire tout proche de Bruxelles. Les invités, qui attendaient à Bruxelles, sont depuis longtemps rentrés chez eux, déçus et inquiets. Sur l'aéroport où l'*Agneau mystique* arrive, pas d'escorte ni de sécurité. Posey téléphone à l'ambassade. Puis, faute d'une autre solution, on appelle différentes maisons où des militaires américains sont logés. On fait la tournée des bars et on parvient à réunir une vingtaine de soldats, plus deux camions. On trouve même un sergent qui s'y connaît dans le transport des œuvres d'art.

Trois quarts d'heure après le déchargement, les deux camions parviennent, sous l'orage, au palais royal de Bruxelles. À trois heures et demie du matin, l'*Agneau mystique* se retrouve dans la salle à manger royale. Quelque temps plus tard, en l'absence du roi Léopold III, qui a des difficultés, c'est le régent qui reçoit officiellement le trésor retrouvé. Puis ce sera l'exposition au musée royal, les fêtes, et enfin le retour à Gand.

MIRACLE À MALMAISON

Il y a quelques années, le conservateur du château de Malmaison s'était fixé pour mission de rapporter dans son musée tous les objets et meubles qui l'avaient décoré autrefois. Il consacra trente années de sa vie à cette quête, de 1916 à 1946, et il réussit à récupérer au moins dix mille œuvres. Parmi celles-ci, de nombreux meubles signés du fameux ébéniste Jacob, des pièces d'orfèvrerie, des peintures, des céramiques, qui retrouvèrent le décor pour lequel elles avaient été conçues.

Au nombre des merveilles disparues du château se trouvait la « table d'Austerlitz ». Cette table, aussi nommée « table des maréchaux », est l'œuvre des ébénistes Percier et Fontaine. En 1816, Louis XVIII, qui fuyait tous les souvenirs de l'Empire abhorré, la fit renvoyer à la Manufacture de Sèvres. Elle fut ensuite, Dieu sait pourquoi, vendue à un ingénieur. Puis elle s'en alla en Grande-Bretagne, où elle réapparut en 1929, dans une vente publique...

Le conservateur de Malmaison, qui se nommait Jean Bourguignon, se dit : « Il me la faut. » Le malheur est que le ministère des Beaux-Arts, dont il dépendait, ne lui avait pas accordé le moindre crédit pour cet achat. Qu'importe ; Bourguignon, le jour de la vente, était dans la salle...

Quand on aime, on espère toujours un miracle. Et il n'y a que la foi qui sauve... Ce miracle eut lieu. Au départ les affaires s'annonçaient mal car, face à lui, Bourguignon avait le représentant du magnat de l'édition américain William Randolph Hearst, et son stock de dollars. Hearst, le héros multimillionnaire dont Orson Welles a fait le portrait dans *Citizen Kane*. Au terme d'une lutte très chaude, c'est Hearst qui emporte la table pour la somme de 400 000 francs... de 1929 !

Et le miracle, dans tout ça ?

Le miracle, c'est que Bourguignon, mû par une intuition subite, se lève et annonce à haute et intelligible voix que, en tant que représentant des Musées nationaux, il se porte acquéreur de la table, en vertu du droit de préemption.

Mais, dans ce cas, il lui faut « allonger » les 400 000 francs. Et il ne les a pas. C'est une folle enchère ! Pourtant, en l'honneur d'un représentant des Musées nationaux, on sait faire preuve de patience. D'autant plus que le commissaire-priseur n'a aucune raison de douter de la solvabilité du conservateur de Malmaison... Bourguignon avait son idée : il se préparait à faire le siège du ministre pour obtenir de lui le crédit nécessaire ; mais en rentrant chez lui, le soir même, il se voit remettre un pli urgent par le gardien du musée. Ce pli urgent était signé d'un certain Tuck, généreux mécène, et disait :

« Ne cherchez plus les 400 000 francs dont vous avez besoin pour la table des maréchaux. Les voici, dans le chèque ci-joint. »

MAISON DE POUPÉE

Il est un objet insolite que j'aurais bien aimé admirer de près. Qui sait s'il existe encore ? Il s'agit d'une maison de poupée que le duc de Penthièvre, le futur beau-père de Philippe-Égalité, avait, au XVIIIe siècle, achetée à prix d'or pour l'offrir, à Noël, à sa fille préférée, Louise-Marie âgée de 15 ans, qui était encore au couvent.

Cette maison avait été fabriquée à Nuremberg, et le marchand qui l'avait vendue garantissait qu'elle comportait une surprise. Déjà le jouet était magnifique en lui-même. Les portes et les fenêtres s'ouvraient automatiquement, et l'intérieur était somptueux. Louise-Marie et ses compagnes, les sœurs du couvent, s'extasiaient devant cette merveille mécanique et chacune voulait, tour à tour, toucher les commandes qui faisaient bouger la mécanique.

Mais, soudain, un doigt innocent appuya sur un bouton que personne n'avait vu. Aussitôt, comme par enchantement, la maison de poupée se trouva remplie de personnages masculins et féminins dans des costumes, des tenues et des attitudes épouvantablement lubriques. Ce fut un beau scandale. Le marchand français fut arrêté, mais il put démontrer sa bonne foi. En effet, les fabricants allemands de Nuremberg, quand ils vendaient leurs maisons de poupée, n'expliquaient jamais ce qu'était cette fameuse surprise qu'ils garantissaient. Sinon, cela n'aurait plus été une surprise...

UN PIANO MYTHIQUE

Ceci est l'histoire d'un piano qui sortait de l'ordinaire.

Il s'agit d'un piano du XVIIIe siècle, baroque, et surchargé d'un décor fleuri. Le son de ce piano était, disait-on, si magnifique qu'on l'appelait la « harpe de David », et l'on expliquait cette merveilleuse sonorité par le fait qu'il aurait été construit avec du bois ayant servi à la construction du Temple de Jérusalem.

En tout cas, en 1917, un vieux juif russe, sur le point de mourir, à Jérusalem, confiait à son petit-fils la mission de retrouver la « harpe de David » qui, selon ce qu'il en savait, se trouvait en Italie, quelque part dans le palais romain du roi Victor-Emmanuel. Le petit-fils devait aller rendre visite au roi, et tenter d'apercevoir ce piano.

Le jeune homme, Avner Carmi, devient accordeur de pianos et travaille sur les instruments des plus grands interprètes, parmi lesquels Arthur Schnabel. Entre 1930 et 1940, il se trouve plusieurs fois en Italie et essaie d'accomplir le vœu de son grand-père. Il découvre que ce piano existe vraiment. Il connaît même ses auteurs : le facteur de piano Marchisio et le sculpteur sur bois Ferri pour le décor fleuri.

Sa date de naissance : aux environs de 1800, à Turin. Après quelques décennies, la municipalité de Sienne a décidé d'offrir cet instrument au prince Umberto, futur Umberto Ier, à l'occasion de son mariage. Le piano était désormais au palais royal. Puis Mussolini a pris le pouvoir.

Pour le moment, le jeune Carmi ne parvient pas à pénétrer dans le palais royal. Il se heurte au barrage de l'administration mussolinienne. Bientôt, c'est la Seconde Guerre mondiale. Carmi s'est engagé dans l'armée britannique, et il sert sous Montgomery en Afrique du Nord.

Un jour, après une manœuvre de retraite effectuée par les troupes de Rommel, Carmi est chargé de rassembler les dépouilles laissées en arrière par l'ennemi germano-italien en fuite. Il tombe sur une caisse énorme : à l'intérieur, un piano, recouvert d'une couche de plâtre très épaisse. Le piano est entièrement ensablé. Il doit être brûlé avec tout un fatras militaire inutile. Mais Carmi, à l'idée de brûler un piano, sent monter un refus en lui. Aussi avec l'autorisation de son commandant, il se met à restaurer le piano ; et dès qu'on peut à nouveau en tirer quelques notes, cet instrument bizarre est confié à un groupe d'artistes de music-hall britanniques, qui effectuent une tournée aux armées en Afrique du Nord et tout autour de la Méditerranée.

Carmi eut plusieurs fois l'occasion de croiser cette troupe ambulante et de revoir « son » piano de plâtre qui voyageait : en Sicile, puis à Naples... Ensuite il en perdit la trace.

Quelques années plus tard, il apprend que « son » piano a été abandonné, à Tel-Aviv. Nouvel avatar, car l'instrument tombe entre les mains d'un... apiculteur, qui projette de le transformer en ruche. « Véritable miel de piano », ce serait original sur une étiquette...

Mais l'apiculteur renonce et le cède à un éleveur de volaille, qui se met en tête d'en faire... une couveuse ! Ils manquaient vraiment de tout, dans les premiers kibboutzim...

Et ce n'est pas fini : après l'expérience de la couveuse, un boucher tente d'en faire une glacière... Mais c'est un nouvel échec, et le piano est jeté à la rue. C'est à ce moment-là que Carmi le retrouve, mais hélas, son vieux copain en a trop subi. Tout l'intérieur a été arraché. Il ne reste que la caisse et le clavier. Il abandonne l'idée d'en faire quoi que ce soit...

Quelque temps plus tard, un plâtrier pénètre dans la boutique de Carmi l'accordeur et lui dit : « J'ai récupéré une vieille carcasse de piano, recouverte de plâtre et vidée de tout. Voulez-vous me le remettre en état ? » Décidément, on n'échappe pas à son destin !

Carmi se met à l'œuvre, avec joie. Joie d'autant plus grande que son client lui a versé des arrhes pour ce travail.

Quelques jours plus tard, le plâtrier revient voir Carmi et lui dit :

« J'ai changé d'avis. Laissez tomber le boulot... et rendez-moi mes arrhes. » Horreur totale !

Comme on le pense, Carmi ne veut absolument pas restituer l'argent. La discussion devient plus animée et, fou de colère, le plâtrier donne un grand coup de poing sur le piano. Sous le choc, le plâtre se fend et les deux hommes voient apparaître le visage mutin d'un angelot en bois sculpté. Carmi est alors saisi d'une intuition : « Et si c'était la "harpe de David" ? »

Carmi rend alors l'argent et garde le piano, qu'il se met à décaper. Il essaie la benzine, l'alcool, le vinaigre, le jus de citron. En fin de compte, il vient à bout de ce travail après avoir utilisé 120 litres d'acétone. Le résultat en vaut-il la peine ?

Apparemment, oui. Sur le devant de l'instrument, on voit une frise en bas-relief qui représente un cortège de cupidons ivres portant une reine, également « pompette ».

Carmi a alors la chance de retrouver une photo ancienne de la « harpe de David ». C'est bien son piano.

Carmi travaille à restaurer la caisse en bois de cyprès. Puis il met trois ans pour restaurer tout le système. En 1953, Carmi part aux États-Unis avec son piano remis à neuf. Cet instrument servira alors au virtuose Charles Rosen pour enregistrer un disque de sonates de Scarlatti et de Mozart. Les critiques admettent que pour sa sonorité ce piano mérite son surnom de « harpe de David ». Depuis, on est sans nouvelles de cet instrument merveilleux. Peut-être fonctionne-t-il encore quelque part ?

LA CÔTE DE JEANNE

Nous sommes dans les dernières années du Second Empire. Le baron Haussmann a décidé de donner une nouvelle physionomie à la ville, d'abattre les maisons des quartiers sordides, les petites rues étroites, et d'établir à leur place des avenues droites et larges qui présentent un double avantage : apporter la salubrité au cœur de la capitale et, en cas d'émeute ou de mouvement révolutionnaire, permettre à la troupe impériale de maîtriser les fauteurs de troubles qui dans ces larges avenues se trouveraient beaucoup plus exposés aux tirs des canons que dans les ruelles moyenâgeuses.

Il existe alors, rue Meslay, à l'extrémité nord de la rue du Temple, une très ancienne pharmacie, qui doit dater de plusieurs siècles. À présent, tout Paris parle des travaux du baron Hausmann : le pharmacien, M. Bourrières, sent qu'il va devoir changer d'adresse. Belle occasion de vider l'immeuble de beaucoup d'objets qui y dorment depuis trop longtemps. Y compris le grenier. Ah, les greniers d'autrefois ! Quelles cavernes d'Ali-Baba, à l'époque où antiquaires, brocanteurs et revues d'art n'avaient pas encore fait connaître aux propriétaires les trésors dont ils pouvaient, sans le savoir, être détenteurs.

Le pharmacien décide un jour d'aller explorer ses combles et de les vider de toutes leurs vieilleries poussiéreuses. Il est accompagné de son préparateur, le jeune Sylvain Noblet. Et là, dans un recoin, les deux hommes découvrent un « droguier », c'est-à-dire un bâti de bois, très ancien, qui contient toute une série de fioles de verre ou de métal, dans lesquelles un pharmacien mort depuis longtemps a entreposé des matières minérales, végétales ou animales, destinées à la confection de préparations magistrales.

« Mon bon maître, regardez ce droguier ancien. Je serais curieux de savoir ce que nos pères utilisaient pour les médications d'autrefois.

— Bah, sans doute les mêmes substances que nous...

— Accepteriez-vous de me donner ce droguier ?

— Comme bon te semble. Tous ces produits doivent être éventés depuis longtemps. Mais si tu n'as pas peur de renifler de la poussière... »

À l'époque, les pharmaciens ne décoraient pas leurs vitrines d'objets antiques attestant l'ancienneté de leur officine. Et le « potard », tout content, rentre chez lui avec le vieux, très vieux droguier.

Mais ses propres connaissances lui semblent insuffisantes pour identifier avec certitude les produits qui sont contenus dans les fioles. Il doit faire appel à un de ses anciens condisciples spécialisé dans la chimie.

« Il y a bien des inscriptions en latin sur chaque fiole. Mais elles sont indéchiffrables pour moi...

— Nous allons examiner tout cela. Quelques réactions chimiques, et nous en saurons davantage. »

Quelques jours plus tard, l'ami chimiste rend compte de ses découvertes. Comme le supposait le pharmacien, la plupart des substances contenues dans les fioles sont bien connues, et leur efficacité prête un peu à sourire, quand elles ne sont tout bonnement répugnantes : toiles d'araignée, bave de crapaud, etc.

« Regarde, dans cette fiole, on dirait qu'il ne s'agit pas d'un produit de la pharmacopée habituelle. J'ai attendu que nous soyons ensemble pour l'examiner de plus près. »

Les deux amis se penchent sur le petit flacon :

« En tout cas, ça ne date pas d'hier !

— Tiens, il y a même un petit morceau de parchemin qui ferme la fiole. Quelque chose est écrit dessus, mais c'est à peine lisible. »

Les deux amis nettoient le parchemin avec le maximum de précautions ; et quand, à la lumière de la lampe à pétrole, ils peuvent en déchiffrer le texte, la stupéfaction les rend un bon moment silencieux :

« Restes trouvés sous le bûcher de Jeanne d'Arc, pucelle d'Orléans, le 30 mai 1431. »

Il ne reste plus qu'à vider la fiole.

« Pas de doute, ce sont des ossements. Celui-ci

ressemble à un morceau de côte humaine. Et ces petits os... Ma foi, je ne vois de quelle partie du corps ils peuvent provenir. Et ces fragments de linge... »

Une analyse plus précise indique qu'il s'agit d'un linge de chanvre, qui pourrait bien dater du xvᵉ siècle. À part ça, la fiole contient deux petits morceaux de bois, dont l'un semble recouvert d'une matière résineuse. L'écriture qui figure sur le parchemin est, de toute évidence, du xviiᵉ ou du xviiiᵉ siècle.

Le pharmacien est sans doute déçu par sa découverte, ou bien le nom de Jeanne d'Arc évoque-t-il peu de chose pour lui ? En tout cas, il abandonne le droguier et son contenu à son ami chimiste, pour le remercier de sa collaboration.

Lequel chimiste, un dénommé Ernest Tourlet, décide quelques années plus tard, sa carrière faite, de rentrer chez lui pour y vivre tranquillement « le reste de son âge ». Il emporte dans ses malles le droguier, et plus particulièrement la fiole aux reliques.

Très logiquement, il décide que ces reliques ne peuvent trouver de meilleur asile que dans une église, et il les confie à sa paroisse, Saint-Maurice, à Chinon. Elles se trouvent actuellement au musée de Chinon, attendant qu'on leur rende enfin des dévotions bien méritées car, nulle part ailleurs, on ne possède d'authentiques reliques de la sainte.

Depuis que ces restes mystérieux sont apparus au grand jour, les spécialistes se déchirent, et certains n'hésitent pas à proclamer que personne n'a pu recueillir le moindre fragment le jour du martyre de Jeanne, les Anglais disposant alors de moyens de nettoyage dont le secret s'est sans doute perdu. De toute manière, la datation des fragments de bois au carbone 14 nous donne une date de... environ 1800 avant Jésus-Christ !

Quant à l'aspect physique de notre héroïne nationale, on en est encore aux hypothèses et aux suppositions...

« Belle et bien faite », selon un chevalier témoin à

son procès. « Robuste et infatigable », selon ses compagnons de bataille. « L'air riant et l'œil facile aux larmes. » D'autres lui trouvent « bonne prestance et belle poitrine ».

Quand la vénération à la sainte s'étend, des siècles après son martyre, on éprouve le besoin de lui élever des statues. Il faut bien se contenter d'imaginer l'aspect physique de l'héroïque bergère, capable de mener les troupes au combat, de monter à l'assaut des murailles et de frapper en plein cœur l'ennemi anglais. On peut regretter, à ce propos, la disparition inéluctable d'un monument élevé à Orléans dès l'année 1438, soit sept ans à peine après la mort de la Pucelle. Ce monument, élevé sur l'ancien pont d'Orléans par les habitants de la ville, se nommait la *Belle-Croix*. On y voyait Charles VII, à genoux et tête nue, les mains jointes, armé et revêtu d'un manteau court, sa couronne posée à terre, près de lui. Jeanne d'Arc était en face de lui, à genoux et mains jointes elle aussi. Entre les deux, une croix et une Vierge Marie soutenant le corps du Christ mourant. Tous ces personnages étaient en bronze et fixés sur la pierre. En 1562, les protestants démolissent le monument et jettent les débris dans la Loire. En 1570, on restaure ce qu'il en subsiste.

En 1651, Charles Perrault, de passage dans la ville, en parle dans ses *Mémoires*. Mais, au début du XVIIIᵉ siècle, le pont menace ruine et pour le réparer on démonte le monument, dont les fragments vont se perdre dans les entrepôts de l'hôtel de ville. Puis on récupère les figures de bronze pour les installer à l'angle de la rue Royale et de la rue de la Vieille-Poterie. Enfin, en 1792, la patrie en danger récupère les statues de bronze et en fait... des canons! Pour bouter l'ennemi hors de France, peut-être même les Anglais sur lesquels Bonaparte tirait à Toulon...

Le sculpteur Barrias est chargé d'imaginer une effigie pour le monument du Bon-Secours à Rouen. Sans doute est-il l'objet d'une inspiration surnaturelle car, quelques années plus tard, on effectue à Rouen des fouilles, pour le percement de la rue Jeanne-d'Arc, justement. C'est un coup de pioche providentiel qui met à jour une statuette ancienne représentant une femme coiffée d'un casque...

Les héroïnes militaires sont assez rares pour qu'on comprenne immédiatement qu'il s'agit d'une représentation de notre Jeanne nationale. Et l'on constate, entre cette effigie et celle de Barrias, une surprenante ressemblance. Or, l'auteur de la statue ancienne avait très vraisemblablement eu l'occasion de voir Jeanne de ses propres yeux...

Pour en terminer avec Jeanne d'Arc, tout le monde connaît la statue, tout aussi équestre que dorée, qui orne la place des Pyramides, à Paris. Elle est le centre de rassemblements passionnés — et passionnels — depuis quelques années. Elle fut érigée en 1880. Ce qu'on sait moins, c'est que Aimée Girod, la jeune fille qui servit de modèle au sculpteur Frémiet pour figurer Jeanne d'Arc, était elle aussi une bergère de Domrémy. Elle connut également une mort tragique par le feu. Elle périt en 1937 dans l'incendie de son immeuble. Impotente, elle n'avait pu quitter son lit sous les toits.

DANS LE TIROIR

Quand un acheteur découvre, dans un meuble par exemple, quelque chose d'intéressant qui n'était pas indiqué lors de la vente, il en reste propriétaire, cela s'entend. Mais de toute manière, lorsqu'on vend un meuble, je l'ai déjà dit, on prend toujours soin de l'examiner sous toutes les coutures. Heureusement ! J'avais un jour procédé à l'enlèvement d'un mobilier à la suite d'une succession. Parmi les meubles les plus intéressants se trouvait une commode « tombeau » du XIXe siècle.

La commode « tombeau » est une commode massive dont les pieds sont courts et dont les tiroirs descendent

109

très près du sol. Or, le tiroir supérieur ceinturant le meuble était obstinément fermé à clef. Et la clef avait disparu... Je déteste vendre un meuble dont un des tiroirs reste clos... J'appelle le « gazier », le serrurier de Drouot, si l'on préfère. Il vient et, en un tournemain, il ouvre le tiroir de la commode « tombeau », la bien nommée...

Et qu'y avait-il à l'intérieur ? Rien moins qu'un cadavre... Celui d'un bambin momifié, qui était entièrement nu. Il devait avoir dans les six à huit mois. Impossible de dire depuis combien d'années il était là-dedans... On n'a jamais su les causes exactes de sa mort. Accident ? Maladie ? Crime, peut-être. Nous ne l'avons pas vendu avec la commode, bien que, dans l'histoire internationale des ventes, il y ait déjà eu des lots constitués par des cadavres momifiés ou des parties d'individus plus ou moins célèbres. Nous l'avons vu. Pas de problème avec la police, heureusement : pour la bonne forme, nous avions au moins quinze témoins au moment de l'ouverture du meuble. Cela laisse songeur... Quelle tragédie se cachait derrière cette macabre découverte ? Un enfant clandestin ? Un crime ? Un drame de la séduction ? Il y a là de quoi faire un excellent début d'histoire policière... Et qu'est devenue la momie du bambin ? Elle a été remise à la police.

Parfois, des objets macabres ont une histoire moins sinistre. Ainsi, en 1958, on a vendu le cercueil d'un colonel des parachutistes. Cet officier, grièvement blessé, avait cru qu'il ne s'en sortirait pas, et choisi lui-même la « boîte » dans laquelle il pensait bientôt partir. Mais finalement il s'en était très bien remis et son premier soin d'homme valide avait été de vendre — pour 1 000 francs. — son cercueil à un autre amateur, qui devait le trouver à son goût...

DES TÊTES ROYALES

Nous sommes en pleine exaltation révolutionnaire. La Bastille a été prise, et les années ont passé. Après une période où Louis XVI et son « Autrichienne » avaient encore une petite chance de sauver leurs têtes, l'« épuration » s'accélère. Il faut éliminer tous les rois de France, présents, passés et futurs. On est allé déterrer les cadavres de ceux qui croyaient avoir trouvé le repos dans la basilique de Saint-Denis. On en cherche encore, et des meilleurs, pour les « raccourcir ». La Convention, qui vient d'exécuter Louis XVI et Marie-Antoinette, se demande qui sont tous ces dignitaires que l'on voit orner la façade de Notre-Dame de Paris. Ce sont des rois, bien sûr, puisqu'ils portent sceptres, couronnes et autres attributs de la royauté. Un inculte de service lance : « Ce sont les anciens rois de France. Ils nous narguent ! Il faut les jeter bas ! »

La Convention donne son accord. Ces gens-là ne brillent ni par le respect de l'art, ni par la culture historique. Mais ils ont le pouvoir d'ordonner et de faire exécuter tout et n'importe quoi : ils ne seront pas les derniers...

Les rois qui ornent la façade de Notre-Dame n'ont en fait aucun rapport avec les anciens rois de la France, ce sont les rois bibliques, les « ancêtres » du Christ.

On commence par une dégradation de ces infâmes (à l'époque, tous les ennemis du peuple étaient qualifiés d'« infâmes »). Une première équipe leur fait perdre, à coups de pioche, leurs sceptres et leurs couronnes dans la mesure du possible. Mais il ne suffit pas qu'ils soient réduits à l'état de simples citoyens : les anciens rois sont à présent « condamnés à mort ».

Un dénommé Bazin touche 368 livres pour supprimer « les signes de la féodalité et de la royauté de Notre-Dame ». Il s'abouche avec un entrepreneur nommé Varin, et ils signent un contrat : Varin se charge de détruire les quatre-vingt-dix statues colossales de Notre-Dame. On précise que les vingt-huit rois de la galerie « auront la tête tranchée, seront des-cellés et jetés à terre ».

On installe donc de grands échafaudages tout autour de Notre-Dame, et on commence le travail au mois de décembre 1793. Il ne sera achevé qu'au mois de septembre suivant. On a finalement démoli soixante-dix-huit statues, douze plus petites, et une multitude de colonnes et de pièces d'architecture, devenues sans doute « impures » pour avoir si long-temps côtoyé les rois.

Une fois cette démolition entreprise, et devant l'amoncellement de statues mutilées, on se pose une question intelligente : « Que va-t-on faire de tous ces débris ? »

Louis David, qui est un grand peintre et un énergu-mène de la pire espèce, se précipite, avec un projet assez ridicule. Mais, à l'époque, il est le « grand mani-tou » des arts révolutionnaires, fortement inspirés de l'Antiquité et des vertus romaines. Il lance : « Je pro-pose d'utiliser ces restes abhorrés pour en faire le sou-bassement d'un monument de bronze. Ce monument représentera une image géante du peuple français et sera érigé à l'entrée du Pont-Neuf, à l'emplacement de la statue du roi Henri IV, enlevée pour couler des canons. Les effigies que la royauté et la superstition ont imaginées et déifiées pendant quatorze siècles seront entassées et formeront une montagne qui ser-vira de piédestal à l'emblème du peuple. » Apparem-ment, David n'avait jamais vu de montagne...

Les députés conventionnels ratifient avec enthou-siasme l'idée de David. Nul doute que certains se croient obligés de sortir leur mouchoir pour essuyer quelques larmes tricolores et patriotiques.

Mais l'enthousiasme et les larmes n'ont qu'un temps. D'autant plus qu'aux frontières du pays les armées de « féroces soldats » se préparent à venir, « jusque dans nos bras, égorger nos fils et nos compa-gnes ».

Pendant trois ans, les corps martyrisés des anciens

rois, les têtes, les couronnes et les sceptres restent en vrac, en attendant que David se décide à créer le monument dont il a eu l'idée...

Le bon peuple de Paris, et surtout des environs de Notre-Dame, tant par commodité que par esprit patriotique, se croit obligé, pendant trois ans, de venir déverser ses pots de chambre et ses détritus sur le tas de sculptures gothiques ; les rats s'en donnent à cœur joie ; les odeurs qui se répandent deviennent pestilentielles. Quant à l'aspect esthétique, n'en parlons pas. Quelques citoyens plus réalistes que les autres finissent par demander que l'on retire cette montagne d'ordures.

« De nombreux individus utilisent ce tas de pierres comme latrines publiques ! Cela nuit à la pureté des mœurs. D'autre part, cela gêne la circulation des véhicules, dans un quartier où les rues sont déjà assez étroites et dangereuses comme ça. »

De plus, la nuit, des malveillants peuvent s'y cacher... Du coup, la « montagne » de David, se transforme, administrativement parlant, en « tas de moellons ». Tous les matériaux de construction sont bons à vendre. On ouvre une adjudication. Et c'est un certain Bertrand, demeurant dans l'île de la Cité, qui emporte le marché nauséabond, pour 380 livres. On est au mois de juin 1796, et, sous la chaleur, les moellons doivent présenter un aspect particulièrement peu engageant ! Il emporte ses « moellons royaux », et personne ne sait plus ce qu'il en fait... Il a simplement fallu réparer la chaussée devant Notre-Dame : elle avait été endommagée par les chutes répétées de ces rois gigantesques à la tête dure.

Albert Lenoir intervient quelques années plus tard. Son père, Alexandre Lenoir, s'est fait un nom dans l'histoire pour avoir essayé — et souvent avec succès — de diminuer le vandalisme révolutionnaire, en particulier à la basilique de Saint-Denis. Il a aussi créé un musée des Monuments français, énorme bric-à-brac peuplé de débris de monuments.

113

En passant rue de la Santé, Albert Lenoir remarque un mur, celui du marché au Charbon. Ce mur est renforcé par des bornes de pierre. Lenoir est intrigué par ces bornes, il s'approche, les examine et découvre qu'elles portent toutes des motifs sculptés, comme si c'étaient des « statues-colonnes », retournées et plantées la tête en bas dans le sol. C'est bien ce dont il s'agit. Il en avise le préfet de la Seine. Celui-ci, intéressé par l'archéologie, fait déterrer les bornes. On les expose sur place, puis on les transporte dans la grande salle du palais de Cluny. L'une des statues est identifiée comme le saint Pierre qui ornait le portail Sainte-Anne de Notre-Dame. Un autre fragment est la tête du roi David.

Mais que sont devenues les autres statues ?

Il faudra attendre le printemps de 1977 pour qu'elles réapparaissent, du moins en partie. À cette époque, la Banque française du commerce extérieur procède à des travaux dans le sous-sol d'un immeuble qui jouxte le sien et qu'elle vient d'acquérir. M. Eugénio Durfort, le sous-directeur de la banque, sait que le sous-sol parisien peut être riche en trouvailles. Il a fait prévenir les ouvriers et leur a demandé de l'alerter en cas de découverte intéressante. Il sait que le lieu des travaux correspond à l'ancien cimetière Saint-Roch. Ce qu'il ignore, mais il le découvrira plus tard, c'est que l'hôtel particulier sur le terrain duquel on fait les travaux était, à l'origine, un terrain appartenant aux religieux de l'ordre des Mathurins. En 1754, ceux-ci louent à vie leur terrain au futur grand-père de George Sand, Louis-Claude Dupin de Francueil, qui épousera une fille naturelle du maréchal de Saxe. Le bail finit par échoir à un serrurier en bâtiment nommé Bonnin. Tous les matériaux sont sur le chantier quand Bonnin cède lui-même son bail à son banquier, Charles-Martin Doyen. Celui-ci construit deux maisons à colonnes. Puis les revend, en 1795. Le nouveau propriétaire est Jean-Baptiste Lakanal. Il décide de faire construire au fond de son terrain un bel hôtel particulier, ainsi que des remises et des écuries.

Mais les transports de matériaux sont difficiles en cette période troublée. C'est alors qu'on propose à la vente les « moellons » de Notre-Dame. Jean-Baptiste Lakanal est le frère de Joseph, révolutionnaire qui se consacrera essentiellement à la création de nos grandes écoles. Joseph doit fuir la France, comme régicide, avant de devenir planteur dans l'Alabama. Son frère Jean-Baptiste, lui, est légitimiste et reste en France. C'est la raison pour laquelle, au moment de construire son hôtel particulier, il prend grand soin des débris des statues royales de Notre-Dame. Les ouvriers de la Banque française pour le commerce extérieur, en 1977, découvrent une première tête. M. Durfort pense qu'on lui parle d'un crâne humain. Mais c'est une tête sculptée, gothique. Il s'avère que cette tête n'est pas seule. Dans le sous-sol, une tranchée est ouverte. Et tout un côté de cette tranchée est constitué par un mur fait de statues brisées. Il y a là trois lits superposés d'énormes têtes de pierre blanche. Elles sont calées par de nombreux débris de sculptures. Elles mesurent en moyenne 60 à 70 centimètres de haut, et pèsent environ 150 kilos chacune.

On les transporte, enveloppées dans des chutes de moquette, jusqu'au dépôt que possède la banque à Senlis. Le propriétaire de la banque, François Giscard d'Estaing, se fait conduire à Senlis. Il reste abasourdi devant la beauté de ces têtes, de ces regards sur lesquels on distingue encore des traces de la peinture médiévale. Il se précipite chez le conservateur du musée de Cluny. Aucun doute, la banque vient de mettre à jour vingt et une des vingt-huit têtes des rois qui ornaient la grande galerie de Notre-Dame. Jean-Baptiste Lakanal, fervent royaliste, avait pieusement enseveli — face contre terre, et orientés dans la direction de Notre-Dame — ces chefs-d'œuvre de l'art gothique. Puis il avait vendu son hôtel au général Moreau, ardent révolutionnaire, qui passait tous les jours, sans s'en douter, si près des restes de la « royauté abhorrée ». Aujourd'hui, loin de la pollution, ces têtes magnifiques, si émouvantes et si vivantes, sont au musée de Cluny. Elles sont présentées dans la salle Notre-Dame, spécialement aménagée à leur intention. Toutes, sauf une, celle d'un mage, qui est restée dans les locaux de la Banque française du commerce extérieur.

DES CHEVAUX CAPRICIEUX

Un amateur achète un jour une aquarelle de Raoul Dufy. Sujet classique : elle représente un champ de courses. L'aquarelle est fort joliment encadrée, sous verre, et l'amateur, satisfait de l'encadrement, ne songe pas à en changer. Il accroche son Dufy, authentifié et signé, au mur de son salon, et tous les matins il contemple la splendide aquarelle, avec ses jockeys et ses chevaux qui galopent tous dans le même sens. Selon le style du maître, les chevaux sont dessinés sur des taches de couleurs vives, qui ne suivent pas exactement le contour du dessin. Une haie de verdure est représentée. Elle sépare la piste de course de la tribune.

Un matin, l'amateur, en regardant son Dufy, perçoit quelque chose d'insolite. Tout d'abord, il ne voit pas de quoi il s'agit.

Le lendemain, il regarde mieux. « Mais, c'est curieux, ça ! Je n'avais pas remarqué que le cheval rose était si près de la haie. »

Quelques jours plus tard, il se dit : « Je dois avoir la berlue. À présent, je vois le cheval rose qui empiète carrément sur la haie ! » L'amateur décide de diminuer la dose de whisky qu'il absorbe quotidiennement.

Mais trois jours plus tard, plus de doute : le cheval rose, non content de poser ses pattes sur la haie, est passé carrément hors de la piste, dans la tribune. S'agirait-il d'une aquarelle « enchantée », d'une technique de Dufy absolument inconnue des spécialistes ?

Il ne reste plus qu'à « démonter » le Dufy et à le séparer de son cadre sous verre.

C'est sans doute à ce moment-là que l'amateur pousse un juron — immortalisé par Cambronne. Une fois l'aquarelle sortie de son cadre, il découvre avec stupeur que les jolis chevaux de couleurs vives qui galopaient avec vigueur sur son *Champ de course* sont tout à fait « indépendants ». Ce ne sont que des chevaux découpés. Et même pas découpés dans d'authentiques aquarelles du maître, mais simplement dans des reproductions lithographiques !

La clef du mystère apparaît bientôt : le marchand avait à vendre un *Champ de course*, par Raoul Dufy, mais, pour une fois, le maître avait représenté son hippodrome complètement vide de chevaux et de jockeys. L'aquarelle, bien que parfaitement authentique, était un peu triste. Alors le vendeur avait trouvé astucieux de découper des chevaux dans des reproductions d'autres champs de courses de Dufy. Puis il avait disposé les animaux sur son aquarelle. Comme cela, pas de doute, elle était nettement plus agréable à l'œil... Et plus facile à vendre ! Il n'y avait plus qu'à l'encadrer ! Le verre du cadre maintiendrait solidement en place les chevaux. Mais on ne saurait tout prévoir... L'atmosphère trop sèche de l'appartement, les vibrations de la rue transmises au mur du salon ? Bref, les chevaux découpés commencèrent à bouger, avec une tendance certaine à s'en aller vers le bas du cadre...

LE TEMPS SUSPENDU

Je me souviens d'un appel reçu à l'étude il y a quelques années. Il s'agissait d'une dame résidant en Suisse, qui nous dit en substance : « Mon père est décédé depuis un bon nombre d'années, et je suis en indivision avec mes frères et sœurs. Je demande à ce qu'on vende l'héritage et que l'on me paye ma part. »

Après les détails techniques et les rendez-vous à prendre avec la famille, je me retrouve à la porte d'un superbe hôtel particulier, du côté de Compiègne ; je me serais cru revenu à l'époque de Balzac. L'hôtel ne possédait pas de chauffage central. Une simple cuisinière à bois réchauffait ce qu'elle pouvait. J'ai mis dix jours pour venir à bout de l'inventaire. Dont deux jours entiers consacrés uniquement à l'inventaire des gravures anciennes. On était en plein hiver, et nous ne sortions, mon équipe et moi-même, que pour aller déjeuner et se réchauffer. À l'intérieur, il faisait moins 8 degrés... Pas commode, pour écrire.

Sur un palier, j'aperçois un empilement de cartons remplis d'objets divers. Je demande :

« Qu'y a-t-il derrière ?

— Le bureau de notre père », dit le maître de maison, et il ajoute, sans y prêter attention : « Nous ne l'avons pas ouvert depuis 1936 »... Je dois préciser que c'est en 1982 que j'ai effectué cet inventaire hors du commun. Nous finissons par pénétrer dans le bureau.

On ne voyait pas tellement la poussière, car elle s'était surtout déposée au sommet des dix mètres cubes de cartons d'emballage qui encombraient la pièce... Mais je n'étais pas au bout de mes surprises. Au grenier, j'avise deux armoires normandes. Les plus belles, surtout quand ce sont des armoires de mariage...

Ces armoires n'étaient rien en comparaison de leur contenu. À l'intérieur, nous avons retrouvé une énorme quantité d'assiettes, en faïence de la meilleure qualité. Je commence l'inventaire, et je dicte en procédant assiette par assiette : chacune d'entre elles valait entre 12 000 et 15 000 francs, de 1982 !

Ces pièces magnifiques étaient là depuis si longtemps qu'elles s'étaient collées les unes dans les autres. Mais elles avaient été très soigneusement empilées. Entre chaque assiette, on avait pris soin de placer du papier journal. Cela nous permit de relire les nouvelles de... 1914 ! Quand on connaît les dimensions d'une armoire normande, on peut imaginer le capital que représentaient ces faïences « au bois dormant ». Mais ce n'était pas tout...

Dans l'entrée de l'hôtel, j'avise deux meubles à deux corps. Je fais l'inventaire du contenu du premier, puis je demande, par égard pour le maître de maison :

« Qu'y a-t-il dans le second ?

— Je ne sais pas, répond-il en haussant les épaules, ce sont des objets qui appartenaient à notre nourrice. Elle est morte sans hériter. » Quand j'aurai précisé que mon interlocuteur devait avoir dans les quatre-vingts ans bien sonnés... D'ailleurs, il s'empresse d'ajouter :

« Ce meuble est fermé depuis 1905 ! » Le meuble de l'entrée de cet hôtel n'avait donc plus été ouvert depuis la séparation de l'Église et de l'État ! Depuis le père Combes !

Ces demeures où le temps est suspendu ne sont pas si rares. Pour la poursuite de cet inventaire, je me suis retrouvé en Normandie. J'avise un meuble à deux corps... Décidément, c'est ce genre de meuble que l'on ouvre le moins. Je dis : « Ouvrez-le ! »

On me dira que le commissaire-priseur a, parfois, un côté un peu policier. Dame, comment remplirais-je mon office devant des meubles fermés ? Après tout, je suis officier ministériel...

Bref, je demande : « Pourriez-vous l'ouvrir ? », et la dame me répond : « Ne vous inquiétez pas, c'est propre, j'ai fait le ménage il y a quinze ans. »

En définitive, le maître de maison et l'une de ses filles vivaient au milieu d'un amoncellement de richesses absolument inutiles, sans le moindre confort.

Au bout du compte, ils n'ont pas vendu la moindre assiette mais, à la suite de l'inventaire et de l'expertise, ils ont payé la part de la parente qui résidait en Suisse. Apparemment, sans que cela leur pose le moindre problème de trésorerie. Ces gens, qui n'exerçaient aucune profession, vivaient au milieu de meubles recouverts de housses tombant en poussière. Un décor parfait pour Les Grandes Espérances, de Dickens. Je leur ai laissé ma carte, et j'espère qu'ils penseront à nous le jour où ils se décideront à vendre, eux-mêmes ou leurs héritiers.

UNE COURONNE TORDUE

C'est une histoire qui remonte à la fin du premier millénaire de notre ère. Nous sommes à Rome, et le souverain pontife se nomme Sylvestre II. C'est un pape français, puisqu'il est originaire d'Aurillac. Sylvestre II, une nuit, voit un ange qui lui commande d'offrir une couronne, préparée pour le roi de Pologne, à un autre roi dont le messager doit arriver incessamment. Pas question de discuter...

Ce même jour, Sa Sainteté reçoit un moine allemand et lui dit :

« Tenez, je vous confie un objet très précieux, pour notre très cher fils Étienne, le fils du prince Géza. Puisqu'il est le premier roi de notre chère Hongrie, je tiens à lui offrir cette couronne royale. J'admire en lui le prince éclairé qui admet de faire cohabiter en harmonie, dans ses États, les races les plus différentes.

— Très Saint Père, les Hongrois possèdent, dit-on, en ce roi magyar, descendant d'Arpad, un souverain qui est digne d'être un saint... »

Cette réponse n'est pas tombée dans l'oreille d'un sourd. Étienne quitte ce bas monde en 1038. En 1081, il sera canonisé et deviendra le désormais célèbre saint Étienne.

Mais pour l'instant, nous n'en sommes qu'à l'enterrement du roi Étienne Iᵉʳ de Hongrie. On procède à l'inhumation du roi, revêtu du manteau qu'il portait au couronnement, un manteau de soie qui représente le Christ sur son trône. Il foule aux pieds un lion et un dragon. Le chef d'Étienne est surmonté de la croix envoyée par le pape. Qu'il repose en paix...

Cent ans plus tard, les successeurs d'Étienne n'hésitent pas : ils ouvrent la tombe du saint et s'emparent de la couronne royale ainsi que du manteau et des bijoux qui les accompagnent. Ils estiment normal que les successeurs du premier roi de Hongrie profitent, eux aussi, du « pouvoir mystique » des attributs de la royauté.

Que se passe-t-il au cours de cette exhumation sacrilège ? Nul ne le sait, mais la croix qui surmonte la couronne est tordue. Et le restera.

Désormais cette couronne, au pouvoir presque magique, prend une identité propre. La bulle d'or de 1222 proclame que, dorénavant, la Hongrie est la propriété de cette sainte couronne. La souveraineté appartient tout ensemble au roi et à la nation hongroise. Gare au roi, s'il ne respecte pas la bulle... Plus tard, on prononcera les décisions de justice au nom de la sainte couronne, et cela jusqu'en... 1945.

En 1301, la dynastie issue d'Arpad s'éteint. Les luttes les plus féroces déchirent les princes qui entrent en compétition pour la royauté. La couronne part à l'étranger et échoit à un prince allemand tout à fait conscient du pouvoir qu'il a entre les mains. Il la fait enfermer dans un coffre en bois, qu'il ne quitte jamais... jusqu'au jour où il le perd. La Hongrie n'a plus de couronne ; mais un coup de filet miraculeux la ramène du fond d'un lac, où elle avait sans doute été cachée...

Les princes hongrois, cependant, n'attendent plus le retour hypothétique de la couronne de saint Étienne pour monter sur le trône royal. D'autres couronnes symbolisent leurs droits : en vain, car les Hongrois, au fond d'eux-mêmes, attendent comme unique prince légitime celui qui portera celle d'Étienne. Un prince de la maison d'Anjou essaye par quatre fois d'être reconnu comme roi, avec quatre couronnes différentes. Échec complet, jusqu'au jour où il peut produire la relique à la croix tordue. Il prend une décision énergique : « Désormais la couronne du saint sera mise sous bonne garde, au fond de la citadelle de Buda. »

Il meurt, un autre roi lui succède ; la couronne est toujours en lieu sûr dans la citadelle. Enfin, tout le monde le croit. Erreur fatale : une dame de la cour parvient, par ses charmes ou par le pouvoir de son argent, à mettre la main dessus. Et elle s'enfuit. Où ? Au-delà des frontières. Mauvaise journée pour les prétendants au trône...

Au temps de la reine Isabelle, la couronne, qui Dieu merci est revenue, n'est plus en sécurité nulle part. Les féroces Turcs musulmans envahissent le pays. Une autre dame d'honneur se dévoue : elle dissimule la couronne sous ses jupes (malgré la croix tordue, qui doit lui égratigner les cuisses), et s'enfuit jusqu'en Pologne.

Les prétendants au trône de Hongrie savent bien que, pour eux, sans la couronne, aucune légitimité n'est possible. C'est ainsi qu'un prince ambitieux et, heureusement, célibataire n'hésite pas à épouser une princesse laide comme un pou, mais dont le charme principal est qu'elle possède le précieux objet.

Nous arrivons au siècle des Lumières, à une époque où la Hongrie fait partie intégrante du royaume d'Autriche. Marie-Thérèse d'Autriche est la seule femme qui l'ait portée avec un certain chic. Après la mort de la grande Marie-Thérèse, mère de Marie-Antoinette, c'est son fils Joseph II qui devient le souverain de la Hongrie. Mais Joseph II a tété le lait des encyclopédistes français et partage le scepticisme de Voltaire. Il s'écrie :

« Quelles sont ces superstitions moyenâgeuses ? Pas question de recevoir mon autorité de ce bout de ferraille !

— Mais, sire...

— Puisque c'est ainsi, je refuse de me faire couronner roi de Hongrie !

— Sire, si vous ne consentez pas... »

Joseph II va tenir bon pendant dix ans. Jusqu'au moment où un certain Napoléon Iᵉʳ envahit l'Autriche. Il accepte alors de sacrifier à ce qu'il considère comme une superstition... Mais Napoléon est déjà là, et la couronne de saint Étienne s'enfuit, une fois de plus, vers une forteresse du Nord du pays, hors de portée de l'ogre corse...

1848 : c'est la révolution contre l'autorité de Vienne. Le chef de l'opposition, Lajos Kossuth, est le dépositaire de la couronne sainte. Jusqu'au moment où l'aide militaire du tsar de Russie donne la victoire aux Autrichiens. Kossuth prend le chemin de l'exil, vers la Turquie. En route, près d'Orsova, quelque part en Hongrie, il enterre le joyau au pied d'un arbre.

122

Il faut toute la diplomatie de l'ambassadeur d'Autriche à Constantinople pour que ce dernier obtienne — à prix d'or — de la bouche du ministre des Finances le secret du lieu où dort la couronne... On la cherche, et on la trouve, miraculeusement intacte (à part la croix, tordue depuis huit cents ans). Une nouvelle fois, elle rejoint la forteresse de Buda ; une nouvelle fois, elle est gardée par un escadron de soldats spécialement sélectionnés.

Un proverbe circule désormais : « Si un âne était touché par la sainte couronne, il serait roi de Hongrie. » La couronne apparaît à nouveau pour le couronnement du dernier empereur d'Autriche, le mélancolique Charles de Habsbourg, époux de la ravissante Zita. Nous sommes en 1911, à la veille de la grande catastrophe qui va bouleverser l'Europe. Charles IV, la couronne sur la tête, monte sur un cheval blanc, et escalade symboliquement une colline de terre apportée de tous les *comitats* qui forment la Hongrie.

Mais, très vite, la Hongrie est dépecée, elle devient le « royaume sans roi ». Charles IV de Habsbourg, pourtant partisan de la paix, est empêché de régner. Il part pour la Suisse. Par deux fois, il tente de reconquérir son royaume, et par deux fois il échoue. Il ne lui reste plus qu'à partir pour Madère et à y mourir. La couronne, elle, dort désormais dans la forteresse. Pour quelques années à peine... 1939-1945 : un autre cataclysme bouleverse l'Europe, avant de s'étendre à la planète entière. Le nazisme hitlérien trouve d'ardents partisans dans presque tous les pays du monde ; quelques-uns peut-être sont de sincères fanatiques, mais la majorité n'est qu'un ramassis de bêtes fauves, sans foi ni loi. En Hongrie, ils se nomment les « croix fléchées ». Mais eux aussi goûtent à la défaite et à la honte de la fuite. Ils se replient vers l'Autriche... et emmènent la sainte croix. Ils ont juste le temps de sauter dans le dernier train : le lendemain, les Russes sont à Budapest.

Mais la couronne est la couronne. C'est ainsi que certains peuvent voir, en 1945, dans une petite ferme de Mattsee, près de Salzbourg, quatre « croix flé-

123

chées » en grand uniforme qui montent une garde respectueuse, de nuit comme de jour, auprès de la couronne, décidément vénérée de tous. Ce sont les Américains qui, intrigués par cette garde solennelle, désarment les gardiens et transfèrent le coffre clos — objet de cette veille sacrée — dans les coffres-forts de l'autorité d'occupation. Ils ignorent absolument ce qu'ils viennent de confisquer. Arme secrète ? Munitions ? Documents ultra-confidentiels ?

« *My God !* Mais c'est une couronne. Et elle ne date pas d'hier !

— Pour ça, oui, elle est toute tordue... »

La couronne n'est pas seule, d'ailleurs. Avec elle, miraculeusement, on découvre le fameux manteau de soie de saint Étienne, avec le Christ en majesté, le lion et le dragon, tous deux écrasés par le Rédempteur. Tout est là, et même plus : la couronne tordue, le manteau, un sceptre royal orné d'une boule de cristal gravé, qui représente trois lions ciselés. Un coffret contient un globe d'argent doré, un peu abîmé, surmonté d'une double croix. Plus quelques joyaux fabuleux, de moindre importance sur le plan symbolique... Mais les Américains ne sont pas au bout de leurs surprises : « Qu'est-ce que c'est que ça ? On dirait... »

Mais oui, on dirait, et c'est... une main coupée, à vrai dire plus que parcheminée. Il faut savoir que son propriétaire, le grand saint Étienne, est mort depuis près de mille ans. Elle aussi, de son côté, a connu bien des aventures. Lors de l'avancée des Turcs sur la Hongrie, on l'avait cachée... à Dubrovnik, qui se nommait alors Raguse, et on l'avait oubliée jusqu'au XVIIIe siècle, avant de lui faire retrouver l'adoration des Hongrois, dans son pays d'origine. Elle reposait au château royal de Budapest, et on ne la livrait à la vénération de la foule qu'un jour par an, le 15 août.

« Que va-t-on faire de tout ça ?

— Il n'y a qu'à renvoyer le tout au gouvernement socialiste hongrois ! »

Un officier américain d'origine hongroise est chargé d'emporter la main parcheminée de saint Étienne jusqu'à Budapest. C'est le fameux cardinal Mindszenty, alors primat de Hongrie — celui-là même qui fera, plus tard, beaucoup parler de ses malheurs, sous le régime communiste —, qui reçoit le saint dépôt. La nation hongroise tout entière verse des larmes de bonheur en retrouvant ce symbole de son unité.

Mais la couronne tordue et les autres joyaux du légitime pouvoir royal restent entre les mains — respectueuses, mais fermes — des Américains. Le cardinal Mindszenty n'était peut-être pas étranger à cette décision. Et s'ils allaient être enfermés, avec l'âme de la nation hongroise, au cœur du Kremlin stalinien ? Les Tchèques qui, autrefois citoyens hongrois, n'« existent » que depuis 1918, craignent aussi que le pouvoir magnétique de la couronne, si elle regagnait Budapest, les attire comme un aimant et les fasse redevenir hongrois. Jan Mararyk suggère : « Et si on confiait ce dépôt sacré à l'ONU, à New York, pour son musée ?... »

Mindszenty, de son côté, songe à remettre les reliques hongroises au Vatican. Cela lui vaut un procès qui bouleverse le monde entier et qui le fait condamner, en 1949, aux travaux forcés. Il ne sera libéré que par l'insurrection de 1956.

Les Hongrois réclament à cor et à cri la couronne, que les Américains gardent jalousement dans leur secteur, à Francfort... On songe à en faire une monnaie d'échange contre la liberté du cardinal, même si, à l'époque, le gouvernement hongrois parle à son sujet de « joujou démodé ».

La couronne tordue sera précieusement gardée, à Fort Knox, avec la réserve d'or des États-Unis. En 1978, le président Carter, malgré les protestations des Hongrois en exil aux États-Unis, la restitue aux autorités de Budapest, qui sont encore, alors, à l'ombre de Moscou.

RÉCOLTE DE POMMES DE TERRE

L'Angélus de Millet, chef-d'œuvre qui est devenu la plus célèbre illustration du calendrier des postes, ne s'est pas toujours nommé ainsi.

Jean-François Millet, petit paysan de Normandie à l'allure athlétique, vient de s'installer à Barbizon, à la lisière de la forêt de Fontainebleau, et il va devenir un des plus beaux fleurons de la fameuse école de Barbizon. Pour l'instant, fuyant le choléra qui décime la population parisienne, il arrive avec son épouse et ses trois enfants — il finira par en avoir neuf. Pas facile de loger tout ce monde-là, surtout quand deux frères de Jean-François, artistes eux aussi, viennent se joindre à la tablée. Les sujets tirés de la vie paysanne lui tiennent à cœur : il est déjà l'auteur du *Semeur*, de *La Cueillette*, de *L'Homme à la houe*, et des *Ramasseurs de fagots*. Depuis de longs mois, il travaille doucement, péniblement, sur une nouvelle œuvre, *La Récolte de pommes de terre*.

« Jean-François, ça avance, ta *Récolte* ?

— Doucement, doucement. En ce moment je suis fatigué. Pourtant il faut bien que je termine. Après tout, c'est une commande, et d'un Américain, en plus. Les commandes sont rares. De toute évidence, la vie des paysans français n'intéresse pas beaucoup d'amateurs... »

Pour cette *Récolte*, il fait poser sa domestique, Adèle Moschner, qui n'a que dix-huit ans. Le paysan est le père Mignot. Les deux modèles ne se rencontreront jamais. Pourtant Millet va, un jour, mettre la touche finale à sa *Récolte de pommes de terre*. Mais si, comme l'on dit, « souvent femme varie », les millionnaires américains aussi. Et c'est le cas du client de Millet, qui se désiste au dernier moment. Catastrophe !

« Ne t'en fais pas, Jean-François, tu trouveras certainement un autre acheteur pour ton tableau. »

Millet n'est pas très optimiste...

« Dis donc, Jean-François, si je peux me permettre, tu ne crois pas que le titre est un peu rébarbatif : *La Récolte de pommes de terre* ! Si j'étais toi, j'accentuerais le côté prière des personnages. On dirait qu'ils écoutent l'angélus qui sonne au loin.

— Oui, tu as peut-être raison. Je vais arranger ça. »

Et c'est ainsi, selon la légende, que Millet ajoute au fond du paysage un petit clocher qu'il connaît bien, celui de Chailly-en-Bière. Puis il intitule son œuvre *L'Angélus*.

Le peintre Diaz expose la toile dans son atelier, et un marchand belge s'y intéresse, mais en discute le prix :

« Je vous en offre 1 000 francs, c'est mon dernier prix.

— Va pour 1 000 francs, il faut bien vivre... »

Le marchand s'empresse de montrer son acquisition à un célèbre peintre belge, très mondain, Alfred Stevens :

« Je trouve cette œuvre superbe. Je l'achète, et je l'exposerai à la galerie Van Praet, à Bruxelles. »

Il faudra quatre années pour que le tableau mélancolique quitte la galerie Van Praet. Le propriétaire doit s'en lasser, car il l'échange contre un autre Millet, la *Bergère gardant ses moutons*. Et *L'Angélus* revient à Paris.

Le nouveau propriétaire, Paul Tesse, estime que son acquisition mérite les honneurs de la presse.

« Jean-François, regarde, on reparle de ton *Angélus* dans le journal : "Meissonnier tient l'auteur de *L'Angélus* pour le peintre de son temps !"

— Meissonnier ? Eh bien, j'aimerais bien qu'on me paye mes tableaux au prix de ses grandes machines napoléoniennes !

— Ne t'en fais pas, après un tel hommage, les marchands vont certainement s'intéresser à toi. »

Effectivement, quelques mois plus tard, François Petit, expert et marchand célèbre, se montre plus que généreux :

« Je vous prends tous vos dessins. Huit cents francs pièce, cela vous convient-il ? »

Millet n'ose trop y croire. Serait-ce la fin des années de misère ?

« Ce n'est pas tout. Nous organisons, au Cercle de l'union artistique, une grande exposition uniquement consacrée à votre œuvre. Rien que des Millet. D'ici peu, les millionnaires américains se précipiteront pour acquérir tous vos tableaux !

— Oh, les millionnaires américains, je n'y crois plus beaucoup. Vous devez savoir que *L'Angélus* avait été commandé par l'un d'entre eux... Je n'ai plus eu de nouvelles ! D'ailleurs c'est un millionnaire, M. Huntington, qui possède mon *Homme à la houe*. Savez-vous ce qui est arrivé ? Les syndicalistes américains se sont servis de mon tableau pour faire une campagne de presse ; ils étaient, paraît-il, indignés de l'état d'esclavage dans lequel vit le personnage. Huntington, furieux, a offert par voie de presse un prix à qui serait capable d'écrire un poème chantant les délices de la vie rurale. Ces millionnaires aiment à imaginer un monde où le paysan est attaché pour toujours à la terre.

— Tu verras, mon Jean-François, bientôt les amateurs paieront des fortunes pour obtenir des œuvres de toi ! »

Belle prophétie : *L'Angélus*, de « Jean-François les bas-bleus » — selon l'expression de Verlaine —, est présent à l'Exposition universelle de 1867. Puis il est vendu à la galerie Durand-Ruel pour 30 000 francs. Après la guerre de 1870, un Américain en offre 38 000 francs, un Belge en devient propriétaire pour 50 000 francs.

En 1881, Secrétan le paye 160 000 francs et le revend pour 200 000 à la galerie Petit ; puis il s'empresse de le racheter, pour 300 000 francs : on vient de lui confier que le millionnaire américain Rockefeller est prêt à en donner 500 000 francs. Millet, lui, est déjà mort.

Survient la vente Secrétan. L'American Art Association, représentée par John Sutton, offre 504 000 francs pour le tableau. M. Antonin Proust en offre autant, au nom du gouvernement français.

« Quelle satisfaction ! *L'Angélus* de Millet reste en France !

— Vous n'y êtes pas, cher ami. La vente a été annulée, et il faut tout recommencer. »

Nouvelle émotion intense :

« *L'Angélus* est attribué à M. Antonin Proust, agissant au nom du gouvernement français, pour la somme de 553 000 francs ! »

Des bravos éclatent dans la salle. « Vive la France ! »...

Mais, catastrophe, le gouvernement ne suit pas : pas question de payer aussi cher pour une œuvre d'art...

« Monsieur Sutton, l'œuvre est à vous. Vous pouvez l'emporter en Amérique.

— *Very good ! I'm very happy !* Voici 2 000 francs pour la veuve de M. Millet. »

Voilà notre *Angélus* qui part pour l'Amérique.

« Vous connaissez la nouvelle ? *L'Angélus* de Millet ! Il est à Rouen ! On peut le voir dès à présent.

— Mais non, c'est impossible, je n'en crois rien.

— Partons pour Rouen aujourd'hui même, nous en aurons le cœur net ! »

Mais ce n'est qu'une copie : un faux, en d'autres termes. On découvrira qu'un escroc nommé Vandermaessen a fait exécuter six copies de *L'Angélus* par un certain Prepiorski, le tout pour 1 200 francs. Prepiorski a signé « d'après Millet », mais Vandermaessen a effacé la mention « d'après ». Il organise des tournées, où des gogos de province croient admirer le véritable tableau. Vandermaessen, arrêté à Rouen, est condamné à la prison.

« Mon cher Chauchard, vous semblez bien mélancolique. Que vous arrive-t-il ?

— Je suis obsédé par une idée : en tant que propriétaire des Magasins du Louvre, je me suis fixé une mission digne de notre établissement : ramener *L'Angélus* de Millet en France.

— J'espère que vous êtes prêt à payer le prix fort. Les Américains ne vont pas le lâcher comme ça !

— J'y mettrai le prix. De toute manière, cela fera une publicité formidable aux Magasins du Louvre... »

Et Chauchard parvient à ses fins. Cela lui coûte près d'un million de francs-or. Il organise le retour du chef-d'œuvre comme il se doit :

« Seuls quelques invités privilégiés seront admis à contempler *L'Angélus*. Ils le feront dans une galerie spéciale, et en silence. Pour que ce moment reste inoubliable, chacun d'entre eux se verra remettre une médaille commémorative de l'événement. »

Quelques années plus tard, M. Chauchard lègue sa collection au musée du Louvre, juste en face de son magasin. Il peut aller admirer son *Angélus* chéri en traversant simplement la rue à pied.

Le tableau est enfin parvenu à la place qui est la sienne. Mais l'Europe et l'Amérique réclament à cor et à cri de voir *L'Angélus* exposé dans d'autres pays.

« *L'Angélus* part pour São Paulo. Les Brésiliens ont bien le droit de l'admirer...

— Les Américains de Philadelphie le veulent aussi.

— Savez-vous qu'il va partir pour une tournée dans les pays nordiques ? Copenhague, Stockholm, Oslo.

— J'ai hâte qu'il revienne au Louvre. Je me sentirai plus tranquille. »

Erreur grossière...

« Arrêtez-le ! Arrêtez-le ! »

Trois gardiens, plus tout jeunes, s'élancent — malgré leur handicap et leurs douleurs articulaires — vers un homme qui vient d'attaquer *L'Angélus* à coups de couteau. Pas assez vite, pourtant.

« Quelle catastrophe ! Regardez-moi ça : sept coups de couteau !

— Quel est votre nom ?

— Pierre Guillard.

— Pourquoi avez-vous essayé de détruire *L'Angélus* de Millet ? »

L'énergumène est incapable de répondre. C'est un fou...

Heureusement, les coups de couteau n'ont pas atteint les personnages du tableau. Les restaurateurs aux doigts de fée font des merveilles et lui rendent son apparence d'origine.

Mais les tribulations de *L'Angélus* ne s'arrêtent pas

130

là. Un génie s'en mêle : Salvador Dali. Il prend sa plume pour faire une révélation « sensationnelle » au directeur du musée du Louvre. Il dit, en substance :

« Personne n'a vraiment bien regardé l'immortel chef-d'œuvre de Millet. Tout le monde pense que ces deux paysans sont en prière : regrettable erreur ! Ces deux paysans sont en larmes ; ils pleurent toutes les larmes de leur corps... Pourquoi ? Tout simplement parce que l'idée première de Jean-François Millet était de les peindre de chaque côté d'une tombe... Puis, il a préféré revenir à un sujet moins triste. Mais la tombe est là, sous les repeints. Le musée du Louvre, doté d'un laboratoire d'une stupéfiante qualité technique, n'a qu'à vérifier... »

On hésite un peu à déranger le chef-d'œuvre, qui mérite quand même de reposer en paix. Mais enfin, allez savoir, avec ce diable de Dali... Et l'on passe *L'Angélus* à la radio : pas plus de tombe que de pommes de terre sous le champ. Elles sont toutes là, mais dans la brouette.

UN LIT PRÉCIEUX

Il y a quelques années, un confrère est chargé de vendre tout le mobilier d'un grand palace parisien qui a connu son heure de gloire. Tout doit partir, et la presse se fait largement l'écho de l'événement :

« Vous pourrez acquérir l'argenterie dans laquelle les stars d'avant-guerre et les plus célèbres personnalités du Gotha ont dégusté des plats de rêve. »

Après l'exposition, on commence la vente par la cuisine, matériel et batteries, « pianos ». Puis on vend l'argenterie, la cristallerie. Et on monte dans les étages, dans les chambres. Quand on arrive à la chambre, disons 201, qui est garnie, exactement comme les autres, de meubles élégants, un moment d'étonnement saisit l'assistance : le lit, qui est tout à fait pareil à ceux

131

qui viennent d'être vendus, le lit donc se met à « grimper ». Les enchères succèdent aux enchères, qui n'ont bientôt plus rien à voir avec l'estimation. Enfin, le lit trouve acquéreur à un prix faramineux.

Après la vente, le commissaire-priseur voit s'approcher une dame élégante et raffinée, d'âge respectable, qui sort son carnet de chèques pour régler son achat. Il ne peut s'empêcher de lui demander pourquoi elle voulait à tout prix ce lit somme toute banal et strictement semblable aux autres. Il lui avoue qu'il s'étonne d'avoir vu monter les enchères pour cette simple pièce d'ameublement.

« C'est que ce lit me rappelle des heures éblouissantes, avec une personne qui a illuminé mes nuits ! Enfin, celles qui m'étaient réservées... Car la concurrence ne manquait pas ! Mais ça ne fait rien, je ne regrette pas ma dépense. C'est moi qui l'ai eu, et il est passé sous le nez de TOUTES les autres. J'en suis fort heureuse ! »

À LA RECHERCHE DE LA BIBLE

Constantin Tischendorf, le héros de notre histoire, voit le jour en 1815 en Saxe. À dix-neuf ans, il entre à l'université de Leipzig, où une vocation irrésistible le pousse vers la théologie. Pour l'instant, il ne s'agit que d'un bon élève qui a étudié le latin et le grec. À vingt-cinq ans, Tischendorf quitte l'université pour se diriger vers l'enseignement. Son domaine favori est le Nouveau Testament, et Constantin s'applique à démontrer que celui-ci, tel que ses contemporains le connaissent, n'est qu'une fidèle traduction de textes plus anciens. À vingt-sept ans, il en publie une nouvelle édition en grec, qui le place dès lors parmi les spécialistes reconnus dans ce domaine. Mais il a, au fond de lui, une ambition irrésistible : « Je dois retrouver la forme originelle du Nouveau Testament ! »

Tischendorf est armé pour cette recherche, car il

manie parfaitement le latin, le grec, l'hébreu et l'araméen. Il connaît les principaux dialectes du monde antique, parmi lesquels le copte, le samaritain. De plus, il est intuitif, diplomate, et doté d'une capacité de travail, d'une énergie et d'un courage phénoménaux.

L'Europe possède déjà des versions anciennes du Nouveau Testament. Le *Codex Vaticanus*, une version en grec, sur trois colonnes. Une copie de la version des *Septante*, qui est une traduction de l'Ancien Testament, établie entre 250 et 130 avant Jésus-Christ, destinée aux juifs du monde grec qui avaient perdu l'usage de l'hébreu. On date de l'an 350 cette copie qui figure dans les collections du Vatican sans discontinuer depuis l'année 1481. Pour beaucoup, c'est la version la plus ancienne et la plus fiable de la Bible. Au British Museum de Londres, il existe d'autre part un *Codex Alexandrinus*. S'il se trouve à Londres, c'est parce qu'en l'an 1627 le patriarche de Constantinople en a fait don au roi Charles Ier. Le texte grec qui y figure, sur parchemin, date de la première moitié du ve siècle. Paris aussi peut s'enorgueillir d'une version ancienne de la Bible : le *Codex Ephraemi*. Il est en grec et copié sur une seule colonne. Au xviie siècle, un moine qui vit dans un couvent très pauvre met la main sur ce document. Comme il manque de parchemin neuf, matière rare et précieuse, il entreprend de gratter le texte du *Codex* afin d'utiliser le support pour y recopier les œuvres d'un théologien syrien nommé Éphraïm. C'est Catherine de Médicis qui apporte le texte nouveau à Paris dans ses bagages. Mais il faut attendre le xviie siècle pour qu'on aperçoive, sous les écrits d'Éphraïm, les restes de la Bible grattée. C'est ce qu'on nomme un palimpseste.

Des savants enthousiastes essayent de déchiffrer le texte effacé par le moine. Ils doivent y renoncer.

Tischendorf connaît ces trois versions, mais c'est sans conteste le *Codex Ephraemi* qui l'attire le plus. Il se rend donc à Paris, se présente et demande à le voir.

« Si vous permettez, je vais à mon tour essayer de retrouver le texte primitif, par une autre technique. »

Tous les matins, Tischendorf arrive à la Bibliothèque nationale et se penche sur le précieux parchemin. Tous les jours, il prend des notes et... miracle! Il finit par obtenir une version du texte gratté. Comme ce travail de bénédictin l'a mis en appétit, il demande : « À présent, j'aimerais que l'on me confie le *Codex Claramontanus*. »

On lui apporte ce nouveau document, qui contient des lettres de saint Paul. Tischendorf parvient aussi à le déchiffrer et il en prépare la publication. Ce jeune Allemand devient soudain le sujet des conversations du monde savant.

Tischendorf se dit alors que, logiquement, les plus anciens textes bibliques sont originaires du Proche-Orient. Autrefois, on trouvait dans ces régions de nombreux centres d'études, des bibliothèques prestigieuses, des académies, des évêchés. Tout cela a été détruit et dispersé au moment du déferlement de l'islam. Mais il reste des monastères plus ou moins en ruines, entre Égypte et Palestine. Ceux-ci doivent recéler des trésors insoupçonnés. Pas de doute, il faut qu'il aille voir sur place ce qu'il en est.

En 1844, notre érudit s'embarque de Livourne, financé par le ministère des Cultes de Saxe, afin de se rendre dans la région du mont Sinaï. Là-bas, il existe depuis quatorze siècles un monastère copte. Pourquoi ce couvent n'a-t-il pas été détruit, comme les autres, au moment de l'invasion musulmane? Tout simplement par une astuce du père abbé. Il connaissait son Coran sur le bout des doigts, et il avait ordonné précipitamment la construction d'une mosquée dans l'enceinte même du cloître. Quand les musulmans arrivèrent, ils virent le croissant de Mahomet en haut du minaret et ils épargnèrent l'ensemble. Les moines avaient caché leurs trésors sous la protection du croissant de lune du prophète...

Quand Tischendorf débarque au Caire, en cette

année 1844, il s'informe de l'existence de certains couvents. Il forme une caravane de chameaux, engage chameliers, guides, interprètes, et se dirige vers le désert de Libye, où de nombreux monastères ont existé. Mais il ne trouve que des ruines, et parfois des fragments de documents qui ont échappé aux ravages des siècles. Malheureusement, Tischendorf ignore l'arabe.

Inutile de dire que ce voyage n'est pas de tout repos : tempêtes de sable, Bédouins pillards, Arabes irrités par ce *roumi* qui pose trop de questions. Et même les moines chrétiens, quand il en retrouve, se montrent bien peu coopératifs. Ils ne savent rien des trésors qu'ils pourraient détenir.

Voici notre savant explorateur au bord de la mer Morte. Là aussi, il trouve un couvent : une église antique, de beaux jardins, une bibliothèque bien tenue, mais qui ne contient rien d'intéressant pour la recherche de Constantin.

« Il y a bien dans la tour un dépôt de documents, mais il ne contient absolument rien qui puisse vous servir et, de toute manière... nous avons égaré la clef. »

Tischendorf ne se décide pas à quitter ce couvent de Mar Saba. Enfin, après des palabres sans fin, la clef de la tour réapparaît. Il ne reste plus qu'à faire l'inventaire de ces écrits : du grec, du russe, du syrien, de l'éthiopien, de l'arabe, le tout datant des xe et xie siècles. Il y a aussi un évangile grec du viiie siècle.

« Et là, dans ce tas de détritus, rien d'intéressant ?

— Regardez si vous voulez, mais tout ça est destiné à être détruit. »

Tischendorf fait donc les poubelles du couvent. Et trouve des choses...

« Me permettez-vous d'emporter ces fragments ? Puisque vous alliez les détruire...

— Hélas, non, notre règle interdit de laisser sortir le moindre document hors des limites du couvent. »

Alors Tischendorf rentre au Caire. Il parle de ses déboires aux érudits locaux.

« Mais, cher ami, avez-vous visité la troisième bibliothèque de Mar Saba ?

— Une troisième bibliothèque ? Non, ce n'est pas possible ! Tant pis, je n'ai plus le courage de retourner voir ces renards du désert. »

Alors, pour se consoler, Tischendorf se met à fouiller tous les recoins du Caire. Systématiquement, il visite chaque communauté, pour en rapporter finalement de bien maigres résultats...

« Pas de doute, il faut que j'aille dans le Sinaï ! Après tout c'est là que Moïse a eu la révélation des Tables de la Loi. »

Et notre chercheur acharné met sur pied une autre caravane de chameaux. À nouveau, il connaît les dures journées et les froides nuits du désert. Jusqu'au couvent de Sainte-Catherine, vieux de quatorze siècles, construit sous l'empereur Justinien. C'est, derrière une muraille épaisse, un labyrinthe de chapelles, de cours, d'escaliers, surmontés par le croissant de Mahomet. On comprend que les moines se trouvent en sécurité dans son enceinte : la seule entrée est à dix mètres du sol, et Tischendorf doit attendre qu'on fasse descendre une nacelle pour le hisser au niveau de l'entrée.

À l'intérieur, des moines barbus vêtus de noir lui offrent du café et de l'eau-de-vie de palmier. On lui attribue un moine pour lui servir de guide. Très vite, Tischendorf comprend que celui-ci est un simple d'esprit. Notre explorateur va de surprise en surprise. Il y a vingt-deux chapelles dans le couvent, sans compter la mosquée. Les offices y sont très différents de tout ce qu'il a pu voir. Tel moine au doux regard est un ancien bandit de grand chemin converti. Il peut admirer la chapelle de la Transfiguration, ses ors, ses mosaïques, ses marbres, et celle de sainte Catherine, avec ses trois sarcophages pleins de reliques. Puis il parvient à la chapelle du Buisson ardent sur le lieu où Moïse reçut les dix commandements. C'est un caravansérail réunissant merveilles et bimbeloteries, entassées pêle-mêle.

Tischendorf finit par faire la connaissance du

bibliothécaire, frère Cyrille. Mais celui-ci affirme ne pas pouvoir donner la moindre indication concernant des manuscrits bibliques. Pourtant, ce ne sont pas les manuscrits qui manquent : là aussi, une vraie macédoine de textes grecs, syriens, arabes, géorgiens. Cyrille avoue :

« Cher professeur, j'ai entendu parler d'un évangéliaire de l'empereur Théodose, mais je ne l'ai jamais vu, et j'ignore où il pourrait se trouver. »

Le moins qu'on puisse dire, c'est que les recherches de Tischendorf dans un fatras de volumes de toutes les époques ne semblent guère intéresser les moines. On le laisse se débrouiller seul parmi les livres à demi dévorés par les rats. Il passe des journées dans la crasse et... dans l'indifférence générale. Jusqu'à ce jour où, dans un panier plein de papiers destinés à être brûlés, il retrouve un manuscrit grec de l'an 350. Une autre version des *Septante*, comme le *Codex Vaticanus*. Voilà qui est intéressant.

Du coup, tout le couvent, prieur en tête, se réveille.

« Bien sûr que nous connaissions ce trésor. Mais pas question de vous laisser l'emporter. »

Mais Tischendorf en a vu d'autres, et on finit par tomber d'accord. Un accord bizarre. « Puisque vous insistez, vous pourrez emporter 43 des feuillets qui vous intéressent. Mais pour les 86 autres feuillets du parchemin, pas question qu'ils sortent du couvent. Vous pouvez cependant les recopier tout à loisir. À une condition, toutefois... ne jamais révéler l'origine de ces documents. »

Et c'est ainsi qu'en 1845, l'année suivant son départ de Livourne, Tischendorf est de retour à Leipzig, prêt à étudier et publier la masse de documents qu'il a rapportée du Proche-Orient. Il est nommé professeur titulaire de l'université, et les 43 précieux feuillets accordés par le couvent Sainte-Catherine sont déposés à la bibliothèque universitaire sous le nom de *Codex Fredericus Augustanus.* Un de plus...

Tischendorf entreprend alors une reproduction

lithographique du document. Conformément à la promesse faite au prieur de Sainte-Catherine, notre savant se refuse à révéler le lieu exact d'origine des 43 feuillets. Il ne tient pas à mettre d'autres chercheurs sur la piste! Il sait qu'il reste 86 feuillets sur place, et il entend bien les récupérer un jour.

« De toute manière, aussi intéressantes que soient mes découvertes sur la Bible, je suis toujours à la recherche d'une version primitive du Nouveau Testament. Et là-dessus je n'ai pas du tout avancé. »

Voilà pourquoi, en 1854, Tischendorf se trouve à nouveau dans la nacelle qui permet d'accéder à l'entrée du monastère Sainte-Catherine.

« Eh bien, déjà dix ans! J'espère que vous avez bien pris soin des 86 feuillets que je vous ai laissés la dernière fois!

— Euh... Ah oui! Ces feuillets de parchemin... Au fait, quelqu'un sait-il ce qu'ils sont devenus? »

Personne ne se souvient plus de rien! Tischendorf supplie pour qu'on les retrouve : en vain. Que penser? Pour l'instant, inutile de s'attarder au milieu des moines barbus. Tischendorf, la rage au cœur, décide de visiter d'autres couvents et d'autres bibliothèques. Le voici parti pour une grande tournée, à dos de chameau ou autrement : Le Caire, Alexandrie, Smyrne, Jérusalem, Laodicée. Partout, de nouvelles trouvailles oubliées ou négligées. Et toujours un mélange de toutes les langues : grec, copte, syrien, arabe, hiéroglyphes égyptiens, parchemins lavés et réécrits... Mais, quand il rentre à Leipzig, Tischendorf est frustré.

Alternant voyages harrassants et périodes studieuses, notre savant, au bout de cinq années, arrive au bout d'une nouvelle édition du Nouveau Testament. Mais, chaque jour, une pensée le hante : « Un de ces jours, les 86 feuillets manquants vont être publiés par un autre, qui aura réussi à circonvenir les moines hypocrites de Sainte-Catherine. Je m'y attends et j'en tremble... »

138

Grande nouvelle dans le Landerneau des épigraphistes :

« Tischendorf vient de révéler d'où il tient les 43 feuillets du *Codex Fredericus Augustanus* : le monastère de Sainte-Catherine, au mont Sinaï ! »

Tout le monde est content de l'apprendre, mais rien ne se passe.

« Et si les moines avaient vraiment égaré les précieux feuillets ? Après tout, avec eux, rien ne m'étonnerait plus. »

C'est pourquoi Tischendorf se décide à partir une troisième fois au mont Sinaï. Mais cette fois-ci il veut avoir, d'emblée, des moyens de persuasion plus efficaces.

« Monsieur le Ministre des Cultes, pourriez-vous m'obtenir une entrevue avec le comte Noroff, ministre de Sa Majesté le tsar Alexandre II à Dresde ? »

Une fois en présence du représentant de la sainte Russie, Tischendorf dévoile ce qu'il a en tête : « Si Sa Majesté voulait bien soutenir mes efforts, je serais prêt à lui remettre toutes les nouvelles trouvailles que je pourrais faire au cours de mon prochain voyage. »

Le comte Noroff est intéressé. Il en parle à son tour au grand-duc Constantin, frère du tsar, qui rallie à cette idée l'impératrice Marie et même l'impératrice-mère Charlotte. Tout ce petit monde fait le siège du tsar qui finit par donner son accord. Tischendorf touche, sans reçu, une forte somme en roubles d'or. Et voici notre héros une nouvelle fois dans la nacelle du monastère. On l'accueille avec enthousiasme et l'on dit des prières pour le succès de ses recherches...

« Bon ! Révérend père, si vous le permettez, je commencerai demain. »

Une fois de plus, Tischendorf se met à soulever tous les manuscrits, sur toutes les étagères, et à fouiller tous les recoins, tous les tas d'ordures. En vain : les 86 feuillets semblent s'être volatilisés.

« Je n'ai plus d'espoir. Dès que la caravane de retour

sera prête, je repartirai pour la Saxe. Je n'y comprends rien ! »

Tischendorf rencontre alors un moine qu'il a eu peu d'occasions de connaître. Un jeune moine, d'origine grecque, chargé de l'économat. Ils bavardent, se promènent dans le jardin : « Il y a encore, près de mon lit, un Ancien Testament en grec. Voulez-vous le voir ? », demande le moine.

Et bientôt, devant Tischendorf blanc d'émotion, ce sont les 86 feuillets tant recherchés qui apparaissent. Et ils ne sont pas seuls : il y a là une liasse énorme, et l'ensemble date, lui aussi, de l'an 350... Une merveille ! 346 feuillets, qui représentent la plus ancienne version connue du Nouveau Testament ! Mais il n'est pas au bout de ses peines.

« Mon révérend, il faut absolument que j'emporte ce manuscrit pour l'étudier et le porter à la connaissance du monde. Me permettrez-vous de le prendre avec moi ?

— Il n'en est pas question, mon fils. Je suis désolé. »

Tischendorf s'y attendait un peu, et il insiste :

« Je pourrais vous payer une forte somme en roubles d'or. Cela permettrait d'améliorer le couvent... Sa Majesté Alexandre II, tsar de toutes les Russies, tient personnellement à la réalisation de ce projet. Si vous m'autorisiez seulement à recopier le tout... Mais pour ce faire, je devrai l'emporter jusqu'au Caire, puisque votre couvent ne possède pas la quantité d'encre et de papier nécessaire à ce travail.

— De toute manière, je ne suis pas habilité à vous en donner l'autorisation sans l'assentiment de notre archimandrite. Il est en voyage au Caire, justement. »

Tischendorf saute sur ses chameaux, et en route pour Le Caire. L'archimandrite est au milieu d'un congrès... d'archimandrites ! Le plus ancien d'entre eux donne enfin son sentiment :

« Faites apporter le manuscrit, et copiez-le au Caire. »

Aussitôt Nasser, un Bédouin, est expédié à Sainte-Catherine. Au bout de deux semaines, Tischendorf peut saisir sa plume et commencer la copie, assisté d'un médecin et d'un pharmacien experts en grec. Au bout du compte, ils parviennent à copier 110 000 lignes, sans compter les corrections, les variantes, les additifs, au nombre de 12 000.

Tout en recopiant fébrilement, Tischendorf n'oublie pas qu'il a promis de livrer le *Codex* à Alexandre II…

Sur ces entrefaites, la réunion des archimandrites — dont dépend l'avenir du nouveau *Codex* — connaît des problèmes. En particulier, celui de l'élection d'un chef. L'élu est un certain Cyrille. Mais il faut que les moines en réfèrent au patriarche de Jérusalem. Celui-ci, qui a un grief contre Cyrille, refuse de le reconnaître. Les moines restent sans chef…

« Mon cher Tischendorf, savez-vous que le grand-duc Constantin de Russie arrive à Jérusalem ?

— C'est le doigt de Dieu. Lui seul peut nous ôter cette épine du pied. »

Tischendorf rend visite au fameux Cyrille.

« Je peux faire intervenir le grand-duc Constantin en votre faveur. En échange, je compte que vous accepterez toujours de faire don du *Codex* à la sainte Russie. »

Arrive-t-on à la fin des problèmes ? Que nenni…

« Monsieur Tischendorf, une délégation de savants britanniques vient d'arriver au Caire, et ils offrent un bon prix pour obtenir le *Codex*. »

Mais les moines répondent qu'ils préfèrent l'offrir à la sainte Russie plutôt que de le vendre aux Anglais. Tischendorf rencontre le grand-duc Constantin, qui fait pression sur le gouvernement turc, dont dépend Jérusalem. Les Turcs font à leur tour pression sur le patriarche, qui confirme Cyrille comme grand archimandrite, et celui-ci offre le *Codex* au tsar…

Mais en Orient, rien n'est simple, et tout le monde prend son temps. De longues semaines se passent avant qu'on sache qui est qui, qui peut faire quoi, et qui est décidé à obéir à qui… Tischendorf, à Constantinople, n'obtient que des réponses évasives et… byzantines.

On propose alors aux moines sinaïtes de « prêter » leur *Codex* aux Russes, en attendant une décision définitive. Le cas échéant, on le rendrait au couvent…

141

Finalement, Tischendorf en personne remet le *Codex* — qu'on lui a confié au Caire — au tsar, en son palais de Tsarkoïe Selo. Le tsar lui décerne aussitôt un titre de noblesse héréditaire. Les chefs d'État du monde entier le couvrent de décorations...

Les choses en sont restées là. La révolution soviétique balaie les Romanov. On ne parle plus de prêt, ni de don... Jusqu'en 1939, où les autorités soviétiques, à la veille de la guerre, font entrer des devises en vendant un grand nombre d'objets d'art à l'Occident. Le *Codex* du mont Sinaï fait partie du lot. Une délégation britannique s'en rend acquéreur, moyennant un certain nombre de livres sterling. Et c'est pourquoi le *Codex Sinaïticus*, tant recherché par Tischendorf, est aujourd'hui en Grande-Bretagne.

IMPUDIQUE LÉDA

Selon la mythologie grecque, Léda était l'épouse de Tyndare, roi de Sparte. Elle fut séduite — comme beaucoup d'autres — par Zeus; celui-ci, pour endormir sa méfiance, prit la forme d'un cygne. Une fois la chose faite, Léda donna le jour à deux œufs. De l'un sortirent Castor et Pollux. De l'autre sortirent des jumelles : Hélène, la belle entre les belles, pour qui la guerre de Troie eut bien lieu, et sa sœur Clytemnestre, qui n'hésita pas à faire assassiner son époux Agamemnon alors qu'il revenait de Troie, justement. Bien triste histoire d'amours contre nature lourdes de conséquences et génératrices de massacres en série...

Ce thème de Léda, prête à succomber, en compagnie d'un cygne toujours blanc, a depuis longtemps inspiré les peintres. Ce mélange de nudité féminine et de courbes animales immaculées est riche de possibilités. Léonard de Vinci l'a illustré, Michel-Ange aussi; le Corrège s'est également décidé, un jour, à en donner sa version.

Antonio Allegri est né à Correggio, près de Parme,

vers 1489. On dit qu'il a été très inspiré par **Mantegna**, célèbre pour son *Christ mort*, vu dans une perspective d'un « raccourci » admirable.

Il produit beaucoup et subit diverses influences successives qui le poussent vers un maniérisme délicieusement érotique. On lui doit de nombreuses madones et une multitude d'angelots dont certains, aux oreilles pointues et au regard ambigu, ont comme une arrière-pensée diabolique. Vers 1530, le duc de Mantoue, Frédéric-Gonzague, lui demande d'illustrer les amours de Zeus, et c'est pourquoi le Corrège peint sa *Léda*.

Malgré une éclatante carrière, la réputation du Corrège subissait alors une éclipse. Certains lui reprochaient de ne pas savoir dessiner, d'autres s'offusquaient de son érotisme. Il tombait donc un peu dans l'oubli, et il faudra attendre que de doctes professeurs se penchent à nouveau sur son œuvre, à partir de 1871, pour qu'il retrouve la place qu'il méritait. Cela explique l'histoire qui suit.

La *Léda* exécutée pour Frédéric-Gonzague de Mantoue passe dans les collections de Charles Quint, qui n'avait pas encore sombré dans la mélancolie morbide de la fin de sa vie. Puis c'est son fils, Philippe II, qui en hérite. Elle se retrouve alors dans la collection personnelle d'Antonio Perez, secrétaire, confident intime et homme de main du roi. Dénoncé pour malversations, il accuse le souverain et doit fuir en France, pour se placer sous la protection du bon Henri IV. Mais il a dû se séparer de ses riches collections. Le tableau devient la propriété d'un sculpteur, Leone Leoni.

En 1603, cette *Léda* retourne vers le centre de l'Europe et vient enrichir les collections de Rodolphe II. Elle se retrouve à Prague, ville des arts s'il en est.

Au moment de la guerre de Trente Ans, les Suédois, qui sont de redoutables militaires, envahissent l'Europe et arrivent à Prague. Ils font main basse, en 1648, sur la *Léda* mais, en vrais béotiens, incapables d'apprécier sa beauté, ils emportent l'œuvre à Stockholm pour en faire... un store, destiné à boucher la lucarne d'une écurie !

Heureusement, la reine Christine de Suède, véritable garçon manqué, un peu crasseuse et mal embouchée, apprécie les arts et tout ce qui vient d'Italie. Elle remet la *Léda* à l'honneur. Un jour, Christine décide de quitter définitivement la Suède et de s'installer à Rome, où elle se prend d'amitié pour Decio Azzoloni, qui est cardinal. C'est lui qui devient l'heureux propriétaire de la lascive épouse du roi de Tyndare.

Le cardinal n'a pas d'enfants, pour une fois. Mais il a des héritiers, qui vendent la collection à un amateur, le duc de Bracciano, Livio Odescalchi. On la retrouve, des années plus tard, chez un amateur de tableaux coquins : le Régent, le propre neveu de Louis XIV.

Quand celui-ci disparaît, en 1723, sa collection comporte près de cent toiles de maîtres, dont beaucoup eurent en leur temps Richelieu et Mazarin comme propriétaires. C'est le fils du Régent, Louis d'Orléans, qui hérite de toutes ces œuvres.

Louis d'Orléans ne ressemble en rien au Régent. Il est lourd, peu brillant, et il se montre bien incapable de prendre sa succession, en attendant la majorité du petit Louis XV. Il commence pourtant, comme son père, par une liaison avec une actrice, Mlle Quinault, puis épouse une princesse de Bade, qui meurt peu après la naissance de leur second enfant. Louis se transforme en veuf inconsolable. Il fait alors des retraites de plus en plus fréquentes à l'abbaye de Sainte-Geneviève, où il finit par se fixer définitivement en 1742.

Pour le malheur de *Léda*, Louis d'Orléans n'apprécie pas du tout les arts. Il raffole au contraire des sciences. Il s'était constitué un très riche cabinet d'histoire naturelle. Mais il était surtout très pudibond et... à moitié fou !

Il charge le peintre Antoine Coypel de veiller sur sa collection. Coypel a été un enfant prodige de la peinture, il a vécu à Rome, et il a une tendresse particulière pour le Corrège. Un soir Louis d'Orléans, qui se promène dans sa galerie de tableaux, un chandelier à la main, hurle : « Que le ciel brûle et détruise ces œuvres impies et immorales !... »

Le lendemain, Antoine Coypel découvre que, joignant le geste à la parole, Louis d'Orléans, dans un accès de démence pudibonde, a lacéré la *Léda* du Corrège, et qu'il a à demi brûlé les têtes des belles déesses. Les têtes : non seulement celle de *Léda*, mais aussi celle de *Io* — également du Corrège — gisent sur le plancher. Rappelons que *Io*, prêtresse d'Héra, fut, elle aussi, aimée par Zeus — et changée en génisse pour échapper à la jalousie d'Héra. Louis d'Orléans n'appréciait pas du tout ces scènes d'amour entre humains et animaux...

Coypel n'hésite pas et récupère les morceaux épars. Il répare comme il le peut les dégâts. À moins qu'il ne charge Vanloo de cette tâche. Ou bien Boucher, ou un certain Delyens. Puis il meurt, et les deux peintures quittent clandestinement la France pour se retrouver en Allemagne, au château de Sans-Souci, fierté de Frédéric II de Prusse. Suspendues au mur du salon rococo, elles sont toujours là quand le roi philosophe meurt, en 1786.

Comme de bien entendu, Bonaparte intervient alors dans l'histoire, en 1806. Quand il arrive à Sans-Souci, il ordonne que les deux Corrège repartent pour Paris. Nos déesses sont en fort mauvais état. C'est le peintre Prudhon qui est chargé de les restaurer. Il commence par *Io* et répare les outrages subis par la toile ; mais elle est restituée en 1812. Les Prussiens récupèrent *Léda* et *Io*, qui retournent à Sans-Souci.

En 1830, de nouveaux bouleversements transportent les deux tableaux au musée de Berlin. Un jour, peut-être entreprendra-t-on la restauration définitive de *Léda*, qui est encore noircie par la bougie de Louis d'Orléans, et qui, repeinte, garde une expression inquiétante. On sait à peu près sûrement que la tête actuelle serait due à un certain Schleisinger.

Ce qui peut nous consoler, c'est qu'on a appris plus tard que sa compagne, *Io*, n'était pas du Corrège ; il s'agissait d'une copie. La vraie peinture du Corrège, sauvée du désastre, se trouve depuis longtemps à Vienne.

Hélas! tout n'est pas rose pour les amours de Zeus. La *Léda* de Léonard de Vinci a été brûlée, volontairement, et à la demande de qui ? De Mme de Maintenon, la maîtresse puis l'épouse morganatique de Louis XIV! Pourtant, dans sa jeunesse, l'ex-Mme Scarron se pinçait les joues, pour se donner l'air de rougir, quand on racontait devant elle une histoire un peu leste! Ancienne amie de Ninon de Lenclos, elle en savait plus d'une... Une copie de ce tableau nous en garde le souvenir, dans la galerie Borghèse, à Rome.

Nous consolerons-nous avec la *Léda* de Michel-Ange? Pas davantage : elle aussi fut brûlée, sur l'ordre d'un certain Desnoyer, ministre de Louis XIII — le roi misogyne —, qui aurait pu trouver une autre manière de passer à la postérité... Il n'en reste aujourd'hui qu'une gravure.

L'ENFER

Je me souviens d'une succession...

C'est un notaire de nos correspondants qui m'appelle. Il s'agit de faire l'inventaire après le décès d'un personnage fort connu — appartenant à une grande famille, elle aussi fort connue —, occupant jusque-là une position sociale, morale et culturelle supérieure à la moyenne.

Bref, cet homme illustre représentait pour tout le monde le symbole même de la droiture, de la morale, et ses mœurs étaient extrêmement rigoristes. Je dois faire l'inventaire de son hôtel particulier, qui est ravissant. Je suis reçu par sa veuve, telle qu'on en faisait encore il y a quelques années : robe noire et longs voiles de crêpe.

Dans le hall d'entrée de l'hôtel, on peut admirer quel-

ques objets, souvenirs marquant les différentes étapes de la vie de notre héros. Les tableaux accrochés aux murs sont magnifiques. Accompagné de l'épouse encore éplorée, je parcours tous les étages. Nous dressons l'inventaire dans les règles et, une fois cette longue opération terminée, nous redescendons l'escalier de marbre agrémenté d'un profond tapis de laine.

Une fois dans le hall, j'avise une porte que je n'avais pas remarquée dans la pénombre :

« À quoi correspond cette porte ?

— Il s'agit simplement du bureau personnel de mon époux. Il contient sa bibliothèque privée. C'est sans importance.

— Pardonnez-moi, mais cette bibliothèque, toute privée qu'elle soit, entre dans la succession. Je dois en faire l'inventaire. »

La veuve pousse un soupir et ouvre la porte du bureau. À l'intérieur, sur des rayonnages multiples, une superbe collection d'ouvrages très bien reliés. Style cossu et bourgeois. Rien de particulièrement intime dans cette pièce...

Je commence à examiner les livres qui ornent les étagères. Je note au fur et à mesure. Mais derrière la première rangée de bouquins, il s'en trouve une seconde. Là, le ton change : la seconde rangée est exclusivement composée d'œuvres pornographiques...

Il y a aussi parfois des chefs-d'œuvre du genre, mais ce n'était pas le cas. Le plus drôle c'est que, d'entre les pages de ces ouvrages « olé-olé », on voit soudain s'échapper toute une ribambelle de photos d'amateur. Il s'agit de photos de parties galantes et, au milieu des participants de tout poil — c'est le cas de le dire —, on reconnaît parfaitement, parmi ces nudités anonymes, notre défunt héros dans le plus simple appareil...

Découvrant la face cachée de son époux, la veuve éplorée s'écroula évanouie au milieu de ses voiles. Elle n'avait pas supporté la révélation de cet enfer personnel, qu'elle ne soupçonnait pas. Mais je dois reconnaître que la bibliothèque était composée en majorité de livres de qualité et, eux, tout à fait convenables.

147

UN HÉROS IMPERTINENT

Comme chacun sait, Bruxelles n'est pas célèbre pour les berges des rivières qui la traversent. Un seul modeste filet d'eau : la Senne. Mais les Bruxellois ont toujours aimé les fontaines. Au siècle dernier, ils pouvaient encore s'enorgueillir de 170 de ces monuments si utiles. À l'occasion du millénaire de la ville, en 1979, force est de constater que 130 de ces fontaines avaient disparu...

L'humour belge est connu dans le monde entier, et les Bruxellois n'ont jamais eu la réputation d'être « coincés ». Ils aiment tout de la vie, même ses côtés les plus grivois... Ils ne sont pas bégueules, et tout les fait rire. C'est pourquoi le thème de l'enfant qui pisse fut, dès le Moyen Âge, le sujet d'une fontaine célèbre, la Julianekensborre, autrement dit « source du petit Julien ». Déjà elle représentait un enfant innocent en train de satisfaire un besoin naturel...

Mais tout casse, même les fontaines. Le petit Julien avait-il perdu son robinet, ou sa tête, ou un bras ? En tout cas, vint une époque où les édiles décidèrent de remplacer la fontaine. On était en 1619, et l'*amman* de Bruxelles donna des ordres en conséquence.

À l'époque, les Duquesnoy étaient une famille de sculpteurs bruxellois dignes d'intérêt. Le père, Jérôme, produisit très rapidement une effigie qui rappelait le même thème, taillée dans la pierre blanche.

Jérôme avait deux fils. L'un, François le Flamand, était la vertu incarnée et comptait parmi ses clients l'archiduc Albert d'Autriche, le pape Urbain VIII, le roi Louis XIII et le cardinal de Richelieu. Son frère, Jérôme le jeune, tout à l'opposé, n'était qu'un débauché qui enrageait en considérant les succès de son aîné.

Jérôme le père vient à mourir. Jérôme le jeune retrouve la statue de pierre blanche et il en exécute une autre version, qu'il fait couler dans le bronze.

148

Deux ans plus tard, comme par hasard, François le Flamand, le frère aîné, meurt d'une maladie mystérieuse. Jérôme, débarrassé de la concurrence familiale, devient le sculpteur attitré de Philippe IV, roi d'Espagne.

Mais il a sans doute des choses à se reprocher, puisqu'un beau jour de 1654, alors qu'il est juché sur un échafaudage, très occupé à la construction de la cathédrale Saint-Bavon, à Gand, des soldats se présentent. On l'arrête : « Maître Duquesnoy, nous vous accusons d'avoir empoisonné votre frère François. »

Les choses s'annoncent mal. D'autant plus que la justice accuse Jérôme le jeune non seulement d'assassinat, de fratricide, mais encore de mœurs infâmes et de sodomie. Sculpteur du roi d'Espagne ou pas, Jérôme connaîtra les affres de la condamnation et les douleurs du bûcher, où on le brûle tout vif.

Peu importe, si l'on peut dire, car l'œuvre de Jérôme le criminel lui survit. Elle est désormais scellée sur un socle de pierre bleue et munie d'une cuvette pour recueillir le précieux liquide. Le tout, confectionné par le sculpteur Daniel Raessens, est installé à l'angle des rues du Chêne et de l'Étuve. Le Manneken-Pis pouvait commencer sa carrière.

Depuis des siècles, des légendes courent, toutes différentes, sur la véritable identité du personnage représenté par la fontaine.

Selon certains, il faut remonter à 1142, au moment ou Godefroi II, duc de Brabant, rend son âme à Dieu. Il laisse le Brabant à son fils, qui n'est encore qu'un enfant. La duchesse Lutgarde va assurer la régence jusqu'à la majorité du nouvel héritier. Devant cette situation alléchante, les vassaux les plus remuant se disent que l'heure est venue de se saisir du pouvoir. La duchesse appelle à l'aide son parent Thierry d'Alsace et les seigneurs brabançons fidèles. Les troupes amies demandent alors à voir le jeune duc et elles défilent devant la duchesse qui tient son héritier dans ses bras. On acclame le suzerain nourrisson. Mais un baron dit : « Madame, si nous voulons remporter la bataille qui s'annonce, il faut que Monseigneur le duc assiste à l'événement. »

C'est pourquoi, sur le lieu choisi pour l'affrontement, on suspend aux branches basses d'un arbre le berceau, entouré par les étendards de Flandre et de Brabant. Non loin de là, on voit le village de Ranzbeek-lez-Vilvoorde. Et les troupes fidèles, un moment en mauvais posture, trouvent la force de ne pas reculer au-delà du jalon sacré constitué par le berceau du duc. Soudain, à l'étonnement général, on s'aperçoit que celui-ci s'est spontanément dressé dans son berceau ; et là, devant tout le monde, il arrose la terre. Ce signe redonne courage à ses troupes, qui s'élancent impétueusement vers la victoire...

On aurait alors élevé la première statue pour perpétuer le souvenir de ce geste magnifique.

Selon de mauvais esprits, le jeune Godefroi III, déjà plus âgé, se serait laissé aller jusqu'à voler de l'argent à sa gouvernante et à « faire le mur » de son palais, pour rejoindre quelques autres garnements. La joyeuse bande aurait, grâce à l'argent dérobé, avalé de nombreuses pintes de « gueuse » ; et c'est ainsi qu'on aurait retrouvé le jeune duc au moment où, en pleine rue, dans les vapeurs de l'alcool, il aurait satisfait une envie très peu protocolaire.

Troisième version. Godefroi est à la tête d'une procession lorsqu'il est pris d'une envie irrésistible. Alors, fort de son statut social, il quitte la procession et là, au coin de la première rue venue, il se soulage sous l'œil des donzelles et des bonnes gens.

Autre version : nous sommes au retour des croisades. Le jeune comte Van Hove, son épouse et son fils de cinq ans, sont dans la foule. Au moment où les croisés parviennent devant eux, l'héritier se met à leur faire pipi au nez. Vexés, les Van Hove ont l'idée de faire élever une fontaine commémorative pour anoblir l'incident. À moins qu'il ne s'agisse du geste héroïque d'un jeune Bruxellois anonyme qui, voyant une bombe sur le point d'exploser, n'ait pas trouvé mieux que de l'inonder pour éteindre la mèche !

150

Cependant Godefroi ou pas, bombe ou pas, l'œuvre ne va pas connaître les jours tranquilles qu'elle aurait pu espérer.

1695 : Bruxelles est bombardée par le maréchal de Villeroy : le Manneken-Pis est démonté, mis à l'abri, puis remis en place.

Quelques années plus tard, Maximilien-Emmanuel de Bavière, gouverneur des Pays-Bas, a l'idée de lui offrir son premier costume, un bel habit bleu à la bavaroise. C'est le début de sa garde-robe.

1745 : bataille de Fontenoy. Les soldats *british* du duc de Cumberland croient déjà que la victoire leur appartient. Leur vertu britannique est choquée par le Manneken-Pis, et ils démontent la statue. Heureusement, ils l'abandonnent à Grammont, en Flandres, et elle réintègre son socle de pierre bleue.

Pas pour longtemps : les braves Français, vainqueurs de Fontenoy, arrivent en ville. Pour fêter leur « Messieurs les Anglais, tirez les premiers ! », les Français déboulonnent le Manneken-Pis et lui font faire la tournée des grands-ducs.

Cette fois-ci, les Bruxellois voient rouge et courent sus aux Français. Des affrontements sanglants ont lieu. Louis XV lui-même doit intervenir pour obtenir de ses soldats la remise en place du Manneken. Du coup, pour apaiser les esprits, le Bien-Aimé se croit obligé d'offrir au bambin impudique un superbe habit de brocart et de broderies d'or, une épée et le grand cordon de l'ordre de Saint-Louis. Pourquoi cette décoration ? Simplement pour obliger les soldats français à rendre les honneurs à la fontaine chaque fois qu'ils passeront devant.

1790 : le Manneken-Pis arbore une cocarde rouge, jaune et noire, emblème des insurgés brabançons, sous le nez même des soldats autrichiens. Après Jemmapes, la fontaine reçoit un bonnet phrygien.

Bonaparte est de passage incognito à Bruxelles. Il descend à l'hôtel d'Angleterre et rend une visite discrète au Manneken-Pis. Peut-être lui demande-t-il de l'inspiration pour le débarquement en Angleterre qu'il a en tête... Bonaparte pense transformer l'enfant en fifre de la garde impériale. En définitive, il en fait un chambellan, tout chamarré et coiffé d'un panache. Puis arrive Waterloo, morne plaine : le Manneken-Pis, sans changer d'expression ni de posture, devient officier du prince d'Orange-Nassau.

Le 6 octobrer 1817, les Bruxellois sont en émoi : le Manneken-Pis a été volé. Pas de motif politique : le responsable est simplement un repris de justice, Antoine Licas. On le recherche, on l'arrête. Il se retrouve le cou coincé dans un carcan d'infamie. Et pour bien montrer qu'on ne rit pas avec le Manneken-Pis, Licas est condamné aux travaux forcés à perpétuité et à la brûlure infamante au fer rouge... Bigre !

1830 : voici le Manneken-Pis revêtu du sarrau des révolutionnaires belges. La liste de ses costumes, plus somptueux les uns que les autres, s'allonge, la liste des couvre-chefs aussi. Chaque 21 juillet, jour de fête nationale, le Manneken-Pis redevient marquis en habit de soie, et il distribue... de la bière !

1914-1918 : le héros belge est fréquemment représenté dans les caricatures de la presse clandestine. Au moment de la victoire, les Français en font un caporal honoraire : il distribue du vin rouge. Désormais il portera tous les uniformes alliés. Les Italiens lui offrent des plumes de *bersagliero*. Les États-Unis en font un scout, un *marine*, un peau-rouge. Désormais, chaque corporation veut l'avoir comme membre d'honneur. Notre enfant sans pudeur devient garde-champêtre de Montmartre, maharajah de l'Inde, samouraï japonais, *pelotari* basque, guerrier watutsi, danseur géorgien.

Le 30 mai 1940, le Manneken-Pis, toujours immuable dans ses gestes, reçoit la visite de Hitler... Mais le *Führer* n'avait pas demandé à admirer la statue. Cette idée était de son guide, ancien attaché de l'ambassade d'Allemagne à Bruxelles. Quand il aperçoit le héros bruxellois, l'œil de Hitler devient de glace. Il lance un commentaire : « Répugnant ! » Et il ordonne au chauffeur d'accélérer...

Après la Libération, les uniformes se multiplient. Les années passent : un jour, on le retrouve vêtu d'un blouson de cuir noir et d'un blue-jean. Mystère...

Le Manneken-Pis n'a pourtant pas que des amis. En 1955, des fanatiques essayent de briser sa « bistouquette », qu'ils jugent obscène. Une association d'artistes, de bons vivants et d'intellectuels se constitue pour sa sauvegarde. En vain !

1963 : le Manneken-Pis a disparu !

Le scandale est énorme ! On connaît bientôt les coupables : des étudiants flamands, de l'institut Saint-Ignace, à Anvers... la ville rivale de Bruxelles. On les retrouve, on les poursuit, on les condamne...

1965 : les jambes du Manneken-Pis ont été brisées. Tout le reste de la statue a disparu... Horreur ! Rien d'autre à faire que de reprendre les moules et refondre une nouvelle statue...

1966 : une lettre anonyme arrive à la police de Bruxelles. C'est elle qui permet de récupérer les morceaux manquants, dans le canal de Charleroi. Mais les coupables courent toujours. On prend des mesures pour protéger ce « membre » à part entière du patrimoine d'outre-Quiévrain. Et l'histoire continue...

1978 : le matin du 26 avril, on constate une fois de plus la disparition du charmant bonhomme. Le socle de pierre bleue a souffert. Le système d'alarme n'a pas fonctionné. Il faut précipitamment mettre en place une copie en plâtre. Elle disparaît à son tour... Cette fois, on retrouve statue et plâtre à l'Institut technique d'Anderlecht, chez les étudiants.

Espérons qu'il s'agisse de son dernier avatar... En tout cas, aujourd'hui, le Manneken-Pis est doté d'une alarme sophistiquée. Dieu sait où elle est fixée !...

UN COLLECTIONNEUR ACHARNÉ

Le 2 janvier 1872, un employé aux abattoirs de la ville de Merion, Pennsylvanie, est légitimement fier. Son épouse vient de mettre au monde un garçon :

Albert Coombs Barnes. Ils ont déjà un fils, Charles, et le père a le plus grand mal à nourrir femme et enfants. Il a perdu un bras pendant la guerre de Sécession. Bientôt, il est obligé de prendre sa retraite, et sa pension est bien mince. D'autant plus qu'il finira par avoir quatre enfants sur les bras... si l'on peut dire. C'est pourquoi le petit Albert n'aura pas une enfance bien gaie. On peut même dire qu'il connaît la misère. La faim, le froid, le manque d'eau courante. Mais maman Barnes est une fervente méthodiste. Elle emmène Albert au temple, et il a l'occasion d'entendre là des chœurs de nègres qui l'impressionnent et l'enthousiasment. À treize ans, grâce à une bourse inespérée, il entre à Central High, une école secondaire, et il se lie d'amitié avec trois autres garçons, qui se révéleront plus tard parmi les peintres américains les plus doués de leur génération. C'est ainsi que le pauvre Albert découvre la musique et la peinture.

Albert sort de Central High à dix-sept ans, diplômé, et s'inscrit à la faculté de médecine de Philadelphie. Trois ans plus tard, il est docteur, et on peut dire qu'il a du mérite car, pour payer ses études, il a dû tout à la fois s'engager dans un orchestre de danse et exercer ses talents comme joueur de base-ball.

Barnes suit alors quelques cours de chimie, discipline encore nouvelle qui l'attire aussitôt. Puis il part faire un stage à Berlin, où pour payer ses frais il travaille pendant un an dans un asile d'aliénés. Il en gardera sans doute le souvenir dans ses choix futurs. Pour rentrer aux États-Unis, il doit peiner comme soutier à bord d'un pétrolier. Une fois en Amérique, il devient chimiste dans un laboratoire et économise suffisamment pour s'offrir un autre séjour allemand, à Heidelberg cette fois, chez le fameux professeur Gottlieb. Là, il va faire la connaissance d'un condisciple un peu plus âgé : Hermann Hille.

Les deux jeunes chercheurs, travaillant de conserve, finissent par mettre au point un produit nouveau : l'Argyrol, un désinfectant puissant, utilisé en particulier pour laver les yeux des nouveau-nés et éviter les infections.

154

Albert Barnes regagne alors les États-Unis, dans le dessein d'exploiter son invention. En 1901, il épouse une douce jeune fille d'origine irlandaise. La société qu'il fonde sous le nom de Barnes & Hille fait des bénéfices de plus en plus considérables : 40 000 dollars la première année, 100 000 la seconde, et ainsi de suite. À partir de ce moment, Barnes semble obsédé par l'idée d'éliminer Hille de l'affaire. Ils finissent par avoir des différends, et Barnes rachète les parts de son associé.

Barnes n'a pas déposé le brevet de son invention, mais il en garde le secret. Le dépôt de brevet l'aurait obligé à tomber dans le domaine public assez rapidement.

Albert C. Barnes est dorénavant un homme riche et influent, mais les portes de la bonne société de Philadelphie lui restent obstinément closes.

Il s'achète une somptueuse propriété dans la banlieue, à Merion justement, monte à cheval, entre dans une société de chasse ; mais personne ne l'invite. Il décide alors de se tourner vers la collection des œuvres d'art.

Barnes commence par acquérir chez les marchands new-yorkais des œuvres de l'école de Barbizon, il les montre à ses anciens condisciples de Central High, parmi lesquels le peintre surdoué William J. Glackens. Celui-ci lui fait remarquer que ses tableaux sont bien bourgeois et d'un intérêt tout relatif. Glackens l'entraîne chez des marchands qui vendent des peintres américains modernes : ceux du « groupe de la poubelle ». Barnes achète des œuvres qui lui plaisent. Glackens ajoute que Barnes serait plus avisé d'acheter des impressionnistes et des fauves. Barnes réfléchit, puis il dit un jour à son ami :

« Voici vingt mille dollars. Tu vas partir pour l'Europe et m'acheter des tableaux, à ton idée. Aussi beaux que possible. Puis nous en reparlerons. »

Nous sommes en 1912.

Glackens, ravi, part pour Paris et, sur le paquebot, il

fait la connaissance d'un autre peintre, Alfred Maurer, qui va lui servir de guide. Grâce à ce dernier, il achète la *Liseuse* de Renoir, le *Facteur Roulin* de Van Gogh, plusieurs œuvres de Cézanne, des Gauguin, des Matisse... Et il rapporte le tout à Merion.

Barnes, en voyant ces œuvres si nouvelles, reste perplexe. Les couleurs en sont si violentes ! Il lui faudra six mois pour s'y faire. Au bout de cette période, il annonce : « Je pars en Europe pour acheter d'autres tableaux. »

À Paris, il va lui aussi rencontrer Alfred Maurer, qui lui présente les artistes et rapins de l'époque. Il fait aussi la connaissance de Gertrude et Léo Stein, qui fréquentent toute l'avant-garde, en particulier Matisse et Picasso. Ils ont vite fait de le convertir à leurs goûts artistiques. Sur leurs murs, on peut admirer des Braque, des Juan Gris, des Léger.

Puis vient la guerre de 14-18. Le gouvernement américain prend en main la fabrication de l'Argyrol et Barnes, désormais, n'a plus d'autre souci que de comptabiliser le Niagara de dollars qui tombe dans ses poches. La paix revenue, deux fois par an, Barnes arrive en Europe, une fois en été, une fois en hiver, et court les galeries, les ateliers, surtout du côté de Montparnasse. Il achète à Paris, mais visite tous les musées d'Europe. Et il acquiert, par centaines, des chefs-d'œuvre : Renoir, Degas, Sisley, Pissarro, Cézanne, l'école de Paris. Il paye, mais sait attendre le bon moment, marchander et obtenir les meilleurs prix. Il use les marchands en leur posant durant des journées entières des questions sur les mérites comparés des peintres, aussi bien morts que vivants.

En 1922, Barnes possède tant de tableaux qu'il songe à créer un musée à Merion. Il engage un architecte français, Paul-Philippe Cret, et, dès que son projet prend forme, il achète plus encore de tableaux. La crise qui sévit en Europe lui permet de faire de très bonnes affaires. Le voilà propriétaire d'œuvres de Pascin, de Kisling, de Segonzac, de Derain, et de sculptures de Zadkine.

156

Un jour, chez le marchand Paul Guillaume, il est en train de choisir des Derain quand il avise une toile violente et bizarre qui représente un *Petit Pâtissier* qu'on croirait écorché vif. Il s'y intéresse, demande le nom du peintre. Guillaume lui apprend que cette toile est en dépôt et que le marchand qui s'occupe du peintre se nomme Zborowski. On se rend chez « Zboro », dans son appartement encombré de Modigliani, dont il s'occupe avec enthousiasme. Devant la demande de Barnes, Zboro, réticent, sort de sa cave d'autres œuvres poussiéreuses de l'auteur du *Pâtissier*. Est-ce bien la peine ?

Barnes regarde les toiles, l'une après l'autre. Il ne dit pas un mot, ses mâchoires se contractent, jusqu'au moment où il déclare :

« J'achète tout ! »

Il sort immédiatement une liasse de billets de sa poche : 60 000 francs, croit-on. Et emporte soixante toiles de... Soutine.

Puis Barnes dit : « Allons chez ce Soutine ! »

Zboro proteste : « Impossible, c'est un vrai sauvage, il vit dans la crasse la plus épouvantable et ne veut recevoir personne. Le soir, il arrose son plancher d'essence autour de son matelas, pour se protéger des punaises... »

La vision cauchemardesque qui les attend laisse Barnes sans voix. Devant la crasse, et devant le peintre, il jette un ordre : « Emportez toutes les toiles ! »

Puis, son mouchoir sur le nez pour lutter contre la puanteur, il jette une autre liasse de billets sur le sol et dévale l'escalier. Le chauffeur n'aura plus qu'à emporter une quarantaine de nouveaux Soutine. Une fois installé dans le taxi, Barnes se réjouit : « Voilà le grand peintre que je cherchais depuis longtemps. »

En 1923, on organise une exposition de toutes ses nouvelles toiles, et la critique française est élogieuse. La presse de Philadelphie se fait l'écho de cette manifestation. Dès son retour, les amis de Barnes lui demandent de renouveler l'expérience et d'exposer les

Soutine, les Pascin, les Modigliani, à la Pennsylvania Academy. Barnes accepte : va-t-il enfin être reconnu comme un mécène et un homme de goût par ses concitoyens jusqu'à présent si snobs ?

Il en profite pour annoncer publiquement la création de son prochain musée. Mais, déception, la critique américaine ricane devant les Soutine et autres Modigliani. Les propos des journalistes blessent profondément Barnes qui, dorénavant, prendra en grippe tous les beaux esprits, universitaires et autres savants en matière d'art. Il décide que son musée leur sera définitivement fermé. Et il exhale sa fureur dans des lettres adressées à tous ceux qui avaient ricané devant ses achats « sortis d'asiles de fous ». En 1925, la fondation Barnes ouvre ses portes, discrètement. Sur trois étages, les œuvres sont placées par affinités. Mais le public n'y a pas accès. Seuls sont admis les amis de Barnes et les enseignants qui partagent ses vues sur l'art moderne. Et seulement deux jours par semaine, sur autorisation expresse du fondateur.

Les membres de la bonne société de Philadelphie sont écartés avec rage. Mais Barnes invite volontiers à visiter ses collections des ouvriers noirs rencontrés dans la rue. Le Corbusier se voit refuser l'entrée. Le conservateur du Musée d'art moderne de New York, quant à lui, doit prendre un nom d'emprunt.

Barnes, qui est partisan en matière d'art d'une éducation réservée à une élite, se met à publier des ouvrages, où il expose sa philosophie picturale. Il écrit sur les naïfs français, sur Cézanne, Renoir, Matisse.

Mais, s'il remâche sa rancœur vis-à-vis des « savants », il se montre désormais d'une très grande générosité pour les étudiants qui fréquentent sa fondation. Il offre des voyages d'étude tous frais compris en Europe, prend sous sa protection des artistes qui l'intéressent. Il accueille chez lui un organiste, un médecin, des étudiants noirs.

Ses relations avec le musée de Philadelphie restent tendues. Pourtant, il a des gestes de grand seigneur. Un jour, le directeur du musée vient lui demander son avis sur un triptyque de Matisse, les *Trois Sœurs*, que le musée désirait acheter. Barnes déclare qu'il s'agit d'une œuvre secondaire. Le conseil d'administration renonce alors à acheter le tableau, quand on apprend que Barnes vient de s'en rendre acquéreur... au profit du musée. À charge pour celui-ci de rembourser l'achat petit à petit.

Autre accrochage, quand le musée achète les *Grandes Baigneuses* de Cézanne et précise que cette version est bien meilleure que celle possédée par Barnes. Celui-ci réplique vertement, par voie de presse, et démontre que sa version est bien la meilleure et que, d'autre part, à la place du musée de Philadelphie, il aurait pu acquérir ces *Baigneuses* pour beaucoup moins cher.

Barnes continue à acheter des tableaux célèbres, il commande même une décoration intérieure à Matisse, à qui il écrit, quand l'œuvre est mise en place : « Votre peinture est comme la rosace d'une cathédrale. »

Ambroise Vollard, le fameux marchand de tableaux, après sa visite du musée, fait cette remarque : « Il n'existe pas et il n'existera plus jamais une autre collection des chefs-d'œuvre des deux plus grands maîtres du xixe siècle : Renoir et Cézanne. »

Sans mentionner les autres ! Il est à noter qu'aucune de ces œuvres n'est assurée. Si elles étaient abîmées ou détruites par le feu, elles ne pourraient en aucun cas être remplacées...

Désormais, Barnes se conduit comme s'il était seul au monde. Il échange un jour sept magnifiques Cézanne contre de mauvais tableaux du xviiie siècle. Il n'écoute personne, et ce sera sa perte.

Le 24 juillet 1951, le mécène individualiste, menant sa vie en solitaire, est au volant de sa voiture quand il brûle un feu rouge à 180 km/h, heurte un camion de plein fouet, et meurt dans l'accident.

Un an après sa mort, les habitants de Pennsylvanie introduisent une action en justice pour réclamer l'ouverture au public de la fondation. Celle-ci répond qu'elle est un établissement purement éducatif et n'a pas à s'ouvrir au public. Le juge rétorque que la fondation, ne figurant pas sur l'annuaire téléphonique, ne peut se targuer d'être un établissement éducatif. Et il décide que, deux jours par semaine, deux cents personnes au minimum pourront librement avoir accès aux trésors de Barnes. Mais il sera interdit de photographier.

Mme Barnes, le 21 mars 1961, doit assister à cette « répugnante invasion de barbares ». Elle veille à ce que les gardiens fassent circuler les visiteurs qui s'attardent trop longtemps devant un tableau. On peut enfin admirer la centaine de Cézanne, mais aussi les nombreux Glackens. Le tout dans un désordre invraisemblable : Bosch voisine avec Watteau, Seurat avec Soutine. Ce dernier est très difficile à voir, tant il est placé hors de portée des visiteurs... Un peu partout, des ferronneries... Le meilleur mêlé au pire.

À l'époque, on estime la valeur de la collection à cinquante milliards d'anciens francs, et on se dit que, si elle arrivait aujourd'hui sur le marché, les cours des peintres concernés s'effondreraient sans doute massivement.

DEUX PIÈCES ENCADRÉES

Arrive-t-il que l'on vende un chef-d'œuvre sans en avoir conscience ? Aussi rarement que possible, mais ça m'est déjà arrivé, à ma grande surprise ! Cette vente, d'ailleurs, nous était venue par l'intermédiaire d'un vieil habitué qui avait été très satisfait d'une de nos prestations... C'est comme ça qu'on se fait une clientèle...

Il y a quelques années, nous avions été contactés par un monsieur qui désirait liquider, suite à un décès, la succession d'une parente. Il était pressé de régler l'affaire, pour pouvoir dénoncer le bail et arrêter de payer un loyer sans objet. C'était un petit appartement modeste, sans rien à l'intérieur de bien spectaculaire. Nous avions fait diligence et la vente s'était très bien passée, à la satisfaction du client qui ne nous donna plus de nouvelles pendant au moins dix ans... Au bout de dix ans, nouveau coup de téléphone. Du genre : « C'est encore moi ! »

Pratiquement, il s'agissait cette fois encore, suite à un décès, de liquider rapidement le mobilier et les objets d'un vieux monsieur, un marchand de meubles, le père de notre client.

« Quand voulez-vous que nous passions ?

— Le plus tôt sera le mieux !

— Demain ?

— Parfait !

— À quelle adresse ? »

Et, le lendemain, je me retrouve rue de Rivoli, dans un splendide appartement de douze pièces somptueusement meublées : salon, salle à manger, grand bureau, petit bureau.

Dans le bureau principal, mon œil est attiré par deux superbes tableaux, dans le genre de Canaletto, le peintre de Venise, comme chacun sait. Je m'extasie, mais notre client, le fils du défunt, précise : « Il ne s'agit que de copies. Les originaux sont au musée de X. Le conservateur est un ami personnel de papa, et il lui a confié il y a quelques années les deux tableaux pour qu'il puisse les faire copier. Ce sont donc des copies exécutées il y a une quinzaine d'années, que vous voyez là... »

Je reste rêveur, car ces tableaux me plaisent bien. Arrive le jour de la vente... L'appariteur annonce : « Deux pièces encadrées, dans le style de Canaletto. »

À mon grand étonnement les enchères, démarrées à un niveau relativement modeste, grimpent vertigineusement et dépassent toutes nos espérances. J'attends avec une certaine curiosité de voir qui a pu pousser à de tels niveaux.

Quand l'acquéreur vient à l'étude pour régler et prendre livraison de ses deux tableaux, je l'interroge discrètement et, sans se faire prier, il me donne la clef du mystère :

161

« *Je suis le conservateur du musée de X. Il y a quelques années, j'ai confié les deux Canaletto à mon ami, le
regretté M. Y, afin qu'il en fasse exécuter des copies par
un spécialiste, pour orner son bureau. Tout s'est déroulé
très normalement, et les deux Canaletto ont regagné le
musée... Du moins était-ce ce que je croyais car, au bout
de quelques années, j'ai constaté que j'avais récupéré...
les copies !*

*Je n'ai jamais pu savoir si l'échange avait été volon-
taire ou accidentel. Depuis des années, j'étais rongé par
cette affaire, ne sachant comment remettre les choses en
ordre. C'est pourquoi aujourd'hui j'ai enfin racheté, sur
mes deniers propres, les deux originaux, qui vont enfin
reprendre au musée la place qu'ils n'auraient jamais dû
quitter. »*

*Malheureusement pour lui, il y avait dans la salle ce
jour-là un autre amateur, qui avait sans doute une
bonne intuition concernant la qualité réelle de ces deux
œuvres et qui fit monter les enchères bien au-delà de la
valeur de « deux pièces encadrées »...*

UNE CROIX D'IVOIRE

Il y a trente-cinq ans, une nouvelle fit frémir les col-
lectionneurs et les musées amateurs de Haute Époque : une grande croix d'ivoire est sur le marché. C'est
une œuvre rarissime, elle mesure une soixantaine de
centimètres de haut et elle est sculptée de dizaines de
personnages qui s'expriment par des textes inscrits sur
des petites banderoles, des phylactères. Les textes sont
en hébreu, en latin et en grec. D'après le propriétaire,
il doit s'agir d'une œuvre anglaise, qu'on pourrait
dater des environs de l'an mille.

« Et le propriétaire ? De qui s'agit-il ?

— C'est un Yougoslave, qui est devenu autrichien.
Il vit à Tanger, mais la plus grande partie de sa collection est bien à l'abri dans le coffre-fort d'une banque

suisse. Ce collectionneur hors du commun se nomme Ante Topich Matutin Mimara.

— Et combien veut-il pour sa merveille?

— Deux millions de dollars. »

Thomas Hovin, un des responsables du musée des Cloîtres à New York, jeune conservateur, se met à rêver. Quelle gloire pour lui, s'il arrivait à acheter cette pièce unique pour son musée. Sa carrière débutante en serait considérablement facilitée. Surtout si le prix qu'il arriverait à négocier était intéressant.

Dick Randall, l'ami qui parle de la croix avec Hovin, se montre par ailleurs sceptique quant à l'authenticité de cette fameuse croix d'ivoire « unique au monde »...

« Si ça se trouve, cette croix n'est qu'un faux. On a vu des artistes très doués capables de fabriquer, à la commande, des œuvres qui ont abusé les experts et les directeurs de musée. La fameuse tiare de Saitapharnés, qui a été achetée et exposée par le musée du Louvre en 1896, n'était en fait que le travail d'un orfèvre d'Odessa tout ce qu'il y a de plus vivant... et non une œuvre du IIIe siècle. »

Hovin, cependant, pour se faire une idée, se rend à Zurich. Son ami et conseiller lui précise :

« Ce sera une bonne expérience, Ante Topic est le propriétaire d'une magnifique collection de faux particulièrement intéressants. C'est comme ça qu'on apprend le métier.

— Mais il peut posséder une croix authentique au milieu des faux!

— Oui, mais si vous êtes admis à la voir, vous remarquerez quelques détails bizarres : la décoration de cette croix est très riche, trop riche pour être honnête. Et puis, au-dessus du Christ en croix, on peut lire : "Jésus de Nazareth, roi des confesseurs". Curieux! Pourquoi pas "roi des juifs", comme d'habitude? »

Thomas Hovin, avant de s'envoler vers Zurich, se plonge dans la documentation très fournie du musée des Cloîtres. La littérature concernant la croix est abondante, et les avis sont variés. Des intermédiaires

163

plus ou moins honnêtes croient à son authenticité, d'autres assurent que c'est une copie. Et même un faux évident !

Hovin réfléchit à la situation. Il vient de commettre récemment une boulette d'importance en s'engageant au nom du musée pour l'achat d'une superbe croix d'argent du Moyen Âge. Mais le conseil d'administration a refusé cet achat de 150 000 dollars. Une autre gaffe du même style, et Hovin voit sa carrière compromise. Il se dit : « Si Jésus est qualifié de "roi des confesseurs", il ne peut s'agir que d'un objet authentique. Aucun faussaire n'aurait pris le risque d'une appellation si étrange et bizarre. Les confesseurs... ainsi les premiers chrétiens nommaient-ils leurs martyrs ! »

M. Rorimer, directeur du musée, donne son accord pour un voyage vers l'Europe.

Pour l'instant, la recherche d'Anton Topic ne s'avère pas facile. On écrit à toutes ses adresses connues, mais les lettres reviennent : « parti sans laisser d'adresse » ou « inconnu ». Celle envoyée à Tanger ne revient pas. Dick Randall, de son côté, connaît un autre conservateur qui a déjà rencontré Anton Topic et qui a même vu la croix d'ivoire.

« Je l'ai vu lors d'un rendez-vous à Zurich, à l'Union des banques suisses. Topic est un petit homme trapu. Il m'a conduit au sous-sol, dans une chambre forte. Il a posé devant moi, sur une table, cinq objets. Puis il a ouvert un écrin qui contenait un calice du Moyen Âge, d'environ 30 centimètres de haut. Un gobelet de verre doré, à l'effigie du "Bon Pasteur". Un faux absolu. Les cinq autres objets étaient tout aussi suspects. Puis Topic m'a montré la fameuse croix d'ivoire. Un ouvrage magnifique, qui représente l'"arbre de vie" avec une inscription latine disant : "La terre tremble, la mort est vaincue", allusion au tremblement de terre qui aurait accompagné la mort de Jésus sur la croix. Il y a de nombreux personnages, un serpent — le célèbre "serpent d'airain" façonné par Moïse qui guérissait les Hébreux mordus par des serpents dans le désert. Le dos de la croix représente les prophètes portant des phylactères couverts d'inscriptions. On voit encore la

Vierge au pied de la croix, entourée par saint Jean et la foule des croyants en larmes. Les figures, minuscules, sont toutes dotées d'yeux un peu exorbités, assez étranges. Toute la scène est vibrante d'émotion. En haut de la croix le Christ, en pleine Ascension, disparaît déjà dans les nuages. Une façon de le représenter qui est typique de l'art anglais. »

Hovin écoute ces paroles avec passion :

« Mais d'où tient-il une telle merveille ?

— Il prétend qu'il s'agit d'un secret qu'il a juré de garder. Cela ne l'empêche pas de demander, sans frémir, un accord de principe du musée pour l'achat ferme... Ce personnage invraisemblable n'a pas hésité à me proposer un pourcentage personnel si la négociation est menée à bien. De toute manière, Topic estime que sa croix doit lui rapporter entre 750 000 et un million de dollars... Pas un cent de moins. Dommage, parce que cette croix est absolument superbe ! »

En juillet 1961, Hovin reçoit une réponse de Topic : « J'étais absent de Tanger, où je viens de trouver votre correspondance. J'ai été hospitalisé à Zurich. »

Mais, entre-temps, la concurrence est forte. D'autres conservateurs ont eu vent de la croix du « roi des confesseurs ». Les Anglais se mettent sur les rangs. Topic, ayant baissé son prix, l'offre pour 500 000 dollars au musée de Cleveland. À l'époque, souffrant de la colonne vertébrale, il pense que ses jours sont comptés. Mais plus tard, guéri, il fait remonter la barre. Topic informe Hovin que Cleveland est intéressé, et que le premier arrivé fera l'affaire. Le prix, en tout cas, atteint des sommets incroyables. Hovin aimerait bien que son patron, M. Rorimer, soit plus clair dans ses pensées. Que veut-il exactement ?

Pour le savoir, Hovin prend rendez-vous avec Topic, pour la fin du mois de septembre, à Zurich. On verra bien.

À l'heure dite, Anton Topic, aussi trapu qu'on le lui a décrit, arrive à l'hôtel où Hovin réside avec une collaboratrice, Carmen Gomez Moreno. On décide de parler en italien, et on se dirige vers l'Union des banques suisses. Hovin, une fois dans la chambre forte, jette un coup d'œil à l'intérieur du coffre : une

multitude d'objets, d'écrins, des liasses impressionnantes de billets de banque tout neufs.

Puis, pendant une heure, Topic présente à Hovin et
à sa collaboratrice tout un fatras d'objets pseudo-
médiévaux. La laideur le dispute à la fausseté. Il y a là
tout un bric-à-brac de figurines, d'émaux, de calices,
de vitraux, de tableaux naïfs. Enfin, sortant d'un écrin
de velours noir, apparaît... la croix du « roi des confesseurs ». Hovin est admis à la toucher. Il en ressent un
choc esthétique qui emporte sa conviction. C'est là un
chef-d'œuvre incontestable. Et l'ivoire lui-même parle
de ses mille ans d'existence.

Hovin s'intéresse à l'un des personnages centraux,
un barbu à l'œil frémissant, plein de force, et même de
hargne. Il note soigneusement l'inscription censée sortir de la bouche du farouche vieillard, dans l'intention
de la traduire plus tard.

« C'est magnifique, et quelle technique ! Regardez,
les visages ont à peine un demi-centimètre de haut et
on distingue l'expression des regards, les paupières,
les narines, la souplesse des cheveux. Une merveille. »

Hovin remarque que la croix pourtant n'est pas
complète. Un bloc d'ivoire, tout en bas, est uni. Il doit
remplacer un fragment disparu depuis longtemps. Un
bricolage de Topic, sans doute. Mais cela n'empêche
pas les nombreux personnages d'être fascinants. En
particulier deux d'entre eux, qui sont coiffés de capu-
chons pointus.

Hovin, contrairement aux usages du commerce des
antiquités, au lieu de relever d'éventuelles faiblesses
de la croix, avoue son enthousiasme.

« Donnez-moi un jeu de photos de la croix. D'ailleurs j'ai mon appareil et je peux effectuer les prises de
vue sur-le-champ... »

Anton Topic éclate de rire, arrache l'appareil photo
des mains de Hovin et s'éloigne. Hovin profite de cette
courte absence pour sortir de sa poche un second
appareil et « mitrailler » la croix. Sa collaboratrice fait
le guet. Hovin a photographié pendant quatre
minutes, pas une de plus. Il cache son second appareil.

Topic revient : « Désolé, mais aucune photo. Si

M. Rorimer veut voir la croix, elle est à sa disposition ici, quand il veut. » Puis il rend le premier appareil.

Hovin continue à regarder la croix dans tous ses détails. Topic, assis au bout de la pièce, lit son journal. Pendant deux heures, Hovin recopie toutes les inscriptions qui figurent sur les phylactères. Il découvre une multitude d'abréviations mystérieuses. Salomon annonce qu'il « montera au palmier et en saisira les fruits »...

Sa collaboratrice s'arrache un cheveu et Hovin, en le glissant derrière les détails de la croix, vérifie si elle est constituée d'un seul morceau d'ivoire ou non. C'est le cas pour la plupart des personnages. Exploit technique admirable. Il en profite pour noter la présence de nouveaux personnages : un homme en capuchon pointu, qui pleure ; un vieillard volant, qui brandit le poing d'un air vengeur ; une femme aveugle, qui enfonce une lance dans la poitrine de l'Agneau mystique... Elle est désignée comme « maudite ».

En quittant Topic, Hovin est décidé à tout faire pour obtenir la croix... Le Yougoslave, de son côté, fait un bilan : « Boston, Cleveland, le Louvre, le British Museum, le Victoria et Albert de Londres. Il me plairait assez que cette croix anglaise retourne aux Anglais... Pourvu qu'ils aient 200 000 livres ! Mais s'ils ne les ont pas, vous pourrez l'avoir pour 650 000 dollars. »

Hovin pense — et dit — que le prix est absurde. Topic réplique : « On paye bien davantage pour certains tableaux. Ma croix, elle, est unique en son genre. »

Hovin se lance : « Je ne vois pas d'inconvénient à payer un tel prix. Mais pour emporter la décision, il faudrait soumettre votre croix à certains examens scientifiques.

— Entièrement d'accord, mais ici, et en ma présence. Excusez-moi, la banque ferme, il nous faut partir. »

Hovin, quelque temps plus tard, se rend à Florence. On lui parle de Topic, en particulier les marchands d'art. L'un d'eux précise : « J'ai été son ami et associé. Il peut être dangereux. Il est restaurateur, mais il a trempé dans de nombreuses combinaisons louches. Tenez, en 1948 il dirigeait la commission qui, à Munich, devait récupérer les œuvres dérobées par les nazis en Yougoslavie. Il s'est servi au passage et s'est mis à collectionner tout ce qui lui tombait entre les pattes. »

Hovin, déçu et troublé, se change les idées en visitant le musée du Bargello. Il arrive dans la salle — d'un intérêt secondaire — qui contient les sculptures du Moyen Âge. Dans une vitrine, il aperçoit soudain un morceau d'ivoire qui lui fait battre le cœur : « Ces personnages, ces yeux exorbités, ce n'est pas possible, elle est sûrement du même artiste que la croix de Topic ! Les phylactères... Il faut que je le voie de plus près. »

Hovin songe à demander une autorisation, mais combien de semaines seront nécessaires pour l'obtenir ? Il va au bout de la salle, pour voir si un gardien est dans le secteur. Puis il examine la vitrine pour vérifier si une alarme est branchée. Rien, on est dans les années soixante. Pas de cadenas, pas de serrure, le dessus de la vitrine est simplement vissé. Il sort son canif, dévisse, attrape le fragment d'ivoire. Et il s'empresse... d'en mémoriser tous les détails du mieux qu'il peut. Pas de doute : c'est un morceau de la croix de Topic !

« Et si je l'emportais, tout simplement ? »

Tentation qui lui brûle la peau. Il y résiste. Hovin repart : Rome, Berlin, Munich. Au cours de ces pérégrinations, le dossier sur lequel il note tous les détails, toutes les inscriptions de la croix, s'égare. Hovin, désespéré, cherche à joindre Topic. Impossible de le trouver. Décidément, la croix se défend bien : les photos prises à la va-vite sont presque toutes ratées.

À New York, Rorimer, pour une fois, se montre impatient :

« Alors, cette croix ? Qu'en pensez-vous ?

— Elle est magnifique !

— Et le prix ? » Rorimer manque de s'étrangler quand Hovin annonce la couleur... Rorimer prend son visage des mauvais jours, mais il finit par déclarer : « Il faut agir avec fermeté. Prenez un rendez-vous avec Topic à Zurich, pour la fin janvier. »

Hovin est aux anges. Jusqu'au jour où M. Rorimer se ravise : « Pas de rendez-vous avec Topic. Il serait plus avisé de lui écrire. Pas de précipitation ! »

Une lettre part :

« Cher M. Topic, le musée serait tout à fait disposé à effectuer un examen approfondi de votre croix si vous aviez l'amabilité de nous la faire parvenir. » Signé : illisible, pour Rorimer. Hovin manque de faire une crise de foie. « C'est foutu, n'en parlons plus ! La croix ira où Dieu voudra, mais certainement pas chez nous ! »

Au mois de mai, Rorimer rencontre Hovin dans un couloir : « Mon cher, je pars pour Zurich, j'ai un rendez-vous avec Topic. Margaret Freeman, notre conservateur en chef, m'accompagne. »

C'est elle qui écrira de Zurich à Hovin : « Nous sommes enthousiasmés ! Nous avons effectué un examen aux rayons ultraviolets : la croix est très bonne. »

Suivent des photos, un article écrit par Mme Topic sur la « croix du roi des confesseurs », avec toutes les inscriptions qui étaient dans le dossier perdu. Hovin se lance dans leur étude. Il n'est pas au bout de ses surprises.

Les phylactères racontent la passion du Christ, avec de nombreuses allusions à la conversion des non-croyants. Et des textes carrément antijuifs... Les citations gravées, qui renvoient à des passages du Deutéronome, confirment cette orientation contre la Synagogue. Bizarre. Il est question de fureur et de vengeance contre ceux qui ont sacrifié Jésus. La croix d'ivoire admirable, qui refuse que Jésus soit le roi des juifs, sue la haine... Hovin identifie tous les personnages, sauf le vieillard volant...

Pendant cette étude, d'autres éminents spécialistes se rendent à Zurich pour examiner la croix. Mais il faut attendre la décision de la commission, qui ne se

réunira qu'au mois d'octobre. Hovin ronge son frein...
Il n'est pas loin de penser que la croix est un objet
maléfique. Pour convaincre la commission de l'acheter, il en fait réaliser un fac-similé en bois, à partir des
photos fournies.

Enfin, le jour de la commission arrive. Hovin,
remonté par un repas bien arrosé, réveille les adminis-
trateurs qui sommeillent. Il exhibe le fac-similé et
annonce que le British Museum est sur le point de
leur souffler l'affaire. On annonce le prix de 600 000
dollars. Rorimer finit par obtenir la majorité des voix.
On prévient Topic, qui fait savoir : « Pas question de
vendre la croix seule. J'ai l'intention de vous vendre
d'autres objets de ma collection. »

Il reçoit une lettre glaciale de Rorimer en guise de
réponse.

Bientôt, on apprend que le British Museum réunit
les fonds pour l'achat de la croix. Rorimer annonce à
Hovin : « Vous partez pour Zurich. »

La joie de Hovin est de courte durée : « Nous
n'avons qu'un crédit de 500 000 dollars. Il va falloir
marchander ! »

L'avion de Hovin ne peut atterrir à Zurich et se retrouve, à cause de la neige... à Barcelone, puis à Nice.
Hovin finalement arrive à Genève puis, par le train,
rejoint Zurich, où une nouvelle déception l'attend.
Topic annonce : « Je viens d'accorder une option au
British Museum jusqu'au 10 février, dans quelques
jours. »

Hovin plaide son enthousiasme et le fait qu'il était
là le premier. Il invoque le sens de l'honneur de Topic.
Celui-ci demande :

« Vous avez bien les 600 000 dollars ?

— Je sais que c'est le prix que vous demandez...

— Bon, je préviens les Anglais qu'ils ont jusqu'au
30 janvier, au douzième coup de minuit. Après, ce
sera vous, ou bien le prix augmentera ! »

Hovin, avant de regagner sa chambre d'hôtel dans
un état effroyable, mort de sommeil, téléphone à Rorimer, qui lui confirme le budget maximal de 500 000
dollars et le console en mettant en doute la capacité
des Anglais à réunir la somme exigée.

Le lendemain, dîner mondain entre Hovin, Topic et... les Anglais.

Le 15 janvier, jour de l'anniversaire de Hovin, il réussit à déjeuner avec Topic. Et passe l'après-midi à lui faire du charme. Puis il rentre à son hôtel, au bord de la dépression nerveuse. Il appelle à nouveau Rorimer, qui lui demande de prendre l'avion pour Paris, où il doit acheter les émaux limousins d'un collectionneur. Celui-ci, en voyant Hovin, double ses prix ! Hovin rentre désespéré, mais le musée a tout de même économisé 90 000 dollars dans ce fiasco. Rorimer refuse toujours d'aller jusqu'à 600 000 dollars pour la croix ; il conseille à Hovin... d'aller faire un peu de ski ! Quand il revient à son hôtel, au bout de quatre jours, un télégramme de Rorimer entérine le prix de... 600 000 dollars !

Désormais, chaque jour, Hovin s'arrange pour rencontrer Topic au moins deux fois. Il lui pose la question : « D'où tenez-vous cette merveille ? »

Topic raconte qu'il l'a découverte dans un couvent perdu en Europe centrale. Il avait proposé de restaurer des objets abîmés et demandé à examiner les trésors du couvent. Trésors bien modestes. Jusqu'à ce qu'on le conduise au sous-sol pour y examiner des « vieilleries », notamment un os enveloppé dans une peau de chamois. Quand il eut ouvert l'étui, il comprit que l'os était un ivoire de morse, particulièrement rare. Au premier fragment vinrent s'ajouter cinq autres éléments. La croix était presque complète. Le monastère accepta de la vendre. Topic ne put la payer en une seule fois...

Arrive le 31 janvier. Hovin a dépassé tout énervement : « Inch Allah ! » Il est calme ; il attend ; un coup de téléphone de Topic le remet en émoi : « Les Anglais ne peuvent pas venir. Ils sont bloqués à Zurich. »

Au dîner, Topic confirme : « À minuit, la croix sera à vous. Vous avez gagné le droit d'acheter ma croix... à laquelle, moyennant 250 000 dollars supplémentaires, je vais adjoindre une pièce unique : le reliquaire en verre de Winchester ! »

Hovin se lève, se penche vers Topic et lui crache, en italien : « *Figlio di putana !* », plus quelques autres qualificatifs gracieux. Puis il ajoute : « Un mot de plus et je déchire le chèque de 600 000 dollars et je saute dans le premier avion pour New York ! Tout le monde se dédit, et personne n'achètera votre croix ! »

Topic commande alors du champagne et s'écrie :
« Bravo, vous avez gagné ! »

Trois ans après ses premières démarches, Hovin rentre triomphant à New York. Il ne lui reste plus qu'à en apprendre davantage sur cette croix si chargée de haine. Nouveau casse-tête, car Henri VIII a fait disparaître beaucoup d'œuvres catholiques du Moyen Âge. Hovin se lance dans l'examen approfondi de toute l'iconographie qui pourrait lui apporter des détails. Il finit par découvrir une Bible dont les miniatures rappellent le style de la croix. Cette Bible vient de Bury Saint Edmunds et date probablement de 1135. L'artiste se nomme maître Hugo, miniaturiste et sculpteur.

On découvre le commanditaire de cette Bible, un certain maître Anselme, père abbé. Il vient de Rome, et c'est un homme de grande culture. On apprend bientôt que son successeur fut un certain Ording et qu'il a commandé à Hugo une croix sculptée des images de Jésus et Marie. Quelle nouvelle sensationnelle !

Hovin découvre, après d'autres recherches, que l'abbé de Saint Edmunds qui dirigea le couvent de 1180 à 1212, Samson de Tottington, était hostile aux juifs. La raison en était que ceux-ci avaient pris des hypothèques sur l'abbaye. D'autre part, une vague d'antisémitisme déferlait alors sur l'Angleterre. Éternelle histoire... Hovin retrouve même une description précise de Samson et de son capuchon pointu. Il examine les autres personnages encapuchonnés sur la croix d'ivoire. Le moine se détache. Il n'a pas été sculpté dans la masse, mais rapporté ultérieurement... Une conclusion s'impose : Samson a fait ajouter son

portrait sur la croix, et c'est lui qui a fait graver les inscriptions injurieuses pour les juifs. Injures, mais aussi
incitations musclées à la conversion...

Sur sa lancée, Hovin en apprendra davantage sur...
Topic. Camp de concentration, ennuis avec la police
française d'occupation en Allemagne, trafic de devises.
Il se retrouve à la tête du réseau d'espionnage yougoslave en Allemagne de l'Ouest. Il se fixe alors à Tanger.
On le soupçonne de trafic sur des objets d'art venant
d'Allemagne de l'Est. En 1974, on le dira mort. Puis on
le signale à Zagreb. Hovin le retrouve, dans un château qui domine Salzbourg. Il a quatre-vingts ans, les
cheveux noirs et toujours la même corpulence. Il prétend qu'on en veut à sa collection, mais refuse de préciser dans quel pays il a découvert la croix.

« Pas en Yougoslavie, en tout cas. »

TOMBEAU POUR UN EMPEREUR

Le 5 mai 1821, Napoléon le Grand, le conquérant de
l'Europe, meurt à Sainte-Hélène, officiellement d'un
cancer de l'estomac, après avoir subi pendant près de
cinq ans les avanies du gouverneur Hudson Lowe.
Depuis, certains ont apporté des arguments troublants
à la thèse de l'empoisonnement à l'arsenic. Arsenic qui
lui aurait été traîtreusement administré par un de ses
fidèles couvert de dettes. Mais ceci est une autre histoire...

Ce n'est qu'au mois de novembre de 1840 qu'une
frégate — la depuis lors célèbre *Belle Poule* — ramène
sur le continent les cendres du plus fameux des
Corses. Elle touche le quai de Cherbourg. Un prince
commande le navire : le très séduisant prince de Join-
ville, fils du roi Louis-Philippe, descendant des Bourbons...

L'arrivée des restes de l'empereur provoque une
démonstration de vénération de la part du maréchal

Soult, qui se prosterne devant le catafalque. Le peuple de Paris accourt... Que va devenir la dépouille du « petit caporal » ?

Napoléon, qui savait bien qu'un jour il disparaîtrait, a hésité dans le choix d'une sépulture. Le centre de la France lui plaît, durant un moment. Il se voit bien au confluent de la Saône et du Rhône. Mais son cœur de Corse reprend le dessus. Il choisit alors d'être enterré au milieu des siens, dans la cathédrale d'Ajaccio. Puis Paris lui semble, quelque temps après, plus raisonnable : au Père-Lachaise, comme un bon bourgeois, entre Masséna et Lefebvre, chers à son cœur.

En définitive, sentant sa fin proche, il indique qu'il désire être enterré « sur les bords de la Seine, au milieu de ce peuple français que j'ai tant aimé ».

Mais il lui aura fallu attendre dix-neuf ans avant de quitter la petite tombe de Sainte-Hélène...

Maintenant il faut prendre une décision. Tous ceux qui ont voix au chapitre donnent leur avis; bien divers, on le constate :

« Napoléon, souverain légitime de la France, devrait reposer à la basilique de Saint-Denis, qui abrite depuis longtemps tous les rois.

— Il veut reposer au bord de la Seine. Notre-Dame de Paris répond mieux à ce vœu que Saint-Denis, où il n'aurait que faire au milieu des Bourbons qu'il a combattus farouchement...

— Cœur de Paris et bords de Seine, il serait plus à sa place à la Madeleine.

— Mais non, pourquoi la Madeleine ? Qu'il repose au Panthéon !

— Il faut que sa tombe soit marquée par un monument qui lui rende hommage. On pourrait l'ensevelir sous la colonne Vendôme, que sa statue domine déjà. »

M. de Rémusat, qui est alors ministre de l'intérieur, annonce enfin la décision prise : « Les restes de Napoléon seront déposés aux Invalides. Il importe que cette sépulture ne demeure pas exposée sur une place publique, au milieu d'une foule bruyante et distraite. »

Le 15 décembre la dépouille mortelle de l'empereur, sur un char monumental traîné par seize chevaux caparaçonnés d'or, s'arrête sous l'Arc de Triomphe et, continuant son parcours, pénètre dans la cour des Invalides, où le roi Louis-Philippe l'attend. Trente-six marins la placent sous un baldaquin de satin blanc, orné d'un aigle d'or.

Quelques mois plus tard, une chapelle ardente provisoire est aménagée, et les Parisiens sont admis à rendre hommage à l'empereur. Mais il reste encore de longues années à patienter pour celui-ci. Son attente parisienne va dépasser celle de Sainte-Hélène. Cette fois-ci, cependant, les raisons sont plus nobles, et d'ordre technique.

Dès 1842, on ouvre un concours auprès des architectes pour qu'ils déposent des projets au ministère de l'Intérieur. Une commission de douze personnes sera chargée de les juger. Parmi les personnalités remarquables à qui cette responsabilité est échue, on peut noter les noms de Dominique Ingres ou du sculpteur David d'Angers. C'est Théophile Gautier qui en assure le secrétariat.

Au bout du délai imparti, onze projets seulement sont présentés. On les expose au public dans les locaux de l'École des beaux-arts.

L'institut décerne sa médaille d'or à un architecte d'origine italienne, mais naturalisé français : Louis Visconti. Les Parisiens qui s'intéressent aux monuments de la capitale savent qu'il est déjà l'auteur de la fontaine de la place Saint-Sulpice, de la fontaine Gaillon et de celle de la place Louvois. Pourtant, la commission demande à Visconti, tout heureux, d'apporter quelques modifications à son projet. Ce qu'il accepte volontiers.

On sait donc où le monument sera érigé, et on sait qui en sera l'auteur. Reste à s'occuper des matériaux. Napoléon, qui avait envisagé cet aspect de la question, avait formulé le désir de reposer sous un monument de marbre de France, ou de Corse si cela était possible. Aussitôt, des courriers partent à destination de quarante préfets, tous ceux dont les départements recèlent des richesses marbrières. Mais Visconti, en digne admirateur des beautés romaines et impériales, veut que le tombeau soit constitué de porphyre, dont la couleur rouge rappelle la pourpre impériale. C'est évident. Encore faut-il trouver du porphyre en quantité et pouvoir extraire des éléments suffisamment grands pour réaliser le tombeau.

Les Alpes, les Pyrénées, les Vosges, les Ardennes peuvent fournir du marbre, mais du porphyre, point. On trouve, dans les Vosges et en Corse, assez de marbre pour construire... quelques marches d'escalier !

« Cherchons plus loin. Voyons du côté de l'Italie. Et même de la Norvège ou de la Suède. »

Rien d'intéressant non plus de ce côté-là.

« Mais pourquoi ne pas s'adresser à la Russie ? C'est un pays immense dont les richesses en matériaux précieux sont considérables. »

Le gouvernement nomme un chargé de mission : « Envoyons là-bas M. Léouzon Le Duc, il est spécialiste de ces régions. Il a voyagé en Russie, en Finlande, en Suède, au Danemark, et il a étudié les littératures de tous ces pays. Nous allons lui confier les échantillons que la Russie nous a fait parvenir. »

Léouzon Le Duc part en mission, et commence par présenter ses lettres de créance au représentant du Corps impérial des Mines. Puis il expose son programme :

« Il me faut recueillir le maximum de renseignements concernant la nature et la dimension des blocs disponibles, les possibilités de transport par voie d'eau. »

Léouzon se rend à Péterhof, près de Saint-Pétersbourg, pour y étudier... les procédés de taille des pierres et leur polissage. À Kronstadt, tout proche, il examine les possibilités et le coût du transport.

« Il y a des gisements que vous devriez examiner sur l'île de Hogland. »

176

Notre spécialiste se lance alors dans une traversée aventureuse, mais une fois sur l'île il est émerveillé par la qualité et la variété des porphyres qui s'y trouvent : des rouges, des verts, des jaunes, des brun-vert. Hélas ! il s'agit de blocs d'une taille insuffisante. Il faut chercher plus loin.

« Et si vous alliez sur les rives du lac Onéga ? »

Il part à travers déserts et marais, à pied, à cheval, en bateau... Dieu merci, au bout de ce pénible périple, la récompense est là. Un gisement extraordinaire, tant par la variété des couleurs que par les dimensions des filons. Une enquête rapide révèle que ce gisement appartient... à la Couronne impériale. Il faut demander une autorisation officielle, et Dieu sait que l'administration impériale peut être d'une lenteur désespérante. Sans parler des « pourboires » qui seront nécessaires...

Le tsar est Nicolas Ier, le propre frère d'Alexandre Ier, qui avait rencontré Napoléon sur le Niémen. Il ne voit aucun inconvénient à vendre à la France tout le porphyre dont elle a besoin. Le contrat d'exploitation est signé le 15 janvier 1847. Il y a sept ans que Napoléon attend à Paris. M. Bujatti, ingénieur civil, va se charger de l'extraction. Le porphyre reviendra à 172 francs le pied cube, rendu en France. Bujatti s'engage à en assurer le transport convenablement et à extraire les plus gros morceaux possibles.

En définitive, il faudra extraire 220 blocs, parmi lesquels on pourra choisir les vingt blocs utilisables pour l'érection du monument.

Au moment du transport, le lac Onéga, véritable mer intérieure de 9 610 kilomètres carrés, se révèle particulièrement agité. C'est l'automne de 1848. Le bateau qui transporte le précieux porphyre est jeté à la côte plusieurs fois de suite. Quelques blocs sont perdus. Il faudra attendre 1849 pour effectuer le transport complet.

De lac en fleuve, de fleuve en mer, au bout de trois mois le précieux chargement accoste au quai d'Orsay, à Paris. Les journalistes entrent en scène et, comme de bien entendu, les critiques les plus acerbes accueillent ce porphyre à l'état brut. Il faut demander

177

l'avis des experts pour calmer les passions. Celui, en particulier, de M. Cordier, de l'Académie des sciences et professeur au Muséum d'histoire naturelle, qui annonce que ce grès n'a d'équivalent en ce monde que le plus splendide grès d'Égypte.

Après l'architecte, après le spécialiste des porphyres, il faut trouver l'artiste qui saura utiliser le précieux matériau russe. L'heureux élu se nomme Antoine Séguin, c'est un entrepreneur à qui l'on doit déjà le mausolée du maréchal de Turenne, celui de Duroc, celui de Bertrand. Il a été, jadis, le marbrier choisi par Napoléon lui-même. Il a surtout le grand mérite d'avoir inventé une machine qui fait gagner un temps précieux pour le sciage et le dégrossissement des blocs minéraux. Ce sera, pendant des années, un but de promenade pour les Parisiens qui ne craignent pas de respirer la poussière dégagée par la machine en pleine action.

Enfin, il faut découvrir l'artisan principal du tombeau. Celui-ci, qui appartient à la fidèle équipe de Séguin, se nomme François-Marie Guibert, premier ouvrier marbrier-sculpteur, originaire du Mans. C'est un compagnon du tour de France, qui est allé jusqu'aux carrières de marbre de Carrare. Il se met au travail : il va transpirer, solliciter ses reins et ses mains d'artiste pendant... vingt ans ! Il taille, il polit, sans relâche.

Le chantier du tombeau est par ailleurs une véritable fourmilière. On y dénombre, en un mois seulement, jusqu'à 2 258 ouvriers de tous les corps de métier. Quand on y ajoute les curieux et les badauds, on comprend qu'il faille prendre des mesures. Jérôme Bonaparte, frère de Napoléon, directeur des Invalides, suggère qu'on expose au musée du Louvre une maquette du tombeau, destinée à détourner le flot incessant de curieux. Puis, devant l'afflux irrésistible de badauds, on finit par interdire le chantier au public. Une idée qui fera son chemin...

Visconti voit son œuvre prendre forme. Le grand

Ingres lui-même lui adresse ses chaudes félicitations. Ingres, qui était farouchement opposé à une crypte souterraine, et qui revient sur ses préjugés en témoignant de son admiration, sincère autant que récente.

Le 2 avril 1861, Napoléon III, neveu de l'empereur, accompagné de la très belle impératrice Eugénie et de leur fils, le prince impérial, assiste à la translation tant attendue des restes de Napoléon. Visconti est absent de la cérémonie : il est mort depuis sept ans. Guibert aura plus de chance et, jusqu'à l'âge avancé de quatre-vingts ans, il vivra dans le souvenir de sa « rencontre » avec l'empereur. On a réservé, près de Napoléon, une alvéole qui attend les restes de l'Aiglon, mort à Vienne, dans la famille de sa mère qui détestait tant l'empereur. Mais c'est seulement le 15 décembre 1940 qu'il viendra enfin y trouver le repos, dans la crypte, non loin de son père, entre deux *victoires* ailées.

HISTOIRE MISÉRABLE

Sur décision de justice, un huissier, qui était connu sur la place de Paris pour ses « bamboches », devait saisir les pauvres possessions terrestres d'une personne couverte de dettes, qui faisait donc l'objet de poursuites judiciaires. Cette personne occupait, dans le XXᵉ arrondissement, un tout petit logement situé dans les étages d'un immeuble lépreux. Ce jour-là, il y avait « saisie-exécution » sur les meubles, qui devaient être vendus pour payer les dettes. En présence d'un huissier. Celui-ci était là pour procéder à l'inventaire en compagnie du commissaire de police, après une procédure qui durait au moins depuis un an. Le serrurier était présent lui aussi. On sonne à la porte, mais personne ne répond. Le commissaire de police ordonne alors : « Ouvrez! », et le serrurier fait son office. Surprise : dans la chambre du petit logement, un homme est dans le lit.

Mort ? Non, simplement endormi. Profondément.

Sans doute cuvait-il son vin. Le commissaire, bon enfant, dit : « Ne le réveillez pas, c'est inutile. Enlevez les meubles ! »

De toute manière, on ne peut pas saisir le lit et on doit lui laisser, au minimum, une table et une chaise. C'est donc ce qui est fait. On dresse l'inventaire, on fait le procès-verbal, les déménageurs emportent les meubles, et on referme la porte. Le client — si l'on peut dire — dort toujours à poings fermés.

Mais il a bien fini par se réveiller. Et il n'a rien compris en voyant que ses meubles avaient disparu. Il a cru qu'on l'avait cambriolé pendant son sommeil.

L'huissier avait laissé un document, mais peut-être le « saisi » ne l'a-t-il pas vu. En tout cas, il était absolument furieux en arrivant au commissariat. Les policiers lui demandent :

« Vous êtes bien M. X, demeurant à telle adresse ?

— Mais pas du tout ! Je suis M. Durand-Dupont, chauffeur de taxi. M. X, c'est mon voisin du dessus ! »

« On » s'était trompé d'appartement...

Il ne restait plus qu'à lui rapporter ses meubles. Heureusement qu'il n'était pas parti en vacances, il serait peut-être rentré après la vente...

Toutefois l'affaire ne s'est pas terminée là. Durand-Dupont a un camarade délégué syndical, à qui il raconte sa mésaventure. Le délégué syndical, ravi de tailler des croupières à la fois à un officier ministériel et au commissaire de police, en parle à un journaliste.

Celui-ci déclenche une campagne de presse. Les autres journalistes, alléchés par le côté comique de l'affaire, se précipitent. Ils trouvent Durand-Dupont très pittoresque, d'autant plus qu'il en fait un maximum, hurlant au charron : « On m'a volé ! » Et fort de son bon droit, le voilà qui porte plainte contre... l'huissier. Celui-ci fait la sourde oreille et renvoie la plainte. La télévision s'en mêle et se rend chez Durand-Dupont pour l'interroger. Le « taxi » s'en donne à cœur joie et raconte ses malheurs ; emporté par son élan, il se répand en injures et en imprécations diverses. Au passage, il insulte le commissaire-priseur et l'huissier. Gros succès, car tout cela se passe à une heure de grande écoute...

C'est un coup à se retrouver animateur d'une émission en prime time !

Il y eut une très forte audience. Parmi ce public une dame, seule devant sa télévision, au fond du XVIIIᵉ arrondissement, est particulièrement intéressée par la prestation de Durand-Dupont. Elle s'écrie : « Ah le salaud ! », ou quelque chose d'approchant. Pour quelle raison ?

C'était l'ancienne épouse de Durand-Dupont, et depuis deux ans elle avait porté plainte pour abandon de famille et non-paiement de pension alimentaire. La police avait lancé un mandat d'amener contre le zigomar, qui demeurait introuvable... et vivait à quelques stations de métro de là !

En définitive, Durand-Dupont, victime d'une erreur de saisie mais condamné en correctionnelle, s'est retrouvé en prison dès le lendemain de sa prestation télévisée. De l'inconvénient de l'abus de publicité...

Mais, parfois, le rebondissement est tragique... Je me souviens d'une autre vente sur saisie de justice. Des créanciers avaient obtenu de faire vendre les meubles d'un quidam qui ne payait pas ses dettes. Un confrère était là, avec le commissaire de police, le serrurier, les déménageurs. On sonne chez le saisi, mais comme on n'obtient aucune réponse, le commissaire ordonne de procéder à l'ouverture de la porte. À l'intérieur de l'appartement, ils ont la triste surprise de constater que l'occupant, sans doute désespéré, s'est pendu au lustre. Que faire dans ce cas ? Suspendre la vente, comme c'est la règle.

Mais le soir même, à l'hôtel Drouot, les commissionnaires vendaient la corde du pendu comme porte-bonheur...

VILLA DU PARADIS

1905 : la Belle Époque, qui sans le savoir prépare le cataclysme de la Grande Guerre et ses millions de morts...

En 1905, il est une princesse de conte de fées. Elle n'en porte pas le titre, mais elle est si riche qu'elle en a le pouvoir. De plus, elle est née en 1864 et, à quarante et un ans, elle n'est plus de la première fraîcheur. Mais quelle importance ? Elle est richissime et très jolie femme. D'autre part elle est mariée à un homme, lui aussi richissime, et qui est fou de son épouse. Il est vrai qu'il est fort laid, et encore tout étonné d'avoir pu épouser une telle créature de rêve.

Elle, c'est Béatrice Rothschild, et son époux, c'est Maurice Ephrussi, dit « Frousse », considérablement plus âgé qu'elle. Il est hongrois. Depuis l'âge de vingt ans, Béatrice possède une couronne de cheveux immaculés, qui ajoute à son air d'ange intemporel. Lui a une passion pour toutes les choses de l'art.

Béatrice est capricieuse et autoritaire ; il est toujours d'accord. Ils possèdent une immense fortune : elle peut puiser sans compter dans sa dot personnelle et dans celle de son « Frousse » pour s'offrir tout ce qui lui fait envie en matière d'art et de confort.

Nous sommes donc en 1905, et Béatrice vient passer l'hiver sur la Côte d'Azur. Pour elle, pas d'autre lieu de séjour possible que Monte-Carlo, où se presse toute la noblesse internationale, anglaise, russe, allemande, sans compter celle des pays d'Europe centrale, les Orientaux de tout poil et même des Américains, du Nord comme du Sud.

À l'occasion d'une promenade, Béatrice découvre, ravie, la presqu'île alors presque inhabitée de Saint-Jean-Cap-Ferrat. Un seul voisin d'importance, immensément riche lui aussi : le roi Léopold II de Belgique. Le Congo est sa propriété personnelle. Béatrice monte sur la colline boisée de pins et découvre un des plus

182

beaux panoramas du monde ; pourtant le cap est surnommé le « cap de mauvaise langue », car il est difficile à doubler en bateau. Aussitôt, sa décision est
prise : « Il faut que je m'installe ici ! »

Autant dire que la chose est faite. Rien ne peut résister à Béatrice et à ses fonds inépuisables.

Le premier pas de son projet est d'acheter sept hectares d'un seul tenant. Rien de bien attirant, au premier abord. Ce ne sont que pins et rochers brûlés par
le soleil. Pas de source, et du vent plus qu'il n'est sou-
haitable. Pourquoi Béatrice, qui possède déjà deux
hôtels particuliers à Monte-Carlo, éprouve-t-elle le
besoin de faire construire une résidence supplémentaire ? Pour y placer tous les souvenirs qu'elle a rap-
portés de ses voyages dans le monde et pour abriter
ses collections. Quand on parle de « souvenirs », il ne
s'agit pas de boîtes précieuses, ni d'éventails merveilleux... Enfin, pas uniquement. Les souvenirs de Béatrice sont souvent des colonnes, des morceaux entiers
d'architecture, des puits en pierre sculptée, des
meubles superbes. Tout cela provient de différents
achats, au hasard de ses coups de foudre, en Italie, en
Espagne, au Maroc, en Orient.

À l'époque, il est encore facile, pourvu qu'on en ait
les moyens, d'acheter et d'emporter, par fragments ou
en totalité, des couvents, des sculptures. Personne ne
s'en soucie. Béatrice a rapporté des colonnes de
marbre venant de Vérone, le portail d'une abbaye
catalane du xvıᵉ siècle, et même des pierres sculptées
provenant du célèbre Dôme de Milan — pierres jetées
au sol par un tremblement de terre. Il y a aussi un
puits de marbre orné de ferronneries rares, qui trôna
autrefois dans un palais de Florence.

Pas de doute, il faut organiser tout cela, assembler
les éléments épars et créer un décor qui mette en
valeur chacun de ses achats...

Après l'acquisition des sept hectares, il faut préparer
le terrain pour y construire la villa rêvée.

« Il n'y a qu'à écrêter la colline. »

C'est un travail herculéen. Une fois la chose faite, Béatrice comprend qu'il est indispensable d'apporter de la terre végétale pour pouvoir y installer une autre de ses collections : celle de ses plantes rares et arbustes exotiques. Mais pas de culture possible sans irrigation. Elle donne des ordres, et l'on creuse un canal pour l'arrivée de l'eau.

Lorsque la chose est en bonne voie, Béatrice cherche à préciser la forme générale de la villa qu'elle a en tête. Elle fait appel à un architecte, deux architectes, trois architectes... Chacun arrive avec des plans détaillés et des vues générales, colorés d'aquarelle, de la future villa entourée de son parc et des pins sauvages de la colline.

Le problème, c'est que Béatrice ne parvient pas à visualiser ce que cela donnera en regardant des aquarelles et des dessins en perspective. « Il faut construire un bâti, sur lequel on tendra des toiles peintes où l'on verra les portes et fenêtres. Ainsi je pourrai me rendre compte de l'effet ! »

Tous les architectes ne sont pas prêts à se lancer dans de tels décors réels, mais certains acceptent. Béatrice est une cliente qui peut rapporter gros...

Ce n'est qu'à la septième maquette en grandeur réelle qu'elle consent à sourire et donne son accord. Mais elle a payé tous ces essais successifs et, avant même la pose de la première pierre, a déjà déboursé 900 000 francs-or. Il faut bien faire marcher le commerce...

On commence à construire. La villa est enfin achevée en 1912. On peut dire que tous les styles y sont représentés. Béatrice a-t-elle dans ses réserves une boiserie ancienne, elle fait construire la pièce qui la mettra en valeur; voici un moucharabieh, derrière lequel de belles Arabes ont pu observer le spectacle de la rue sans être vues, aussitôt Béatrice fait construire un décor oriental : des paravents de Coromandel demandent un salon chinois... dont le plafond sera gothique ! Voici un salon de boiseries XVIIIᵉ, pour abriter un mobilier orné d'authentiques tapisseries de Beauvais; les colonnes qui arrivent de Vérone seront accompagnées de tout un ameublement Haute Époque. C'est somptueux, parfaitement exécuté, mais ça part un peu dans tous les sens.

Béatrice décide, pour certains décors, de faire venir des ouvriers spécialisés capables de travailler comme dans les siècles passés. Mais ils ont besoin de temps. Trop long ! Béatrice les renvoie et engage des experts en plâtre qui truqueront les morceaux manquants...

Indépendamment de la villa, il y a les jardins : là aussi, Béatrice veut recréer toutes les ambiances qui l'ont enchantée dans ses voyages. Cela donnera différents parcs, à l'anglaise, à la française, à la japonaise, à l'espagnole. En tout cas, c'est ce qu'elle a prévu.

Vient le jour tant espéré de l'installation. Béatrice est dans ses meubles. Il lui faut soixante domestiques pour répondre à toutes ses exigences. Et quelles exigences !

Béatrice raffole des perruches : elle en possède des centaines. Il lui faut quelqu'un pour s'en occuper : ce sera l'ex-général Obolenski, des armées du tsar. Le comte de Thau, lui, règne sur le régiment des jardiniers... Mieux encore, la manucure de Béatrice — qui ne peut tout de même pas passer ses journées entières à limer les ongles de sa maîtresse — est chargée, dans ses moments de liberté, de limer les griffes des nombreux canaris, qui n'en demandent pas tant !

Devant ces exigences et ces caprices inhabituels, les domestiques s'ingénient à contrarier les volontés de leur maîtresse. On dit que le chauffeur lui fait assez souvent le « coup de la panne », prétendant que la voiture refuse d'avancer, et que Béatrice se voit obligée de regagner la villa à pied...

Son bonheur dans cette villa ne durera pourtant que deux ou trois ans.

1915 : Maurice « Frousse » Ephrussi quitte ce bas monde et sa chère Béatrice. Du coup, elle se désintéresse de la villa et n'y remet plus les pieds. Sans doute ne supporte-t-elle pas de revoir le décor des fêtes fastueuses qu'elle y a données... C'était l'époque où elle obtenait que les trains fassent des arrêts près de chez elle pour permettre à ses invités de rejoindre la villa. Ces soirs-là, des orchestres entiers de Tsiganes arrivaient directement de Hongrie... Belle époque, définitivement révolue...

Béatrice, qui rappelons-le est née en 1864, finit par s'éteindre, elle aussi, en 1934, à l'âge de soixante-dix ans. Bien sûr, elle a prévu l'avenir de sa villa.

C'est pourquoi au mois d'avril les doctes membres de l'Institut sont réunis au 23, quai Conti, avec leurs barbes et leurs Légions d'honneur. Ils doivent entendre une communication exceptionnelle du secrétaire général, Charles-Marie Widor, organiste fameux.

Celui-ci prend la parole pour annoncer que la défunte Béatrice Ephrussi de Rothschild vient de léguer sa villa de Saint-Jean-Cap-Ferrat à l'Institut. Il précise que la villa porte un nom, Villa Île-de-France, et qu'elle lègue, en même temps que le bâtiment, tous les meubles qu'elle contient, les objets d'art et les jardins. Elle souhaite que la villa devienne un musée. Mieux encore, la généreuse donatrice qui était peut-être en froid avec sa famille lègue à l'Institut toutes les collections abritées dans son hôtel particulier de l'avenue Foch, à Paris. Elle y joint tout le contenu de ses deux résidences de Monte-Carlo. Mais elle pose deux conditions : « On mettra à l'entrée de la villa, sur une plaque de marbre rose, le texte suivant, qui sera gravé en lettres dorées ou grises : "Musée de l'Île-de-France, fondé par Mme Ephrussi, en souvenir de son père Alphonse de Rothschild et de sa mère Éléonora." »

L'autre condition est « que le musée garde l'aspect actuel d'un salon, dans la mesure du possible, et que les objets précieux soient placés sous des vitrines ».

En d'autres termes, Béatrice charge l'Institut de continuer son rêve.

Mais, abandonnée depuis vingt ans, la villa, au

moment où elle devient la propriété de l'Institut de France, menace ruine. Béatrice, qui pensait à tout, a légué, en même temps que la villa et ses collections, un capital dont le revenu — environ 300 000 francs — devrait permettre d'assurer le fonctionnement du musée. Hélas! l'Europe connaît bientôt des bouleversements qui font chuter la Bourse. L'Institut se trouve dans l'impossibilité d'entretenir convenablement la villa.

Désormais, les domestiques et jardiniers ont disparu. On a, juste avant la guerre, procédé à quelques travaux urgents, mais seul un couple de gardiens s'occupe de la villa sans être capable de la surveiller suffisamment, ni d'empêcher les intrusions mal intentionnées ou les vols.

En 1961, la prospérité retrouvée transforme la Côte d'Azur en chantier immobilier. Des promoteurs se disent que la villa, ses sept hectares, ses jardins et ses aménagements, même délabrés, feraient un merveilleux emplacement pour construire des résidences ou un hôtel de luxe. Il faudrait démolir le rêve de Béatrice...

Mais un nouveau conservateur prend en main le plan de sauvetage : Gabriel Olivier. On investira un milliard de francs dans les dix ans qui suivent. La villa, rendue à sa splendeur baroque, vaudrait au moins quatre cents fois ce chiffre. On termine les jardins rêvés par Béatrice, on préserve les pins de l'Himalaya, les cèdres bleus de Chine, les goyaviers.

On n'hésite pas non plus à acheter du mobilier pour compléter logiquement les salons : on y installe des meubles qu'elle n'a pas connus, mais qu'elle aurait certainement aimé acquérir... Ce sont des commodes signées des grands maîtres ébénistes, des fauteuils sur lesquels la Du Barry s'est assise, des meubles que les révolutionnaires n'avaient pas hésité à jeter par les fenêtres en 1792. On engage à nouveau des jardiniers. On arrose le gazon, moyennant plusieurs millions d'anciens francs par an.

Désormais, la villa de Béatrice sert de cadre à des réceptions, des fêtes, des spectacles. Son rêve est redevenu vivant...

L'APOCALYPSE DE LA TENTURE

Louis Ier, duc d'Anjou, frère de Charles V, chef de la troisième maison d'Anjou et second fils de Jean le Bon, décide un jour de faire appel à un peintre célèbre : Jean de Bondol, peintre du roi, ainsi qu'à Hennequin de Bruges. Il leur demande de bien vouloir exécuter un projet pour une tapisserie gigantesque, dont le thème est l'Apocalypse selon saint Jean.

Pour l'instant, Louis est régent du royaume de France. Il cherche un moyen d'affirmer son rang et sa puissance par rapport aux nobles, comme toujours révoltés, jaloux et prompts à saisir toutes les occasions de nuire, tous les moyens de s'emparer du pouvoir.

À partir de dessins et de petites peintures, des spécialistes vont construire les cartons grandeur nature qui permettront aux ateliers de créer l'œuvre définitive. Mais Louis Ier d'Anjou, comme beaucoup de nobles, ne possède pas dans ses caisses la somme nécessaire pour financer son grand projet. Il doit donc faire appel à maître Nicolas Bataille, lui-même « fermier » de la tapisserie, qui à ce titre possède ses propres ateliers.

Nicolas Bataille propose que, pour accomplir cette œuvre colossale de 140 mètres de long sur 6 mètres de haut — soit 84 tableaux différents répartis sur 6 pièces —, l'on fasse appel à un autre spécialiste, le lissier parisien Robert Poinçon.

Une fois tous les détails mis au point, les deux maîtres lissiers s'attaquent à l'œuvre. Il ne leur faudra que sept ans pour en venir à bout, de 1375 à 1382.

Le sujet de la tapisserie doit frapper les imaginations et proclamer la gloire du duc Louis Iᵉʳ. Il ne s'agit pas d'une tenture destinée à réchauffer ou à meubler les pièces du château d'Angers. Ses dimensions sont bien trop importantes pour qu'aucune pièce du château ne la contienne. Mais pourtant, dans ce même château, une salle prend le nom de « chambre de la tenture » : c'est là que la tapisserie sera conservée jusqu'aux jours de fête, où elle sera exposée à l'admiration de tous.

Pourquoi avoir choisi le thème de l'Apocalypse ? Nous sommes en pleine guerre de Cent Ans, et des malheurs... apocalyptiques, justement, s'abattent sur la France : batailles, pillages, incendies, épidémies, famines, massacres. Rien n'y manque... Mais le terme « apocalypse », en grec, signifie aussi « révélation ». L'apôtre saint Jean, le préféré de Jésus, le seul à n'avoir pas subi le martyre, s'était réfugié à Patmos et il y eut une vision, celle du grand combat engagé entre le Christ et Satan, le « grand dragon ».

Séductions et affrontements alternent jusqu'à la chute de Babylone — la « grande prostituée » et le « royaume de Satan » — qui devra laisser place à la « Jérusalem céleste ». Et après toute la série de malheurs annoncés, l'Apocalypse se termine cependant sur une note d'espoir. Espoir en la victoire du Bien sur le Mal, de Jésus sur Satan, espoir de rédemption pour tous les mauvais chrétiens qui sont devenus adorateurs du mal. Le sujet illustre donc les prophéties de saint Jean, symbolisées par sept sceaux brisés, sept sonneries de trompettes, sept coupes vidées, sept coups de tonnerre, et un dragon à sept têtes.

Le jeune duc est sans doute aussi guidé dans son choix par l'espoir de racheter une conduite personnelle plus que blâmable...

Les sept panneaux sont divisés en deux registres superposés et, au bord de chaque pièce, on voit un personnage géant qui représente sans doute un lecteur. À la création de la tapisserie, le bas des panneaux comportait un texte, sans doute celui de saint Jean — à moins qu'il ne s'agisse d'un commentaire. Chaque panneau est alors fixé sur un cadre de bois, à la manière d'une toile moderne tendue sur un châssis.

Quand l'œuvre est mise en place, elle étonne : lors du mariage de Louis II d'Anjou et de Yolande d'Aragon, la tapisserie est suspendue à Arles. Un témoin s'émerveille : « Il n'est homme qui puisse écrire, raconter la valeur, la beauté, la noblesse de ces tissus desquels l'archevêché était décoré. »

À cette époque, on ne compte pas la dépense pour entretenir et réparer la tapisserie. Louis II d'Anjou la lègue à son épouse Yolande d'Aragon. Elle-même la léguera au roi René. Quand le bon roi René, troisième duc d'Anjou, part pour sa Provence chérie, il fait transporter la tapisserie au château de Baugé pour la soustraire au roi Louis XI et à ses officiers, qui occupent le château d'Angers. À sa mort, il prend soin, sur son testament, de léguer la « belle tapisserie » à la cathédrale d'Angers.

Les chanoines, désormais, entretiennent la merveille avec amour. Mais les années passent, le goût pour les œuvres gothiques disparaît, et la « belle tapisserie », pour ceux qui en ont la charge, n'est plus qu'une œuvre barbare, reflet de l'obscurantisme du Moyen Âge. Elle est, il faut bien le dire, peu en accord avec les idées nouvelles, aussi bien esthétiques que philosophiques, qui fleurissent au XVIIIᵉ siècle. Alors on la néglige...

De plus, elle a un gros inconvénient, qu'on découvre un peu tard : elle nuit gravement à l'acoustique de la cathédrale, elle étouffe les voix... Pas de doute, il faut lui trouver une autre utilisation. On essaye de la vendre, mais aucun acquéreur ne se présente. Qu'à cela ne tienne, on va bien lui trouver une fonction, à cette tapisserie « barbare » !

L'*Apocalypse* sert tout d'abord à protéger les orangers contre les vagues de froid. Et c'est là que survient la catastrophe. La « belle tapisserie » est découpée et utilisée comme... tapis de sol ! On se sert de fragments pour en faire des couvertures pour les chevaux... On en suspend les morceaux sur les bat-flanc d'une écurie...

En 1843, l'Administration des domaines décide de vendre l'*Apocalypse* comme « objet de rebut ». Il faut attendre 1848 pour qu'un chanoine, Joubert, la prenne en pitié et comprenne qu'il est grand temps d'interrompre le vandalisme. Mgr Angebault, évêque d'Angers, conseillé par Joubert, la rachète sur ses deniers personnels. On lui adjuge le tout pour trois cents francs, c'est-à-dire huit sous le mètre carré. Enfin, ce qu'il en reste. Mgr Angebault en fait don à la cathédrale d'Angers. Il fait restaurer les dégâts accumulés depuis des années et réinstalle l'œuvre dans ses murs. À force de rechercher des morceaux épars dans les environs, on finit par récupérer soixante-dix-huit scènes sur la centaine qui existaient à l'origine. Restaurées avec... une grande maladresse, elles reprennent leur place dans la cathédrale.

Au moment de la séparation de l'Église et de l'État, la tapisserie est déposée à l'ancien palais épiscopal. Elle sert de base à un tout nouveau musée de la Tapisserie.

En 1939, le château d'Angers est occupé par l'armée. Les Allemands s'y installent en 1940 et, en conséquence, les Alliés le bombardent. Après la Libération, au moment de réparer les dégâts, on prévoit de réaménager les lieux pour y exposer convenablement la tapisserie rescapée. Par ailleurs, il a fallu revoir toutes les parties qui avaient été « restaurées » au XIXᵉ siècle. Les colorants d'alors n'avaient pas aussi bien résisté que les colorants naturels utilisés au Moyen Âge. Ils étaient devenus tout pâles... Il faudra attendre 1954 pour que soit construite une galerie spéciale, de cent trois mètres de long, destinée à la présentation de ce chef-d'œuvre.

UN CLIENT PRESSÉ

Un vendeur se présente à l'étude avec, sous le bras, un tableau moderne signé d'un peintre connu. Ce monsieur, présentant bien, les tempes grisonnantes, m'explique :

« Je suis M. Duchemin. Je réside en Indonésie. Je suis de passage à Paris et je désire vendre cette œuvre de l'école de Paris pour réaliser quelques investissements là-bas. J'aimerais en retirer entre 140 000 et 150 000 francs.

— Eh bien, nous allons demander à notre spécialiste d'évaluer votre tableau. » Deux jours plus tard, l'estimation est faite. Le prix demandé par le vendeur semble raisonnable.

« Nous pourrions proposer votre tableau lors de la vente du 10 novembre prochain, le temps d'en faire une photographie et de l'inclure dans le catalogue. Il sera en très bonne compagnie. »

Le vendeur est tout à fait d'accord :

« Je vous fais la plus entière confiance. Mais cependant j'ai un petit problème. J'espère que cela ne vous créera aucune difficulté...

— De quoi s'agit-il ?

— Je dois reprendre l'avion pour l'Indonésie dès le lendemain de la vente. Verriez-vous un inconvénient à ce que je passe à votre étude juste après la fermeture de l'hôtel Drouot ? Si, comme je l'espère, nous avons trouvé un acheteur, seriez-vous assez aimable pour me régler la somme obtenue le jour même ?

— Ce n'est pas vraiment dans nos habitudes, mais un bon commissaire-priseur s'efforce toujours d'être agréable à ses clients... Pour vous, nous ferons une exception. L'œuvre est belle et très commerciale. Je pense que nous trouverons sans peine un amateur. »

Effectivement, dès l'exposition, plusieurs personnes se montrent intéressées par le tableau et un donneur d'ordre — appelons-le Gauthier — laisse un ordre d'achat qui va déjà au-delà des exigences du vendeur. Je rappelle que l'ordre d'achat permet à un amateur de faire monter les enchères sans être physiquement présent lors de la vente. L'amateur Gauthier dit à l'employé de l'étude qui le renseigne :

« Je suis prêt à payer 180 000 francs pour ce tableau. Malheureusement, je ne pourrai pas assister à la vente.

— Aucun problème. Nous prenons bonne note de votre ordre d'achat. »

Les choses s'annoncent bien. Le jour de la vente, les enchères démarrent à 50 000 francs, montent allégrement, puis l'enthousiasme s'essouffle et, dans la salle, plus personne ne semble vouloir aller au-delà de 160 000. Le commissaire-priseur, au nom du donneur d'ordre, met une dernière enchère, et la vente est enregistrée au bénéfice de M. Gauthier. Tout est pour le mieux...

Comme prévu, le vendeur, M. Duchemin, se présente à l'étude juste après la vente pour recevoir le chèque, émis par nous. Il l'empoche et s'en va, tout heureux, dépenser son argent en Indonésie...

Où est le problème?

Le problème est que, comme nous devions le comprendre quelques jours plus tard, le donneur d'ordre — le fameux Gauthier — était complètement bidon. Évanoui dans la nature. Nous n'avons jamais été payés. En définitive c'est l'étude et moi-même, commissaire-priseur naïf, qui nous sommes retrouvés légitimes propriétaires de l'œuvre, honorable mais légèrement surpayée, puisque j'avais eu l'imprudence, sans attendre d'avoir encaissé le chèque du donneur d'ordre, d'en régler le prix au vendeur, l'insoupçonnable M. Duchemin. Excellente leçon, que je ne suis pas près d'oublier...

GÉNIE INFERNAL

« J'ai la joie, en ce 1ᵉʳ novembre 1500, de vous annoncer la naissance de mon fils Benvenuto!

— Il fera parler de lui, *Signore* Cellini, comme son père. »

Cet homme si fier est un ardent mélomane. Tout naturellement, il espère que son fils le suivra dans la voie de la musique. Mais il se trompe, car son rejeton se montre plus que rétif aux joies musicales qui ne sont pour lui rien d'autre que des « déplaisirs inexprimables ».

Pourtant, le jeune Benvenuto va laisser dans l'histoire de l'art une marque bien différente de ce qu'espérait son père.

« Benvenuto, tu ferais mieux de travailler la flûte, au lieu de perdre ton temps à modeler de la terre glaise ! »

Le jeune Benvenuto ne répond pas. Cela vaut d'ailleurs mieux car, malgré ses douze ans, tout le monde lui trouve un fichu caractère. En tout cas, Benvenuto est doué et, dès l'âge de quinze ans, il gagne sa vie avec ses sculptures. Il est décidément très habile de ses mains, pour manier l'ébauchoir et la mirette. Son principal problème est qu'il a la tête près du bonnet et qu'il manie aussi très bien l'épée et le poignard.

« Benvenuto Cellini, pour avoir traîtreusement blessé un jeune citoyen de Florence, vous êtes condamné à six mois d'exil. »

Benvenuto se réfugie à Sienne. Ses talents de sculpteur lui permettent d'assurer sans problème sa subsistance. Mais il se fatigue de Sienne et s'installe à Bologne, puis à Pise, et enfin à Rome. À chacune des étapes de son périple, il affine son talent, s'informe de nouveaux secrets techniques chez ses concurrents mais néanmoins confrères. Le voici, après trois ans d'errance, de retour à Florence. Est-il assagi ?

« Benvenuto Cellini, le Tribunal des Huit vous condamne à la prison, pour avoir agressé au poignard un de vos concitoyens. »

Mais Cellini connaît les secrets qui ouvrent les serrures. Il s'évade, et retourne à Rome.

Son caractère ne s'est pas tempéré. À Rome, il ne se contente plus de querelles au poignard avec d'autres jeunes gens moins habiles que lui. Cette fois-ci il s'en prend à l'un des prélats de l'Église : rien moins que l'évêque de Salamanque. Les choses pourraient tourner mal ; cependant, à quelque chose malheur est bon :

« Faites venir Benvenuto Cellini. Ce jeune homme semble avoir autant de talent que de fougue. J'aimerais le connaître. »

194

Celui qui parle ainsi est un Florentin, lui aussi. Et pas n'importe lequel : c'est le pape Clément VII. Le commencement de la gloire pour Benvenuto...

« Cellini, pourriez-vous créer un surtout de table d'orfèvrerie ? » « Cellini consentiriez-vous à inventer pour moi... » « *Signore* Cellini, auriez-vous assez de temps libre pour m'honorer d'une statue ? » Les commandes des plus hauts personnages romains affluent. Que Cellini ait la sagesse de se consacrer à la création d'œuvres admirables, et rien ne peut plus l'atteindre. Mais son démon personnel veille...

Benvenuto Cellini, ce soir, ne décolère pas. Il vient d'apprendre que Cecilia, qui fut sa maîtresse il y a trois ans et qu'il a abandonnée pour repartir à Florence, a refait sa vie avec un autre. Enfin, c'est le bruit qui court... Sans réfléchir davantage, Cellini se rend chez elle, enfonce la porte, bouscule la servante, pénètre dans la chambre de Cecilia et la transperce de son arme. Le galant qui est à ses genoux reçoit lui aussi des blessures graves.

Heureusement, peut-on dire, il y a des guerres. Là, Benvenuto est à son affaire.

« Très Saint-Père, il faut vous réfugier au château Saint-Ange. Les troupes du connétable de Bourbon, au service de Charles Quint, pénètrent dans les faubourgs de Rome. »

Pendant des journées entières, du haut des remparts de la forteresse romaine, Benvenuto tire à coups d'arquebuse et de canon sur les envahisseurs. De temps en temps, il va se confesser aux pieds du pape, qui l'absout et le nomme capitaine de la Sainte Artillerie. Le pape lui dit : « Benvenuto, je crains pour le trésor de notre Sainte Mère l'Église. Tenez, voici les clefs, mettez tout en sûreté. »

Benvenuto s'éloigne. Bientôt il transfère les biens du Vatican en lieu sûr. Quand on rend compte au pape du succès de cette mission, il faut bien se rendre à l'évidence : Benvenuto — sans doute pour se payer par avance de ses services — a détourné à son profit

195

plusieurs lingots d'or, des pierreries, des pièces d'orfèvrerie. Le pape attend quatre ans pour lui pardonner...

« Cellini, j'ai l'intention de faire graver un bouton pour orner la chape que je porte dans les grandes cérémonies. Voulez-vous dessiner un projet? J'ai demandé la même chose à Caradosso, à Micheletto et à Pompeo. »

Benvenuto dessine et le pape, sans hésiter, choisit son projet parmi tous ceux qu'on a soumis. Hélas! Benvenuto ne peut profiter de son succès :

« Très Saint-Père, Cellini vient encore de se rendre coupable d'un meurtre! Un caporal du guet. Il l'a frappé si fort que son poignard personnel est resté coincé dans la nuque de sa victime. Il n'a pas pu l'en dégager.

— J'aviserai. »

Et Cellini se voit pardonner une fois de plus. Il en profite.

« Très Saint-Père, oserai-je solliciter de Votre Sainteté la charge de graveur de la Monnaie?... » La chance est avec lui...

Pourtant non : un matin, Cellini, en parvenant à son atelier de gravure, découvre qu'il a été cambriolé dans la nuit. Des inconnus ont volé des cassettes d'or et de pierres précieuses. Son chien barbet gît sur le plancher, à demi mort.

Mais tout le monde n'est pas prêt à plaindre l'irascible artiste :

« C'est encore une des ruses diaboliques de ce fils de l'enfer. Il aura dévalisé lui-même son atelier. Et je suis certain qu'il a lui-même blessé son chien!... »

« Benvenuto, je suis fort mécontent.

— Et de quoi, Très Saint-Père? De quoi m'accuse-t-on?

— De la fausse monnaie circule à Rome. Et ces pièces ont été frappées avec vos propres coins personnels. Qu'avez-vous à dire là-dessus?

— Je suis innocent, Très Saint-Père! Je suis certain que c'est encore le directeur de la Monnaie qui s'est chargé de m'accuser!

— Je ne peux pas dire qu'il ait pris votre défense, mais rassurez-vous, je vais demander une enquête pour trouver le vrai coupable. Sinon, vous risquez d'aller vous balancer au bout d'une corde. »

Il quitte le pape un peu déprimé. Trop d'ennemis, décidément, veulent sa perte.

Quelque temps plus tard, Cellini se promène dans Rome en compagnie de son fidèle chien barbet, heureusement remis de ses blessures. Soudain, le chien se rue sur un jeune homme et le mord aux mollets. Cellini, pour une fois, essaye de protéger le passant, mais tout à coup il s'écrie : « Misérable, c'est toi qui as cambriolé mon atelier ! »

En effet, un gros anneau d'or vient de tomber de la poche du jeune homme. Un anneau fabriqué par Cellini lui-même. L'autre, reconnaissant Benvenuto, tombe à genoux et avoue tout ce que l'on veut, pourvu qu'on lui laisse la vie sauve. Le pape est heureux d'apprendre ce dénouement et la restitution des joyaux dérobés : « Décidément, mon cher Benvenuto, Dieu vous protège. On vient aussi d'arrêter le faux-monnayeur qui utilisait vos coins à votre insu. »

Et ce sont, par voie de justice, deux morts de plus — si l'on peut dire — au palmarès de Cellini.

Sur ces entrefaites, le cardinal de Ferrare lui passe une commande :

« J'aimerais que vous me composiez une salière qui soit une chose jamais vue. Elle représenterait Neptune, ou l'Océan, et, face à lui, Amphitrite. Le tout permettant de contenir le sel et le poivre. Je vous laisse le soin des détails. »

Cellini se met au travail. Mais il n'interrompt pas pour autant sa route sanglante...

En 1534, il rencontre un débiteur dans la rue, lui réclame l'argent qui lui est dû, l'autre répond mal. Cellini se baisse, ramasse une pierre et, d'un geste précis, la lance sur son opposant qui s'écroule mort, le crâne fendu. Clément VII, en entendant cela, perd son calme et son indulgence : « Trop, c'est trop, saisissez-vous de lui et pendez-le séance tenante, à l'endroit du meurtre. » Benvenuto, prévenu à temps, saute sur un cheval et gagne, presque d'une seule traite... Naples ! Il attend un signe du pape, qui finit par lui écrire : « Très cher fils, venez sans crainte vous prosterner à mes pieds et m'expliquer ce qui vous pousse à ces gestes de violence. »

Cellini vient... et accable le pape de reproches : « La prochaine fois, réfléchissez à deux fois avant de me condamner ! Quel malheur pour vous si l'on avait pu exécuter votre sentence ! Quel remords ! »

Mais tout a une fin, même les papes les plus accommodants du monde. Clément VII meurt, et Cellini perd son meilleur protecteur. Il s'incline sur la dépouille de celui qui n'a eu pour lui qu'indulgence. Puis il songe qu'il a un compte à régler avec le dénommé Pompeo, son concurrent : Pompeo reçoit deux coups de poignard en pleine gorge. Et succombe logiquement... Cellini trouve refuge dans un palais, celui du cardinal Cornaro.

Décidément, Benvenuto plaît beaucoup aux hommes d'Église : un autre cardinal, Alessandro Farnèse, devient pape sous le nom de Paul III. Il déclare, à propos de l'orfèvre criminel : « Les hommes uniques dans leur profession ne doivent pas être soumis aux lois qui régissent la multitude. » Fermez le ban !

Cependant, à trente-quatre ans, Cellini traîne derrière lui une cohorte hétéroclite d'ennemis farouches, de confrères jaloux, de parents assoiffés de vengeance après la mort de certains des leurs. Et pas n'importe qui : le fils du pape lui-même fait partie des enragés acharnés à la perte de notre artiste. Benvenuto obtient un sauf-conduit et s'enfuit à Florence, sa ville natale. Cela ne suffit pas : il doit courir à Venise. Mais là aussi, son habileté à jouer du poignard laisse une trace sanglante.

« L'Italie est trop petite pour mon génie. Il faut que je parte à l'étranger. Je vais aller me présenter au roi de France, François, puisqu'il est fastueux et protecteur des arts. »

François, entouré d'artistes éminents, n'est guère impressionné par Benvenuto. Cellini revient à Rome, où il adopte désormais un profil bas des plus discrets, uniquement occupé à créer de nouveaux chefs-d'œuvre.

Mais ses actes le poursuivent. C'est peu après son retour que resurgit la vieille affaire du vol des trésors du pape, lors du siège par les Français du château Saint-Ange. Cellini est arrêté. Il a beau jeu de mettre en avant sa conduite héroïque, de dire que c'est lui en personne qui a fracassé le crâne du connétable de Bourbon...

« Cellini, vous êtes condamné à la prison à perpétuité. Qu'on le conduise au château Saint-Ange ! »

Et le voici emprisonné dans cette forteresse qu'il a si bien défendue. Mais il s'évade... Hélas ! il est repris et enfermé dans un cachot souterrain où il survit à grand-peine dans les pires conditions. Ce n'est pas tout. Il est condamné à mort...

Heureusement, il a encore des amies. Parmi elles, l'épouse de son pire ennemi, belle-fille du pape. Elle supplie si bien son beau-père que Benvenuto sauve encore sa tête... Le cardinal de Montluc parvient à obtenir que Cellini soit expédié sans délai à la cour de François Ier.

« Diable d'homme ! Il ne se calmera donc jamais ! Sur la route de Sienne il s'est pris de colère avec un maître de poste et l'a étendu raide, d'un coup d'arquebuse en pleine cervelle ! »

François Ier est heureux d'utiliser le talent de Cellini qui, dans ses bagages, apporte la maquette de la salière commandée par le cardinal de Ferrare. Benvenuto choisit son moment pour présenter son œuvre, au cours d'un joyeux dîner au Louvre : « Majesté ! Neptune, comme vous le voyez, est près d'une barque destinée à contenir le sel. Amphitrite est allongée près d'un temple réservé au poivre. Les jambes de Neptune s'enchevêtrent avec celles d'Amphitrite : cela symbolise l'interpénétration des caps et des golfes. L'une d'entre elles est étendue, l'autre repliée : cela symbolise les plaines et les montagnes. »

François Ier apprécie en amateur ces allusions discrètes aux plaines et aux montagnes des dames présentes. Ces histoires d'interpénétration et d'enchevêtrement le font rire aux éclats et, pour impressionner ces dames, il ordonne : « Qu'on donne mille écus d'or au *signore* Cellini, pour qu'il réalise cette salière tout à fait charmante ! »

Mais Cellini ne peut vivre en paix. Il se prend de querelle avec la duchesse d'Étampes, favorite du roi, et manque de se retrouver au fond de la Bastille. On dirait que tout le monde lui en veut, les seigneurs, les princes de l'Église, les artistes, même les Italiens, les voisins, les ouvriers, les domestiques. Quelle unanimité !

Un de ses locataires lui cherche des noises : Cellini, une nuit, le frappe si fort que l'autre perd définitivement l'usage de ses jambes... La série continue.

Catherine, une des servantes de Cellini, l'attaque en justice. Le prétexte fait rire tout Paris, mais l'affaire est grave, suffisamment pour que le génial Italien y risque sa tête.

« De quoi accusez-vous le *signore* Cellini ?

— D'avoir abusé de moi en utilisant des voies... antinaturelles. »

Sodome et Gomorrhe : voilà peut-être un autre beau sujet de salière... À la fin, François Ier lui-même se lasse, et finit par ne plus s'intéresser à cet artiste génial qui marque son passage par tant de violence.

Alors Benvenuto Cellini, une fois de plus déçu par l'humanité, repart pour l'Italie.

Trois émissaires du bon roi François le rattrapent sur la route : « Messire Cellini, par ordre du roi, nous vous sommons de restituer les trois statues d'argent appartenant au trésor de Sa Majesté que vous avez dû emporter par inadvertance. »

Il hésite. Va-t-il dégainer son épée et expédier dans l'au-delà les émissaires du roi ? La réponse est non. Et, la mort dans l'âme, il restitue les statues. Quand les trois hommes s'éloignent, ils entendent des commentaires fort malséants sur Sa Majesté le roi très français, et sur les Français, leurs femmes et leurs mœurs. Autant ne pas relever...

Pourtant, la fortune n'abandonne pas Cellini. Devenu indésirable à Rome, il s'en retourne une nouvelle fois vers Florence, où Cosme de Médicis le reçoit avec plaisir. Comment ne pas accueillir un tel génie ? Enfin la paix, du moins pour le quart d'heure : Benvenuto crée son splendide *Persée*, qui fait aujourd'hui l'admiration des touristes du monde entier.

Cellini n'est pas au bout de ses peines. Une certaine dame Gambetta accuse le sculpteur d'avoir abusé de son fils Cencio, par des voies antinaturelles, on s'en doute... Pour éviter la prison, Cellini s'enfuit une fois de plus à Venise, où il se réfugie sous la protection du vénérable maître Titien. Le temps passe, et le duc de Florence envoie son amnistie au grand artiste, qui rentre au bercail... pour y commencer toute une série d'algarades avec les gens du duc, la duchesse en personne, et le duc lui-même !

Il est toujours aussi prompt à régler les litiges, et c'est encore pour cette raison qu'il se retrouve sur la paille humide des cachots.

Enfin, il épouse Piera Parigi, sa servante, qui devient la mère de cinq enfants. Il meurt à soixante et onze ans, à Florence.

Et la salière de François Ier, pendant ce temps-là ?

Une fois exécutée par Cellini, dans son atelier du Petit-Nesle, elle a été présentée au roi en 1543. En 1562, elle est mise en sûreté à la Bastille. En 1566, on envisage de la faire fondre pour en récupérer le métal précieux. Elle est en sursis, mais Charles IX, ayant à faire un cadeau de mariage, l'offre à une princesse autrichienne. Depuis, ce joyau d'orfèvrerie fait partie des trésors de Vienne.

UNE STATUE MALCHANCEUSE

En cette belle et chaude journée du 5 août 1824, le conseil municipal de Bordeaux vient de prendre une décision historique : « Messieurs, c'est avec plaisir que je vous annonce que le conseil municipal décide l'érection, sur la place Louis XVI, d'une statue représentant notre roi martyr, en hommage à la glorieuse dynastie des Bourbons. »

Une salve d'applaudissements nourris accueille cette déclaration. Le préfet, le baron d'Haussez, annonce : « Notre choix se porte sur le statuaire Nicolas-Bernard Raggi, qui est l'auteur d'une statue représentant le glorieux chevalier Bayard mourant, érigée en la bonne ville de Grenoble. M. Raggi est, d'autre part, je le signale, l'auteur d'un *Hercule retirant le corps d'Icare de la mer* qui a été admiré par les plus grands amateurs parisiens. C'est à cette occasion que notre roi chéri, Charles le dixième, l'a immédiatement décoré de la croix de la Légion d'honneur. »

Ce détail arrache un murmure à l'assemblée : « La Légion d'honneur, à un civil, et qui plus est à un sculpteur ! Quel événement incroyable ! »

Le préfet poursuit :

« Il est inutile de vous rappeler qu'il est aussi l'auteur de la statue *Montesquieu méditant l'Esprit des lois*, du palais de Justice de Bordeaux. Ceci serait en soi une référence suffisante, s'il en était besoin. »

Une nouvelle salve d'applaudissements salue cette précision. Le préfet continue : « Je vais donc lui écrire immédiatement pour lui demander ses conditions. »

Quelques jours plus tard, Nicolas-Bernard Raggi, jeune artiste originaire de Carrare, en Italie, à peine âgé de trente-trois ans, reçoit à son atelier parisien la demande du préfet d'Haussez.

Il répond au bout de quelques jours à cette commande prestigieuse :

« Messieurs,

J'ai déjà commencé l'ébauche du monument que vous avez eu la bonté de me commander. J'envisage de m'inspirer du célèbre tableau de M. Callet, représentant le défunt souverain debout, en habit de sacre. Pour être en harmonie avec les proportions majestueuses de la place Louis XVI, la statue du souverain, d'après mes calculs, devra avoir une hauteur de 5,83 mètres non comprise la hauteur du piédestal. »

Raggi ajoute : « J'envisage de demander au fondeur Crozatier de bien vouloir assurer la fonte de l'œuvre. »

Mais Crozatier, quand on lui fait part de la bonne nouvelle, accompagne son acceptation d'un devis précis. Catastrophe ! Raggi, dans son enthousiasme, a mal calculé la quantité de bronze nécessaire. Crozatier réclame plus que ce qui était prévu au début...

Raggi cependant, sans perdre de temps, continue l'exécution de la maquette en terre glaise. Pendant ce temps-là, la municipalité de Bordeaux pose la première pierre du piédestal et continue de discuter : « Nous sommes entièrement d'accord pour rendre hommage à notre défunt roi, mais le devis de MM. Raggi et Crozatier dépasse largement la première estimation. Deux cent mille francs... »

Cependant, de fil en aiguille, tout le monde — municipalité et souscripteurs particuliers — tombe d'accord, mais nous sommes déjà en 1829 quand tout est prêt pour procéder à la fonte de la gigangesque statue, à la fonderie parisienne du Roule. Une foule nombreuse et élégante assiste à cet événement rare, intéressant et nostalgique. Crozatier explique aux dames, au premier rang desquelles figure la duchesse d'Angoulême, fille de Louis XVI, la manière dont on va procéder. D'ailleurs c'est tout à fait normal, puisque la duchesse est la marraine de l'œuvre : « Votre Altesse Royale remarque que le moule de la statue est vertical et que le bronze en fusion sera introduit par le haut. »

Des cris et des applaudissements saluent le jet de bronze incandescent au moment où il s'engouffre dans le moule. Des flammes sortent par les évents, ainsi que des jets de fumée. On entend le métal brûlant qui gronde à l'intérieur. Crozatier explique : « À présent, le bronze en fusion remonte peu à peu dans le moule. »

Tout se passe bien, il ne reste plus qu'à attendre que le métal refroidisse pour voir apparaître l'effigie de feu Louis XVI, « brute de fonderie ».

Arrive l'instant solennel où l'équipe des fondeurs doit séparer les parties du moule et dévoiler l'œuvre tant attendue. Horreur ! La duchesse d'Angoulême vient de s'évanouir. Ses dames se pressent pour la ranimer. Les nobles messieurs qui l'entourent s'indignent. Plusieurs personnes regardent, sidérées, la statue de Raggi : le roi Louis XVI est décapité. Sa statue s'arrête au niveau du cou !

Raggi se rue sur Crozatier : « Monsieur, qu'est-ce à dire ? Je suis déshonoré ! Comment expliquez-vous ce qui vient de se produire ? »

Crozatier, blanc comme un linge, bredouille : « Je ne comprends pas ! Pourtant, j'ai fait mes calculs comme d'habitude. C'est la première fois qu'un tel accident se produit ! »

Une fois la duchesse ranimée, on l'emmène vers sa calèche... Un duc s'exclame :

« Pas un mot de tout ceci à la presse. Silence total.

— Monseigneur, il y a fort à parier que quelqu'un fera un rapport à la police de Sa Majesté... »

Raggi, incrédule, continue de regarder le moignon informe qui termine le buste de Louis XVI. Crozatier, lui, répète :

« C'est impossible ! C'est impossible ! »

Puis il se ressaisit et lance : « Dans quelques jours le mal sera réparé. Rien de plus facile. Nous ajouterons du bronze et le visage vénéré de Louis le seizième sera en place. »

Mais, rentrée en son palais, la duchesse d'Angoulême, effondrée et en larmes, supplie qu'on l'écoute : « Au nom de Dieu, qu'on abandonne ce projet ! Je vois là le doigt du Tout-Puissant ! Mon très cher père, du haut des cieux, demande qu'on le laisse en paix et qu'on renonce à cette statue. »

Comment résister aux désirs de la duchesse ?

Puis le temps fait son œuvre. Après tout, un contrat a été signé entre la municipalité de Bordeaux, le sculpteur Raggi et le fondeur Crozatier. Celui-ci, conformément à ses promesses, parvient à fondre la tête manquante, et elle est ajustée au corps avec infiniment de précision et de délicatesse. Le résultat ne laisse aucune trace visible pour un non-spécialiste. D'autant moins de traces que de mauvais esprits iront jusqu'à prétendre que toute cette histoire de statue décapitée n'est qu'une légende.

« Le 10 mai 1836.

Monsieur le Préfet de la Gironde à Son Excellence le Ministre de l'Intérieur.

Monseigneur,

J'ai l'honneur et le plaisir de vous faire savoir que la statue de feu le roi Louis XVI, due au talent de sieur Raggi, est enfin heureusement parachevée. »

Le ministre répond :

« La statue de notre vénéré souverain sera, sur ordre de Sa Majesté, exposée pour quelque temps dans la cour du palais du Louvre, afin de permettre aux Parisiens de l'admirer et de lui rendre hommage. Puis un navire de la marine royale en assurera le transport jusqu'à Bordeaux, où elle pourra être installée sur le piédestal que vous me dites avoir érigé pour la recevoir. »

Raggi, en apprenant ces bonnes nouvelles, se réjouit :

« C'est un immense honneur que l'on me fait d'exposer mon œuvre dans la cour du Louvre.

— J'espère, cher ami, que votre Louis XVI rencontrera le même succès que votre Henri IV, aujourd'hui à Nérac... Et que les entrées payantes vous procureront au moins les mêmes bénéfices !

— Dieu vous entende...

— Après tout, vous êtes à présent français... Où en êtes-vous de votre statue équestre de Louis XIV ? C'est bien à la ville de Rennes qu'elle est destinée, n'est-ce pas ?

— Oui, et avec un peu de chance, elle aussi sera exposée au Louvre. »

Mais la France en ébullition interrompt tous ces beaux projets. 1830 : la révolution chasse Charles X du trône et de France. Adieu aux Bourbons directs. Vive Louis-Philippe, roi des Français ! Le conseil municipal de Bordeaux entre en ébullition :

« Messieurs, devant les événements qui viennent de bouleverser le royaume, il nous semble urgent de remettre à plus tard l'érection solennelle du Louis XVI de Raggi.

— Absolument, et pour commencer, il faudrait détruire ce piédestal vide qui l'attend depuis trop longtemps et défigure la plus belle place de Bordeaux. »

Raggi, l'amertume au cœur, apprend un jour que son œuvre, loin d'être transportée par mer jusqu'en Gironde, est reléguée au grand dépôt des marbres de l'île aux Cygnes, près du Champ-de-Mars. Elle y est encore quand Raggi, âgé de soixante et onze ans, quitte ce bas monde... Après une carrière un peu décevante :

« Songez, monsieur, que j'ai été dix fois candidat à l'Institut et que, par quatre fois, je suis arrivé en seconde position par le nombre des voix. Quatre fois second, et jamais élu... »

Mais, pour l'instant, la statue « rangée » au garde-meuble n'est pas oubliée de tout le monde. Un fervent royaliste bordelais voudrait qu'elle soit enfin soumise à l'admiration des foules. Pendant quinze ans il court les ministères, écrit lettre sur lettre, recrute d'autres tenants de l'Ancien Régime, ranime les enthousiasmes d'autrefois.

« Mes chers amis, j'ai enfin l'impression que mes efforts vont aboutir. Aujourd'hui, 30 juillet 1869, Sa Majesté l'empereur Napoléon III ayant donné des ordres, la statue du vénéré roi martyr arrive au port de Bordeaux, avec quarante ans de retard... Raggi, le sculpteur, n'est hélas plus là pour jouir de son triomphe.

— Où sera-t-elle placée ?

— Dans une salle du musée.

— Mais, cher ami, songez-vous qu'il n'existe pas dans le musée de salle assez haute de plafond pour contenir la statue ? »

Le conseil municipal trouve une solution :

« Momentanément, elle trouvera place dans le jardin du musée...

— Sans piédestal, ce sera hideux !

— Elle sera dissimulée derrière des palissades. »

Ce que personne ne prévoit — après la révolution de

1830, celle de 1848, et l'arrivée du Second Empire —, c'est la chute à Sedan, en 1870, et la fin de cette époque de fêtes et de luxe. Louis XVI reste en pénitence derrière les palissades. Pendant huit ans...

1877 : encore une séance mémorable au conseil municipal bordelais. Évidemment, il n'existe plus personne qui ait assisté à celle de 1824... Le maire républicain, Émile Fourcard, prend l'initiative : « Les années ont passé. Tous les griefs que l'on pouvait avoir vis-à-vis des Bourbons n'ont plus de raison d'être. Il est temps de donner à la statue la place qu'elle mérite... À la fois par sa qualité et par le respect que l'on doit au modèle. »

On prépare une salle spéciale dans le musée pour y exposer Louis XVI.

« Quelle rigolade ! Une salle spéciale pour Louis XVI ? Dites plutôt pour y cacher Louis XVI ! »

En effet, l'œuvre de Raggi, au lieu d'être mise en valeur comme elle le mériterait, est dissimulée derrière un rideau. Le gardien, qui guide les visiteurs, prend un ton de confidence pour annoncer : « Messieurs-dames, je vais à présent, pour les personnes que cela intéresse, vous faire passer derrière le rideau que voici. Les amateurs pourront y contempler la statue monumentale de feu le roi Louis XVI. Les personnes dont la sensibilité ou les idées politiques iraient à l'encontre de cette vision peuvent sans plus attendre passer à la salle suivante. »

En 1941, le Louis XVI de Raggi ne représente plus grand-chose sur le plan émotionnel. Mais pour les occupants allemands, il représente... plusieurs tonnes de bronze ! La presse d'occupation, hypocrite, et suivant les ordres du gouvernement, annonce : « La réquisition des métaux non ferreux est destinée au sulfatage de nos vignes, richesse de la France. »

En fait, les Allemands veulent ce bronze pour leurs usines d'armement.

Le conservateur du musée de Bordeaux, à son tour, court les ministères et les bureaux des autorités allemandes pour essayer de sauver Louis XVI et les autres statues de Bordeaux. En vain. Louis XVI disparaît parmi les cinq cents tonnes de métal fournies par le département de la Gironde. La statue pèse douze tonnes et demie et contribue pour beaucoup à la place peu enviable que prend la Gironde dans la fourniture de métaux aux troupes d'occupation.

Le conservateur du musée, dès qu'il apprend que Louis XVI doit être sacrifié, décide : « Vite, il faut faire des moulages de la statue ! »

Les Allemands le prennent de vitesse. Il n'a pas le temps d'aller au bout de son projet. Seuls nous restent, sauvés du désastre, l'épée et le collier de Saint-Louis, une maquette de la statue à une échelle réduite, et un moulage de... la tête du malheureux Louis XVI !

DEUX ÉPINGLES

À propos de médaillon, il existe dans une famille un médaillon cerclé d'or. Au centre, sur un fond de velours, on peut admirer... deux épingles de fer rouillées. Quel est l'intérêt de ces modestes objets ?

Eh bien, ces deux épingles sont un souvenir d'un membre de cette noble famille qui, du fait d'un prince, fut emprisonné pour de longues années au fond d'un cachot humide et sombre. Ce pauvre homme, amené là pour Dieu sait quel crime, réel ou supposé, contre un roi ou un prince tout-puissant, se retrouva dans un cul-de-basse-fosse, sans la moindre lumière. Il ignorait pour combien de temps il allait se trouver livré à lui-même et, le premier moment de détresse passé, il se demanda comment il allait ne pas devenir fou, alors qu'il était dans l'impossibilité de lire ou d'écrire.

Heureusement pour lui, en fouillant dans ses poches, dont ses geôliers avaient retiré tous les objets intéressants, il sentit qu'on lui avait laissé... deux épingles.

Dès lors, pour s'occuper l'esprit, il décida de se livrer toute la journée à une occupation qui lui épargna la folie à laquelle on le croyait condamné. Chaque jour, en se réveillant le matin, il lançait ses deux épingles dans sa cellule. Puis, systématiquement, il passait les heures suivantes à essayer de les retrouver, l'une après l'autre, en tâtonnant sur le sol humide. C'est grâce à ce stratagème qu'il put garder toute sa raison; et quand, après des années, il recouvra la liberté, il prit soin de récupérer une dernière fois ses deux « fidèles » épingles, qui désormais figurent dans le trésor familial.

UN COUPLE D'ORIGINAUX

Dans la constitution d'une grande collection qui deviendra l'essentiel d'un musée célèbre, on trouve souvent, au départ, un marchand. On se demande parfois quelles sont les motivations d'un collectionneur. A-t-il un instinct profondément artistique, ou suit-il aveuglément les conseils d'un marchand? Est-il mû par des raisons purement économiques, ou par le désir de laisser une trace aux générations futures? Sans doute un mélange de tout cela. Le cas des Cognacq-Jay, M. Cognacq et Mme Jay, les créateurs des magasins de la Samaritaine, puis de la « Samaritaine de luxe » et du musée Cognacq-Jay, « annexe » de leur établissement, est assez étrange. C'est un exemple bizarre de collectionneurs surdoués et pourtant constamment étrangers aux choses de l'art.

Ernest Cognacq est né en 1839, près de La Rochelle. Il monte à Paris et commence à vendre de la pacotille aux passants, sur le Pont-Neuf, dans un parapluie rouge. Il est le dernier de onze enfants et son père, ruiné par un associé indélicat, s'est suicidé. Ernest essaye de se faire engager par le fondateur des magasins du Louvre qui le juge... mal habillé. Alors Ernest est contraint de mettre son parapluie en gage pour manger.

Il repart pour son pays natal, fait le tour de la France en déballant de la marchandise aux quatre coins de l'Hexagone, si l'on peut dire.

Avec ses trois sous d'économies, il revient à Paris, se fait engager comme vendeur, et passe de patron en patron. Puis il achète un fonds de commerce et... ferme bientôt boutique. Le revoilà sur les routes, comme marchand forain. Il a du bagou. Et se retrouve... sur le Pont-Neuf, avec son parapluie rouge.

Un beau jour, Ernest parvient à sous-louer une partie d'un café, en payant le loyer à la journée; les affaires marchent; il loue au mois, prend un employé...

Arrive l'année 1870.

Ernest achète du drap de couleur garance et propose ses services, comme atelier, à un fournisseur de pantalons rouges pour l'armée. Il monte la garde le jour, coupe et coud des pantalons la nuit, gagne une jolie pelote et... manque de devenir aveugle à force de travail.

Il a remarqué une jolie vendeuse originaire de Savoie, Louise Jay, qui, elle aussi, économisant sou par sou depuis des années, possède un capital intéressant : vingt mille francs-or. Ils se marient, et la grande aventure commence...

Les jeunes mariés empruntent à la famille, achètent des boutiques du voisinage, et intitulent leur nouveau royaume la Samaritaine. Pendant soixante ans, ils ne songent qu'à travailler et n'ont qu'un seul dieu : le bénéfice. Et à quoi servira ce bénéfice? À améliorer et agrandir leur enfant, la Samaritaine. C'est en créant, en 1917, la Samaritaine de luxe que les deux travailleurs acharnés se mettent à collectionner. Pourquoi? Pour se délasser... Les voilà, dans leur hôtel XVIIIᵉ siècle de l'avenue Foch, ne recevant pratiquement personne, se livrant à de longues parties de bésigue ou de dominos, le soir venu, sous leurs Boucher ou leurs Fragonard. Le seul but plausible de cette collection semble avoir été d'enrichir la Samaritaine de luxe, d'améliorer son image.

210

Ni Ernest ni Louise ne se passionnent le moins du monde pour l'art. Ils n'achètent que des valeurs sûres, sur les conseils d'experts ayant pignon sur rue et garantissant chaque acquisition « sur facture ». Ernest Cognacq commence par acheter des impressionnistes, bien qu'il ne comprenne rien à leurs audaces. Puis, un jour, il bazarde tout — sauf les Degas, les Monet et les Boudin — pour se consacrer uniquement au XVIIIe siècle, aidé par un marchand spécialiste : M. Jonas. En suivant ses conseils, les Cognacq-Jay accumulent dans leurs vitrines des boîtes précieuses. Ils couvrent leurs murs de tableaux, alignent les pendules en bronze doré. Tout est déposé sans aucune idée de mise en valeur, au touche-touche...

Ils décident alors de fonder un musée. Les deux époux sont pourtant si loin de la grâce des Watteau qu'ils accumulent avec acharnement... Ernest choisit des tableaux de « petites femmes », Louise se couche dans un lit doré à baldaquin de damas bleu pâle...

Mais les années passent, et la vue d'Ernest baisse. Il ne distingue plus ses toiles les unes des autres. Alors il se contente de les caresser.

Ernest et Louise n'ont pas d'enfant réel pour perpétuer leur œuvre. Heureusement, un neveu Cognacq semble pouvoir faire un successeur possible. Hélas ! alors qu'ils le forment dans cette perspective, le coquin épouse une employée de la Samaritaine. Il est immédiatement congédié. Un neveu Jay est alors choisi, mais il entre dans les ordres ; un troisième se révèle inférieur à l'ampleur de la tâche ; un quatrième accepte d'être arraché à sa mère, pour devenir l'héritier. C'est Gabriel Cognacq. Il se met au travail comme on entre en religion. Mais lui, contrairement à Ernest et Louise, a une passion pour les arts et l'instinct du beau.

Gabriel est formé à la dure. Il vit, jour et nuit, sous la surveillance de ses oncle et tante, tout en poursuivant des études de droit. En 1914, quand il est mobilisé, Ernest et Louise lui suppriment son salaire ! Il revient de la guerre officier et couvert de citations. Les affaires prospèrent régulièrement. En 1925, quand Ernest meurt, le chiffre d'affaires dépasse le milliard.

Gabriel devient alors le patron de cette entreprise prestigieuse et du musée somptueux qui semblent nés du caprice de dieux pleins d'humour. Bien que marié et père de famille, il se transforme en une sorte de vestale d'une collection qui échappe au regard des étrangers. Lui aussi collectionne les gravures et les livres rares. Il est mécène, homme de goût, sensible aux problèmes des autres. Il aide le sculpteur Bourdelle, met l'écrivain André Suarès à l'abri du besoin, en le logeant. Il faut songer à la prochaine génération...

Mais le fils de Gabriel, Philippe, veut vivre libre. Il désire être aviateur. Gabriel, en apprenant cette décision, le chasse de la maison. Le « traître », le moment venu, ne sera même pas cité dans le testament de son père.

Nous arrivons en 1936 et Gabriel, représentant d'un paternalisme familial vieux de près de soixante-dix ans, ne comprend rien au Front populaire, aux grèves, aux revendications sociales, qui lui semblent obscènes. La Samaritaine ne fait-elle pas tout ce qu'il faut pour ses employés, depuis leur embauche jusqu'à leur mort ? Gabriel s'enferme dans ses collections, qu'il décide de léguer au Louvre. Boudin, Corot, Jongkind, Daumier, Degas, Courbet, Manet, Marquet, Dunoyer de Segonzac : un ensemble prestigieux.

1938 : Gabriel Cognacq est élu membre de l'Institut. 1939 : les camions de la « Samar » évacuent les richesses vers le musée de Chantilly. Puis c'est la vraie guerre. Gabriel accepte la présidence du Conseil des musées nationaux. C'est ainsi qu'il dialogue avec le gouvernement de Vichy, entre au Comité de la Légion des volontaires français, où il côtoie les frères Lumière. Erreur d'un homme qui vit trop isolé du monde. Sa collection est désormais à l'abri, en Corrèze. Il lui faut la tenir éloignée des griffes de l'insatiable Goering, ogre universel en matière de vol d'œuvres d'art. Gabriel Cognacq y parvient, grâce à l'aide du prince von Metternich.

212

Tout cela provoquera des grincements de dents au moment de la Libération et de l'épuration. Le voilà traité de collaborateur et de traître. On demande son arrestation.

C'est un homme désabusé qui s'enferme alors dans une solitude hautaine, que seule sa réconciliation avec Philippe, son fils aviateur, vient apaiser.

Pourtant, un dernier affront lui est fait. Le conservateur en chef du Louvre lui fait savoir, par une lettre ronéotypée du 31 août 1944, que, désormais, l'accès au Conseil des musées lui est interdit. On lui retire sa carte des Amis du Louvre. Immédiatement, il déchire son testament en faveur du musée et s'écrie : « S'ils veulent mes tableaux, ils les achèteront ! » Désormais, ce sont les fondations Cognacq-Jay qui hériteront. Cependant le testament, contesté par la famille, est cassé. Les collections sont vendues. Ce sera l'occasion, en 1952, d'une des plus belles ventes du siècle. *Pommes et biscuits*, de Cézanne, « fait » trente-trois millions et va rejoindre la collection Walter-Guillaume. Un record qui provoque chez tous les propriétaires de *Pommes* cézanniennes des espoirs fous. La vente dure sept jours et rapporte 302 525 000 francs... Les musées français, faute de crédits, doivent s'abstenir.

AMOUR CONJUGAL

Dante Gabriel Rossetti est anglais, comme son nom ne l'indique pas. Il est le fils d'un professeur italien — poète considérable — immigré à Londres où notre futur peintre et poète voit le jour en 1828. Il a la chance de naître dans une famille cultivée et attentive, ce qui est une grande chance pour ce surdoué. Dante a une sœur, Christine, qui est poète ; il a aussi un frère qui s'est lancé dans la critique d'art.

En 1847, à dix-neuf ans, Dante publie un poème

dont le titre sera désormais associé à sa gloire : *La Demoiselle élue*. Plus tard, sous le même titre, Dante peint aussi un tableau. Debussy vit-il la peinture ? En tout cas, d'après le poème il compose à son tour une cantate pour soli, chœur et orchestre, toujours sous le même titre.

Rossetti se rallie assez vite au mouvement de peinture des préraphaélites, groupe d'artistes symbolistes de la seconde moitié du xixᵉ siècle. Pour eux, les sommets de la peinture ont été atteints par les maîtres italiens qui ont précédé Raphaël. Ils se font les champions d'une peinture à sujets mystiques, d'une minutie extrême. Rossetti devient leur chef de file et peint *L'Enfant de la Vierge*. Puis, vexé par les critiques dont sa peinture fait l'objet, il cesse pratiquement d'exposer. Désormais il se consacre surtout à l'aquarelle, et illustre les poèmes de Dante Alighieri.

En 1850, Dante Rossetti rencontre la charmante Elizabeth Siddal, qui possède le physique diaphane et désincarné qu'il considère comme son idéal féminin. Il l'épouse dix ans plus tard. Mais Elizabeth est trop désincarnée... Au bout de trois ans de vie conjugale, elle rend son âme à Dieu.

Rossetti, poète autant que peintre, avait écrit tout un livre de poèmes dont le thème principal était son épouse. Quand vient le jour des funérailles, Rossetti saisit le petit ouvrage manuscrit et adresse un dernier discours au cadavre : « J'ai écrit ces vers alors que tu étais plongée dans des souffrances mortelles. J'aurais dû être plutôt à ton chevet, occupé à te tenir la main, essayant d'éloigner de toi les angoisses. Il est donc juste et légitime que tu emportes avec toi, en tribut, ces poèmes qui m'ont éloigné de toi. »

Rossetti soulève alors délicatement les cheveux de la pauvre Elizabeth et glisse son petit manuscrit contre la joue de la morte. Puis on referme la bière et elle descend au tombeau.

Mais les amis les plus proches de Rossetti, parmi lesquels William Hunt, parlent beaucoup de ces

214

poèmes, qu'ils ont eu l'occasion d'entendre de la bouche même de l'auteur :

« Dante, quel dommage que toutes ces belles choses soient enterrées avec la chère Elizabeth. Si elles avaient été publiées, ce serait un hommage permanent à la disparue...

— Je vais en faire une copie de mémoire. »

Espoir vain. Rossetti a beau essayer de fouiller dans son souvenir, trop d'années ont passé : il ne parvient pas à reconstituer tous les poèmes ensevelis. Alors, avec répugnance, il accepte ce qu'on lui demande instamment : « Bien, comme vous voudrez. Nous procéderons de nuit ! »

Sept ans après l'enterrement d'Elizabeth, à la lueur d'un feu de bois allumé dans le cimetière, on soulève la dalle, on remonte la bière, on l'ouvre. Le temps a malheureusement fait son œuvre destructrice, mais, là, sous les cheveux du squelette, on trouve le manuscrit. Dante Rossetti n'a pas eu le courage d'être présent à l'exhumation. Le spectacle de sa chère Elizabeth lui serait insoutenable. Il attend seul, non loin de là, chez des amis.

Quand on lui remet le manuscrit, celui-ci aussi a subi les outrages du temps. Le petit volume est moisi, taché et maculé.

Rossetti, la mort dans l'âme, doit s'attaquer à la copie de ses propres poèmes. Puis il détruit par le feu le livre repris à Elizabeth. Il lui semble impensable de déranger une fois de plus les restes de son épouse pour lui rendre le manuscrit...

Mais Elizabeth, par-delà la mort, avait dû donner son accord car, dès sa parution, le recueil que Dante lui a consacré est un tel succès qu'il porte Rossetti au pinacle des poètes de sa génération...

UN PEINTRE DISCRET

J'ai encore le souvenir d'une aventure qui est arrivée à l'un de mes confrères. Il reçoit la visite d'une jeune femme élégante, qui lui dit en substance : « Je suis l'amie d'un peintre et celui-ci, bien que marié, désire me constituer un petit capital pour me mettre à l'abri du besoin. Il vient donc de m'offrir son fonds d'atelier. »

Le fonds d'atelier d'un peintre, c'est l'ensemble des œuvres qu'il possède chez lui : tableaux qui n'ont pas été commercialisés, parfois inachevés, études, esquisses ou toiles abouties. Bref, ce monsieur, qui apparemment n'avait pas de problèmes d'argent, avait dit à la dame : « Prends toutes les toiles qui sont dans l'atelier, et fais une vente à ton profit. »

Il y en avait un certain nombre, puisqu'il fallut deux journées pour tout vendre. Quand on vend un atelier d'artiste et que les toiles sont de qualité, ce qui était le cas, on fait d'abord un catalogue ; mon confrère demande à la jeune femme une notice biographique concernant l'auteur des tableaux : lieu et date de naissance, résidence, principales expositions particulières ou collectives, éventuellement les noms des musées en France et à l'étranger qui possèdent des œuvres de l'artiste. Le nom du peintre, Uberti, ne lui disait absolument rien. La dame donne des détails : ce peintre réside habituellement en Espagne, il a participé à telle et telle exposition, à telle date, etc. Puis on procède à la confection du catalogue, illustré de photographies en couleurs, et arrive le jour de la première vente : elle se déroule le mieux du monde, à la plus grande satisfaction de la cliente et du commissaire-priseur.

Le problème c'est que, entre les deux ventes, une rumeur commence à enfler : on dit que le fameux Uberti est un peintre qui n'existe pas. Un commissaire-priseur, et non des moindres, enfourche ce cheval de bataille et menace de saisir les instances supérieures de la profession. Du coup, mon confrère convoque la cliente et lui demande des explications détaillées sur ce mystère. Au bout d'un moment, la dame, assez gênée, craque : « En fait, Uberti n'est que le nom de peintre de mon amant. Il s'agit de M. X qui est marié, comme je vous l'ai dit, et qui, en dehors de sa passion pour la peinture, exerce la profession d'avocat. »

Assez ennuyé, mon confrère, avant la seconde vente, fait paraître un avis disant en substance : « Suite à la première vente des toiles du peintre X, dit Uberti, nous avertissons tous les clients qui se sont portés acquéreurs d'une œuvre qu'ils peuvent — s'ils le désirent et s'ils estiment qu'il y a eu une ambiguïté quant à la personnalité de l'artiste — nous contacter à l'étude afin d'annuler la vente qui les concerne. Ils seront remboursés intégralement du prix qu'ils ont payé. » Initiative dangereuse, mais honnête, car la biographie d'Uberti, inventée par la dame, était complètement bidon !

Heureusement l'honnêteté paie, car il n'a pas eu à sortir un seul centime : aucun des acheteurs des tableaux de la première vente n'a demandé le remboursement, et le résultat de la seconde vente a été très satisfaisant...

UN HOMME BIEN CONSERVÉ

Nous sommes en 1950, le 8 mai exactement, la journée touche à sa fin, et le soleil qui va se coucher éclaire de ses rayons rasants la tourbière de Bjaeldskov, au Danemark.

Ce jour-là, les paysans du village viennent de procéder aux semailles de printemps. Mais pour eux, pas question de gaspiller la fin de la journée. C'est le bon moment pour extraire la tourbe, qui leur servira à se chauffer pendant l'hiver.

« Peter, viens voir un peu. Il y a un cadavre ! »

Peter et les autres s'approchent : « Tu le connais ? »

Non, personne ne le connaît. Pourtant, le visage du mort est tellement « vivant » qu'on a un peu l'impression de l'avoir vu dans les rues du village.

« Il faut prévenir la police, à Silkeborg. »

Quelqu'un saute sur sa bicyclette et se charge de cette mission.

Mais les policiers — qui savent des choses —, s'ils arrivent aussi vite que possible, ont pris la précaution de se faire accompagner par... un représentant du musée local.

« Un représentant du musée ? Pourquoi ?

— Ce n'est pas la première fois que, dans le pays, on trouve des cadavres dans la tourbière. Mais, en général, ce sont des cadavres qui datent de l'Âge du fer. Si ça se trouve, votre bonhomme dort là depuis deux mille ans ! »

Dès que les policiers ont jeté un œil sur le visage de la victime, ils font prévenir le professeur Glob, qui est occupé à donner un cours sur l'Antiquité devant quelques étudiants. Il arrive sans tarder.

L'homme, puisqu'il s'agit d'un homme, semble endormi, il repose sur le côté droit. Sa tête est orientée vers l'ouest. Il est à une cinquantaine de mètres de la terre ferme. Il faut savoir que la tourbière est constituée d'une épaisseur de plusieurs mètres de tourbe, c'est-à-dire de charbon fossile issu de la longue décomposition de végétaux. La tourbe est un combustible médiocre qui dégage beaucoup de fumée. Mais pour les habitants pauvres de ces rudes contrées, c'est un moyen de lutter contre le froid. En tout cas, ça l'était. Et de plus, il est fourni gratuitement par la nature.

Une des caractéristiques de la tourbe — formée d'un milieu très aqueux et très acide à cause de la présence de végétaux — est sa capacité à conserver les corps qui y sont enfouis. L'homme a donc été enseveli il y a près de deux mille ans, mais on croirait qu'il n'est là que depuis quelques jours. Les traits de son visage, sa peau, ses cils sont encore apparents. Il est coiffé d'une sorte de bonnet en peau, attaché sous le cou, un peu comme les béguins qu'on mettait autrefois aux nourrissons. C'est d'ailleurs son seul vêtement, avec une ceinture de cuir. Les cheveux, coupés court, sont cachés sous le bonnet. Sur son menton, on voit des poils de barbe. Ses sourcils aussi sont encore visibles. La peau est encore présente sur une grande partie du torse.

Quand on dégage le corps, l'impression de sommeil paisible perçue par les premiers témoins s'efface. Autour de son cou, une corde sinistre dit assez qu'il a été soit pendu, soit étranglé. En retournant le corps, on découvre sur le visage une expression qui frappe : les rides du front et le rictus de la bouche montrent clairement que l'homme, avant de mourir, a souffert une douleur intense.

Malgré l'heure tardive, on contacte une menuiserie toute proche et on commande une sorte de cercueil capable de contenir non seulement le cadavre, mais encore toute la couche de tourbe sur laquelle il repose.

Quand, le lendemain, devant les autorités accourues tant des musées nationaux que des bureaux de la police, on soulève le cercueil et son contenu, le tout pèse près d'une tonne. Il faut manœuvrer l'ensemble à la main, car le sol d'une tourbière est trop meuble et ne supporterait pas le poids d'une grue capable de soulever cette masse sur une hauteur de trois mètres, c'est-à-dire jusqu'au niveau de la charrette prévue pour le transport.

L'étude de cette découverte démontre que l'individu a été placé dans la tourbière à une époque où les hommes du Jutland extrayaient déjà de la tourbe, dans le lit d'un ancien lac à présent entièrement recouvert de végétation. Les habitants d'autrefois, installés ici depuis dix mille ans, vivaient de chasse et de pêche. Des tumuli, au nombre de trois ou quatre cents, délimitent le paysage... Ce sont des tombes de l'Âge de pierre. On y découvre parfois des restes d'« hommes aux haches de combat », un peuple venu des confins de l'Asie centrale, en passant par l'Europe centrale et orientale.

Déjà, non loin de là, en 1938, des paysans occupés à extraire de la tourbe avaient eu une surprise.

« Venez voir, il y a le corps d'un chevreuil dans la tourbe !

— Mais non, ce n'est pas un chevreuil ! Regarde, il est entouré de tissu.

— Ah, mais tu as raison, c'est un homme... enveloppé dans un sac en peau de bête.

— Il faudrait avertir le musée. »

Ce qui fut fait. Le corps dégagé en 1938 était intéressant pour sa coiffure. Deux tresses, très bien conservées, partant respectueusement du front et de la nuque, réunies par un nœud sur le côté gauche du crâne. Lui aussi avait sans doute été étranglé. Il portait une ceinture. Le sac se révéla être fait de peau de mouton et de peau de vache.

Dans le même secteur, à une autre occasion, on trouve un trésor composé d'or, de morceaux de bijoux, et d'un lingot d'argent...

Tollund, lieu de la découverte, signifie probablement « petit bois du dieu Tor ». Tor est le plus célèbre des dieux scandinaves. Il circule dans un char tiré par des boucs, et sa main gantée de fer est prête à lancer un marteau du même métal vers son ennemi : le Christ.

Un examen approfondi des vertèbres du mort permet d'établir que le malheureux a été pendu. Une étude de ses dents de sagesse permit de conclure qu'il avait sans doute plus de vingt ans. On entreprend ensuite l'étude de l'estomac et de l'intestin du mort : son dernier repas était constitué de plantes variées, de fruits et de graines. On finit par identifier de l'orge, des graines de lin, de renouée, et différentes « mauvaises herbes » des champs. Le repas a été essentiellement végétarien. L'homme aurait passé de douze à vingt-quatre heures à jeun après ce dernier repas...

En possession de tant d'éléments intéressants, les scientifiques décident alors d'aller plus loin ; et c'est ainsi que, en 1954, la télévision anglaise fait préparer une mixture à base des mêmes herbes que celles trouvées dans l'intestin du mort. Deux archéologues britanniques sont ensuite invités à déguster ce repas de l'Âge du fer. Le goût en est si abominable qu'ils doivent

220

faire glisser le tout en buvant chacun une grande rasade de « raide »... Mais ils précisent que l'homme de Tollund n'a pas eu le même privilège : ce n'est, en effet, que mille ans environ après sa mort que les boissons fermentées et distillées ont été inventées. Avec un peu de chance, il a pu absorber une boisson d'orge, de canneberge et de myrte sauvage, améliorée et renforcée avec du miel.

À présent il faut décider du sort de l'homme de Tollund. On doit se résoudre à ne conserver que la tête du malheureux. Elle est séparée du corps et doit passer de longs mois dans un mélange d'eau, de formol, d'acide acétique, additionné ensuite d'alcool.

Puis elle est renvoyée dans la région de sa découverte, dans le Jutland central. L'opération de conservation l'avait réduite... d'environ 12 %. Les visiteurs qui se trouvent soudain face à face avec l'homme de Tollund sont saisis par sa « présence », malgré la couleur brune de la peau.

Il faut préciser que, au moment de son extraction de la tourbière, l'une des personnes qui donnaient un coup de main pour arracher le pendu de l'Âge du fer à son cercueil naturel succomba d'un infarctus. Les dieux avaient demandé une vie, en échange de la victime qu'on leur reprenait...

L'ÉPÉE MAGNIFIQUE

Un célèbre marchand d'armes anciennes se souvient d'une aventure qui lui est arrivée pendant la dernière guerre. Un collectionneur, qui désire se séparer d'une série de médailles de la Légion d'honneur, lui demande de venir sur place pour se rendre compte de la valeur de ses décorations. Le marchand se rend donc à Dijon.

Malheureusement, l'amateur se fait des illusions, à la fois sur la valeur intrinsèque des décorations et sur le prix qu'il peut en demander. Le marchand parisien est déçu. Il ne lui reste plus qu'à attendre le prochain train pour Paris. D'ici là, que faire ? Compléter son érudition personnelle, par exemple. Et pour cela, quoi de plus intéressant que d'aller visiter le musée local ? Dans le musée, pratiquement désert, il s'attarde sur tout ce qui concerne sa spécialité : les armes. Le gardien, qui s'ennuie, engage la conversation :

« Je vois que vous vous intéressez aux armes anciennes. Si par hasard vous êtes acheteur de quelques belles pièces, je connais un vieux monsieur qui vient de mourir. Ses héritiers cherchent à vendre sa collection, qui était magnifique. Si cela vous intéresse, j'ai leur adresse. »

Bien sûr, une affaire éventuelle vaut mieux que la visite d'un musée, aussi charmant soit-il ! Notre commerçant décide donc d'aller rendre une visite impromptue aux héritiers.

C'est à l'heure du thé qu'il se présente à leur domicile. Il s'agit des deux fils du défunt. Leur accueil est sympathique, et ils expliquent clairement : « Notre père a passé son existence à collectionner les armes. Nous n'avons jamais eu le droit de toucher aux pièces qu'il a accumulées. Ce qui fait que cela ne nous intéresse absolument pas. Alors nous cherchons à vendre. »

Le spécialiste visite l'appartement, estime la valeur de la collection. Il réfléchit à ce qu'il pourra en tirer, aux frais de transport, aux taxes, au bénéfice légitime, et propose un prix global pour l'ensemble. Les héritiers sont d'accord et reçoivent un acompte.

Quelques semaines plus tard, la collection arrive dans la boutique parisienne.

Il faut à présent examiner chaque objet avec soin.

Parmi les pièces les plus importantes, une immense épée Renaissance. Le nouveau propriétaire tire l'épée de son fourreau. Ce faisant, il fait tomber sur le sol un parchemin.

En lisant le manuscrit, il découvre que l'épée qu'il tient en main n'est autre que celle du bourreau de Saint-Gall, en Suisse. Saint-Gall, autrement dit, en suisse alémanique, *Sankt Gallen*, s'est construite autour d'une abbaye fondée par un moine irlandais. Plus tard, elle devient ville impériale et acquiert une réputation solide grâce à la fabrication de toiles fameuses au Moyen Âge. Il y a donc, pour cette ville, la nécessité d'une justice, et qui dit justice dit bourreau.

Le parchemin raconte l'histoire de cette épée. Et donne un détail curieux : l'arme, après la cent unième exécution, devenait automatiquement la propriété du bourreau. Et pour prouver que tout était en règle, le manuscrit donnait la liste complète de toutes les têtes « décollées » par la vaillante épée et le robuste bourreau.

Sur la sinistre lame, on peut lire deux devises en vieil allemand. D'un côté : « Dieu, tu es le juge. Moi, je ne suis que le valet. »

L'autre côté porte ce souhait qui fait frémir :

« Oh! Seigneur, reçois dans ton royaume ce pauvre pécheur, par un coup réussi. »

Tout heureux de cette découverte et de ces détails supplémentaires, notre marchand fait nettoyer l'arme et l'expose dans son magasin.

Les semaines passent et, un jour, une personnalité connue entre et déclare : « Je dois faire un cadeau à un ministre. Qu'auriez-vous à me proposer ? »

Le marchand lui dit que cette épée de Saint-Gall pourrait convenir. Un objet évoquant la justice, de haute époque. Une belle pièce, digne d'un musée. L'amateur trouve l'objet amusant et règle sur-le-champ.

« Faites un beau paquet et soyez assez aimable pour le faire livrer chez le ministre, avec ma carte. »

Le marchand exécute les desiderata du client, et il se déplace personnellement jusqu'au domicile du ministre. C'est l'épouse de ce dernier qui le reçoit et prend possession du cadeau.

Deux ans plus tard, notre marchand voit entrer dans sa boutique une personne qui, de toute évidence, est en grand deuil. Une fois son voile noir relevé la dame se fait reconnaître : c'est l'épouse du ministre.

« Il y a deux ans, explique-t-elle, M. X nous a offert une épée qu'il avait achetée chez vous. C'est vous-même qui aviez fait la livraison.

— Je m'en souviens parfaitement...

— Eh bien, depuis que nous avons reçu ce cadeau, nous avons été accablés de malheurs. Ma belle-mère, qui était en pleine santé, est morte peu après. Notre propriété à la campagne a ensuite été ravagée par un incendie. Puis mon fils a eu un très grave accident de voiture, qui l'a handicapé. Et mon époux vient de succomber à un infarctus... Je suis certaine que cette épée est responsable de ces malheurs. Pour moi, c'est un objet maléfique, et je ne veux plus la garder chez nous. Reprenez-la, je vous en prie. »

Le marchand, qui n'est pas superstitieux, rachète l'épée et la met à nouveau en exposition dans sa boutique. Un mois plus tard, un amateur examine l'arme. Il est jeune, fils de famille, sportif, et apparemment tout lui sourit dans la vie. En apprenant l'histoire de l'épée, il sursaute :

« Il me la faut ! Je suis propriétaire d'une maison à Saint-Gall, justement. »

Le prix lui semble correct, et il part avec l'arme.

Mais, dans les mois qui suivent, le marchand a l'occasion de reprendre contact avec le nouvel acquéreur. Au bout du fil, on lui apprend qu'il n'est pas en mesure de faire de nouveaux achats : il est à l'hôpital, dans un état très grave...

En fin de compte, l'habitant de Saint-Gall retrouve la santé. Mais il l'a échappé belle. Lui aussi demande au marchand de reprendre l'épée, mais cette fois notre commerçant parisien ne veut plus rien savoir...

TRAHIS PAR LA COMTESSE...

On parle encore d'une vente à rebondissements qui a eu lieu il y a quelques dizaines d'années, à Provins. Il y avait dans cette ville deux sœurs d'un âge avancé, toutes deux célibataires et sans héritiers.

Ces deux sœurs moururent à la même époque et, comme personne ne s'était présenté pour recueillir leur héritage, un notaire et un commissaire-priseur furent chargés de l'inventaire et du règlement de la succession. Un généalogiste des environs s'y intéressa. Ces deux vieilles demoiselles comptaient une foule d'amis dans la ville, mais aucun parent. On eut beau chercher dans tous leurs papiers personnels, pas l'ombre d'un testament.

Le généalogiste se disait que, forcément, il allait retrouver un parent, même éloigné, qui serait ravi de toucher ce pactole (rappelons qu'à l'époque les droits de succession étaient bien plus légers que de nos jours...). Le généalogiste, donc, se rend au lieu de naissance des deux sœurs et commence son enquête, examine leur arbre généalogique, en parcourant les branches vers le haut et vers le bas; il finit par établir une liste d'héritiers au cinquième degré. Six personnes au total, dispersées un peu partout en France. Les six heureux bénéficiaires de ce coup de chance se montrent très intéressés par la bonne nouvelle.

On règle assez rapidement la répartition du pactole. Tous les héritiers tombent d'accord pour que le mobilier soit dispersé aux enchères publiques. Tout va pour le mieux dans le meilleur des mondes...

C'est par un beau jour de printemps que la vente a lieu. De belles pièces anciennes. La foule des amateurs est nombreuse et, au premier rang, on aperçoit les six visages réjouis des héritiers, qui voient avec délice monter les enchères.

Les meubles sont partis, et même « bien partis ». On passe alors à une très belle et très importante collection que les deux sœurs avaient héritée de plusieurs générations d'ascendants... Non pas des bibelots, mais des livres. Il y avait là tout ce qu'on pouvait espérer, du meilleur et du pire : des dictionnaires Larousse, des romans à l'eau de rose, des Alexandre Dumas reliés en veau et bien entendu les œuvres pratiquement complètes de la comtesse de Ségur, en édition ancienne, avec les illustrations de l'époque.

Les amateurs boudent un peu ces livres, et c'est un bouquiniste du coin, seul preneur de ces lots, qui emporte le tout pour trois fois rien...

Dès qu'il a emporté l'adjudication, ce libraire prend possession de son bien et le commissaire-priseur lui tend les piles de volumes pour qu'il en remplisse les cartons prévus pour leur transport. C'était à la bonne franquette...

Mais tout le monde essayait d'accélérer les choses, et c'est de là que vint la catastrophe. En tendant Un bon petit diable — doré sur tranche — au nouvel acquéreur, le commissaire laisse tomber le livre, qui heurte le sol et s'entrouvre ; du volume, on voit s'échapper un document ; on le ramasse, on regarde de quoi il s'agit : c'est le testament des vieilles filles...

Et le pire, c'est que ce testament olographe, dûment daté et signé conjointement par les deux sœurs, laissait tous leurs biens... aux Petites Sœurs des pauvres ! Les six ayants droit, qui avaient fait des frais de déplacement pour assister à la constitution de leur héritage, sont repartis avec les débris de leurs espoirs... En traitant leurs lointaines cousines de « vieilles biques », parions-le...

CHEVAL FOU

Qui ne connaît le monument du mont Rushmore, aux États-Unis ? Sinon pour l'avoir examiné de près, du moins pour l'avoir vu sous toutes les coutures grâce au film d'Alfred Hitchcock, *La Mort aux trousses*, et avoir tremblé pour Gary Grant et Eva Mary Saint, qui sont poursuivis sur les têtes géantes de George Washington, Abraham Lincoln, Theodore Roosevelt et Thomas Jefferson.

L'auteur de ces statues colossales creusées à même la montagne est Gutzon Borglum, et les têtes géantes dont il est le créateur mesurent soixante-treize mètres de haut.

Bien évidemment Borglum, Michel-Ange des temps modernes, n'a pas été seul pour concrétiser son rêve. Une vingtaine d'assistants ont mis quatorze ans à donner vie, en ronde bosse, aux visages des présidents américains.

Cette œuvre gigantesque a coûté un million de dollars, qui a été fourni par une subvention de l'État et par des dons privés. Parmi ceux qui taillent dans la montagne, un ouvrier sans grade : Korczak Ziolkowski. Son histoire ressemble à celle de nombreux émigrés ou fils d'émigrés. Il est né à Boston, de parents polonais comme son nom l'indique. Mais, pour son malheur, ses parents meurent, et le pauvre orphelin est remis aux bons soins d'une institution. Il faut croire que les soins qu'on lui prodigue laissent à désirer, puisque Korczak s'enfuit. Il a seize ans et parvient à se faire engager dans un chantier naval de Boston, où l'on cherche toujours des gars costauds et courageux.

Comme il est méticuleux et sérieux, on lui confie une mission particulière : « Ziolkowski, peux-tu essayer de réparer la figure de proue du yacht ? Elle a pris un jeton, en heurtant un quai par mauvais temps. »

Et c'est cette mission quelque peu insolite qui déclenche chez lui une vocation. Il se découvre soudain une capacité pour la sculpture. Bientôt les résultats de son travail attirent l'attention, et on parle de lui dans la presse. Il peut quitter son job salissant ; il est de plus en plus connu, et finit par rencontrer une jeune fille d'une famille bourgeoise, qui consent à épouser l'orphelin « polak ».

Bien qu'il soit tout à fait autodidacte, Ziolkowski voit grandir sa réputation de sculpteur. Il réalise des bustes de pierre ou de marbre qui lui valent d'élogieuses critiques dans les expositions. Et pas les bustes de n'importe qui, puisqu'il exécute même celui d'Ignacy Paderewski, pianiste et compositeur célèbre, et même — durant deux ans — président du conseil de la République polonaise.

Cette œuvre est récompensée à l'Exposition mondiale de New York, en 1939.

Cette année-là, Ziolkowski va travailler sur le chantier du mont Rushmore. C'est pour lui l'occasion de s'affronter avec les difficultés de la sculpture « rupestre », qui lui semble alors une technique digne de lui.

Ziolkowski fait la connaissance d'un chef sioux, Ours debout. Celui-ci, qui lui a tout d'abord écrit, veut que justice soit rendue à son peuple massacré par les hommes blancs.

« Il faut que les Blancs sachent que nous, les hommes rouges, avons aussi nos propres héros.

— Et qui en particulier ?

— Notre grand héros est Cheval fou, celui qui a vaincu le général George Armstrong Custer lors de la bataille de Little Big Horn, le 25 juin 1876. L'année suivante, Cheval fou, alors que la trêve était signée avec les Blancs, tomba dans une embuscade où il fut tué.

— Et où ce monument devrait-il s'élever ?

— Pour nous, les Collines noires comme vous dites, les *Paha sapa* en langage sioux, sont un lieu sacré. C'est là qu'il faudrait élever ce monument.

— Tout cela est très bien, mais pour arriver à faire une sculpture de Cheval fou qui puisse rivaliser avec les quatre présidents de Rushmore, il faut trouver de l'argent. Je vais voir ce que je peux faire... »

Ziolkowski commence à faire un parallèle entre son

propre destin d'orphelin, malmené par l'autorité, et le destin des Indiens, malmenés par leurs conquérants. C'est pourquoi, avec pour seule carte de visite la récompense obtenue à l'Exposition de New York, il s'arrange pour être reçu par le ministre de l'Intérieur, Harold Ickes. La réaction de ce dernier est pour le moins décevante : « Une sculpture géante de Cheval fou ? Mais vous voulez défigurer la montagne ? C'est ridicule, mon cher ami. »

Korczak rentre dans ses foyers, mais l'idée de sculpter la montagne s'impose désormais à lui. Il est propriétaire d'une villa dans le Connecticut, qu'il décide soudain de vendre.

« Nous irons nous installer dans les Collines noires.

— Et de quoi vivrons-nous, mon chéri ?

— Nous allons acheter une ferme, une vache, et une concession minière sur la montagne Thunderhead.

— Tu sais traire les vaches à présent ?

— J'apprendrai, ma chérie. »

Et voilà les Ziolkowski installés à quelques kilomètres du mont Rushmore, au mont Thunderhead, ce qui signifie « Tête de tonnerre ».

Notre sculpteur polonais retrousse ses manches : abattant à la hache le bois nécessaire, il construit sa maison pendant la belle saison. Une fois le chalet mis sur pied et installé, Korczak entreprend la seconde phase de son projet : la construction d'un escalier de bois qui grimpe au flanc de la montagne. L'escalier, de deux cents mètres, nécessitera l'utilisation de vingt-neuf tonnes de bois que, jour après jour, Ziolkowski transporte seul sur son dos.

Mais, au fur et à mesure qu'il avance, il se rend compte qu'il a besoin de nouveau matériel : « Il me faut absolument un compresseur à air ! »

Celui qu'il fait venir à pied d'œuvre pèse sept tonnes et réclame, pour fonctionner, de l'électricité. Il installe donc, toujours tout seul, les pylônes qui vont soutenir une ligne à haute tension. Une fois terminée, elle est longue de trois kilomètres.

Avec un vieux camion et des câbles, il s'attaque à présent à la construction d'un monte-charge.

Il est bien évident que ces travaux gigantesques provoquent des commentaires dans le voisinage : « Qu'est-ce que c'est que ce bazar ? Qu'est-ce qu'il est en train de fabriquer, le Polak ? »

Alors, après ses heures de travail épuisant, Ziolkowski se met à donner des petites conférences pour les voisins, afin de leur expliquer ce qu'il a en tête :

« Il s'agit de concrétiser l'esprit de résistance indien face à l'envahisseur blanc. Mais la statue de Cheval fou n'en sera que le symbole. Non loin de là, j'envisage la création d'une université indienne, d'un musée et d'un hôpital. Le tout au pied de la montagne sacrée, *Paha sapa*.

— Mais ça ne supportera pas la comparaison ! Comment rivaliser avec le mont Rushmore ? Ton Cheval fou sera complètement ridicule. »

Il en faut plus décourager Ziolkowski.

Désormais dans les Collines noires, en plein cœur de l'État du Dakota du Sud, notre homme met à sonner son réveil à quatre heures. Chaque jour, à cette heure matinale, ce grand gaillard quitte son lit inconfortable, revêt une combinaison encore pleine de taches, glisse ses pieds dans des chaussures à épaisses semelles de crêpe. Il décroche une veste de daim trouée pendue à la patère, et il sort. Au-dehors, une vieille jeep l'attend. C'est l'heure de la traite des vaches et, à un demi-kilomètre de là, une trentaine de ruminants attendent déjà que le fermier branche la trayeuse électrique. Il faut traire ces bonnes bêtes et il faut aussi nourrir les trois taureaux qui permettent de renouveler le cheptel. Il y a aussi un étalon palomino. Puis notre homme rentre chez lui : son épouse est levée, elle aussi, et le café, les œufs et le bacon sont prêts pour le petit déjeuner.

À sept heures pile, Ziolkowski, convenablement restauré, reprend sa voiture. Cette fois il ne se dirige plus vers l'étable, mais vers la montagne toute proche, au pied de laquelle on peut apercevoir une petite cabane en planches. Il entre dans la cabane, actionne un commutateur électrique. À présent, il se dirige vers la paroi très escarpée et commence à monter en utilisant les marches qui sont creusées à même la montagne. De loin en loin, des tiges d'acier plantées dans la roche permettent à notre grimpeur de s'assurer au fur et à mesure qu'il avance. Jusqu'à ce qu'il parvienne à une plate-forme à peu près nivelée, qui mesure cinquante mètres de long sur trente de large.

Le fermier installe une foreuse à air comprimé et la met en route. Seul le bruit saccadé de l'engin trouble le silence de la montagne et de la vallée, bien plus bas. Certains jours, il semble qu'on l'entend jusqu'à la ville de Custer...

Après avoir gravi toutes les marches qu'il a creusées, il lui faut forer des cavités d'environ cinq mètres de profondeur. Dans ces cavités nouvelles, il enfonce une trentaine de cartouches de dynamite. À midi pile, l'explosion ébranle la montagne.

Ziolkowski n'est plus seul. Sur la plate-forme d'observation qu'il a installée, des touristes — souvent nombreux — regardent deux cents tonnes de montagne qui s'écroulent.

Il faut dire que le projet rencontre désormais des sympathisants ; les visiteurs mettent la main à la poche ; chèques et dollars s'accumulent pour aider l'opiniâtre sculpteur à réaliser son rêve et celui des Sioux.

D'autant plus que ce chantier insensé apporte une prospérité nouvelle à la petite ville de Custer, toute proche : on construit des motels...

Notre sculpteur polonais poursuit son œuvre. Pendant toutes ces années, il n'aura jamais besoin de distraire un seul des dollars versés par les visiteurs. Il entretient sa famille uniquement avec les revenus de son élevage de bétail. Mais il ne pourra achever son monument.

Les têtes gigantesques du mont Rushmore mesurent soixante-treize mètres de haut. Le Cheval fou resté inachevé aurait dû atteindre une hauteur de cent soixante-douze mètres entre la base et la plus haute plume qui devait coiffer l'indien.

LE GRIMOIRE MAUDIT

Cela commence il y a fort longtemps, puisque nous sommes sans doute au IXᵉ siècle. Où? L'histoire ne le dit pas, mais probablement dans quelque pays enveloppé par les brumes du nord ou de l'est. Allemagne? Angleterre? Hongrie peut-être, ou Pologne. En tout cas, il s'agit d'un pays qui croit aux sorcières, et qui les pourchasse avec férocité.

Une sorcière... Comment se nommait-elle? On l'ignore aussi. Ahriman, peut-être... Elle a été confondue, jugée, condamnée, brûlée. Brûlée en partie seulement, car quelqu'un — un autre sorcier? — s'est approché après le supplice du bûcher auquel les restes de la sorcière, noircis par les flammes, pendaient encore. Cette personne décroche le corps de la femme martyrisée et emporte le cadavre, dont le visage calciné montre encore une expression terrifiante de haine et de douleur. Il l'emmène chez lui. Que veut-il en faire? On n'ose y songer...

Des années plus tard apparaît sur le marché un livre d'aspect sinistre, noirci comme par les flammes d'un bûcher. Quand on l'ouvre, on lit sur la première page parcheminée : *Grimoire d'Ahriman*. Les caractères sont gothiques et le texte est tout entier consacré à des recettes de magie noire. Certains disent que le livre, feuillets et couverture, est entièrement fait de peau humaine : la peau de la sorcière suppliciée.

Pour l'instant, nous sommes encore au tout début du IXᵉ siècle, car c'est le couronnement de Charlemagne, à Aix-la-Chapelle. Un magistrat de la ville, dit la légende, offre le volume inquiétant au nouvel empereur. Ses intentions sont-elles amicales, ou hostiles? Quand on connaît la suite de l'histoire, on ne se pose plus la question.

On raconte que ce livre, cadeau précieux, fut exposé plus tard dans une vitrine fermée. Mais, un matin, on eut la surprise de retrouver le grimoire sur le sol. La vitrine était brisée. Quelqu'un commente :

« On dirait que ce livre maudit a cherché à s'échapper, qu'il a cassé la vitrine de l'intérieur. De toute manière la salle est hermétiquement close, et absolument personne ne peut y pénétrer pendant la nuit. »

On juge plus prudent d'enfermer l'ouvrage noirci dans une armoire de fer.

Quelques jours plus tard, celle-ci est découverte forcée par une main inconnue : quelqu'un s'est emparé du *Grimoire d'Ahriman*, et uniquement de cet ouvrage. On perd ensuite la trace du livre pendant de longues années.

Il réapparaît, un peu plus noirci encore, quand, des siècles plus tard, la maison d'un brocanteur brûle de fond en comble. Déjà, on peut se demander d'où il tenait le dangereux écrit. Et si les propriétaires successifs avaient ou non souffert de le détenir... Peut-être connaissaient-ils le mode d'emploi ? Peut-être étaient-ils eux aussi sorciers et nécromants, héritiers de la sorcière ?

Nous arrivons en 1566, et c'est chez un diamantaire juif d'Amsterdam qu'on retrouve le manuscrit. Cet homme, selon la rumeur publique, possède le grimoire. Et le diamantaire, qui est du genre bavard, raconte une étrange histoire : « J'ai voulu nettoyer mon grimoire. La reliure était toute maculée de fumée. Mais à peine avais-je commencé à le frotter que le livre s'est échappé de mes mains et qu'il a littéralement plongé dans une cuve d'eau qui était devant moi. Cette eau, qui l'instant d'avant était toute fraîche, s'est mise à bouillonner... Incroyable ! »

En tout cas, le diamantaire bavard a sans doute ravivé la malédiction en parlant à tort et à travers car, un peu plus tard, un malfaiteur s'introduit chez lui, le frappe et le laisse à moitié mort. Quand il reprend ses esprits, il s'aperçoit qu'on lui a dérobé... le grimoire.

Pendant deux siècles, le dangereux ouvrage demeure dans un oubli de bon aloi. Jusqu'au jour où, à Prague, ville de sorciers et de nécromants s'il en est, deux frères héritent du grimoire. On le sait, car ils s'en disputent la propriété et leur querelle devient publique. Ils se disputent à tel point qu'ils n'hésitent pas — nous sommes au XVIIIe siècle — à se défier en

233

duel. Et l'un des deux frères tue l'autre. Le vainqueur emporte le manuscrit chez lui, dans la célèbre rue des Alchimistes. Le lendemain, les habitants de la rue font la chaîne et dressent des échelles pour essayer de maîtriser l'incendie qui ravage sa maison. On craint que le sinistre ne se propage à tout le quartier.

En tout cas, le grimoire maléfique ne disparaît pas tout à fait puisqu'on en retrouve la trace au début du XXe siècle. Dans un endroit bien différent, puisqu'il s'agit rien moins que des registres de la célèbre compagnie d'assurances Lloyds.

Un passager célèbre a éprouvé le besoin de faire assurer ses bagages avant un voyage transatlantique. Comme il est milliardaire, on peut comprendre qu'il ait des objets de valeur, des bijoux. Mais il fait assurer tout particulièrement le *Grimoire d'Ahriman*, qui est parvenu jusqu'à lui. Par quel truchement ? On l'ignore.

Le milliardaire se nomme John J. Astor, et le bateau qu'il emprunte pour traverser l'Atlantique n'est autre que le *Titanic*, que l'on disait insubmersible...

L'orgueilleux paquebot, heurté par un iceberg, disparaît dans les flots glacés avec 1513 passagers, Astor et son grimoire qui depuis, Dieu merci, ne s'est plus manifesté.

EMBALLAGE EN PLUS

Un « chineur » se promène aux puces, il y a quelques années. Il avise, chez un brocanteur, une « pièce encadrée », c'est-à-dire un cadre muni d'un verre. Derrière le verre, une gravure, lithographie, eau-forte, reproduction, je ne sais. Notre amateur s'enquiert du prix de vente. Le brocanteur, après l'avoir dévisagé de la tête aux pieds, lui lance : 100 francs. L'autre proteste. Enfin, tous les deux tombent d'accord pour négocier à 50 francs.

Le client demande :

« Vous n'auriez pas un bout de papier pour envelopper le cadre ? Il est plein de poussière.

— Ne bougez pas, je vais vous trouver ça. »

Le brocanteur fouille dans le fond de sa boutique, en rapporte un morceau de papier sur lequel on voit des traits au crayon. Il emballe le cadre dedans, et le client s'éloigne.

À quelques jours de là, tout fier de son achat, il décide d'aller le montrer à un ami qui s'y connaît en gravures. L'autre examine le cadre et laisse tomber son verdict : « Pour 50 francs, tu n'as pas fait une mauvaise affaire, mais... c'est bien payé. »

Déception du chineur. Son ami, machinalement, jette un coup d'œil sur le papier qui a servi à emballer le cadre sous-verre.

« Dis donc, c'est quoi ce papier ? »

Le chineur lui explique d'où il vient.

« Tu devrais aller le montrer à X, il pourrait trouver cela intéressant. »

En effet X, le spécialiste, devant ce papier d'emballage, n'hésita pas longtemps.

Le « papier d'emballage » fut mis en vente à Drouot et l'amateur fut tout heureux de son achat à 50 francs. Le brocanteur l'avait emballé dans un authentique dessin de Goya. Et, avec le produit de la vente, le chineur put... payer les traites de sa voiture.

SIX FEUILLES D'OR

Nous sommes en octobre 1804, et la France entière prépare avec passion un événement d'importance : le couronnement de Napoléon Ier, empereur des Français, jusqu'alors Napoléon Bonaparte, stratège et chef militaire hors pair. Que de détails pour faire de cette cérémonie un grand moment d'histoire ! Le futur empereur tient à laisser aux générations à venir une image grandiose, splendide, impressionnante dans les moindres détails.

Un de ces détails est la couronne que Napoléon Ier

235

portera lors du sacre. Une simple couronne de feuilles de laurier, inspirée de la Rome antique. Les lauriers de la victoire, les lauriers de la gloire. Cette couronne sera toute d'or fin. Comment pourrait-il en être autrement ?

L'orfèvre chargé de la création de cette superbe pièce de joaillerie est Martin-Guillaume Biennais, établi au 283, rue Saint-Honoré. Il est arrivé très jeune de Normandie où il est né, près d'Argentan, en 1764. Dans sa boutique ornée de tentures sombres, les clients de la noblesse d'Empire peuvent choisir entre pièces d'argenterie, aiguières de vermeil, délicats nécessaires à couture d'écaille et d'or, bijoux ornés de miniatures et de pierres précieuses, épées d'apparat et merveilleux nécessaires de voyage. D'ailleurs, il suffit de lire ses réclames :

« Biennais, marchand tablettier, ébéniste et éventaillliste, tient fabrique et magasin de meubles, secrétaires, commodes, tables de jeux de toutes les espèces, nécessaires de toilette, pour hommes et pour femmes, garnis en argent vermeillé, plaqué et argenté. » Il propose encore « de jolis ouvrages de fantaisie des plus à la mode, des trictracs en tables ployantes, des damiers, des jeux d'oyes, de Juifs, de Renard, et généralement tout ce qui concerne l'amusement des dames. »

Le bureau du maître, situé derrière la boutique, est décoré d'aquarelles et de dessins qui furent les premières ébauches des pièces les plus prestigieuses sorties de ses ateliers. C'est lui le maître de ces coffrets d'acajou dans lesquels sont rangés, au millimètre près, des centaines d'accessoires pour le confort du voyage. C'est lui le roi du tiroir à secret, de la mécanique cachée.

Aujourd'hui, Martin-Guillaume Biennais s'apprête à faire lui-même une livraison d'importance : il s'agit de la couronne de feuilles de laurier prévue pour la cérémonie du lendemain. La calèche qui attend doit l'emmener au palais des Tuileries. Durant le trajet,

Biennais songe aux dix années passées : que d'événements imprévus, de bouleversements de la société française et de l'Europe entière. Et tout cela à cause, ou plutôt grâce à un petit général corse, maigre, au teint jaune, qui vint autrefois chez lui. Il allait partir pour l'Égypte et avait besoin d'un nécessaire de voyage qui tienne un minimum de place, tout en permettant le maximum de confort quotidien. Autant dire le genre de petite merveille dont lui, Biennais, s'était fait une spécialité. Mais le général n'avait pas les moyens de payer comptant un tel nécessaire. Biennais, confiant en l'avenir, lui avait dit alors : « Emportez-le, mon général. Je suis certain que vous aurez bientôt les moyens de vous l'offrir. »

Mais, au retour d'Égypte, Bonaparte est toujours aussi impécunieux. Or, s'il pouvait vivre modestement en parcourant la plaine des Pyramides sur son chameau, il se doit d'avoir à présent, pour son installation à Paris, une maison digne de lui, et de la vaisselle qui lui permette de recevoir dignement les maîtres du moment.

« Ma solde de général ne me permet pas d'acquérir tout ce qui m'est nécessaire... »

Le général Bonaparte omet de dire que son épouse — la délicieuse et frivole Joséphine — est un vrai panier percé qui l'empêche irrémédiablement d'équilibrer son budget.

Et, pour la seconde fois, Martin-Guillaume Biennais ouvre un large crédit au brillant général dont le regard dit à la fois l'ambition et la destinée hors série...

En effet, Biennais n'a pas obligé un ingrat : dès qu'il en a le pouvoir, Bonaparte, à la fois par reconnaissance et par admiration pour le talent de l'artiste, en fait son orfèvre favori et s'intéresse à ses créations. La boutique de Biennais, au Singe violet, devient le rendez-vous de l'élite impériale.

Et c'est ainsi que Biennais se voit confier, pour la cérémonie du couronnement, d'importantes missions : la création du sceptre impérial et de la boule du monde, qui l'accompagne normalement. Il y a aussi la main de justice. Ces trois objets devront être réalisés en vermeil. Biennais se voit aussi charger de la conception et de l'exécution du grand collier de la Légion d'honneur, ainsi que de la couronne du sacre.

Dans la calèche, l'orfèvre ouvre une dernière fois l'écrin de satin dans lequel repose la couronne. Des feuilles d'or pur, sculptées au naturel. Les nervures sont apparentes. On dirait que l'orfèvre a simplement trempé des feuilles de laurier dans de l'or en fusion...

Biennais est introduit auprès de Napoléon qui, seul dans son bureau, médite sans doute à son étoile et à son prodigieux destin. Bonaparte, quand on lui annonce son bijoutier favori, connaît immédiatement le motif de cette visite : la couronne.

Biennais ouvre l'écrin, et Napoléon peut admirer le merveilleux travail, les feuilles qui pointent vers l'avant et sont délicatement retenues à l'arrière par un ruban d'or, à la mode romaine.

« Bien, essayons-la. »

Biennais pose la couronne sur le crâne — qui commence à se dégarnir — de celui qui est déjà le maître d'une grande partie de l'Europe. Le verdict est immédiat :

« Elle est belle, mais elle est lourde.

— Sire, il a fallu de nombreuses feuilles pour commémorer vos nombreuses victoires...

— Il y en a trop. Que dirait-on si on me voyait pencher la tête sous le poids de ma couronne ?

— Il ne me reste qu'une solution : enlever quelques feuilles.

— De toute manière votre œuvre, Biennais, restera dans l'histoire. »

Dès qu'il rentre à son atelier, l'orfèvre s'attelle à la tâche. Il n'y a pas de temps à perdre. Il ne laisse à personne le soin de modifier la couronne impériale. Pourtant ses ateliers sont pleins d'ouvriers — il en aura jusqu'à six cents — et ses collaborateurs les plus proches sont d'éminents orfèvres eux aussi.

Bien qu'il les utilise de moins en moins, ses mains habiles connaissent encore tous les gestes précis qui doivent permettre la modification invisible exigée par Napoléon. Tout en déposant sur l'établi six feuilles d'or fin, une idée lui vient, qui amène un sourire sur ses lèvres.

Le soir, en regagnant son hôtel particulier, cossu et garni avec le plus grand soin de meubles qu'il a lui-même dessinés, Biennais est heureux, car il a réussi la modification demandée. Il est heureux aussi de se retrouver dans le cadre familial, auprès de son épouse et de ses filles. En effet, le sort a voulu qu'il ait six filles, et pas un seul garçon. Et elles sont toutes encore célibataires. Mais elles sont si jolies, si bien élevées, si ravissantes, qu'il n'a aucune crainte pour leur avenir...

Biennais raconte en peu de mots sa visite à l'empereur, le bon accueil que celui-ci a bien voulu faire à la couronne, et la modification qu'il a demandée...

« J'ai donc retiré quelques feuilles, six exactement, et puisque j'ai le bonheur d'avoir six filles, voici pour vous. » Il sort alors de ses poches six délicieux petits écrins et en remet un à chacune de ses filles. « Ces feuilles d'or représentent un peu de l'histoire de la France. Gardez-les, et que vos enfants les gardent après vous. »

Une seule de ces feuilles est parvenue jusqu'à nous, chez une arrière-petite-fille de l'orfèvre. Que sont devenues les cinq autres ?

UN CARILLON VOYAGEUR

Le 14 juillet 1789, le peuple de Paris se porte en masse jusqu'à la prison de la Bastille. On sait que des armes y sont gardées. On imagine que de nombreux prisonniers, victimes des Bourbons, y sont enfermés. À vrai dire, on ne sait guère comment s'emparer de cette énorme forteresse, mais on y va. On verra bien sur place...

Necker a été renvoyé trois jours auparavant. Les esprits s'échauffent ; on prend des piques et des fusils aux Invalides.

En définitive, on parvient à en forcer la porte, et le peuple envahit les bâtiments. Le gouverneur, Bernard-René Jordan, marquis de Launay, est saisi par la foule, traîné jusqu'à la place de Grève et décapité tout vivant, avec trois officiers. Triste fin, pour un homme qui n'avait fait que prendre la suite de son père... mais avait eu le tort de faire tirer au canon sur la foule et de tuer une centaine de personnes, qui mourront sans savoir qu'elles viennent de commencer la Révolution.

Puis, presque aussitôt, avec les encouragements du sieur Palloy, un voisin, on se met à démanteler les huit grosses tours rondes qui datent du xive siècle, à jeter bas les cellules, et à libérer les quelques prisonniers qu'elles contiennent : sept détenus, dont quatre escrocs et deux aliénés. Palloy mettra sur pied un commerce qui consiste à sculpter des petites bastilles dans les pierres qui constituaient la grande. On en expédiera une dans chacun des départements français. Bientôt, il ne restera plus pierre sur pierre de l'orgueilleuse prison où Louis XIV et Louis XV vous expédiaient sans sourciller, pour des séjours qui pouvaient être longs, mais parfois assez agréables... grâce à l'une de ces fameuses lettres de cachet symbolisant l'autoritarisme le plus absolu.

Plus rien de ces murailles hautes de vingt-quatre mètres et épaisses de trois ! Quelques objets, pieusement recueillis au musée Carnavalet. Il ne reste rien des cloches de la Bastille. Eh bien, si, justement, et c'est une histoire bien étrange...

Les trois élégantes cloches étaient situées sur un fronton couvert de tuiles, juste au-dessus de la porte principale, celle qui a subi les assauts les plus sévères. Elles étaient signées Louis Chéron et datées de 1762, et pesaient respectivement 125, 75 et 50 kilos. Elles surmontaient un cadran — qui fut pulvérisé dans la bataille et s'arrêta définitivement à cinq heures et quart — inclus dans un décor de pierre sculptée, véritable œuvre d'art représentant deux esclaves, l'un très jeune, l'autre très vieux, allégories des deux âges de la vie où l'homme risque d'être réduit en esclavage.

Les fameuses cloches et leur mécanisme n'intéressèrent que moyennement les démolisseurs enflammés par une sainte fureur. Ils ne savaient pas trop ce qu'elles symbolisaient, sinon les heures des repas et les relèves de la garde. Palloy doit les remettre au maître horloger Regnault, par ordre du commandant de la milice parisienne, le marquis de La Salle. Quand il reçoit la réquisition du marquis, Palloy essaye de résister... Il guignait le bronze des cloches pour en faire quelques colifichets patriotiques vendus à son profit. Il avait le même projet pour les grilles et les chaînes de la Bastille. Mais il n'est pas de taille. Il livre les cloches, mais exige un reçu en bonne et due forme.

Les cloches se retrouvent chez maître Regnault, rue Vieille-du-Temple. Regnault, qui les remise à son tour au district Saint-Louis de la culture avec une étiquette explicite : « Cloches du 14 juillet, derniers vestiges du despotisme. »

Cependant la nation a besoin d'argent pour défendre ses frontières contre les troupes des émigrés, qui ne songent qu'à percer le sein des vrais patriotes. On vend aux enchères, à l'Arsenal, tout ce qui peut rapporter. Cloches incluses.

Quelqu'un finit par les acheter. Un spécialiste, en quelque sorte, puisqu'il s'agit d'un maître fondeur installé à Romilly-sur-Andelle, dans l'Eure.

Le nouveau propriétaire remet le mécanisme en état de marche, et les cloches se remettent en branle dans un charmant paysage campagnard.

Elles ne sont pourtant pas loin de la catastrophe, car le maître fondeur, Jean-Daniel Grimpret, s'est engagé par contrat à envoyer chaque semaine aux ateliers de la Monnaie de Rouen, de Paris et d'Orléans, une certaine quantité de cuivre pur. Ce cuivre devait provenir d'innombrables cloches enlevées aux églises, chapelles et autres établissements religieux que l'on dépouille dans la Somme, la Manche, les Côtes-du-Nord et le Finistère. Avec elles disparaîtront aussi les superbes balustrades de cuivre qui ornaient la cathédrale de Rouen.

Grimpret est conscient du caractère historique des cloches de la Bastille. Il leur épargne le sort des autres. Et les installe à une place d'honneur dans son usine. La fonderie change de mains, mais les différents successeurs prennent un soin jaloux des cloches chargées d'histoire. Après Grimpret, l'usine est sous la direction d'un certain Gardeur-Lebrun, puis d'un Létrange, et d'un Dupré-Neuvy.

C'est grâce à M. Neuvy, dernier en date, qu'elles refont le voyage jusqu'à Paris et qu'elles se retrouvent installées dans un jardin de l'avenue d'Eylau. Retour aux beaux quartiers pleins de particules nobiliaires...

M. Neuvy demeurait en effet avenue d'Eylau. C'est dire qu'il faisait partie des nantis de ce monde. Grande vie, équipage, château à la campagne. Il avait fait installer les cloches dans sa cour-jardin et les faisait fonctionner pour ses invités lors des réceptions. Mais un soir, à la nuit tombée, M. Neuvy et toute sa maisonnée furent réveillés par un raffut épouvantable : les cloches s'étaient mises en branle toutes seules ! Et malgré ses efforts, M. Neuvy se révéla incapable de les arrêter. Elles sonnèrent à toute volée et réveillèrent tout le quartier. Il fallut attendre le petit matin pour qu'un serrurier arrive enfin et bloque le mécanisme... en présence du commissaire de police.

L'enquête ne révéla rien, et on pense qu'un chat a déclenché les cloches en passant dessus...

Ce n'est qu'en 1914 qu'un spécialiste les découvre dans ce jardin. Les années passent encore et, d'héritage en héritage, elles aboutissent dans le patrimoine d'un jeune homme qui a de graves problèmes, puisqu'il est paraplégique et hospitalisé. Quand il reçoit ce legs, il est embarrassé et se demande ce qu'il va en faire. Certainement pas les installer dans sa chambre...

Ce paraplégique avait, régulièrement, une consolation. Celle d'une visite. Le visiteur, qui était tout d'abord un parfait inconnu pour lui, finit par devenir un ami. Il faut dire qu'il s'agissait d'un scout de France, « toujours prêt » comme on sait. Ce jeune homme s'était fixé une mission, originale à l'époque et encore aujourd'hui trop rare. Il visitait les hôpitaux pour apporter un peu de réconfort aux malades trop isolés ou sans famille. C'était ce qu'il appelait sa B.A., sa bonne action (les scouts s'engagent à accomplir une B.A. quotidienne).

La première fois que le gentil garçon rencontra le malade, il n'était pas encore scout, seulement louveteau, c'est-à-dire futur scout. Le paraplégique avait au moins vingt-cinq ans, soit dix de plus que lui, et il semblait si triste de vivre que le louveteau, Michel Lévesque, se prit d'amitié pour lui. « Son » malade, René Bernard, était mélancolique, car il savait qu'il ne marcherait jamais. La vie lui semblait longue d'avance. D'autant plus longue qu'il n'avait aucune famille.

Michel se dit : « Je serai sa famille », et pendant de longues années il va continuer ses visites, empreintes de gaieté et de gentillesse. Les deux garçons finissent par se considérer comme frères...

Est-ce grâce au soutien fidèle de Michel ? Un jour, un petit miracle se produit : René, malgré les sombres pronostics, sort de l'hôpital. Il a retrouvé une partie de son autonomie. Michel, de son côté, se voit appeler par ses obligations militaires. Les relations s'espacent considérablement.

René Bernard n'oublie pas l'amitié fidèle de Michel pendant toutes ces années pénibles. Il n'est pas riche, mais une idée l'obsède : « Comment pourrais-je marquer ma reconnaissance à Michel ? »

Il vit à la campagne. Sa maison comporte un grenier, où il ne monte presque jamais. Il va y jeter un œil, et l'idée lui vient : « Je vais lui offrir les cloches de la Bastille ! »

Michel Lévesque voit un jour arriver chez lui une caisse énorme. On est en 1957, et l'ancien petit louveteau a maintenant cinquante ans bien sonnés. Il ouvre la caisse et ne comprend pas de quoi il s'agit. Mais un acte notarié en bonne et due forme lui révèle la clef du mystère :

« Je soussigné René Bernard, fais don à Michel Lévesque, demeurant 13, Bd Saint-Marcel à Paris XIIIe, de l'horloge et des cloches de la Bastille, que j'ai reçues en héritage de M. Neuvy en août 1955. »

Michel Lévesque fut touché et étonné. Mais il n'a pas gardé les cloches pendant bien longtemps. Il ne savait où les remiser ; elles quittèrent Paris pour la banlieue.

Quant aux statuettes de pierre sculptée qui entouraient le cadran, on sait de manière certaine qu'elles furent remises à Palloy et qu'elles se trouvaient un peu plus tard non loin d'une guinguette installée sur les ruines de la Bastille. On garde encore l'espoir que les descendants de Palloy possèdent toujours, sans savoir de quoi il s'agit, ces deux figurines qui représentent *La Jeunesse et la Vieillesse enchaînées.*

Si on ne les retrouve pas, on pourra se consoler en allant admirer une *Crucifixion* qu'on peut voir à l'église Saint-Paul. Elle aussi était à la Bastille.

HÔTEL DROUOT

L'hôtel Drouot — le premier — a été construit en 1852, dans la rue du même nom. Aujourd'hui, on peut acheter au nouveau Drouot — le bâtiment neuf construit il y a quinze ans à l'emplacement de l'ancien —, ou à Drouot Montaigne — avenue Montaigne — pour les ventes de prestige. Il y a également Drouot Nord, rue Doudeauville, un endroit où l'on achète plus facilement des objets d'utilité courante que des objets d'art. Enfin, si l'on veut faire l'acquisition d'un véhicule, il existe deux espaces spécialisés, l'un à la Plaine-Saint-Denis, et l'autre à Aubervilliers. On y trouve des voitures d'occasion. On vend aussi des tableaux modernes à l'espace Cardin, ainsi que des voitures de collection au Palais des Congrès. On a vendu aussi au Palais Galliera et à l'hôtel George V. Et n'oublions pas les chevaux de course, qui sont adjugés à Vincennes ou à Longchamp.

Pendant la Révolution, les Parisiens purent voir des affiches qui annonçaient la vente des bijoux de l'« Autrichienne », Marie-Antoinette. Les affiches portaient deux noms destinés à devenir célèbres : Musset et Delacroix. Il ne s'agissait pas du poète ni du peintre, mais de leurs pères respectifs. Au moins, celui de Musset, car on sait que la paternité de Delacroix a été — avec à l'appui des arguments troublants — attribuée à Talleyrand.

On précisait que les étrangers qui se porteraient acquéreurs de pièces portant les chiffres ou les armes des anciens despotes seraient exonérés de droits. Il fallait absolument que tout disparaisse. Les enchères eurent lieu à Versailles car, à l'époque, il n'y avait pas d'hôtel des ventes à Paris.

Une nouvelle loi, celle du 27 ventôse an XI (en 1801), redonne vie à la corporation des commissaires-priseurs. Et les voici en habit noir, chapeau à la française et bas noirs. On les verra à différentes adresses : rue du Bouloi, rue Jean-Jacques Rousseau, place de la Bourse et rue des Jeûneurs.

En 1806, la compagnie des commissaires-priseurs s'installe rue Plâtrière, à l'hôtel Bullion ; puis à l'hôtel de la Bourse, à l'angle de la rue Notre-Dame-des-Victoires et de la place de la Bourse. En 1852, la compagnie fait construire l'hôtel Drouot, près de l'Opéra — qui se trouvait alors rue Le Peletier —, à l'emplacement de l'ancien hôtel particulier du magistrat du Pinon de Quincy.

Depuis la mort de celui-ci, son hôtel était devenu,

sous le Premier Empire, une élégante maison meublée qui recevait les hôtes les plus huppés. C'est là que le comte Rzewuski vint loger, dans l'espoir de retrouver sa nièce qui avait disparu dans la tourmente révolutionnaire. C'était la fille de la princesse Lubomirska, guillotinée comme tant d'autres. Il demeura donc à l'hôtel Pinon de Quincy, et passa de longues journées à essayer de retrouver la petite orpheline. En vain.

Un matin, en jetant un coup d'œil par la fenêtre de sa chambre, il aperçoit dans la cour une jolie servante qui aide une vieille domestique. Intrigué par le visage de la jeune fille, qui provoque chez lui une impression bizarre, il demande à la vieille si elle est la mère de la belle enfant. Mais la servante lui répond que non, ajoutant qu'il s'agit d'une malheureuse dont la mère a été guillotinée pendant la Terreur, et qu'elle a recueillie.

Comme on l'aura deviné, il venait, par hasard, de retrouver sa nièce. Il l'emmena par la suite en Pologne, et elle fit là-bas un mariage princier.

On a vendu de tout à Drouot, même des lions et des tigres qui restaient après la faillite d'un cirque, même la momie d'un homme qu'on avait découvert dans une armoire. En 1943, on y vendit la ferme du bois de Boulogne, avec ses vaches et ses cochons, sur place.

Mais c'est au pavillon de Flore et non à l'hôtel des ventes que fut effectuée, en 1887, la vente d'une partie des joyaux de la Couronne, pour quelques milliards de nos francs actuels, exactement 7 097 668 francs de l'époque.

Tout cela adjugé d'un coup de marteau d'ivoire, ce fameux marteau qui fut utilisé pour la première fois, en 1830, par Mᵉ Bonnefous de Lavialle.

PASSION IRRÉSISTIBLE

Jacques Doucet, célèbre couturier et amateur d'art, était un collectionneur prestigieux. La vente de ses collections fut un événement amplement relaté par la presse.

Bizarrement, il rejoint le parcours des Cognacq-Jay, par plusieurs points : une évolution dans les goûts et un revirement de tendance ; l'utilisation de spécialistes pour constituer la collection ; des déboires avec les autorités influentes de l'époque, et une sorte de désintérêt général pour des objets pourtant rassemblés avec passion.

Jacques Doucet était né en 1853, sous le Second Empire, et il avait vécu à la campagne, « parmi les cochons » comme il disait, pour soigner sa santé fragile. Son père vendait sous un porche parisien des « gilets de santé ». Ensuite il les vendit en boutique et passa au commerce, puis à la création, de robes de plus en plus élégantes. C'est ainsi que Jacques Doucet, quand son père mourut, prit la succession d'une entreprise florissante. Il n'avait pas fait d'études, ignorait jusqu'au nom de Molière, mais il avait du goût, le sens des affaires et, par-dessus tout, l'intelligence de savoir s'entourer de spécialistes efficaces.

Doucet menait une vie mondaine intense, caracolant au Bois, jouant au tennis, mais ses clientes ne l'admettaient pas dans le cercle de leurs intimes. Pour elles, il était et demeurait avant tout un fournisseur. Pourtant, Proust et les Goncourt le citent dès sa jeunesse comme un couturier et collectionneur renommé.

Au début de ses collections, Doucet achète des Degas, puis il les revend pour se consacrer aux peintres du XVIII⁰ siècle, que les frères Goncourt portaient aux nues. Pourquoi ? Cela reste mystérieux. Peut-être voulait-il simplement recréer chez lui le décor que possédaient la plupart de ses riches clientes. Pour abriter ses collections de meubles et de tableaux, il fait construire un hôtel particulier entièrement dans le goût du XVIII⁰ siècle.

Il collectionne aussi les femmes, et se révèle prêt à tout pour séduire une belle rebelle qui lui a avoué : « Quand j'entends la musique de *Tristan*, je suis si émue que je ferais n'importe quoi... » Il organise alors

une soirée avec un orchestre qui, au moment opportun, se met à jouer du Wagner, et se retire quand Doucet estime que la dame est prête à tout...

Il ne se marie pas, mais ses somptueuses propriétés
sont honorées par une maîtresse pulpeuse qui fascine
les jeunes auteurs de l'époque, notamment Paul
Valéry. Pourtant, il est désespérément amoureux
d'une femme mariée à une brute alcoolique et il
attend patiemment qu'elle soit veuve pour l'épouser.
Hélas! elle mourra peu de temps après ce veuvage.
Est-ce pour changer de vie que soudain Doucet
liquide, au cours de ventes prestigieuses, tout le XVIIIe
qu'il a collectionné depuis si longtemps?

À la stupéfaction horrifiée de ses amis et conseillers,
une fois empochés les cinq milliards d'anciens francs
de la vente, il se jette dans un style tout à fait différent.
Watteau, Georges de La Tour et Fragonard laissent la
place à Manet, Cézanne, Degas, Van Gogh et Renoir.
Cela ne durera pas. Doucet sent que ces impressionnistes déjà consacrés ne sont plus l'art vivant de son
époque. Ils disparaissent de ses murs en 1917, pour
laisser la place à Matisse, Picasso, Chirico, Brancusi,
Braque, et à l'art africain.

Simultanément, il se met à acquérir des ouvrages
rares concernant les arts et commence à constituer ce
qui sera plus tard sa bibliothèque d'art et d'archéologie, ainsi qu'une somptueuse bibliothèque littéraire.
Pour lui servir de conseiller, il engage et paye géné-
reusement l'écrivain André Suarès.

Il s'établit entre eux un système très original de
conseil-relation. Quand Suarès estime qu'un auteur,
qu'un peintre présente de l'intérêt, il adresse à Doucet
un courrier concernant cet artiste. C'est à la longueur
de cette lettre que Doucet juge de l'importance de
l'artiste. Il renvoie par retour du courrier un chèque,
destiné à l'acquisition des œuvres en question et aux
honoraires de Suarès.

Il est amené, pour abriter sa bibliothèque de plus en
plus envahissante, à acheter six appartements supplé-

mentaires dans son quartier, l'avenue Foch. Mais tout cela coûte trop cher, et il fait don de sa bibliothèque à l'université de Paris pour régler des problèmes d'impôts.

Il engage, en pleine guerre de 14-18, Pierre Legrain, un décorateur au chômage et, pour lui créer un emploi, le charge d'exécuter des reliures pour ses ouvrages d'art. Ce sera le début d'un nouvel âge d'or de la reliure. Puis il finit par épouser son ancienne maîtresse, vieillie mais toujours belle. Elle s'attend à ce qu'il lui soit fidèle, mais lui, à près de soixante-dix ans, s'en garde bien et se fait installer des petits appartements très privés pour abriter ses amours passagères et ses nouvelles collections de meubles et d'objets d'art ultramodernes.

C'est l'époque où André Breton, le pape du surréalisme, devient à son tour « conseiller artistique » de ce collectionneur munificent. Dorénavant, ce sont des Picasso, des Delaunay, des Max Ernst, des cubistes et bien entendu des surréalistes qui ornent les murs de Doucet ; jusqu'au jour où il s'avise de lire un des pamphlets sulfureux qu'écrit Breton. Il s'agit d'une démolition en règle d'Anatole France, intitulée *Un cadavre*. Breton, convoqué sur-le-champ, est remercié immédiatement.

Tout cela revient cher, encore une fois. Il vend sa maison de couture. Il a la malencontreuse idée de placer son argent en fonds de l'État français, et les dévaluations successives mettent sa fortune en fâcheuse posture.

Doucet, barbu toujours séduisant, meurt en 1929 ; mais il ne lègue pas sa collection au Louvre, à part la *Charmeuse de serpents* du Douanier Rousseau et une esquisse du *Cirque* de Seurat. Les tenants de l'art officiel, littéralement horrifiés par les tableaux qui ornaient l'appartement de Doucet, laissent partir vers l'Amérique les fameuses *Demoiselles d'Avignon* de Picasso, toile qui marque le début du cubisme et que Doucet avait payée 25 000 francs par traites mensuelles... de 2 000 francs.

249

Doucet laisse une veuve, qui disparaît à son tour. Ce n'est qu'en 1972 et 1973 qu'on assiste à nouveau à une prestigieuse « vente Doucet ». Doucet, qui survit dans les bibliothèques auxquelles il a attaché son nom, constituées de livres qu'il n'avait jamais eu le loisir ni la curiosité de lire.

UN MEUBLE DE RÊVE

Croirait-on qu'il existe un meuble que l'on puisse nommer « le meuble le plus célèbre du monde » ? Et pourtant, il existe.

Ce meuble est un bureau à cylindre et, dès sa création, on l'a nommé « bureau du roi ». Si chaque objet connaît une aventure, celle de ce bureau est une aventure glorieuse.

Nous sommes en 1760 et Louis XV, le Bien-Aimé, donne l'ordre de construire pour lui un secrétaire qu'il veut prestigieux. L'ordre est reçu par le chevalier de Fontanieu qui occupe la charge d'intendant des meubles de la Couronne.

« Sire, serait-il agréable à Votre Majesté que je confie cette commande à Jean-François Œben ? »

— Excellente idée, j'aime beaucoup les créations magnifiques de cet ébéniste, et j'apprécie particulièrement son goût des mécanismes secrets et surprenants. »

Œben a été l'élève d'un des fils d'André-Charles Boulle, le fameux ébéniste de Louis XIV. C'est grâce à cet enseignement qu'il a pu développer sa technique incomparable des mécaniques superbes.

Le choix d'Œben se révèle d'autant plus intéressant que l'artiste est logé à l'arsenal de Paris. Cette situation géographique lui permet d'échapper entièrement aux contraintes que, sinon, les corporations d'ébé-

250

nistes parisiens n'auraient pas manqué de lui imposer. Il est entièrement libre pour réaliser son projet.

Mais l'accomplissement d'un ouvrage de cette importance demande de l'organisation et différentes étapes obligatoires. Ainsi que la collaboration de nombreux artistes excellant dans leurs spécialités respectives.

Œben réalise des dessins, des maquettes, qui sont suivies d'un modèle réduit en cire, peint aux couleurs prévues pour le meuble définitif. Une fois l'accord du roi obtenu, on passe à la phase suivante : la construction d'un bâti aux dimensions réelles. Sur ce bâti, on fixe des aquarelles qui donnent une idée des futurs panneaux de laque et des thèmes de décor choisis. Pour donner une vision encore plus fidèle du meuble, on sculpte en plâtre les modèles des bronzes qui orneront le meuble.

Le roi, qui suit le projet de très près, donne son avis tout autant que le chevalier de Fontanieu. On procède à des modifications. Tout cela demande du temps. Trois ans plus tard, on commence à avoir une idée plus précise de ce qui doit être un chef-d'œuvre de l'ébénisterie du XVIIIe siècle.

Catastrophe : Œben meurt au bout de ces trois années. L'œuvre a cependant bien avancé. Le bâti définitif est achevé, certains bronzes sont fondus, plusieurs panneaux de marqueterie ont été réalisés.

Œben laisse une veuve : elle n'a plus qu'à reprendre la direction de l'ouvrage. Heureusement pour elle, un ancien apprenti du regretté ébéniste travaille sur l'œuvre : Jean-Henri Riesener, d'origine allemande lui aussi, reprend le flambeau. Il fait même mieux puisqu'il... épouse la veuve d'Œben, sœur d'un autre célèbre ébéniste, Roger Van der Cruse, dit « Lacroix », qui signait ses propres œuvres RVLC. Riesener accède bientôt à la maîtrise et lui aussi est logé à l'Arsenal. Comme Œben, il a le privilège de pouvoir engager autant d'ouvriers qu'il le juge bon, de créer lui-même les bronzes qui vont décorer ses meubles...

Neuf ans vont passer avant que le meuble soit livré à Louis XV. Nous sommes en 1769, et Riesener grave

251

dans la marqueterie, au dos du meuble, sa propre signature : Riesener f. (*fecit*). Entre 1774 et 1784, il ne livre pas moins de sept cents autres meubles à la Cour.

Il n'est pas le seul artiste qui puisse être légitimement fier du « bureau du roi ». Il y a aussi Wynant Stylen, ébéniste qui s'est penché sur les marqueteries, ou Jean-Claude Duplessis, qui a créé les bronzes, fondus ensuite par Hervieux. L'horloger Lépine a construit la pendule à deux cadrans qui surmonte le meuble ; mission difficile, car les mouvements du cylindre, au moment où l'on ouvre ou ferme le bureau, ne doivent en aucun cas perturber l'exactitude de cette pendule. Des bougeoirs ornent le devant du meuble. Un bas-relief de bronze doré représente *Minerve et les Arts*, les panneaux de marqueterie représentent l'Astronomie et les Mathématiques.

Le bureau est payé la somme exorbitante de 62 775 livres. Une vraie fortune. Il prend place dans le cabinet doré du souverain, qui l'utilise avec plaisir pendant les cinq années qui lui restent à vivre. Louis XV prend le plus grand soin de son meuble étonnant car, au cours de ces cinq ans, par trois fois Riesener lui-même séjourne à Versailles, avec mission de « repolir la marqueterie, nettoyer les bronzes et vérifier les mécanismes ».

Louis XVI succède, à regret, au défunt Louis XV. En 1789, la Cour quitte Versailles pour Paris, mais le bureau du roi demeure à Versailles. Il y reste en paix pendant les heures terribles de la Révolution. Certains estiment que ce vestige de la royauté abhorrée pourrait être vendu, y compris à l'étranger, et faire rentrer de bonnes pièces d'or dans les caisses révolutionnaires. Mais ce projet n'a pas de suite, heureusement pour nous. Au contraire le bureau devient « monument national ».

1794 : le plus dur de la tourmente est passé, Louis XVI et Marie-Antoinette ont été exécutés, la royauté, croit-on, n'est plus qu'un souvenir... Que va devenir ce bureau dont le style n'est plus du tout dans le goût du jour? On l'entrepose au Garde-meuble, qui donne sur notre actuelle place de la Concorde. On en fait même une estimation : 30 000 livres, à peine la moitié du prix payé à ses auteurs. Riesener, qui exerce toujours sa profession, procède à quelques aménagements « diplomatiques ». Il supprime le chiffre du roi Louis XV et le remplace, sur les côtés du meuble, par des plaques de porcelaine ornées de figures antiques et allégoriques. Il modifie les emblèmes de la marqueterie, qui rappelaient de manière trop précise la défunte royauté.

C'est Riesener encore qui, en 1796, procède au démontage complet de ce meuble qui est une véritable mécanique de précision. Puis il le remonte, au moment où l'on décide de l'entreposer aux dépôts des Archives nationales, dans le palais des Tuileries. Le bureau va y demeurer pendant longtemps, puisque c'est Menneval, secrétaire de Napoléon Ier, qui l'en ressortira pour son usage personnel.

En 1808, nouveau déménagement : le bureau de Louis XV, qui jure sans doute trop avec le style antique et égyptien à la mode, est réexpédié au Garde-meuble. Ni Louis XVIII, ni Charles X, les frères de Louis XVI, ne semblent s'en être préoccupés. Il faudra attendre que le duc d'Orléans — fils de Louis-Philippe, roi des Français — s'y intéresse et organise son retour au palais des Tuileries. Nous sommes aux environs de 1840.

Changement de dynastie : arrivée au pouvoir de Napoléon III, et de son épouse, la belle Eugénie de Montijo. Elle a toujours eu une adoration pour Marie-Antoinette, et elle demande que le bureau de Louis XV soit installé au palais de Saint-Cloud, où elle l'utilise dans son cabinet de travail. Mais, en 1870, le bureau réintègre les Tuileries.

Œben, qui est mort avant de voir achever le chef-d'œuvre dont il a eu l'idée première, travaillait déjà à d'autres meubles du même style superbe et tout aussi

253

ingénieux. L'un d'entre eux, plus petit que le « bureau du roi », devait être le bureau de Madame de Pompadour. Le succès du meuble livré par Riesener est tel que de toutes parts on réclame des copies de cette merveille. L'ébéniste, dans les années qui suivent, livre au moins quinze nouveaux exemplaires destinés à différentes résidences royales. Certains sont de mêmes dimensions, d'autres plus petits, comme celui destiné à Marie-Antoinette.

L'artisan sait s'adapter aux caprices de la mode; plusieurs de ces meubles sont de style Louis XV mais, avec l'évolution du goût, les autres vont adopter le style Louis XVI, moins souple, plus inspiré de l'Antiquité, plus sobre. Différences aussi dans les matières, qui vont de la simplicité du noyer à l'extravagance des marqueteries de nacre (pour Marie-Antoinette).

Le « bureau du roi », qui fait date, va faire école. Roubo publie un *Art du menuisier* dans lequel ce meuble occupe une place d'honneur. Et cela stimule les ébénistes rivaux de Riesener, qui s'attaquent à la production de meubles concurrents. Cet engouement va traverser l'Empire pour continuer sous la Restauration. Louis-Philippe lui-même, roi bourgeois connu pour son parapluie, passe commande d'un « bureau du roi » qui respecte la tradition du meuble de Louis XV.

Désormais, le bureau de Riesener va faire des petits. Outre-Atlantique, les ébénistes adoptent le système ingénieux de Riesener, qui bloque les tiroirs latéraux du bureau quand on ferme le cylindre principal... Puis on va passer aux copies du bureau le plus célèbre du monde. Wallace, le milliardaire créateur des fontaines parisiennes, philanthrope et ami de la France, en acquiert deux exemplaires qui sont toujours dans la collection qu'il a laissée.

Un Anglais, Lord Hertford, obtient de l'impératrice Eugénie la permission de copier le meuble. Louis II de Bavière, le roi fou, veut avoir le sien. Celui-ci sera signé de l'ébéniste Zwiener qui, malgré son nom, travaille à Paris. On peut le voir dans le cabinet pseudo-Louis XV du château d'Herrenchiemsee. Mais la série ne s'arrête pas là.

1878 : le président Loubet en fait exécuter une copie et l'offre au grand-duc Paul de Russie. On la retrouvera en vente publique à Londres en 1937... C'est l'ébéniste Dasson qui l'a signée. Il ne sera pas le dernier. On copie encore le bureau du roi en 1910, en 1912, en 1922, et même en... 1945. Ils sont alors signés de la maison Linke. On exécute une copie miniature au 1/10^c du meuble originel. Idée qui sera reprise plus tard par les professeurs de l'École Boulle... Deux cents ans après les premiers dessins d'Œben.

Quant à Riesener, sa gloire du temps de Louis XV n'était que le prélude à bien des malheurs. Veuf de Françoise, remarié à une très jeune fille, il connaît des difficultés financières, dues à la disparition de ses nobles et riches clients d'autrefois. Il meurt en 1806.

UNE RÉCLAMATION

Cela se passait, je m'en souviens encore, à l'ancien hôtel Drouot, salle 18. Une dame, dont j'ai oublié le visage sans doute avenant, achète pour cinq francs une mannette contenant une vingtaine d'objets divers. La vente se déroule sans incident... Quelle n'est pas ma surprise, quelques jours plus tard, de recevoir une lettre émanant de la Chambre de discipline !

Je l'ouvre avec angoisse, d'autant plus qu'il s'agit d'une plainte en bonne et due forme. Venant de la dame qui a acheté les vingt objets pour cinq francs... Plainte assortie d'une demande de remboursement.

Pour cinq francs ! Mais nous n'avons pas remboursé. L'étude a refusé, et l'affaire est montée plus haut. Jusqu'au Parquet, et nous avons eu le fin mot de l'affaire.

Il y avait dans le panier un dentier, que je n'avais d'ailleurs pas remarqué. Eh bien, la cliente avait acheté cette mannette dans l'espoir d'acquérir cette prothèse. Entrée en possession de son bien, elle a mis le dentier à tremper dans l'eau, et l'a ensuite glissé dans sa bouche purpurine pour remplacer les dents qui lui manquaient. Très déçue de constater que ce dentier d'« occase » ne pouvait en aucun cas trouver place dans sa cavité buccale, elle demandait, par la voie légale, le remboursement de son investissement.

J'ai répondu que j'étais commissaire-priseur, et non dentiste, et que mes obligations professionnelles s'arrêtaient à la vente.

FABULEUSE PRINCESSE

Il fait un temps vraiment gris et triste en cette fin d'après-midi de janvier 1953 dans la Côte-d'Or. En haut de la colline, un village parfaitement inconnu, sauf des gens de la région de Châtillon-sur-Seine, en plein pays bourguignon.

Nous sommes près du mont Lassois et pas très loin de l'emplacement probable d'Alésia. La région est fertile en sites archéologiques, car ce lieu de passage a été fréquenté depuis la plus haute Antiquité.

Pour l'instant, d'éventuels promeneurs pourraient voir un homme, apparemment un paysan, affairé à creuser le sol à coups de pioche. Il applique à son travail une technique spéciale : c'est celle d'un homme qui a l'habitude de creuser la terre pour y découvrir d'éventuels souvenirs archéologiques. Il sait qu'il faut se garder de détruire ou d'abîmer un objet enfoui, d'un coup de pioche malheureux.

Mais l'homme qui creuse, Maurice Moisson, n'est pas un archéologue : il n'est que la main experte au service d'un archéologue diplômé, René Joffroy. Et comme, en cette froide fin de fouilles, il reste encore un peu d'argent dans la caisse de Joffroy — 15 000 francs inutilisés sur l'allocation ouverte par le ministère — et bien que la campagne de fouilles soit terminée depuis le 29 décembre, Maurice Moisson continue de creuser, jusqu'à épuisement du budget. De toute manière, cet argent doit être consacré à des fouilles « gauloises ». Les gallo-romains sont « hors budget ».

On ne creuse pas n'importe où au hasard. Si René Joffroy a choisi cet emplacement en particulier, c'est à cause des indices déjà découverts. Les paysans, dans leurs travaux de labour, ont amené à la surface du champ des fragments de pierres qui sont jugés intéressants. S'il y a des fragments, c'est qu'il y a, plus profondément enfouis, des restes de bâtiments, peut-être détruits lors des invasions barbares. Qui sait si, plus bas, on ne pourrait pas découvrir des mosaïques, des monnaies, des statues ou des bijoux abandonnés précipitamment, ensevelis par l'écroulement d'une construction consécutif à un incendie... Un trésor peut-être. D'ailleurs, pour l'archéologue professionnel, tout est trésor. Chaque objet vient apporter une information, aussi modeste soit-elle, sur la vie de nos ancêtres...

En fait, ce qui intrigue Maurice Moisson d'abord, René Joffroy ensuite, c'est la présence, dans ce labour, de pierres qui n'ont aucune raison naturelle de s'y trouver. Elles ont certainement été apportées là pour servir à la construction d'un bâtiment aujourd'hui disparu... Joffroy réfléchit, et Maurice Moisson creuse seul, sous la bruine. Il est accompagné de René Paris, collaborateur de René Joffroy.

Dans la tranchée d'exploration, les hommes mettent à jour ce qui est de toute évidence une installation de la main de l'homme : une sorte de hérisson constitué de pierres dressées sur chant et inclinées. Ne serait-ce pas le haut d'un de ces tumulus funéraires, si nombreux dans la région ? On creuse, on creuse dans la gadoue, car on est au niveau de la Seine toute proche. Pas de doute, il s'agit d'une tombe, mais il y a fort à parier qu'elle est vide. En descendant assez profond, on pourrait cependant peut-être découvrir le rasoir de bronze que les Celtes enfouissaient souvent bien en dessous du corps du défunt. Histoire de se consoler de ces longues heures les pieds dans l'eau sous la neige glacée.

Soudain, à la nuit tombante, Moisson heurte une masse métallique importante. « Oh, là! On dirait que c'est du bronze! »

Maurice Moisson remet la terre en place sur l'objet de métal. Autant ne pas attirer l'attention.

Quand il prévient Joffroy, il lui dit : « On dirait un bât de mulet. »

Le lendemain, Joffroy, malheureusement, est pris toute la matinée par ses obligations de professeur de philosophie, de latin, de français. À midi, il saute sur sa motocyclette et file chez Moisson. Contrairement à son habitude, celui-ci a trompé son impatience en dégageant, malgré les ordres, une poignée de bronze et un vase grec, brisé mais complet.

Il faut retourner sur le terrain, qui n'a rien d'attirant. Les pluies ont transformé le champ en bourbier. Mais les deux hommes sont décidés à en savoir plus. Il fait froid, la boue est glacée, mais ils commencent à dégager l'objet mystérieux.

Moisson a dissimulé le petit chantier sous un sac à pommes de terre. Quand il l'enlève, on voit bientôt une tête de gorgone en bronze, horrible personnage, mais superbe sculpture. L'émotion monte d'un cran quand ils dégagent ce qui ressemble à une anse, énorme, ornée d'une volute. Elle est fixée sur le flanc de ce qui semble être un vase gigantesque... Au fur et à mesure qu'ils dégagent le vase, leur cœur commence à battre la chamade. La présence d'un objet aussi colossal ne peut que présager d'autres trésors passionnants.

Les télégrammes partent, et les fouilleurs sont rejoints par l'abbé Mouton, M. Wernert, directeur de la circonscription préhistorique, et M. Gaudron, inspecteur des musées. Les villageois se pressent sur le chantier. On doit leur donner des explications, les empêcher de piétiner les abords de la tombe. Il faut, pour creuser plus profondément, utiliser une pompe qui aspire la boue. Ce sont des pompiers voisins qui la fournissent. Mais, quand on veut l'utiliser, elle se révèle plus refoulante qu'aspirante, et les archéologues se retrouvent douchés à l'eau glacée et boueuse...

258

Le dégagement total de leur trouvaille ne leur demandera pas moins de 178 heures de travail. Mais il faut interrompre la fouille, car tous les participants se retrouvent au fond de leurs lits respectifs, terrassés par la grippe. Au bout du compte leur découverte se révèle être une tombe, somptueuse et intacte, ce qui est rare. Une fois enlevée toute la terre, on peut faire le bilan de tous les objets admirables qu'elle contient : des bassins et des coupes en bronze, une coupe en argent, des bracelets en schiste et en perles d'ambre, les éléments métalliques d'un char, et une coupe... grecque. Mais il y a aussi un superbe diadème en or pesant 480 grammes, qui fera s'évanouir Mme Moisson quand on le lui montrera.

Le premier vase de bronze est un « cratère », c'est-à-dire un récipient destiné à mélanger l'eau et le vin. Apparu le premier, il n'est pas en très bon état. On peut déduire qu'il a été endommagé, il y a fort longtemps, par la chute du toit qui devait protéger la tombe. Quand le désormais célèbre « vase de Vix » — d'après le nom du village qui domine le site — aura retrouvé sa forme première et sa beauté originelle, on verra qu'il mesure 1 mètre 64 de haut, 1 mètre 27 de diamètre. Il pèse 208 kilos et peut contenir 1 100 litres de liquide. Il est orné de figures de gorgones et d'une frise représentant des guerriers grecs suivant des chars montés par des auriges, tirés chacun par quatre chevaux. Son couvercle est orné d'une figure féminine, que les années avaient enfouie au milieu du cratère, dans la terre et les cailloux... Une pièce vraiment exceptionnelle, et même unique au monde.

Commence alors l'étude minutieuse des autres objets découverts dans la tombe. On estime qu'elle date d'au moins deux mille cinq cents ans. Les bijoux d'or nous en disent plus : un collier doit provenir des rives de la mer Noire, alors peuplées de cavaliers redoutables qui sont tout à la fois d'admirables orfèvres : les Scythes. Une cruche semble originaire d'Étrurie, au cœur même de l'Italie.

Indépendamment des objets, on a recueilli des ossements mélangés à des bijoux, un crâne orné du fameux diadème. Le corps a été, au moment de l'ense-velissement, déposé dans une sorte de caisse qui constitue la partie principale d'un char funéraire. Les roues du char, démontées, avaient été rangées le long des parois de la fosse, disons plutôt de la chambre funéraire. On découvrira, en reconstituant ce véhicule destiné à transporter la défunte dans ses déplace-ments outre-tombe, qu'il comporte un avant-train tournant, innovation qu'on avait crue plus récente de deux mille ans.

On en sait bientôt davantage sur la défunte, car plus aucun doute n'est permis : cette tombe est celle d'une femme âgée d'environ trente ans. En général, les tombes dans lesquelles on a découvert des person-nages ensevelis avec leur char étaient toutes des sépul-tures d'hommes. Qui était donc la mystérieuse prin-cesse ?

Il y a deux mille cinq cents ans, les Grecs venaient de fonder Marseille. Ce sont d'ailleurs des Grecs qui arrivaient de Phocée, en Turquie. Ces Grecs deviennent alors les voisins des Ligures, qui vivent tout près, et des Celtes, qui donneront naissance aux Gaulois. Ces Celtes qui, selon les traditions orales, arrivaient des régions rhénanes. Certains se sont fixés sur le mont Lassois, qui offrait des commodités de défense.

La « dame de Vix » était-elle une prêtresse ? Rien, parmi les objets et ornements que l'on a découverts, ne permet de l'affirmer. Ce devait probablement être une princesse, théorie appuyée par le fait qu'à la même époque certaines tribus celtes d'Angleterre étaient sous l'autorité de reines. Avait-elle un roi ? Est-il encore enseveli dans la région ? Nul ne le sait.

Cependant, on se pose la question de savoir com-ment cette princesse pouvait se trouver en possession de ces objets scythes, étrusques, grecs. Quelle était la monnaie d'échange qui permettait à sa tribu de se les procurer ?

On arrive à la piste de l'étain. Ce métal est indispensable pour la fabrication du bronze. Comme le cuivre. Mais si le cuivre est très présent dans tout le bassin méditerranéen, l'étain, fort rare, devait être importé d'aussi loin que les îles Cassitérides, du grec *kassiteros*, c'est-à-dire étain. Ces îles ne sont autres que les îles Sorlingues, au sud-ouest de la pointe de la Cornouailles, c'est-à-dire tout simplement le bout du monde connu, pour les Anciens.

Ils naviguent jusqu'à ces îles pour s'approvisionner et emporter les lingots d'étain jusqu'à l'embouchure de la Seine. Là, on les dépose sur des barques à fond plat que les riverains vont haler et qui arrivent jusqu'à Vix. Des Grecs de Marseille, de leur côté, remontent le Rhône, puis ils passent sur la Saône. Des convois formés par les bêtes qui ont halé leurs barques sont offerts, chargés de présents, aux Celtes ; ceux-ci donnent l'étain des Sorlingues en échange. Sans doute certains marchands, conscients du fait qu'une femme règne sur ces peuples, ont-ils apporté des cadeaux somptueux : le vase de Vix; démonté, des coupes grecques, des amphores de vin grec. Dès que l'échange est fait entre les Grecs, vêtus de vêtements clairs, et les Celtes, vêtus de peaux, portant des pantalons et armés de glaives inquiétants, les Grecs repartent vers le soleil. Ils n'ont plus qu'à se laisser descendre au fil du Rhône.

Après un séjour au Louvre, le vase de Vix, chef-d'œuvre unique de l'art grec, est revenu à Châtillon-sur-Seine.

UN TRÔNE CONVOITÉ

L'abbaye de Westminster possède un trône qui est utilisé, depuis des temps immémoriaux, pour le couronnement des souverains britanniques. Sous le siège est encastré un bloc de grès rapporté d'Écosse par le roi Édouard Ier. On prétend que c'est sur ce bloc que le

261

patriarche Jacob a reposé sa tête. Et, on ne sait par quel avatar, c'est sur cette même pierre que les rois d'Écosse ont longtemps régné. Édouard Ier d'Angleterre, en s'emparant de cette pierre sacrée, espérait ainsi asseoir — c'est le cas de le dire — sa légitimité sur le vieux peuple des *Scotsmen*.

Depuis l'époque de ce « rapt », à la fin du XIIIe siècle, certains Écossais rêvent, de génération en génération, du retour de la pierre ancestrale. Et c'est ainsi qu'au cours de la nuit de Noël 1950, quatre patriotes écossais — trois hommes et une femme —, s'étant introduits par effraction dans l'abbaye de Westminster, s'emparèrent de la « pierre du couronnement », ou « pierre de Scone », du nom de cette ville dans le comté de Perth, et l'emportèrent en Écosse...

Au retour de la Seconde Guerre mondiale, bon nombre de jeunes Écossais rêvaient de voir les rapports entre Écosse et Angleterre sous un jour nouveau. Oh, loin d'eux l'idée d'une indépendance absolue, mais plutôt celle d'une nouvelle union. Après tout, les Écossais considéraient, à juste titre, que les Anglais les avaient trompés, brimés, et surtout qu'ils avaient réduit à néant leur indépendance millénaire.

À l'université de Glasgow, un étudiant en droit, Ian Hamilton, en vient à concevoir le vol de la pierre du couronnement comme l'action la plus susceptible d'avoir un retentissement mondial, la plus à même d'éclairer la volonté de changement des patriotes écossais.

Les Écossais qui avaient, sous la direction de Robert Bruce, remporté une victoire longtemps espérée, avaient autrefois obtenu, en théorie, la restitution de la « pierre du destin ». Mais cette restitution ne vint jamais, et c'est pourquoi Ian Hamilton décide de prendre les choses en main. Il commence par compulser tous les ouvrages disponibles à la bibliothèque Mitchell, à Glasgow, et étudie tous les documents se rapportant à l'abbaye. Le personnel de la bibliothèque note soigneusement tous les mouvements de livres empruntés ou consultés par l'étudiant. Celui-ci fait des plans, des calculs. Puis il s'attaque au financement de l'expédition. Un homme d'affaires écossais lui avance... cinquante livres sterling, et le présente à Robert Gray, ardent patriote et conseiller municipal de Glasgow. Lui aussi est enthousiaste car, dans sa jeunesse, il a aussi tenté de récupérer la « pierre du destin ». En vain.

Hamilton part pour Londres par le train. Il se sent comme investi d'une mission par tous les Écossais des siècles précédents, qui ont tant voulu récupérer la pierre sacrée. Il se mêle à la foule des touristes qui visitent l'abbaye de Westminster, et flâne en essayant d'évaluer la robustesse des portes, la solidité des serrures.

Son cœur bat plus fort quand il arrive devant la fameuse pierre. Elle est encastrée dans une sorte de caisse ajourée, sous le siège du couronnement, dans la chapelle d'Édouard le Confesseur. Ce n'est pas un simple petit caillou : elle mesure 42 centimètres de large, sur 62 centimètres de long et 27 centimètres d'épaisseur. Ce qui en fait une masse de près de deux cents kilos. À chaque extrémité, des maillons de chaîne fixés dans la pierre permettent de la soulever le cas échéant. Hamilton constate que l'on pourrait la déplacer sans avoir à endommager le trône vénérable dans lequel elle est installée.

Le jeune homme fait parler les gardiens :

« Comme tout est propre ici... Je suppose que, la nuit, des femmes de ménage entrent en action ?

— Pas du tout. »

Un dernier coup d'œil, pour repérer le petit local où se tient le gardien de nuit. Puis, avant de reprendre le train pour Glasgow, il passe encore un long moment à errer autour de l'abbaye, histoire d'observer d'éventuels mouvements de police. Il regagne l'Écosse le cœur léger, car son projet fou lui semble désormais tout à fait réalisable.

Hamilton se confie à son ami Neil, lui aussi sympa-

263

thisant de la cause écossaise. « Voilà, il faut que le soir de l'opération l'un de nous se laisse enfermer dans l'abbaye. Il suffit de se dissimuler dans les échafaudages d'une chapelle en cours de restauration. En tant qu'initiateur de ce projet, je réclame cet honneur. Je n'aurai qu'à rester tranquille jusqu'après la dernière ronde du veilleur de nuit, disons vers deux heures du matin. C'est à ce moment-là que j'entreprendrai de dévisser la serrure d'une des portes extérieures pour permettre au reste de l'équipe d'entrer. Il nous suffira de soulever la pierre grâce à une barre de fer et de la transporter au-dehors, jusqu'à une voiture discrète qui nous attendra non loin de là. Nous partirons, puis nous changerons de véhicule, par précaution, et nous transporterons la pierre jusqu'à Dartmoor (ville au nom sinistre, puisqu'il évoque une célèbre prison). La voiture, une fois vide, prendra la route... du pays de Galles, on ne sait jamais, au cas où elle aurait été repérée.

— Il faut à présent choisir une date.

— Tout bien réfléchi, la meilleure date serait sans doute la nuit de Noël. Les Anglais sont trop occupés à célébrer la fête pour penser à autre chose. »

Neil, son complice, émet des objections, car il a accepté une foule d'invitations pour cette semaine-là. Alors Hamilton déclare : « Si tu n'es pas disponible, j'irai seul ! »

Mais cette solitude soudaine ne l'enchante pas. Un soir, dans une réunion, il remarque une jeune Écossaise nommée Kay, dont les sentiments patriotiques ne font aucun doute. Une idée le frappe : « Rien de tel qu'une jeune femme pour se donner l'air innocent. » Hamilton lui fait part de son projet, sans chercher à finasser.

« Voulez-vous m'aider ?

— Euh, je ne sais pas. Enfin... que faudrait-il faire ? »

Quelques jours plus tard, un troisième patriote — Gavin, jeune élève ingénieur — se joint au projet. Il est très fort, très audacieux, et il loue une voiture, une Anglia, pour la nuit du « crime ». Désormais, les trois complices passent tout leur temps libre à revoir leurs plans. Puis ils font l'acquisition d'une trousse de cambrioleur : une énorme pince-monseigneur, des limes, une scie à métaux, du fil d'acier. Hamilton installe toute cette panoplie de manière à ce qu'elle soit entièrement dissimulée par le grand manteau de laine qu'il compte revêtir cette nuit-là. Au dernier moment, l'équipe s'agrandit d'un grand garçon blond de vingt ans, nommé Alan. Tout semble prêt, le 22 décembre les conspirateurs prennent la route pour Londres, à bord de l'Anglia et d'une Ford.

Aussitôt sur les lieux, Kay et Alan repèrent la route de Dartmoor. Hamilton, de son côté, se harnache avec tous les outils, qui lui donnent un peu l'air d'une femme enceinte. À cinq heures, il pénètre dans l'abbaye, suivi par Gavin qui le couvre. Hamilton repère un chariot, sous lequel il pense se dissimuler jusqu'au moment de l'action. Il s'étend et essaye de garder son sang-froid. Puis il risque un œil : l'abbaye s'est vidée et tout est calme. Gavin est ressorti avec les autres touristes. Hamilton se glisse enfin hors de sa cachette... juste à temps pour tomber nez à nez avec un gardien barbu qui fronce les sourcils.

« Que faites-vous là ? »

Le jeune Écossais prend l'air penaud, explique qu'il a été enfermé par erreur et qu'il n'a pas appelé à l'aide par peur du ridicule. L'autre lui dit qu'il a eu de la chance de ne pas avoir été assommé par un gardien de nuit armé de sa matraque... On le reconduit jusqu'à la porte ; il rattrape de justesse la pince-monseigneur qui s'est détachée de sa bretelle ! Le gardien, bon bougre, prend Hamilton pour un sans-domicile et lui propose un peu d'argent.

« Alors, Joyeux Noël ! »

Hamilton retrouve Gavin et lui raconte ses déboires. Il faut rejoindre Kay et Alan.

Les quatre jeunes gens envisagent de renouveler leur tentative, mais ils n'ont plus droit à l'erreur : un second échec serait lourd de conséquences psychologiques. Le peuple écossais tout entier serait couvert de ridicule. Ils décident alors de tenter une nouvelle effraction le lendemain soir. Ils passent le reste de la nuit à errer autour de l'abbaye, puis garent leurs deux voitures et se reposent un peu.

La journée du lendemain est entièrement consacrée à rôder autour et à l'intérieur de l'abbaye. Kay a pris froid et, toute grelottante, elle doit se reposer dans une chambre d'hôtel; mais les compatriotes font le serment de la tenir au courant de tout événement nouveau.

Les garçons ont découvert que l'une des portes du sanctuaire, celle du « coin des poètes », était en pin, donc plus fragile que les portes de chêne. L'équipe s'inquiète un peu de la fréquence des rondes. Mais ils s'aperçoivent que l'accès à la « porte des poètes » peut être facilité par la présence d'un chantier, installé au bout d'une impasse qui mène à l'abbaye. Une foule joyeuse envahit déjà les rues avoisinantes...

À deux heures du matin, ils décident de passer à l'action mais, fidèles à leur promesse, ils vont d'abord récupérer Kay. Le patron de l'hôtel, intrigué par ces jeunes gens qui viennent chercher sa cliente en pleine nuit, intervient en... appelant la police !

Un inspecteur de la sûreté vient les contrôler. « En cette nuit de Noël, on vole des centaines de voitures... »

Il note soigneusement le nom et l'adresse de Hamilton. Mais celui-ci ignore le numéro de la voiture qu'il conduit et le nom du garage où elle a été louée par Gavin. Un car de police arrive. On va chercher Gavin qui attend un peu plus loin, dans la Ford. Dieu merci, il possède les documents de la location. Tout s'arrange, avec les excuses de la police. Quatre heures sonnent à Big Ben. Les garçons s'attaquent à la porte du « coin des poètes ». Elle finit par céder, avec un fracas épouvantable... Les comploteurs entrent dans l'abbaye, entièrement noyée d'obscurité. À la lueur d'une lampe de poche, ils se retrouvent devant la pierre; mais lorsqu'ils soulèvent la latte de bois prévue pour la déplacer, celle-ci se fend. Les trois garçons tirent, poussent, et la pierre bouge enfin. Hélas! elle est si lourde qu'il est impossible de la porter à bout de bras. Il faut la déposer sur le manteau de Hamilton et la faire glisser sur le sol. Ça marche! Un peu trop facilement, même : les conspirateurs comprennent alors que la pierre est cassée en deux et qu'ils n'en emportent qu'un tout petit fragment.

« Nous avons cassé la pierre! »

Heureusement non : la lumière révèle que la cassure est ancienne. Personne ne le savait. Hamilton attrape le fragment, de 45 kilos environ, et fonce tel un joueur de rugby qui veut marquer l'essai. Il jette la pierre dans la voiture où Kay attend, puis il repart en courant pour récupérer le reste. Kay, soudain, met l'Anglia en route et se rapproche de l'abbaye, bien trop tôt...

« J'ai été vue par un agent. Il arrive : tenez, le voilà! » Hamilton monte dans l'auto, jette son manteau sur le fragment de la pierre, et embrasse Kay à bouche que veux-tu.

« Qu'est-ce qui se passe ici? », demande l'agent en prenant l'air farouche. Les « amoureux » n'ont pas besoin d'expliquer. Le bobby est gentil et il s'ennuie en cette nuit de fête. Le voilà qui pose son casque sur le toit de la voiture et allume une cigarette. Il a envie de bavarder un peu. Kay et Hamilton sont moites d'angoisse. Surtout que pendant ce temps-là, les deux autres garçons arrivent derrière la palissade du chantier, en traînant le reste de la pierre de Scone. Ils font un bruit du diable, et restent pétrifiés en apercevant l'agent qui fume à côté de la voiture.

À présent, la cigarette est terminée. Il faut se séparer. Kay démarre en zigzaguant. Hamilton réfléchit : « Mettons le premier morceau de la pierre dans la Ford. Ensuite, Kay, tu n'auras qu'à partir pour le pays de Galles. Impossible de revenir sur place avec l'Anglia. »

Mais au moment de procéder au transfert d'une voiture à l'autre, Hamilton se souvient que les clefs de la Ford, garée plus loin, sont restées dans la poche de son manteau... ce manteau qui, coincé sous le second morceau de la pierre, sert à le faire glisser vers la porte du « coin des poètes ». On laisse donc le premier morceau dans l'Anglia, et Kay ramène Hamilton près de l'abbaye, avant de disparaître avec la voiture. Pourvu que l'agent soit allé ailleurs... Hamilton pénètre à nouveau dans le chantier, puis dans l'abbaye. Il heurte du pied le second fragment de la pierre, mais Gavin et Alan ont disparu... ainsi que le manteau.

Hamilton sort et réfléchit... Les clefs ! Où est le manteau qui contient les clefs ? Il repart en courant vers l'abbaye, mais en oubliant la lampe de poche. Il fait alors, à quatre pattes, le trajet entre la porte brisée et le trône. Il s'éclaire en craquant des allumettes et tâte le sol. Soudain, sa main touche... le trousseau de clefs ! Il fonce vers l'extérieur, rejoint la Ford. Quelle heure est-il ? Hamilton s'aperçoit alors qu'il a perdu son bracelet-montre dans l'aventure. Il fait reculer la voiture jusqu'au chantier, au fond de l'impasse. Puis, tout seul, avec une force décuplée par le désespoir, il traîne le second fragment de la pierre jusqu'au coffre, le redresse et le fait basculer à l'intérieur. Et il démarre. Sans qu'il le sache, le veilleur de nuit de l'abbaye est en train d'appeler la police pour signaler le vol.

Hamilton, ivre de la joie de la victoire, se dit qu'il a réussi et que désormais il va devenir un héros national écossais. Mais pour l'instant, il faut s'éloigner de Londres avant que la police n'établisse des barrages. Cependant, par fatigue et par énervement, il se perd dans les petites rues qui entourent l'abbaye, et tourne en rond. Jusqu'au moment où, dans la lumière de ses phares, au milieu d'une ruelle, il voit... Gavin et Alan ! Nouveau problème : avec la charge de la pierre de Scone, impossible de monter tous les trois dans le véhicule. Gavin devra prendre le train. « On se retrouve à la gare de Reading, vers seize heures. »

Alan explique alors que Gavin et lui ont aperçu une voiture de police et qu'ils se sont enfuis... en abandonnant le manteau de Hamilton sur les lieux. Son propriétaire ne l'a simplement pas vu dans l'obscurité. Un manteau d'étudiant organisé, avec une belle étiquette à son nom sur la poche intérieure... Alan et Hamilton partent cependant, un peu au hasard, en direction de Rochester. La Ford emprunte un chemin de terre et là, dans un fossé, les « ravisseurs » abandonnent le trésor national écossais.

Hamilton est persuadé qu'il est repéré, à cause de l'étiquette de son manteau. Il prévoit donc de déposer Alan à la gare de Reading, pour que celui-ci, seul, retrouve Gavin. Ils loueront tous deux une nouvelle voiture, récupéreront la pierre dans l'eau du fossé et l'emmèneront à Dartmoor. Hamilton, lui, filera vers le pays de Galles avec la Ford.

« Mais auparavant, tout de même, se dit Hamilton, il faut retourner à Londres et tenter de récupérer le manteau. » Et que voit-il en arrivant sur le parking ? Le manteau. Gavin et Alan l'ont bien abandonné dans la boue... il est toujours là, en piètre état, il faut l'avouer.

Hamilton dépose donc Alan à la gare de Reading, puis se met en route, pour le pays de Galles. Mais puisque la police n'a pas trouvé son manteau, il change d'avis et fait demi-tour pour rejoindre ses deux amis. Heureuse initiative. Car, à la gare de Reading, Alan attend en vain Gavin, qui a raté le train.

Hamilton téléphone à Neil, son complice en Écosse. L'autre est fou de joie : « La presse et la radio n'arrêtent pas de parler de vous. La frontière entre l'Écosse et l'Angleterre est fermée. Voilà quatre cents ans que nous attendions ça ! »

Hamilton et Alan prennent la route qui mène au fossé où ils ont abandonné la pierre, la récupèrent et passent une partie de la nuit à la recherche d'une cachette définitive et sûre. Vers minuit, ils aperçoivent une rangée d'arbres, visibles depuis la route. Ces arbres bordent une sorte de ravin, sans rien à signaler, sauf des papiers gras et de la paille... Les deux garçons creusent un trou dans lequel ils font glisser leur précieux dépôt. Un peu de paille par-dessus, et voilà.

Puis ils foncent vers l'Écosse. Il y a quatre-vingt-dix heures que Hamilton n'a pas fermé l'œil. Parfois ils s'arrêtent au bord de la route, pour un petit somme. Ils sont fous de joie et chantent à tue-tête. Mais vers le milieu de l'après-midi, Alan annonce : « Voilà la police ! »

Les policiers les contrôlent, notent leur identité et les informent :

« C'est à cause du vol de la pierre du couronnement. Vous ne l'auriez pas vue, par hasard ?

— Non ! Mais on aurait dû faire ça plus tôt. »

Les policiers anglais ne sont pas du même avis et parlent de l'unité nationale...

Enfin, à dix heures du matin, nos « héros » franchissent la frontière entre Écosse et Angleterre. Désormais, tous les Écossais sont là pour les aider. Ils commencent par aller chez les parents d'Alan et racontent tous les détails de l'histoire. On leur annonce que Kay est rentrée chez elle sans encombre. Mais elle aussi a connu des problèmes : à peine venait-elle de quitter Hamilton avec l'Anglia qu'elle a entendu un fracas épouvantable. Le fragment de la pierre qu'elle transportait venait de tomber sur la chaussée, car le coffre avait été mal fermé... Kay, malgré sa grippe et sa taille toute menue, a saisi le bloc de pierre, l'a remis dans le coffre et a refermé soigneusement celui-ci. Puis elle a emmené l'Anglia chez des amis... anglais, à Birmingham. Sans rien leur dire. Et elle est rentrée en Écosse par le train.

Dès lors la joyeuse équipe se répand en commentaires délirants sur la façon dont ils auraient volé la pierre si quelqu'un « n'était pas passé par là avant eux ». Tout le monde se perd en suppositions sur l'identité des nationalistes héroïques qui ont fait le coup... Serait-ce un coup des communistes ? Des anarchistes ? D'amateurs d'antiquités ?

Les conspirateurs n'ont pas prévu une chose : George VI, le roi d'Angleterre, se montre très affecté par le vol. Sans hésiter, ils lui écrivent une aimable lettre, où ils confirment les sentiments de loyauté du peuple écossais et donnent les raisons de leur geste...

Mais d'où vont-ils poster leur missive ? Édimbourg ? Glasgow ? Ils choisissent cette dernière ville, en se disant : Scotland Yard va penser qu'il s'agit d'une ruse, et enquêter à Édimbourg. Erreur fatale, les policiers anglais concentrent tous leurs efforts sur Glasgow...

Cependant, la pierre ne peut rester indéfiniment dans son trou, derrière le rideau d'arbres.

« Nous allons profiter du Jour de l'An pour la sortir de là. Car, pour l'instant, elle est toujours en Angleterre, et non en Écosse. »

Et les jeunes gens décident de partir avec la voiture des parents d'Alan. On tombe d'accord pour dissimuler la pierre à la place du siège arrière. Neil et Joss, deux amis, sont du voyage. Ils partent en chantant, et finissent par arriver auprès de la rangée d'arbres. Mais là, une surprise les attend : des gitans viennent d'établir leur campement — deux roulottes — juste à l'endroit où repose la pierre. Neil engage le dialogue, sous le prétexte de se chauffer au feu de bois. Puis, il fait dériver la conversation vers la liberté, thème éternel. Enfin, il avoue : « Nous devons récupérer quelque chose ici, sinon nous irons en prison. »

Le gitan répond : « Pas maintenant, il y a un homme de la région près de l'autre roulotte. »

L'inconnu finit par s'éloigner, à bicyclette. Les Écossais sautent sur le talus : la pierre est toujours là ! Avec l'aide des gitans, ils la récupèrent. Les gens du voyage refusent toute gratification...

Puis les conspirateurs repassent par Londres. Les gros titres de la presse parlent tous de la pierre sur laquelle ils sont assis. On offre mille livres de récompense. Ils reprennent la route. La neige se met de la partie et le retour est particulièrement pénible. À 2 heures 30 du matin, ils pénètrent en Écosse. Ils s'arrêtent et portent un toast avec du scotch. Ensuite ils déposent la pierre de Scone dans une usine de Glasgow. Désormais, elle passera de main en main, chez des patriotes de plus en plus nombreux. Les journalistes apprennent des choses que la police continue à ignorer. Personne ne parle, même pour mille livres. Scotland Yard consulte une voyante et un sourcier : en vain.

C'est la police de Glasgow qui, ironie du sort, finira par découvrir les coupables. Sans enthousiasme. Ils s'intéressent à Kay, la cuisinent pendant cinq heures : elle ne dit rien. Puis on interroge Hamilton, Alan et Gavin, qui nient toute participation et sont relâchés.

Mais la pierre ne peut pas finir dans une caisse. Il faut qu'elle revienne à la lumière. Les conspirateurs la font réparer. Enfin, nos quatre amis décident d'aller la déposer dans les ruines de l'abbaye d'Arbroath, haut lieu de l'indépendance écossaise. Ils l'y déposent à midi pile.

Les Anglais, prévenus, foncent, s'emparent de la pierre et la rapportent, de nuit, à Westminster. Elle était en place pour le couronnement d'Elizabeth II. Les responsables, enfin démasqués, ne furent pas inquiétés, ni même poursuivis.

MAJOLIQUES ITALIENNES

Je débutais dans la carrière, et je n'étais encore que ce qu'on nomme un « clerc amateur ». Mais j'étais plein de bonnes intentions (celles dont l'enfer est pavé), et d'initiatives, pas toujours très heureuses.

J'assistais à une vente où on livrait « au feu des enchères » deux énormes majoliques italiennes. Les majoliques italiennes sont des faïences décoratives très colorées, de style baroque. Certaines sont superbes. Ce qui était remarquable dans celles-ci en particulier, c'est que leur masse imposante reposait sur des pieds d'une finesse extrême. Les commissionnaires apportent ces majoliques, chacune présentée à l'intérieur d'une caisse. Au moment où ils vont les déballer, j'estime que leurs grosses mains sont un peu trop rudes pour ces merveilles, et je lance : « Laissez, je m'en occupe ! »

Il faut noter que la faïence est beaucoup plus fragile que la porcelaine.

Je sors le premier vase de sa caisse grossière. Il mesurait au moins un mètre de haut sur soixante-dix centimètres de large. Je procède avec tout le doigté dont j'étais capable et... je brise le pied du vase. La vente devait avoir lieu le lendemain.

Il ne restait plus qu'une chose à faire : se précipiter chez le père Lajoue, un réparateur de faïences et de porcelaines, qui demeurait tout à côté de Drouot. Il était toujours prêt à nous sortir d'affaire en cas d'urgence.

Le lendemain, au prix de longues heures de travail, la majolique italienne accidentée réintègre la salle où elle doit être vendue. La brisure, grâce au père Lajoue, était devenue invisible pour le commun des mortels. Mais le commissaire-priseur se fait un devoir d'annoncer : « Majolique, avec un accident. »

Les enchères montent, et un amateur emporte le lot, après l'avoir payé fort cher. Nous croisons tous les doigts pour qu'il ait bien pris note de l'« accident » et pour qu'il ne vienne pas faire des réclamations (toujours désagréables) après la vente. Réclamations qui pourraient aller jusqu'à l'annulation.

Quand les commissionnaires lui apportent ses deux superbes majoliques, le client, à son tour, s'effraie de voir leurs grosses mains manipuler ces merveilles miraculeuses :

« Laissez-moi faire », dit-il avec autorité.

Il saisit à bras-le-corps la première majolique — qui sortait tout droit de l'atelier du père Lajoue — et se met en devoir de descendre les escaliers jusqu'à son véhicule. Un énorme fracas nous a tout de suite fait comprendre qu'il n'était pas arrivé au bout de son effort : le client était assis par terre, au pied de l'escalier, et sa précieuse majolique était répandue en mille morceaux autour de lui !

UN MUSÉE TRÈS FERMÉ

L'un des marchands de tableaux qui ont le plus marqué l'histoire de l'art est certainement l'Anglais Joseph Duveen. Il vient d'émigrer au Nouveau Monde quand il se dit que les fortunes accumulées pendant l'expansion économique des États-Unis représentent un formidable potentiel pour l'achat de tableaux qui se trouvent encore en Europe, souvent entre les mains de propriétaires de plus en plus désargentés. Désormais, l'ambition de Joseph Duveen est de devenir le maître d'œuvre d'un double courant : les tableaux vers l'Amérique, et les dollars vers son propre compte en banque...

Pour cela, il lui faut persuader les milliardaires de devenir des amateurs d'art. Il va s'attaquer, si l'on peut dire, à des gens aussi difficiles d'accès que Pierpont Morgan, John D. Rockefeller, Henry Clay Frick et d'autres.

Le principe de base est simple. Duveen se dit que tous ces milliardaires ont, plus ou moins, le complexe du nouveau riche. Pour le faire passer, pas de meilleure médecine que de les aider à remplir leurs palais d'œuvres d'art appartenant ou ayant appartenu à d'authentiques familles princières — ou même régnantes — du Vieux Continent. Bien sûr, les nouveaux propriétaires se devront d'acheter les œuvres anciennes à des prix dignes de leur fortune. Ce sont des cours fabuleux, qu'on nommera les « prix Duveen ».

Mais Duveen tient ses promesses. À la mort d'Henry Clay Frick, l'*Encyclopaedia Britannica*, qui consacre vingt-trois lignes au défunt, en passe treize à exalter sa passion de collectionneur.

L'une des plus belles réalisations de John Duveen est la création de la National Gallery of Art, un des plus fabuleux musées des États-Unis.

Au début, John Duveen s'intéresse simplement aux possibilités financières d'Andrew Mellon, banquier richissime et secrétaire américain au Trésor. Il sait aussi que Mellon a déclaré ne vouloir à aucun prix traiter la moindre affaire avec lui, Duveen, marchand de tableaux déjà fameux. Ce qui n'empêche pas ce dernier, toujours organisé, de posséder une documentation très précise sur Andrew Mellon. Oh, pas question de chantage, simplement de tactique et de préparation.

En 1921, Mellon, en visite à Londres, occupe un appartement au troisième étage de l'hôtel Claridge. Duveen, comme par hasard, retient à longueur d'année une série de chambres au quatrième étage du même hôtel. Quand il apprend la visite du secrétaire américain au Trésor, Duveen change d'étage et émigre au second. Son valet de chambre a bientôt fait de rencontrer le valet de Mellon, et les deux domestiques se découvrent des atomes crochus. Ils arrivent très vite à la conclusion que ce serait bien si leurs deux patrons pouvaient faire connaissance et sympathiser... Un jour, le valet de Mellon prévient celui de Duveen : « Mon maître s'apprête à sortir. »

Duveen est à son tour averti par son valet, et les deux patrons se retrouvent, quelle coïncidence, prêts au même moment. Les voilà nez à nez dans l'ascenseur. Duveen joue les étonnés : « Je suis ravi de vous rencontrer. Je suis John Duveen, et je m'occupe d'œuvres d'art. Je me rendais justement à la National Gallery. Il n'y a pas de meilleure manière de se reposer l'esprit que d'aller dans le calme d'un musée pour y admirer quelques chefs-d'œuvre... »

Mellon fait un signe de la tête. Il n'est pas du genre bavard. Il est même connu aux États-Unis pour ne jamais montrer ni exprimer le fond de sa pensée. Duveen, au contraire, est d'une amabilité presque envahissante et n'a pas sa langue dans sa poche...

Toujours est-il que Mellon accepte d'accompagner Duveen à la National Gallery de Londres, où ils passent ensemble un long moment très agréable en se « reposant » devant les toiles de maîtres qui leur semblent dignes d'intérêt. Duveen s'arrange pour faire comprendre qu'il possède lui-même des tableaux au moins aussi beaux et que ceux-ci n'attendent que le moment d'entrer dans la collection personnelle de Mellon. Mellon fait un signe de tête, aussi expressif que le premier.

C'est ainsi que Mellon devient un des clients réguliers de Duveen. Seul petit problème : autant le marchand est expansif, autant l'Américain est du genre muet. Il met des heures à se décider, ne laissant rien transpirer de ses états d'âme. Duveen, pendant ces attentes, bout littéralement. Mellon veut, de plus, être absolument certain du « pedigree » de l'œuvre qu'on lui propose. Et il exige d'avoir le coup de foudre... mais ne laisse jamais rien voir de ses émotions.

Bon an mal an, Duveen parvient à vendre un ou deux tableaux à Mellon. Rien de plus. Cependant il sème le grain qui va mûrir dans les années suivantes : « Il faudrait créer à Washington un musée digne de ce pays... »

En 1929, les Soviétiques décident, pour faire rentrer des devises en URSS, de vendre certains des trésors artistiques hérités de l'ancienne Russie. Parmi eux, des tableaux inestimables, dont certains faisaient partie des collections de la Grande Catherine... Mellon, informé, demande à Duveen d'aller sur place pour se rendre compte de la valeur des tableaux proposés. Duveen accomplit sa mission avec promptitude, et revient pour annoncer que les œuvres sont magnifiques, mais que les prétentions des Soviétiques sont insensées. Mellon ne dit rien, comme à son habitude.

Deux ans plus tard, au moment de la vente, Mellon se rend acquéreur de vingt et une toiles, mais utilise pour la transaction les services de son agent habituel, qui travaille au pourcentage, alors que Duveen vendait au « prix Duveen » des tableaux dont il était propriétaire... Est-ce la fin de la collaboration entre les deux hommes ?

Pas du tout. Au contraire, Duveen est ravi et explique volontiers :

« À présent, Andrew Mellon est devenu un collectionneur passionné. Il est mûr pour acheter mes tableaux... » En effet, Mellon possède une collection d'une telle qualité qu'il ne peut plus, pour la compléter, acheter que des chefs-d'œuvre incontestables, que seul Duveen est capable de lui fournir...

Que fait Mellon avec ses acquisitions « soviétiques » ? Il les enferme dans des coffres et projette d'aller les admirer de temps en temps... Il y a là la *Madone d'Albe* de Raphaël, *Saint Georges et le dragon*, du même artiste, *L'Adoration des mages* de Botticelli — tous ces tableaux religieux n'auraient pas pu être accrochés dans des salons où l'on boit et on fume —, et même une *Vénus au miroir* du Titien, dont la nudité n'aurait jamais pu trouver place sur les murs de la résidence personnelle de Mellon.

Duveen n'a pas dit son dernier mot et, pour lui comme pour Andrew Mellon, les années passent. Un jour, Duveen lui déclare : « Nous sommes trop vieux pour passer notre temps à courir l'un vers l'autre. Vous ne viendrez pas à New York chaque fois que j'aurai une œuvre à vous proposer, et je ne pourrai pas venir à Washington pour vous la montrer. Je vais organiser quelque chose de plus commode. »

Et Duveen s'abouche avec les personnes occupant le logement qui se trouve juste au-dessous de celui de Mellon. Une fois qu'elles ont déguerpi, il fait aménager l'appartement en galerie d'art. Équipée d'alarmes. Il engage un gérant, des gardiens, et remplit le lieu de tous les tableaux qu'il a l'intention de vendre un jour à Mellon. Puis il confie les clefs de cette galerie au secrétaire d'État au Trésor lui-même. Très coûteuse initiative...

Désormais, en fin de journée, on peut voir Andrew Mellon, en tenue d'intérieur, descendre à l'étage du dessous et passer de longs moments dans la contemplation de ces chefs-d'œuvre. Chefs-d'œuvre dont Duveen lui répète constamment qu'ils devraient être un jour offerts à l'admiration de tous les citoyens américains... Le gérant de cette galerie privée le tient au courant de toutes les visites de Mellon. Parfois, celui-ci donne des réceptions dans la galerie d'art. Il s'intoxique littéralement d'art... Jusqu'au jour où... Mellon convoque Duveen et lui achète, en bloc, tous les tableaux installés dans cette galerie. À des « prix Duveen ». Bien plus cher que ce que Mellon avait payé chez les Soviets. Il avait déboursé sept millions de dollars au profit des Russes, Duveen en reçoit vingt et un. Du coup, Mellon se trouve à court d'argent liquide et doit signer des reconnaissances de dettes à Duveen, qui n'a pas dit son dernier mot...

Quelques mois plus tard, Mellon écrit au président Roosevelt pour lui proposer la création d'un musée destiné à abriter sa collection. Washington possède, depuis 1836, un musée d'histoire naturelle, agrémenté de quelques tableaux de peintres inconnus. Rien qui soit digne de la capitale des États-Unis. Il offre l'argent nécessaire pour la construction et l'entretien dudit musée. Le Président, après consultation du Congrès, accepte l'offre. Duveen convoque l'architecte John Russell Pope, qui dessine les premières ébauches du projet. Mellon les examine. Mais les difficultés commencent...

Duveen déteste la pierre comme matériau de construction, et il suggère que le musée soit construit en briques. Mellon, de son côté, a une prédilection pour la pierre, matériau qu'il a fait utiliser pour de nombreux bâtiments officiels de Washington, à l'occasion d'un programme de constructions qui lui avait été confié par le président Coolidge. Il avait d'ailleurs obtenu les assentiments successifs des présidents Harding, Coolidge et Hoover. Mais Mellon n'obtient pas l'accord de Duveen, qui organise une réunion avec Mellon et Pope. Il propose :

« Il faudrait, pour que le musée soit digne des tableaux qu'il va abriter, le construire en marbre...

— Mais ce serait beaucoup trop cher ! », réplique Mellon.

Duveen organise sur-le-champ une promenade en voiture dans Washington et passe tout le temps de ce circuit à dénigrer les bâtiments de pierre construits avec l'aval de Mellon : « Regardez ces façades grises et déjà lépreuses ! Si elles étaient de marbre... »

Mellon ne dit rien, mais en sortant de la voiture il déclare : « Merci pour la promenade. Jamais un tour en auto ne m'aura coûté aussi cher ! »

Une fois l'accord de Mellon obtenu quant à l'emploi du marbre, celui-ci insiste pour qu'on utilise du marbre du Tennessee, qui a l'immense avantage de ne pas « avoir l'air » d'être du marbre. Discrétion avant tout, selon sa philosophie...

Il faut donc rouvrir les carrières de ce fameux marbre du Tennessee, dont on avait abandonné l'exploitation depuis belle lurette. On n'est pas encore au bout des surprises... Quand les premiers blocs arrivent à Washington, on s'aperçoit qu'il y a d'énormes disparités de couleur. Ils sont de toutes les nuances imaginables dans la gamme des rouges rosés. On procède à un premier essai d'assemblage, et le résultat est catastrophique : on dirait un patchwork, une sorte de fromage de tête géant...

« Il ne reste qu'une seule chose à faire : construire les murs en plaçant les blocs les plus foncés en bas, et s'arranger pour que les teintes fassent un dégradé au fur et à mesure qu'on monte... »

Ce qui implique de prévoir la place de chaque bloc avant même qu'il arrive à Washington. Un certain nombre de millions de dollars s'ajoutent à la facture, mais rien n'est trop beau pour abriter les tableaux « Mellon » payés aux « prix Duveen »...

On interroge celui-ci :

« Mais pourquoi avoir provoqué cette dépense supplémentaire ? Avec cet argent, Mellon aurait pu vous acheter d'autres œuvres...

— Et que croyez-vous ? J'ai d'autres clients qu'Andrew Mellon. Eux aussi sont susceptibles de m'acheter des chefs-d'œuvre pour les offrir au musée. Ils seront d'autant plus enclins à le faire que la nouvelle Galerie de Washington sera plus belle. D'où la nécessité du marbre. »

Il a raison car, après les cent onze toiles et les vingt et une sculptures offertes primitivement par Andrew Mellon, la collection de la National Gallery of Art de Washington a dépassé les trente mille œuvres. Le musée est inauguré par Franklin D. Roosevelt le 17 mars 1941.

Mais le plus drôle c'est que, une fois le musée

construit, les différentes teintes constatées sur le marbre s'estompèrent, jusqu'à disparaître complètement. Tous les blocs avaient pris la même couleur...

LE PLUS BEAU CAMÉE DU MONDE

Le 10 octobre de l'an 19, Julius César Germanicus, adoré de tout l'Empire romain, meurt près d'Antioche. Neveu d'Auguste, il a été, sur ordre de ce dernier, adopté par Tibère dès l'âge de quatre ans. Plus tard, il épouse Agrippine, l'aînée, la petite-fille d'Auguste, célèbre pour sa beauté et ses vertus — qu'il ne faut pas confondre avec l'atroce Agrippine, la jeune, mère de Néron. Julius César est très cultivé, son âme est d'une rare noblesse, il se voit confier des commandements importants. Vainqueur des Dalmates et des Pannoniens, il reçoit de Tibère la défense de la frontière du Rhin. À la mort d'Auguste, il doit réprimer la révolte de légions qui veulent le proclamer « auguste ». Dès lors Tibère, nouvel empereur, voit en lui un rival. Julius César est vainqueur d'Arminius, qui avait lui-même massacré les légions de Varus. Désormais, on le surnomme Germanicus.

Tibère le rappelle à Rome puis, méfiant, l'expédie en Orient. Il pacifie l'Arménie, et s'oppose à Cneius Calpurnius Pison, gouverneur de Syrie et intime de Tibère. Il le chasse hors de Syrie, mais il meurt peu après. Avant de mourir, Germanicus a le temps d'accuser Pison, confident intime de son oncle Tibère, de l'avoir empoisonné, et il demande à ses amis de le venger. L'épouse de Germanicus, Agrippine, ramène son corps en Italie et accuse publiquement Pison. Celui-ci est traduit en justice devant le Sénat. Tibère l'abandonne, et il se donne la mort.

Quand Agrippine arrive à Rome, ses larmes inondent l'urne d'or dans laquelle elle rapporte les cendres de son époux. De somptueuses funérailles sont célébrées et Tibère décide, hypocritement, d'honorer l'urne d'or par une décoration magnifique.

On demande à Dioscoride, le plus fameux graveur de pierres précieuses de Rome, de se mettre à l'œuvre et on lui donne, pour y créer une œuvre inoubliable, une sardonyx énorme. La sardonyx est une variété d'agate.

Cette pierre deviendra le plus grand camée jamais réalisé, un trapèze aux angles arrondis de trente centimètres de haut sur vingt-six de large. La sardonyx comporte cinq couches de couleurs différentes et superposées : brune, blanche, rousse, blanche et roux foncé. En gravant plus ou moins profondément ces couches, Dioscoride parvient à créer une œuvre comportant de nombreux personnages, répartis sur trois étages, et qui s'inscrivent en contrastes multiples. Ils sont en tout vingt-sept et représentent trois scènes. Au milieu, on voit Germanicus au moment où il fait un salut militaire à Tibère qui l'expédie en Orient. Près de lui, on voit sa mère, Antonia, nièce d'Auguste, et Caligula, son fils, qui deviendra plus tard un vrai monstre furieux. On voit Agrippine, future veuve, prête à noter sur ses tablettes les exploits de son époux. On voit aussi Drusus, fils de Tibère, et Livilla, sa femme, sœur de Germanicus.

La scène du haut représente l'envol du cheval ailé Pégase, guidé par l'Amour, qui emporte Germanicus vers l'Olympe. La scène inférieure représente les divers peuples pacifiés par Germanicus...

Désormais ce « camée de Germanicus » va constituer une des pièces maîtresses du trésor de l'Empire romain. Il reste à Rome jusqu'au jour où Constantin, le nouvel empereur, protecteur du christianisme, décide de l'emporter dans sa nouvelle capitale, aux portes du Bosphore : Constantinople. Pour en faire, bizarrement, une sorte de relique chrétienne... Le camée est serti dans un cadre d'or émaillé, orné des figures des quatre évangélistes.

Sans doute les archives qui accompagnèrent le précieux camée à Constantinople étaient-elles mal tenues car, à partir de cette époque, on décide que le bijou superbe provient... du temple de Salomon, depuis longtemps détruit. On a aussi oublié Tibère et Germanicus, car on annonce que le sardonyx sublime représente tout simplement... « le triomphe de Joseph à la cour de Pharaon ». Rappelons que Joseph, fils de Jacob et de Rachel, en butte à la jalousie de ses frères, a été vendu par ceux-ci et s'est retrouvé en esclavage chez Putiphar, chef de la garde du pharaon. L'épouse de Putiphar, trouvant Joseph très à son goût, lui fait des propositions « malhonnêtes », auxquelles notre prophète refuse de répondre. La perverse créature accuse alors Joseph de « harcèlement sexuel » et le fait jeter en prison. Mais le pharaon apprend qu'il a le don de prophétie, il le fait libérer et Joseph, enfin triomphant, est nommé « Premier ministre » du pharaon. On conçoit, avec un peu d'imagination, qu'on ait pu remplacer les parents de Germanicus par les protagonistes de l'histoire de Joseph...

Le « camée de Germanicus » reste ensuite bien tranquille jusqu'au XIIIe siècle. C'est l'époque où règne l'empereur Baudouin II, qui monte sur le trône de Byzance dès l'âge de onze ans. Le pauvre enfant — qu'on oblige à épouser la fille du régent, Jean de Brienne — est pris entre deux menaces : les Bulgares et l'empereur grec de Nicée. Il se rend par deux fois en Europe pour demander de l'aide, puis, chassé de Constantinople par Michel Paléologue, se réfugie en Italie.

Dans sa recherche désespérée de mercenaires, Baudouin fait flèche de tout bois pour se procurer de l'argent. Il vend le camée à... Louis IX, futur saint Louis. Il lui fait un « blot » avec la... couronne d'épines... Sans facture ni garantie.

Louis IX, le roi saint, le fils de la redoutable Blanche de Castille, installe camée et couronne dans la Sainte-Chapelle, au cœur de Paris.

En 1342, Philippe VI de Valois est sur le trône de

France, que lui dispute Édouard III d'Angleterre, lui-même fils d'Isabelle de France, fille de Philippe IV. Ces problèmes de succession provoquent des combats qui coûtent fort cher... En 1340, Édouard III se proclame roi de France et commence, sans le savoir, la guerre de Cent Ans.

Philippe VI cherche à emprunter, et s'adresse au pape Clément VI. Mais celui-ci exige des garanties. Il demande qu'on lui remette le « grand camée », et c'est le trésorier de la Sainte-Chapelle en personne, Simon de Braelle, qui lui apporte le précieux bijou jusqu'en Avignon, où réside le Saint-Père. Puis c'est le désastre de Crécy. Il semble très improbable que le camée revienne jamais à la cour de France.

Enfin arrive Charles V, et la richesse revient, protégée par l'épée et la trogne de Du Guesclin. Les finances royales sont rétablies. Les coffres du roi regorgent d'or, de bijoux, de pierres précieuses : rubis, saphirs, émeraudes, vaisselle d'or, croix précieuses. On dénombre cinquante couronnes d'or différentes dans le trésor royal. C'est dire si le souverain français a les moyens.

Justement, le pape se débat avec les luttes du schisme d'Occident. Rome et Avignon ont chacune leur souverain pontife. Clément VII, à son tour, a besoin d'argent. Charles V se range dans son camp, lui expédie quelques caisses d'or et... récupère le précieux camée.

Le grand camée retrouve sa place à la Sainte-Chapelle. Charles V, qui n'apprécie qu'à moitié le cadre byzantin, y fait ajouter un piédestal gothique d'argent doré. Germanicus, alias Joseph, se retrouve entouré de douze niches où sont logés les douze apôtres, eux-mêmes en or émaillé. On y grave d'ailleurs une inscription qui commémore la générosité de Charles V.

Désormais on promène le grand camée dans les rues de Paris, lors de l'arrivée de nouveaux souverains qui viennent d'être sacrés. Tout le monde est heureux de voir Joseph, vainqueur de madame Putiphar, participer à la fête.

Au XVIIe, un érudit passionné d'antiquité avance une théorie nouvelle : il déclare que le grand camée est un travail romain.

« Cette œuvre représente probablement le triomphe d'Auguste. »

Cela paraît vraisemblable, et Rubens, qui est admis à contempler le sardonyx, est si enthousiaste qu'il en fait un dessin.

Il faudra attendre 1644 pour qu'un autre érudit identifie le vrai sujet du grand camée, ou presque : « Ce sont les honneurs rendus à Germanicus par Tibère ! »

On brûle... Sans doute a-t-on reconnu le petit monstre Caligula aux *caligae*, les fameuses chaussures qui lui valurent son surnom...

Pendant cent cinquante ans, le grand camée va demeurer à la Sainte-Chapelle. Puis la Révolution arrive. En 1791, l'Assemblée nationale, après Baudouin II et Clément VII, décide de vendre le camée pour se procurer de l'argent. Louis XVI, sortant de ses digestions difficiles et chroniques, proteste. On vend le trésor de la Sainte-Chapelle, mais le grand camée est exclu de la vente. Ouf ! Germanicus et sa famille se retrouvent au Cabinet des médailles...

En 1792, le vol des diamants de la Couronne met la nation en émoi. On arrête des coupables, qu'on « raccourcit » proprement, histoire de décourager d'autres « monte-en-l'air ». Mais il reste beaucoup d'objets précieux et tentants : médailles, collections d'intailles, le trésor de Childéric, les bijoux du Cabinet du roi...

Le 16 février 1804, malgré l'autorité de Napoléon Bonaparte, des cambrioleurs audacieux pénètrent dans le Cabinet des médailles. Au matin, les vitrines sont vides, le grand camée a disparu.

On le retrouvera à Amsterdam, où, Dieu merci, le commissaire général Gohier le reconnaît, alors qu'un orfèvre batave s'apprête à l'acheter pour trois cent mille francs. Hélas ! le cadre byzantin et les apôtres ajoutés par Charles V ont déjà disparu, sans doute définitivement fondus...

Napoléon, immédiatement prévenu, réagit comme on peut s'y attendre. Il ne peut manquer de vouloir récupérer ce joyau, qui le rattache directement à saint Louis, Charles V et tous les souverains de France. Il met la main sur le bijou magnifique. Mais il est urgent de lui rendre un cadre digne de sa beauté. Auguste Delafontaine se voit charger de créer une monture de bronze vert, décorée à l'antique. Désormais le grand camée de France fait l'admiration des visiteurs du Cabinet des médailles de la Bibliothèque nationale. Pour l'éternité, espérons-le.

OÙ EST L'ENTRE-DEUX ?

J'ai souvenir d'une mésaventure qui m'a laissé un goût amer...

Je travaillais à l'époque chez Me Philippe Couturier, un ancien confrère du style « grand patron à l'ancienne » : exécution, et pas de rouspétance ! Il me dit un beau jour : « Une cliente désire se défaire d'une partie des meubles de son appartement, filez là-bas et faites procéder à l'enlèvement. »

Je me rends donc dans le XVIe arrondissement. Je fais la liste, les commissionnaires viennent enlever tous les meubles, que je pointe sur l'inventaire. Rien à signaler... au moins pour les quelques jours qui suivent, car, au bout d'une semaine, l'étude reçoit un coup de téléphone furibard de la cliente. Puis plusieurs dans la journée : la dame était outrée, disait-elle, parce qu'on lui avait volé un meuble, qui ne se trouvait plus dans son appartement et ne figurait pas non plus sur l'inventaire...

« Il s'agit d'un entre-deux. » Un « entre-deux », c'est-à-dire un meuble destiné à être placé entre deux fenêtres.

Donc la cliente vocifère : « Un petit meuble auquel je tenais beaucoup ! Avec un médaillon sculpté représentant une tête de Breton. » Effectivement, ça devait être ravissant, mais je n'en avais strictement aucun souvenir !

Toujours est-il que je retourne chez la cliente, pour

voir si par hasard le meuble n'aurait pas été déplacé, pour essayer de me souvenir de ce fameux entre-deux et de l'endroit où, normalement, j'aurais dû noter sa présence... Entre deux fenêtres, par exemple...

La dame, malgré sa petite taille, monte rapidement sur ses grands chevaux. Elle s'échauffe et en arrive très vite à me traiter de voleur. Je sens que la moutarde me monte au nez, mais en fait je panique, car je suis incapable de trouver une explication. Ce meuble ne me dit rien du tout, je n'en ai aucun souvenir. La dame continue à faire trembler les vitres, tant sa fureur est grande... C'est alors que la petite bonne, alertée par les éclats de voix, arrive dans le salon et demande, timidement :

« Madame ne serait-elle pas en train de parler du petit meuble en bois foncé, avec une tête de vieux Breton et une plaque en faïence ?

— Oui ! Pourquoi ?

— Madame ne se souvient-elle pas qu'elle l'a fait monter dans ma chambre, au sixième étage, il y a un mois ? »

Après des excuses rapides, la dame m'a reconduit jusqu'à la porte. Nous ne l'avons plus jamais revue. C'est comme ça qu'on perd une cliente...

RADEAU DE LA MORT

Être un grand peintre et n'avoir exercé son art que pendant quinze ans à peine, cela relève de l'exploit. C'est pourtant ce que Théodore Géricault a accompli. En effet, il ne se met devant un chevalet qu'à la fin de ses études. Il meurt à trente-trois ans, et la dernière année il est cloué au lit, incapable de s'approcher de ses pinceaux. Pourtant son *Radeau de la Méduse*, aujourd'hui au Louvre, est un chef-d'œuvre. Qu'on qualifierait d'immortel si, malheureusement, l'utilisation excessive de bitumes par Géricault n'entraînait une détérioration inéluctable de cette œuvre magnifique.

On peut dire que Géricault, pendant toute sa courte carrière, se cherche. Et à la fin de son existence, il déplore : « Si j'avais seulement fait cinq tableaux, mais je n'ai rien fait, absolument rien ! »

Pourtant, de bonnes fées se sont de toute évidence penchées sur le berceau de Théodore. Il est beau, charmeur, il plaît à tous, il a de la fortune. Son père, veuf de bonne heure, sa grand-mère... tout le monde l'adore. On fait ses quatre volontés, et il en profite pour abandonner ses études à dix-sept ans. Dès cette époque, il possède une écurie, fréquente le monde où ses beaux yeux à la rêverie orientale font merveille — s'adonne au chant... et sa belle voix émeut les dames. Enfin, il se met à la peinture.

Il s'y voue avec passion, comme pour tout ce qu'il fait. En 1819, Géricault fait l'événement en présentant au Salon *Le Radeau de la Méduse*. L'artiste n'a que vingt-huit ans, et le tableau est tout d'abord intitulé *Scène de naufrage,* titre qu'il conservera d'ailleurs longtemps, mais tout le monde connaît l'histoire scandaleuse de l'événement représenté : il ne date que de trois ans.

En juillet 1816, la frégate la *Méduse* quitte l'île d'Aix. Elle emporte quatre cents soldats et marins français pour occuper le Sénégal qui, jusqu'à la chute de Napoléon Ier, était aux mains des Anglais. Le commandant a des problèmes avec son équipage. Le navire s'échoue sur les récifs du banc d'Arguin, près des côtes du Sahara. Les canots de sauvetage sont insuffisants et, après cinq jours de vains efforts pour dégager la *Méduse*, on décide d'installer sur un radeau de fortune environ cent cinquante hommes et une cantinière, qui ne quitte pas son époux.

Toutes ces personnes sont choisies parmi les marins et les simples soldats. On les installe, tant bien que mal, sur un radeau improvisé de vingt mètres sur sept. Ce radeau doit être remorqué par les canots. Soudain les amarres qui le relient aux canots sont coupées, et le radeau dérive... La chaleur est épouvantable ; les naufragés baignent dans l'eau de mer jusqu'à la ceinture ; les provisions sont nulles, car il ne s'agit que de biscuits qui sont déjà tombés dans la mer. Il y a plusieurs barils de vin, mais pas d'eau potable.

Ceux qui sont sur le radeau sont souvent d'anciens bagnards, des marins de fortune recrutés un peu partout. Une troupe sans discipline. D'autant plus que seuls trois officiers ont accepté de partager leur sort. Corréard, ingénieur de la Marine, Savigny, chirurgien, et l'aspirant Coudin. La bousculade est insupportable ; on pousse à l'eau soixante-trois des malheureux ; aucun secours n'est en vue. On se livre, sous l'empire de la faim, à des actes d'anthropophagie. Après trois jours, certains naufragés construisent au centre du radeau une plate-forme qui permet de se tenir au sec ; mais dès le quatrième jour la chaleur africaine, dite « calienture », provoque des crises de folie. Certains se jettent à la mer pour aller « boire un coup au cabaret du coin » ; d'autres succombent aux blessures infligées par leurs compagnons de misère. Car les soldats ont emporté leurs sabres.

Au neuvième jour, il ne reste plus que vingt-cinq survivants sur cent quarante-neuf personnes. Des papillons se posent sur le radeau : on espère être assez près de la terre ferme. L'embarcation dérive ; un bateau passe à l'horizon, mais continue sa route. Au bout de douze jours enfin, un navire, l'*Argus*, qui accompagnait la *Méduse*, revient sur sa route pour voir ce qu'il est advenu des naufragés. On repère le radeau, qui ne soutient plus que quinze survivants ; des lambeaux de chair humaine sont en train de sécher au soleil. Une fois à terre, cinq survivants succombent pour s'être trop goulûment jetés sur la nourriture ; la cantinière meurt avec son époux.

Savigny fait partie des survivants et, dès qu'il le peut, il dépose un rapport au ministère de la Marine. La presse, mise au courant, publie une partie du rapport. Le scandale est énorme, la responsabilité du commandant de la *Méduse*, Hugues Duroy, comte de Chamareix, est gravement engagée. Le régime de Louis XVIII en est éclaboussé.

Corréard, grâce à des officiers anglais, arrive à son tour à Paris, après avoir séjourné à l'hôpital de Saint-Louis-du-Sénégal, où on l'a laissé nu dans ses draps pendant quarante jours... Il rejoint Savigny, très compromis par la publication du récit, et ils travaillent ensemble à une thèse sur... « les effets de la faim et de la soif ». Corréard publie cette thèse. Le *Mercure de France* ouvre une souscription au profit des rescapés. Nouveau scandale. Corréard est poursuivi par la justice. L'opinion publique s'insurge contre le sort fait à cet homme qui a déjà tant souffert.

Géricault s'arrange pour rencontrer Corréard et Savigny, et il étudie avec eux les détails de la tragédie. Tragédie qui flatte les instincts légèrement morbides du peintre, dont certaines œuvres précédentes représentent exécutions capitales ou assassinats. D'ailleurs, cela fait plusieurs mois qu'il se rend à la morgue pour y étudier des cadavres. Un voleur mort à l'hôpital, dont des amis médecins lui ont confié la tête, est déjà dans son atelier...

Géricault hésite sur le moment du naufrage qu'il va représenter. L'insurrection du premier soir ? Un naufragé en train de dévorer un cadavre ? Il sait qu'il ne doit pas choquer le public du Salon, auquel il destine sa toile. Il choisit l'instant de l'espoir, quand une voile apparaît à l'horizon.

« Je ne peux pas travailler dans mon atelier de la rue des Martyrs. On y est beaucoup trop à l'étroit. »

Géricault découvre l'espace qu'il lui faut dans le faubourg du Roule, juste en face du tout nouvel hôpital Beaujon. Voisinage commode pour se procurer les pièces anatomiques dont il va avoir besoin. Les infirmiers, sensibles à son charme, lui permettront très vite de venir... observer les agonisants. Voilà pour les morts. Mais sur le radeau il y avait aussi des vivants. Il a sous la main Corréard, Savigny et le charpentier rescapé. Pour les autres, il y a les amis et d'anciens grognards, ainsi que des modèles professionnels, dont le « nègre Joseph »...

Durant plusieurs semaines Géricault peint des « morceaux », morts ou vivants, grandeur nature. Il se fait livrer un cadavre, qui demeure plusieurs jours sur la gouttière... Il rend visite à un ami cloué au lit par une jaunisse, et lui dit : « Que tu es beau, que tu es beau ! » L'autre, en effet, est d'un jaune citron parfait. La couleur que cherche Géricault pour ses naufragés...

Il fait couper ras ses cheveux blonds, pour éviter d'être tenté par les soirées mondaines. Quand on sait qu'il les frisait avec des papillotes avant d'aller danser, on comprend l'ampleur du sacrifice. Désormais, il se fait servir ses repas par une voisine, la vieille mère Doucet. Il dort dans une chambre qui jouxte l'atelier. Mais toujours, et de plus en plus, il doute de lui-même.

Grâce à son ami, le comte de Forbin, peintre lui aussi, et directeur des Beaux-Arts, Géricault peut accrocher son œuvre dans le foyer du Théâtre italien. Horreur : il s'aperçoit que sa toile comporte un vide et que la composition est déséquilibrée. Très rapidement il la corrige avec la figure à demi-plongée dans la mer, qu'il reprend à partir d'anciennes études.

L'accueil fait à sa *Scène de naufrage* est mitigé. Plus que l'allusion politique, c'est la conception artistique nouvelle, violente, passionnée, choquante, qui heurte les sensibilités. On est loin de l'idéal davidien, de ses attitudes nobles, de ses coloris qui flattent le regard. Certains peintres estiment que Géricault aurait besoin « qu'on lui tire une pinte de sang ». Certains cherchent le centre de la composition, qui les déroute ; d'autres s'autorisent à critiquer quelques détails techniques : les personnages sont « couleur mourant ». Savigny a pourtant bien précisé que la « calienture » leur donnait un teint de brique rouge foncé. D'autre part, le radeau de Géricault aurait été trop exigu pour servir de refuge à cent cinquante naufragés. Sans doute ne s'agit-il que de la seconde plate-forme, celle qui restait hors de l'eau...

Néanmoins, Louis XVIII lui-même félicite Géricault, dont il connaît certainement les opinions politiques légitimistes. Et, dans la foulée, il lui passe commande d'un... *Sacré-Cœur de Jésus*. On ne voit pas le rapport...

Le *Radeau* fera l'objet d'une tournée sous un chapiteau, en Angleterre, et l'organisateur, un certain Bullock, invite Géricault à suivre son chef-d'œuvre. Il part avec son ami Charlet, peintre et compagnon fidèle, qui depuis longtemps cherche à « encanailler » Géricault. Ce dernier dépensera allégrement, dans les maisons de plaisir londoniennes, l'argent que la tournée lui procure. Il restera deux ans outre-Manche. Ce voyage lui permet de découvrir Constable et Turner, et de modifier sa conception de l'espace, de la nature. Il reprend goût à la pratique de l'équitation abandonnée il y a longtemps.

Une chute de cheval, justement, le met à la porte du tombeau. Un abcès dorsal se déclare. Géricault est perdu. Tous ses amis l'entourent et s'efforcent de plaisanter pour donner le change. Le célèbre Dupuytren vient régulièrement, mais avoue son impuissance à enrayer le mal. La phtisie de Géricault et la gangrène qui se déclare ne laissent aucun espoir.

Quelques mois après la disparition du peintre, ses amis fidèles, Dedreux-Dorcy en tête, réussissent difficilement à vendre le *Radeau* à l'État, pour la somme de 6 005 francs. Le reste de l'atelier est bradé entre eux, car personne ne s'est présenté pour acheter les tableaux, mis à part... le duc d'Orléans, futur Louis-Philippe.

Bien des années plus tard, un jeune homme se fait connaître : « Je suis le fils de Géricault. » Qui était sa mère ? Mystère. Ce personnage, mou autant que laid, finit par obtenir le droit de porter le nom de Géricault. Mais n'obtient rien de son héritage...

TAPISSERIE EN DANGER

1066 : bataille d'Hastings. Guillaume le Conquérant devient roi d'Angleterre en défaisant le roi Harold. Mais la conquête de l'île est loin d'être achevée. En

Normandie, l'épouse de Guillaume, la reine Mathilde, attend patiemment son retour; et pour passer le temps, pour ne pas perdre le souvenir de cette épopée, de cette conquête qui va changer l'histoire du monde, elle décide de confectionner la tapisserie à laquelle elle va donner son nom. Aidée de ses suivantes, elle va, pendant dix ans, broder sur une longue pièce de toile cinquante-huit tableaux qui représentent, comme une bande dessinée, toutes les étapes de la glorieuse aventure.

Telle est la légende. Les archéologues qui examinent les matériaux ne sont pas tous d'accord sur cette belle histoire. Mais il est un fait incontestable : la *Tapisserie de la reine Mathilde* existe bien. Dès le xve siècle, la ville de Bayeux en est fière et, depuis cette époque, ce chef-d'œuvre fait l'admiration et l'envie de beaucoup d'Anglais. Pourtant, on peut se demander par quel miracle cet ouvrage « de dames » a pu franchir les siècles, les désordres, le vandalisme, l'ignorance, les guerres et les incendies...

Avant la Révolution française, la tapisserie était conservée dans le « trésor » de la cathédrale. Chaque année, à la veille de la Saint-Jean, on la sortait de son écrin et on l'exposait publiquement. C'était l'époque où de nombreux sujets britanniques traversaient la Manche pour venir lui faire leurs dévotions.

1792 : on déclare la patrie en danger, et dans toutes les communes de France de nombreux volontaires viennent s'inscrire pour offrir leurs bras et leur sang. Parfois, les offres d'engagement sont trop nombreuses par rapport à l'importance de la ville. C'est le cas à Bayeux : la patrie estime qu'elle n'a besoin que de quinze braves pour remplir le quota de volontaires : or, ce sont deux cent soixante-quatre volontaires qui viennent offrir leur mâle poitrine pour protéger la Nation! Les braves se sont imaginé que, dès leur inscription, ils allaient pouvoir courir jusqu'aux frontières, pour montrer comment on verse le « sang impur ». Mais pour cela, il faudrait des fusils, des chaussures, des munitions. Pour l'instant, Bayeux ne possède rien de tout cela. En attendant, on donne à chacun la somme de six livres : à charge pour lui de se procurer un sabre et un baudrier pour le suspendre... Mais pas question d'uniforme. Au bout d'un mois, on a réussi à trouver le drap et les souliers nécessaires. Le 6ᵉ bataillon du Calvados peut enfin espérer aller en découdre...

Vient le grand jour : tous les habitants envahissent les rues pour acclamer leurs fils courageux. La musique ajoute à l'émotion, on s'embrasse, on promet de revenir couvert de gloire. Derrière les héroïques fantassins, on prépare quelques fourgons dans lesquels on compte faire suivre armes et bagages. Hélas ! ces chariots sont à ciel ouvert. Pense-t-on que le ciel va se montrer définitivement clément ? Ou bien est-on décidé à laisser se tremper les équipements qu'on a eu tant de mal à réunir ? Il faut des bâches sur les fourgons... La foule, devant ce retard, commence à s'énerver; des voix s'élèvent pour proposer des solutions; soudain, quelqu'un crie : « Il n'y a qu'à prendre la tapisserie de la reine Mathilde ! »

Le propos est répercuté par les premiers qui l'entendent. Bientôt, des applaudissements nourris signifient que la proposition plaît à la foule. Il s'agit de courir jusqu'à la municipalité, pour obtenir l'autorisation légale de se servir de la tapisserie. Mais comment donc ! Quelle excellente idée ! Et voilà la tapisserie sortie de son vieux coffre, étalée, étendue, divisée en plusieurs morceaux, tendue sur les fourgons, pliée, bouchonnée, et vogue la galère.

L'histoire ne retiendra pas le nom du premier qui eut l'idée d'utiliser la tapisserie comme parapluie. Un fanatique, enragé à détruire tout ce qui provoquait la vénération de la foule, un imbécile heureux, ou encore quelque Anglais comptant bien suivre de loin la tapisserie et la racheter, pour trois fois rien, quand on aurait récupéré des bâches normales.

En tout cas, les chevaux qui tirent les fourgons sont à peine en branle qu'un homme se précipite et se met à hurler pour ameuter les Bajocasses encore un peu doués de raison :

« Citoyens, êtes-vous fous ? Ne vous rendez-vous pas compte qu'en utilisant la tapisserie comme bâche vous ruinez définitivement la ville de Bayeux ? Vous allez détruire son plus grand trésor, qui amène chez nous la foule des admirateurs. Qu'est-ce qui pourra remplacer un trésor aussi inestimable ? »

Non seulement il hurle et ameute les bonnes volontés, mais il saute à la bride des chevaux. Bientôt d'autres citoyens comprennent l'erreur qu'on est en train de commettre. On arrête les fourgons, on enlève les morceaux de la tapisserie et on les remplace par de la vulgaire toile qu'on a soudain trouvée comme par enchantement.

Lambert Le Forestier, tel est le nom de celui qui vient d'accomplir un miracle en sauvant la tapisserie d'une inéluctable destruction. Il était avocat au bailliage, et se montrait fervent partisan des idées nouvelles, ce qui lui avait valu d'être nommé capitaine de la Garde nationale. Heureusement pour lui, et pour nous, il était grand, robuste, courageux et très populaire parmi les patriotes. C'est pourquoi, durant la Révolution, bon nombre de ses concitoyens lui doivent d'avoir conservé leurs biens, et même leur vie.

Une fois la tapisserie retirée des chariots qui partent vers la frontière, que devient-elle ? Lambert Le Forestier, fort de son titre et de ses fonctions, la fait rouler et transporter jusque chez lui, où il prend la précaution de l'enfermer dans un placard, en attendant que les esprits se calment un peu. Autant dire qu'il commet un crime, car il protège un « vestige du fanatisme ». Mais ceux qui voulaient la destruction de la tapisserie se disent que ce n'est que partie remise.

Arrive l'an II. On prépare la fête de la Liberté, et parmi les festivités on envisage un char mythologique. Comment décorer ce char ? « Et si on découpait la tapisserie en bandes pour en décorer les flancs du chariot ? »

À nouveau, une salve d'applaudissements accueille cette proposition iconoclaste. Mais pour découper la tapisserie, il faut l'obtenir de Lambert Le Forestier et celui-ci, avec beaucoup d'autorité, refuse de la livrer aux vandales. Ceux-ci se retirent très déçus. Pour se consoler, ils proposent alors une autre initiative, aussi imbécile que terrifiante : « Démolissons la cathédrale, infâme reste de la superstition ! »

Parmi les voix des patriotes se trouvent certains spéculateurs qui se disent qu'en démolissant la cathédrale on va libérer un terrain fort bien situé et pouvoir faire une opération immobilière juteuse. Qu'importe le patrimoine de la France ! On abattra les deux flèches gothiques, hautes de soixante-quinze mètres, les clochetons, les nefs, les vitraux, les trois mille colonnettes, la crypte romane chargée de souvenirs historiques...

« Il faut commencer par le haut ! », dit quelqu'un, avec une certaine logique.

C'est alors qu'on s'avise qu'en haut de la cathédrale, justement, on voit encore une croix, ignoble symbole d'un culte abhorré. Un Breton s'offre pour grimper jusque-là et arracher cette croix honnie. Il la remplace par un bonnet phrygien du plus beau rouge. En bas, la foule applaudit. Mais il ne semble pas que le Breton, surnommé « Barbare », ait la même facilité pour atteindre les sommets des flèches du portail. Pourtant il monte ; une fois en haut, il installe quelques planches en forme d'échafaudage entre les deux flèches. Puis il s'attache à une corde, qu'il fixe à l'une des flèches, et s'élance sur le pont de planches qui plie, se balance et gémit. Soudain, la pointe de la flèche où il a fixé sa corde se brise. « Barbare » tombe dans le vide, mais il a le réflexe de ne pas lâcher la corde ; il se balance bientôt comme un pantin. Enfin, il parvient à glisser le long de la corde.

« Débrouillez-vous comme vous voulez. Je n'en suis plus... »

La foule est déçue. Qui va se risquer là-haut ? « Il faut démolir toute la baraque ! »

Lambert Le Forestier s'est joint à la foule, et il réfléchit à ce qu'il peut faire pour sauver la cathédrale. « Avant tout, il faut gagner du temps. »

Alors Le Forestier, qui connaît l'administration, annonce qu'il va rédiger, avant le moindre coup de pioche, un cahier des charges qui sera le prélude à l'adjudication définitive du chantier. Il a son idée.

« L'adjudicataire devra s'engager à raser la cathédrale dans un délai maximum de deux mois, faute de quoi... »

Les candidats à la démolition font la grimace : deux mois pour raser une telle masse de pierre, gothique ou non... Bigre !

Certains ont des doutes : « Le Forestier a une idée derrière la tête. Voudrait-il empêcher la destruction de cette foutue cathédrale qu'il ne s'y prendrait pas autrement. C'est plus que louche. »

Le Forestier est poussé dans ses retranchements. Mais il a de l'esprit, et aussi des ressources personnelles : « Citoyens, je prends entièrement à ma charge tous les frais de la démolition de la cathédrale ! » La nouvelle fait grand bruit...

« Bravo, Le Forestier, mais pour prouver la pureté de tes intentions, tu dois t'engager et, sans plus attendre, commencer la démolition de cette construction détestable.

— Je vais le faire immédiatement. Mais permettez-moi de choisir moi-même mes ouvriers. J'en connais qui seront particulièrement efficaces. »

En fait, Le Forestier choisit des ouvriers dont la renommée est d'être assez peu vifs. Les voici qui montent un petit échafaudage. Ils choisissent une pierre, la mesurent, l'examinent, la descellent, la font descendre jusqu'à la terre recouverte de gazon. Ils prennent vraiment leur temps... Ils font tant et si bien qu'on arrive à l'an III, à la fin de la Terreur, et à une nouvelle loi qui interdit aux communes de disposer librement des anciens bâtiments du culte.

Le plus étonnant de l'histoire est que les Chouans, informés de l'existence et des initiatives de Lambert Le Forestier n'ont rien de plus pressé que de... le condamner à mort ! Il parviendra à échapper à leurs recherches et mourra très âgé, à Bayeux même, tout à fait oublié de ses concitoyens, les Bajocasses, totalement inconscients de ce qu'ils lui doivent.

TÊTES CONNUES

Juste après la guerre, un de mes confrères met en vente deux têtes sculptées un peu plus grandes que nature, des têtes d'homme recouvertes d'une épaisse couche de Ripolin crème foncé. Cela n'excite l'enthousiasme d'aucun des amateurs présents dans la salle, mais le commissaire-priseur voit soudain un grand spécialiste de la sculpture de haute époque lever un doigt discret. Personne ne suit, et le commissaire, un peu déçu, est bien obligé de laisser tomber le marteau d'ivoire à 950 francs. C'était déjà une petite somme, pour l'époque.

Mais ce n'était rien pour ces deux têtes. D'ailleurs, dès qu'ils eurent identifié l'heureux acheteur, un spécialiste connu, d'autres antiquaires, flairant le gros coup, se précipitèrent pour lui faire des offres plus que flatteuses :

« 25 000 francs pour vos deux têtes !

— 50 000 ! »

Autrement dit, il aurait pu, s'il l'avait voulu, organiser une seconde vente aux enchères pour son propre compte !

Je ne dirai pas que cela n'arrive jamais... En définitive, il a lancé : « Pas pour un million ! Le coup est trop beau ! »

Puis il a rapporté — c'est lui qui l'a conté dans ses souvenirs — les deux têtes chez lui, et les a mises à bouillir pendant de longues heures dans de l'eau. Il a dû répéter l'opération plusieurs fois, jusqu'à ce que la peinture soit devenue molle. Après quoi, avec une spatule d'ivoire — pour ne pas blesser la pierre par un outil de métal — il a procédé à l'enlèvement de toute la peinture, jusqu'à mettre enfin à jour... deux magnifiques têtes de rois, sans doute bibliques, provenant probablement des rois décapités à la Révolution sur la façade de Notre-Dame, ou d'une autre cathédrale. Je crois qu'il a fini par les céder au musée du Louvre.

Non pas pour 950 francs, mais pour considérablement plus : il faut bien que tout le monde vive !

UNE VÉNUS DISPUTÉE

Milo : tout le monde connaît ce nom, grâce à l'un des trésors du Louvre, la fameuse *Vénus de Milo*. Milo est une île du sud-ouest de l'archipel des Cyclades, grecque par conséquent. Elle n'est ni grande, ni belle, ni peuplée, et c'est un ancien volcan éteint qui forme sa rade. Son histoire antique est modeste : elle choisit Sparte contre Athènes, et celle-ci, victorieuse, se chargea de faire payer cette erreur politique à ses habitants...

Nous voilà au début du XIXe siècle. La Grèce est encore dominée par les Turcs. Mais l'île de Milo, elle, est sous protectorat bavarois. Pour une raison bizarre : un archéologue bavarois, le baron de Haller, s'intéressait aux fouilles afin d'enrichir ses propres collections et celles des musées avec lesquels il collaborait. En 1814, le baron de Haller découvre sur l'île un théâtre antique, et les morceaux de sculptures qu'il met à jour sont prometteurs. Il informe de ces belles découvertes la cour de Bavière et, sans hésiter, cette cour ducale... achète l'île. Les années passent...

1820 : un paysan laboure son champ. Il se nomme Yorgos. Le terrain qu'il s'est mis en tête d'aménager est assez difficile, car on y voit la trace d'anciens caveaux funéraires. Ce ne sont que trous et bosses, et son seul souci est d'aplanir le terrain au maximum. Soudain, sa charrue met à jour des morceaux de marbre. Non loin de là, il y a des ronces, des éboulements de pierres; Yorgos comprend qu'il est tombé sur ce qui fut autrefois une niche, sans doute construite pour y abriter la statue d'un dieu ou d'une déesse.

Yorgos, tout paysan qu'il soit, sait qu'on met parfois à jour des objets, des vases ou des statues qui sont appréciés par les amateurs, en général étrangers. Il creuse donc, et il découvre effectivement une statue, brisée en deux. Nom de Zeus, que c'est lourd! Mais il se garde bien d'appeler à l'aide. Moins il y aura de personnes au courant de sa trouvaille, mieux il se portera... Alors, au prix d'efforts surhumains, Yorgos parvient à transporter le haut de la statue jusqu'à une étable, où il le dissimule. Il laisse le bas sur place.

Une fois la chose faite, il se dit qu'il faudra bien parler de sa découverte à quelqu'un, s'il veut la monnayer. À qui ? Il y a dans l'île un consul de France, nommé Louis Brest. Il est né en Grèce, parle parfaitement la langue, et connaît la mentalité des habitants. Yorgos prend discrètement contact avec Brest et lui propose, pour un prix modique, de lui vendre sa statue.

Brest estime qu'il doit en référer aux autorités supérieures, en l'occurrence l'ambassadeur de France à Constantinople, puisque c'est la Turquie qui, politiquement, règne sur la Grèce. L'ambassadeur se nomme le marquis de Rivière.

Quelque temps plus tard, un navire français aborde dans l'île de Milo. Il s'agit d'une gabare, la *Chevrette*, qui poursuit une mission hydrographique dans l'archipel.

À bord de la *Chevrette*, un jeune officier : Jules Dumont d'Urville. Pour l'instant, il est en début de carrière et ne se doute pas qu'il se rendra plus tard célèbre, en retrouvant dans le Pacifique les restes de la malheureuse expédition de La Pérouse, disparue corps et biens.

Dumont d'Urville, mis au courant de la découverte, se rend à l'étable pour examiner le haut de la statue, puis il continue dans le champ pour regarder le bas de l'œuvre, resté sur place. Il prend la précaution de vérifier qu'il s'agit bien de deux fragments de la même statue. Puis il remonte sur la *Chevrette* qui rentre à... Constantinople.

Une fois sur place, il fait parvenir un rapport à l'ambassadeur de France — qui n'a pas encore reçu la lettre de Brest — et donne aussitôt des ordres pour l'achat de la statue. C'est le secrétaire d'ambassade, le vicomte de Marcellus, un passionné de la Grèce antique, qui devra suivre le dossier. Il parle le grec moderne couramment.

Pendant ce temps-là, à Milo, Yorgos s'impatiente ; il n'a pas pu garder le secret complet, et les notables de l'île prennent une décision contraire aux accords

passés : « Nous allons envoyer la Vénus à Constantinople. »

Le destinataire est un Grec, Nicolas Mourousi, qui a
une passion pour les antiquités. Il est, d'autre part,
l'homme de confiance de l'amiral de la flotte turque.
Et là aussi, on organise une expédition.

Le 23 mai, à bord de la goélette l'*Estafette*, le
vicomte de Marcellus arrive à Milo. Quelle n'est pas sa
surprise d'apercevoir la statue, chargée sur une
barque, qui s'apprête à aborder au flanc d'un brick
grec sous pavillon turc. On fait chercher l'agent consulaire français, Louis Brest, qui ne peut que confirmer :
« Ils ont vendu la Vénus. C'est un moine grec accusé
de malversations qui est venu l'enlever. Il veut l'offrir à
un autre Grec, drogman de l'arsenal de Constantinople, et a réussi à l'arracher de chez Yorgos ! »

Marcellus est un homme de décision. Il appelle le
commandant de l'*Estafette* et lui ordonne : « Empê-
chez le brick d'appareiller. Utilisez la force si nécessaire. »

Du haut de l'Olympe, les dieux prennent alors le
parti de la France, car le vent se lève, interdisant tout
départ au navire grec.

Marcellus passe alors à l'action psychologique : il
convoque les notables responsables de la vente et leur
laisse entendre que le roi de France sera extrêmement
fâché par leur attitude.

« D'ailleurs, la France saura apprécier cette œuvre
d'art. Les Turcs musulmans n'ont que faire d'elle,
puisqu'ils refusent les représentations humaines et
n'apprécient pas du tout la mythologie grecque. Vous
avez une heure pour vous décider ! »

Les notables hésitent encore. Marcellus passe à la
vitesse supérieure :

« Nous avons, à bord de l'*Estafette*, cinquante
marins qui n'ont pas froid aux yeux et qui sont prêts à
intervenir sur un mot de moi. »

En tout cas la Vénus est, pour l'instant, à bord du
brick grec, accompagnée de trois petites statues d'Her-

mès que Yorgos a découvertes à côté d'elle. Marcellus n'a même pas eu l'occasion de la voir de près car les marins, armés de fusils, lui ont refusé l'accès à bord, ceci à la demande du moine grec — qui se révèle d'ailleurs être albanais.

La nuit même, selon ses dires, Marcellus rêve que Vénus en personne lui apparaît et lui promet l'aide des dieux. Quand il peut enfin contempler réellement la statue, il est soulevé par l'enthousiasme.

Les notables s'inquiètent un peu des réactions de Nicolas Mourousi. Sera-t-il du genre rancunier ? Milo doit-elle s'attendre à des représailles ? Mais M. de Rivière, en diplomate avisé, sait calmer les esprits. Les notables réfléchissent...

Yorgos suit les événements avec beaucoup d'intérêt. Et plus il voit les passions s'exacerber, plus il augmente ses prétentions financières. Marcellus ne discute même pas le nouveau prix demandé. La négociation finit à l'avantage des Français.

La Vénus quitte le brick grec et arrive sur la goélette française. Comme elle est en plusieurs morceaux, les fragments divers sont cousus dans un sac de toile. On les fixe dans l'entrepont. L'*Estafette* prend le large, en direction de Constantinople.

Il était temps, car le port de Milo voit arriver, le soir même, un navire hollandais et une frégate anglaise en provenance de Malte, chacun ayant l'intention de rapporter la statue dans son propre pays.

La Vénus change de vaisseau. Avant qu'elle parvienne à destination, il lui faudra encore faire escale à Rhodes, puis Chypre, Saint-Jean-d'Acre, Alexandrie, Le Pirée, Smyrne. On la transfère sur la *Lionne*, un navire de guerre. Le marquis de Rivière rentre en France à son bord, car il entend bien surveiller de près la déesse. Il se voit déjà présentant l'œuvre à Louis XVIII, le roi podagre... Tout est bien qui finit bien ?

Eh bien non, car Nicolas Mourousi, qui, on l'a dit, est bien placé dans la marine turque, arrive à Milo, hors de lui... « Puisque c'est ainsi, je condamne les notables qui m'ont trahi à une amende de sept mille piastres. »

Les notables n'ont aucun moyen de résistance : ils sont contraints de payer... et sont déportés à Syphante, où le drogman les contraint à s'agenouiller et leur administre le fouet de sa propre main.

Dès qu'il apprend la nouvelle tournure des événements, le marquis de Rivière, lui aussi, proteste avec vigueur auprès... du grand vizir. Celui-ci n'hésite pas, et dès le retour de Mourousi le convoque, pour lui faire de cuisants reproches et lui infliger à son tour une amende de quatre-vingt mille piastres ! Il doit par ailleurs rendre les sept mille piastres qu'il a extorquées à Milo.

Entre-temps, la Vénus arrive à Toulon. L'administration se met en branle et cherche... à tondre des poils sur les œufs : « Qui va faire l'emballage, pour l'expédition à Paris ? Qui va régler les frais ? »

Un nouveau protagoniste apparaît : Pierre-Henri Revoil, peintre et ancien élève de David. Il s'acquitte fort bien de sa mission. On présente enfin l'œuvre au roi, le 2 mars 1821, et les Parisiens s'empressent de chansonner ce tête-à-tête cocasse. Pourtant, Louis XVIII n'a pas daigné se déplacer pour voir la statue. Il faut dire qu'il a des problèmes de mobilité. On place donc la Vénus sur le parcours du roi, qui se déplace en chaise à roulettes. On frappe une médaille représentant la Vénus côté pile et le roi côté face.

Puis, on se pose cette importante question :

« Faut-il restaurer la Vénus ? Faut-il restaurer les bras qui lui manquent ? Et dans quelle position ? »

Les propositions pleuvent :

« Elle doit tenir sur sa jambe un bouclier, qu'elle utilise comme miroir.

— Pas du tout ! Elle s'appuie des deux mains sur les épaules du dieu Mars.

— Elle tient un miroir dans sa main droite, et sa main gauche est occupée à arranger sa chevelure.

— De toute manière, il ne s'agit pas de Vénus, mais d'Amphitrite !

— Vous n'y êtes pas ! C'est une nymphe qui joue de la lyre...

— Pas une nymphe, une Victoire. »

Heureusement, un archéologue fameux, Quatremère de Quincy, secrétaire perpétuel de l'Académie des beaux-arts, fait pencher la balance dans le bon sens, celui du refus de restaurer les bras.

Salomon Reinach, un spécialiste en art antique, expose dans la *Revue des études grecques* une théorie nébuleuse pour dater la statue d'après l'espace entre ses deux seins. Puis il avoue ses erreurs. Des années plus tard, le conservateur en chef des antiquités du Louvre, en comparant la *Vénus de Milo* à une autre statue du musée, en arrive à la conclusion que notre Vénus a été sculptée entre 110 et 88 avant Jésus-Christ.

Mais, pendant des années après la découverte, là-bas, à Milo, tout le monde n'est pas d'accord sur la version officielle de la récupération. On devra attendre quarante ans pour connaître la version de Louis Brest, l'agent consulaire français.

Il a plus de quatre-vingts ans quand il raconte ce qui s'est réellement passé, selon lui :

« J'ai été victime d'injustes procédés. J'avais acheté moi-même la statue à Yorgos, et cela m'avait coûté six cents piastres. Il a réclamé ensuite dix-huit piastres de plus, pour l'achat d'un costume neuf. On a transporté la statue chez moi, en dépit de la crainte que nous avions de Mourousi. Hélas ! malgré toutes les précautions, la statue fut volée et transportée sur le brick grec. C'est moi, aidé par les hommes de l'*Estafette*, qui l'ai récupérée par la force.

Et c'est moi aussi qui ai dû payer les sept mille piastres d'amende imposées par Mourousi. Il m'a fallu dix ans pour être remboursé ! Et j'y ai beaucoup perdu, car les piastres que j'ai payées avaient une valeur bien supérieure à celles que l'on m'a remises dix ans plus tard ! J'ai écrit de nombreuses lettres à l'ambassade de France à Constantinople, mais quelqu'un là-bas m'en veut certainement, car toutes ces preuves ont été détruites par une main mal intentionnée. »

On saura par la suite que Brest a passé toute sa vie

dans l'obsession de la Vénus qu'on lui avait arrachée. Son caractère aigri, son désir de vengeance le poussent alors à « broder » sur les faits. Dans les années 1850, un amiral français fait escale à Milo. Brest lui dit : « Je sais où sont les bras de la Vénus, mais je ne le dirai jamais... Quand je pense qu'on n'a même pas inscrit mon nom sur le socle de la statue au Louvre ! »

Brest finit tout de même par mourir, à quatre-vingts ans passés, vers 1870. Son fils lui succède comme agent consulaire. Et le fils, après le père, continue à colporter la version « Brest » des faits. Pendant ce temps-là, à Paris, les conservateurs du Louvre voient s'avancer les troupes prussiennes. On enferme la Vénus dans une caisse, et une équipe de gardiens déménage ce précieux chargement vers une cave dont on mure l'entrée, à la Préfecture de police. Et on entasse des piles d'archives devant le mur, puis on mure une seconde fois les archives, et on maquille le second mur, que l'on couvre de toiles d'araignée.

Vient la Commune. Un incendie éclate à la Préfecture. Le toit, les murs, tout flambe, même les sous-sols. Tout s'effondre, mais les dieux veillent... Une conduite d'eau explose, juste au-dessus de la Vénus, et la préserve de l'incendie.

Jules Ferry passe par Milo, à l'époque où il est ambassadeur plénipotentiaire à Athènes. Il rencontre le fils Brest et un noble vieillard, qui dit être le fils de Yorgos. Il écrit, dans *Le Temps*, une lettre qui indigne les milieux spécialisés...

En 1939, nouvel avatar : la Vénus quitte à nouveau le Louvre, cette fois-ci à bord d'un camion ; direction la Loire. Elle n'est pas seule, car la *Victoire de Samothrace* l'accompagne. Les deux illustres voyageuses vont trouver refuge au château de Valençay, ancien domaine de Talleyrand — le « diable boiteux » —, à l'abri des bombes et des convoitises d'un certain Hitler.

Mais l'« affaire Milo » rebondit encore, puisqu'un Américain d'origine grecque, M. Kyritsis, il y a une trentaine d'années, apporte des « précisions » sur la

Vénus. Il a ouï dire qu'au moment de sa découverte notre Vénus tenait une pomme dans la main droite et retenait le pli de sa robe de la gauche. C'est à l'instant où on la transférait du brick grec au navire français qu'une bagarre éclata entre marins turcs et français. La Vénus tomba à l'eau, et les bras restèrent au fond. Pourtant Marcellus, en emportant la statue, rapportait avec elle deux bras et une main tenant une pomme. Les essais tentés à Paris pour raccorder ces membres épars avaient démontré qu'ils n'appartenaient pas à l'œuvre. Sans doute s'agissait-il d'une très ancienne tentative de restauration approximative...

LA DUCHESSE A DISPARU

À la fin du siècle dernier, à Londres, des voitures armoriées attelées de chevaux superbes défilent devant une galerie de peinture en vue, la galerie Agnew. Une foule élégante pénètre dans le bâtiment. Et chacun verse le prix d'entrée pour être amené à contempler un chef-d'œuvre de la peinture britannique : le portrait de la duchesse de Devonshire, peint vers le milieu du XVIII siècle par le fameux Gainsborough.

On connaît la vie mouvementée de la duchesse, mais on ignore quel fut le destin du portrait après qu'il eut été exécuté et livré. Toujours est-il que, en 1841, une certaine Miss Maginnis, maîtresse d'école à la retraite, fait savoir qu'elle en est la légitime propriétaire et qu'elle désire le vendre... Un certain John Bentley le lui achète, et s'empresse de le revendre à un marchand de tableaux, M. Wynn-Ellis, pour soixante guinées. Il doit apprécier l'œuvre puisqu'il la conservera pendant soixante ans... À moins qu'il n'ait cherché en vain un amateur pour cette beauté d'autrefois. Toujours est-il que Wynn-Ellis meurt et que le tableau, avec le reste de son fonds de commerce, se retrouve mis en vente par la maison Christie's.

305

Cette fois-ci, en pleine Belle Époque, les Américains sont déjà friands de chefs-d'œuvre du passé. Les enchères débutent modestement à 5 250 dollars et montent allégrement jusqu'à 52 500 dollars. Il y a des amateurs. D'autant plus que le dernier enchérisseur est un membre de la famille de la regrettée duchesse. Mais les Agnew, redoutables marchands, sont dans la salle. Ils emportent l'œuvre pour 53 025 dollars. Jamais on n'a vendu un Gainsborough pour une telle somme !

Mais une désagréable surprise les attend : une lettre furibonde au *Times*. Elle est signée par le duc de Devonshire du moment, qui suffoque : « Georgiana Spencer, fille du comte Spencer et épouse du duc de Devonshire, cinquième du nom, a bien été peinte par Gainsborough. Mais ce tableau est depuis demeuré dans le château des Devonshire, hérité de père en fils, et n'a jamais quitté son mur. »

La situation se complique quand quelqu'un avance que le portrait de la duchesse ne serait en réalité qu'un dessin de Romney, peintre assez inférieur à Gainsborough. Et on prétend que ce serait à l'initiative de Wynn-Ellis que ce croquis, retravaillé par un tâcheron, aurait été transformé en Gainsborough...

Heureusement pour les Agnew, les historiens d'art arrivent à la rescousse et prouvent que Gainsborough a fait au moins trois portraits de la duchesse. Ils arrivent même à démontrer que celui vendu chez Christie's a, pendant longtemps, figuré dans les galeries de l'Académie royale. Comment est-il passé de l'Académie aux mains de la maîtresse d'école ? Mystère.

Pour l'instant, la foule se presse chez Agnew et parmi les admirateurs de *La Duchesse* on pourrait, si l'on y songeait, repérer deux gentlemen qui n'ont rien d'amateurs d'art... Ce sont MM. Worth et Philips. Le premier est du genre freluquet, mais ses bras et ses mains sont d'une longueur inhabituelle. Le second est une véritable armoire à glace que l'on surnomme « Junka ».

306

Adam Worth est un repris de justice plusieurs fois condamné aux États-Unis. Mais il n'a jamais été coupable d'aucune effusion de sang. Pour le quart d'heure il est préoccupé : son frère vient d'être arrêté à Paris pour trafic de fausse monnaie, et il est actuellement en prison à Londres. Worth a proposé de payer sa caution, mais ses propres exploits ont provoqué le refus du juge. Il faut qu'il trouve quelqu'un d'honorablement connu qui accepte de cautionner John Worth.

« J'ai une idée. Si on volait *La Duchesse* de Gainsborough, et si on demandait à la galerie Agnew de cautionner John pour obtenir la restitution du tableau... »

Philips n'est pas aussi enthousiaste que Adam Worth :

« Tu parles d'un colis : *La Duchesse de Devonshire*. Après toute la publicité qu'on fait autour du tableau... Si jamais on doit s'en débarrasser, on se fera épingler.

— Ne t'en fais pas. Je vais contacter mon pote Joe Elliott. Il a plus d'un tour dans son sac. »

Les trois hommes se réunissent en conférence et décident qu'ils vont opérer la nuit. Une nuit de brouillard de préférence, ce n'est pas ce qui manque à Londres.

« Elliott, tu surveilleras les rondes du flic qui fait les cent pas devant la galerie et tu essaieras aussi de jeter un œil sur le veilleur de nuit. Philips, toi, tu te tiendras sous une des fenêtres de la galerie. Je monterai sur tes épaules, je rentrerai par une fenêtre. Une fois à l'intérieur je découperai *La Duchesse* de son cadre et de son châssis. J'en ferai un joli rouleau et... j'attendrai qu'Elliott me fasse signe que la voie est libre pour passer le tableau à Philips. Après je refermerai la fenêtre et je vous rejoindrai.

— Et qu'est-ce qu'on fera de *La Duchesse* ensuite ?

— Si vous voulez bien, c'est moi qui ai eu l'idée. Je la garderai chez moi.

— Et ensuite ?

— On engagera un avoué en qui nous puissions avoir confiance. On lui donnera un tout petit morceau découpé dans la toile et on l'enverra rendre visite à John dans sa prison. Puis il suffira d'avertir la galerie Agnew que quelqu'un, en prison, est susceptible de fournir des renseignements sur le tableau disparu. Correct ? John n'aura qu'à promettre la restitution du tableau et, pour prouver qu'il est sérieux, il leur montrera le morceau découpé dans la toile. »

C'est dans la nuit du 25 mai 1876 que les trois complices mènent à bien leur projet. Toute l'Angleterre parle du vol... On envoie des reproductions et des photographies de *La Duchesse* dans le monde entier. La galerie Agnew offre 1 000 livres de récompense. Mais un démon malin vient contrecarrer les projets de tout le monde.

De son côté John Worth, arrêté pour contrefaçon, n'est pas resté sans aucune assistance judiciaire. Il se trouve que l'avocat commis d'office pour le défendre a découvert, en examinant attentivement le dossier, un vice de forme qui rendait son extradition illégale.

« Il n'aurait pas dû être extradé comme coupable, mais comme complice, et beaucoup plus tard. » L'avocat, Me Beasley, obtient la libération de John Worth... Celui-ci a trente jours pour quitter la Grande-Bretagne. Vingt-quatre heures plus tard, il a filé.

Du coup, Adam Worth se trouve dans une situation embarrassante : il possède le Gainsborough, mais il ne peut plus rien en faire et, si on le découvre chez lui, de graves ennuis l'attendent. De plus il a promis une récompense à ses deux complices et ceux-ci, très régulièrement, viennent chercher une « avance » qu'il doit prélever sur ses fonds propres.

Au bout de quelques mois le torchon brûle entre Worth et Philips. Celui-ci prétend maintenant être le dépositaire du tableau volé. Moyennant le remboursement des avances effectuées par Worth. Philips ajoute : « Réfléchis et, si tu es d'accord, rejoins-moi au pub Elephant and Castle dans deux jours, sur le coup de midi. »

Mais Adam Worth n'est pas né de la dernière pluie.

308

Avant le rendez-vous, il se dissimule dans une porte cochère et voit arriver Philips... en compagnie de deux inspecteurs de Scotland Yard qui ne sont que trop connus de Worth. Lequel, on le comprend, s'abstient de paraître dans le pub. Désormais la colère le fait bouillir.

Les deux hommes finissent pourtant par se rencontrer au bar et Worth, hors de lui, décoche un tel uppercut à Philips que celui-ci, malgré sa stature, tombe K.O. sur le sol. Des clients entraînent Worth à l'extérieur : il menace de massacrer son ancien ami.

Elliott, l'autre complice, a lui aussi touché des avances de la part de Worth. Confiant en l'avenir, il part pour les États-Unis et... se fait arrêter, lui aussi, pour trafic de fausse monnaie. Il en prend pour sept ans... Ce qui lui donne une idée.

Il demande à un détective privé nommé Robert A. Pinkerton de lui rendre visite. Une fois en tête à tête, Elliott essaye de négocier sa libération... en échange de la restitution de *La Duchesse*. Pinkerton n'a rien d'autre à faire que de prévenir le « Yard », à Londres. Le seul point faible de la manœuvre d'Elliott, c'est qu'il n'a pas pu prouver ses dires et qu'il n'a pas révélé où se trouvait le tableau.

La Duchesse repose, si l'on peut dire, sous le matelas d'Adam Worth. Celui-ci a commandé à un menuisier une malle à double fond. Double fond qui permettra de cacher l'œuvre volée. La police laisse le dossier ouvert mais ne poursuit pas plus loin ses investigations... Elliott finit par purger sa peine. Mais il faut bien vivre. Comme il ne sait faire qu'une seule chose : la fausse monnaie, il recommence. À nouveau arrêté, il est condamné pour quinze nouvelles années de prison.

En décembre 1876, la galerie Agnew reçoit une lettre, première d'une longue série, annonçant l'arrivée aux États-Unis du tableau de Gainsborough... À cette lettre est joint un morceau du tableau, pris en haut à gauche et que, dit le message, on pourra avantageusement comparer avec les morceaux de la toile qui sont restés accrochés au châssis lors du vol.

Ce qui est plus inquiétant, c'est que la lettre annonce, pour la suite des négociations, l'envoi d'autres morceaux découpés dans le haut de l'œuvre... Morceaux qui, mis bout à bout, finiront par reconstituer toute la partie supérieure de la toile. La lettre précise encore que l'extradition n'existe pas — c'était vrai à l'époque — entre les États-Unis et la Grande-Bretagne. Les voleurs sont donc certains de pouvoir mener leurs projets à bien en toute impunité.

On en vient à ce que les voleurs désirent à présent : une somme de 3 000 livres sterling. Ou, au choix, 15 000 dollars américains en or. Faute de quoi ils se déclarent prêts à détruire le tableau. On est prié de répondre par l'intermédiaire d'une petite annonce dans le *Times* de Londres. La galerie Agnew n'aimerait pas beaucoup que *La Duchesse* disparaisse, car, depuis qu'elle en est propriétaire, elle a appris que le milliardaire américain Julius Spencer Morgan — dont le fils sera plus tard le fameux J. Pierpont Morgan — s'intéresse énormément à cette œuvre splendide.

La petite annonce prévue est donc, sur les conseils de Scotland Yard, insérée dans le *Times*. Elle demande des preuves supplémentaires. La réponse arrive avec... un nouveau morceau de la toile, pris lui aussi dans la verdure du haut. On demande une nouvelle réponse par le *Times*.

Les Agnew obtempèrent et les voleurs sont maintenant certains de la réussite de leur plan. Pour accélérer les choses, ils envoient à Londres un messager muni d'une lettre qu'il postera lui-même. Désormais c'est lui qui assurera, pour plus de rapidité, les réponses aux questions des Agnew. Très vite l'homme demande à ce qu'on envoie les dollars en or en Amérique par un émissaire. L'homme précise qu'il voyagera sur le même bateau... Les Agnew essayent de garder la transaction sur le territoire britannique ; les voleurs qui se méfient veulent absolument qu'elle ait lieu aux États-Unis...

Après diverses tractations, les voleurs annoncent

310

qu'ils acceptent de réexpédier *La Duchesse* à Londres et qu'elle sera livrée dès qu'ils auront pris possession de la somme exigée. Et ils envoient un nouveau morceau découpé dans le Gainsborough... Mais l'émissaire qu'ils ont expédié à Londres se méfie. Il cesse d'écrire. On n'entend plus parler de rien...

Worth, pendant ce temps-là, a repris aux États-Unis ses activités habituelles et illégales. Il y réussit même assez bien et s'offre un yacht. Mais il mène un train de vie difficile à soutenir et de plus il est pris par le démon du jeu... Il vole un train, se fait arrêter, passe dix-huit mois à Sing-Sing, joue de malchance, est arrêté à nouveau... Dégoûté, il décide de revenir dans la vieille Europe. Nous sommes à présent en 1892, il y a seize ans que le Gainsborough a été dérobé et découpé en « preuves » successives...

Une fois en Belgique, Adam Worth est à nouveau accusé d'avoir essayé de voler... un train. Oh, pas un train chargé de voyageurs, un train contenant des lettres chargées émises par une banque de Liège. Arrêté, condamné à sept ans de prison, il ne lui reste plus qu'à attendre. Pourtant, un jour, un visiteur se présente à la prison de Liège. C'est le consul des États-Unis. Il est porteur d'une proposition de la part d'un haut fonctionnaire de la police américaine : 4 000 dollars et sa libération s'il permet de retrouver *La Duchesse*.

Indigné, Worth réplique : « Qu'est-ce que c'est que cette histoire ? J'ignore tout de votre *Duchesse*. Je ne sais pas du tout où elle peut être. »

Quelque temps plus tard, c'est son avocat belge qui lui aussi propose, au nom du gouvernement belge, une libération en échange de *La Duchesse*. Adam Worth continue à jouer les étonnés. Mais les meilleures choses ont une fin. En 1897 il se retrouve libre et dans la rue... belge. Il est en mauvaise santé et n'a pas un sou vaillant... Il ne lui reste plus qu'à retourner aux États-Unis. Ce qu'il fait. Là-bas il retrouve un ami sincère, Patrick F. Sheedy, qui est un grand amateur de sport et possède une fortune personnelle. Sheedy mentionne dans une conversation à bâtons rompus qu'il a rencontré Pinkerton, le détective privé contacté par Elliott lors de son incarcération américaine. Celui-ci a fait part à Sheedy de sa conviction personnelle selon laquelle Adam Worth est au cœur du problème de *La Duchesse*.

Le 10 janvier 1900, vingt-quatre ans après la disparition du tableau, Pinkerton reçoit à son bureau de Chicago une lettre. Elle est signée d'un certain Raymond. Raymond qui propose une « affaire profitable » et demande une réponse par l'intermédiaire d'une... petite annonce qui devra être publiée avant deux jours, dans le *Daily News* de Chicago. Faute de quoi, Raymond disparaîtra à jamais. Pinkerton passe la petite annonce qui donne son accord et qui garantit à « Raymond » qu'on ne cherchera pas à le trahir...

Un coup de téléphone d'un certain M. Robert Ray arrive au bureau de Pinkerton. On lui demande à quelle heure il sort pour déjeuner. Pinkerton propose à Ray de passer à son bureau et comme il a une agence de détectives privés, il suggère à plusieurs collaborateurs de se placer discrètement aux alentours.

Bientôt apparaît Worth, alias Ray, alias Raymond. Très élégant, portant chaîne d'or et camée, mais considérablement vieilli depuis leur dernière rencontre...

Worth engage la conversation et n'hésite pas à parler des nombreux cambriolages auxquels il s'est livré durant sa longue carrière. Puis, tout à trac, il aborde le mystère de *La Duchesse de Devonshire*. Il dit qu'il n'a pas revu la toile depuis au moins cinq ans. Et qu'il pense que le tableau est encore en bon état. Puis Worth prend congé et donne même l'adresse de son hôtel à New York. Au moment de sortir, Worth et Pinkerton se mettent à parler de chiens. Worth désire en acheter un pour ses enfants. Pinkerton, aimablement, promet de lui en procurer un. Worth avoue qu'il est ruiné, mais affirme que, si jamais il a l'occasion de se « refaire », il abandonnera ses activités illégales pour vivre en honnête homme. Pinkerton le quitte en précisant qu'il ne pourra pas servir d'intermédiaire pour la restitution de *La Duchesse* sans avoir l'accord de Scotland Yard...

Pinkerton s'abstient, selon la promesse faite à Worth, de le dénoncer à la police américaine, mais il prévient Robert Pinkerton, son propre frère, pour qu'il soit lui aussi au courant des événements. Scotland Yard et la galerie Agnew tendent à penser qu'il s'agit d'une ultime tentative d'escroquerie de la part d'Adam Worth.

En 1901, enfin, les Agnew — de la génération suivante on s'en doute — font savoir qu'ils acceptent les conditions de Worth... pourvu qu'un de leurs spécialistes, venu tout spécialement d'Angleterre, se rende aux États-Unis pour identifier formellement le tableau. Entre-temps Adam Worth est rentré en Angleterre. Il reprend le bateau pour New York. M. et Mme Agnew arrivent à Chicago. Ils rencontrent Pinkerton qui leur garantit la restitution pour le jour même.

Agnew revient au bureau de Pinkerton et dépose la rançon exigée. Puis il retourne à son hôtel. C'est là, dans sa chambre où il attend avec l'impatience que l'on peut imaginer, en compagnie de son épouse et de Pinkerton, qu'un homme frappe à la porte. Il porte un gros paquet rond, demande : « Qui est M. Agnew ? » Puis il remet le colis et s'en va.

On ouvre le paquet : c'est *La Duchesse*. Agnew fils reconnaît formellement l'œuvre dérobée à son père vingt-cinq ans plus tôt. Presque aussitôt, après un court séjour sous la surveillance de Pinkerton, *La Duchesse* est livrée sur le paquebot qui ramène les Agnew en Angleterre. Mais la presse reste muette. En effet le fils Agnew craint un problème avec... les douaniers !

Worth rentrera alors en Grande-Bretagne, mais il ne lui reste plus que dix mois à vivre. C'est à peu près à cette époque que l'on reparle des Morgan. Julius Spencer Morgan étant mort, c'est son fils, J. Pierpont

Morgan, qui achète aux Agnew *La Duchesse* pour la somme de 150 000 dollars. Pour la faire entrer dans les biens de la famille. On l'estime aujourd'hui à plusieurs centaines de fois cette somme.

Table

La peau du dos	9
Têtes voyageuses	12
L'importance du décor	20
Les diamants sont éternels	23
Mains de feu	30
L'honneur d'un marchand	34
Trésor parisien	35
Portrait détestable	37
Tableau maudit	43
Cœurs de rois	46
Ceinture de la Vierge	51
Une tante à héritage	54
Trésor mortel	56
Un amateur passionné	61
Un « bulgomme » exorbitant	68
La mine aux trésors	70
Un très beau Renoir	77
Timbres de qualité	78
Poignard à poison	86
Un agneau dépecé	87
Miracle à Malmaison	99
Maison de poupée	101
Un piano mythique	102
La côte de Jeanne	105
Dans le tiroir	109
Des têtes royales	111

Des chevaux capricieux	116
Le temps suspendu	117
Une couronne tordue	119
Récolte de pommes de terre	125
Un lit précieux	131
À la recherche de la Bible	132
Impudique Léda	142
L'enfer	146
Un héros impertinent	148
Un collectionneur acharné	153
Deux pièces encadrées	160
Une croix d'ivoire	162
Tombeau pour un empereur	173
Histoire misérable	179
Villa du paradis	182
L'apocalypse de la tenture	188
Un client pressé	191
Génie infernal	193
Une statue malchanceuse	201
Deux épingles	208
Un couple d'originaux	209
Amour conjugal	213
Un peintre discret	216
Un homme bien conservé	217
L'épée magnifique	221
Trahis par la comtesse...	225
Cheval fou	226
Le grimoire maudit	232
Emballage en plus	234
Six feuilles d'or	235
Un carillon voyageur	239
Hôtel Drouot	244
Passion irrésistible	246
Un meuble de rêve	250
Une réclamation	255
Fabuleuse princesse	256
Un trône convoité	261
Majoliques italiennes	272

Un musée très fermé	273
Le plus beau camée du monde	280
Où est l'entre-deux?	285
Radeau de la mort	286
Tapisserie en danger	291
Têtes connues	297
Une Vénus disputée	298
La duchesse a disparu	305

Déjà parus
aux Éditions Albin Michel

Instinct mortel
(70 histoires vraies)

Les Génies de l'arnaque
(80 chefs-d'œuvre de l'escroquerie)

Instant crucial
(Les stupéfiants rendez-vous du hasard)

Issue fatale
(75 histoires inexorables)

Tragédies à la une
(La Belle Époque des assassins, par Alain Monestier)

Ils ont vu l'au-delà

Journées d'enfer

Composition réalisée par EURONUMÉRIQUE

IMPRIMÉ EN FRANCE PAR BRODARD ET TAUPIN
Usine de La Flèche (Sarthe).
LIBRAIRIE GÉNÉRALE FRANÇAISE - 43, quai de Grenelle - 75015 Paris.
ISBN : 2 - 253 - 14485 - 1   ✤ 31/4485/4